长河长流

郑一帆

著

zheng yi fan

中国文联出版社

图书在版编目（CIP）数据

长河长流 / 郑一帆著 . -- 北京：中国文联出版社，
2024.7. -- ISBN 978 - 7 - 5190 - 5588 - 2

Ⅰ . I247.5

中国国家版本馆 CIP 数据核字第 2024UB3715 号

著　　者　郑一帆
责任编辑　李　民　周　欣
责任校对　秀　点
装帧设计　中联华文

出版发行　中国文联出版社
地　　址　北京市朝阳区农展馆南里 10 号　　　　邮编　100125
电　　话　010 - 85923025（发行部）　　　　　85923091（总编室）
经　　销　全国新华书店等
印　　刷　三河市华东印刷有限公司

开　　本　710 毫米×1000 毫米　　　1/16
印　　张　24
字　　数　389 千字
版　　次　2025 年 1 月第 1 版第 1 次印刷
定　　价　95.00 元

序

再一次看完这几十万字，又再一次掩卷沉思。一部作品的内涵、人物、真实、现实、道德、良知、价值、人性、思想性、艺术性等概念，莫不是文学规律性的内在，而需尽力追求。作者要创作这部作品，需要有十分生动、鲜活、独特的人物，要对这些人物生活的现实予以认知、关注。

"我"，一个十几岁的少年和妹妹、弟弟，被爸爸妈妈送回家乡——古城，与公婆一起生活。这个地方，是城市中偏僻、冷落的一隅。住在这里的人，是个大家族，姓漠。几百年前，家族的老祖宗是南宋的官员，南宋被元灭亡后，他们逃难而至此。许多年了，这里的人们渐渐地被边缘化，成了底层人物。他们干的是船运工、搬运工等累人的苦活儿，风里来雨里去，不断地把当地的土特产，如桐油、花生、茶叶、竹木等运下湖南，再把湖南的布匹、煤油、盐巴等商品运回。而搬运工则将货物扛上船，或扛上岸。

"我"认识了这一大家族的人。辈分最高的人，就连我的公都得叫他太公。辈分太高，让晚辈无法叫，便叫他老天爷。这老人许多年前，也就是90多岁后，就不再过生日。他过生日，族人们尽皆祝福，反使他深刻感受到不停流失的时光对生命的催促。渐渐地，族人忘了他的生日，有说他112岁，有说他118岁，还有人说他122岁了！他在清朝考起过举人，当过一任小官，知识面极其广博，"四书五经"、儒释道、诗词元曲张口就来。这么大年龄的人，一口气可背上千首诗词！他想给族里的子弟当老师，希望子弟们能如他一样知识广博，精通传统文化。他不厌其烦地要"我"多读书，书读多了，人就能觉悟。他告诉我，有觉才有悟。觉悟分两个方面去理解。一、良知。

属意识，心里面的东西。良知又分为智、仁、勇。智是聪明智慧，仁是慈爱中正，勇是无畏果决。二、良能。人要能够做到温、良、恭、俭、让。温是慈祥恺悌，良是慎思明辨，恭是端方正直，俭是啬俭庄肃，让是谦和敦厚。他说，一个人能有良知良能，就是完美的人。如果，能把智、仁、勇的前面再加个大字，那就不得了啦！

　　兴三公很清高，平常碰上他，尊敬地打招呼，他视若无睹。在清朝，他太公考上了进士，他的公也考上了秀才。到现在，他只能靠一笔好字，和熟悉通用应酬的文章，给乡下人写喜帖、讣告等，赚点角角票。能和他熟悉，是"我"帮大姑婆抄一篇东西。他看了几分钟，叫停下，微笑着和气地对我说："既然答应帮忙做这件事，那么就应该认认真真地做好，不能应付了事。我看你学过两年柳公权的字，你妈妈也学过。我看，你学妈妈的字更认真，所以，你的柳体，实际是你妈妈的柳体。"他的话让我万分惊奇。的确，我三年级的时候，爸爸妈妈就要我学柳体，爸爸说字是打门锤，写好了，能一辈子受用不尽。后来，我更多的是学妈妈的字，觉得妈妈的字比柳公权的字好。说到书法，70岁的人啦，双眼突然就明亮起来。"书法书法，啥是法？是古人教我们写字的方法和法度。也就是字的源流。研究古人的字，练习古人的字，是入古，入古师古而能变，则有了自己的字，这就是出新。只有入古出新，方能风流独步。娃娃呀，真能入古出新风流独步，自成一派，也就成了书家中的豪杰，这是多么地快慰人生啊！"说到这里，平时他那严肃板滞的面目变得极其生动，一双眼睛也流光溢彩。我知道，他话是说给我听的，但却是在激励自己，渴望实现自己一生的追求，达到心目中书法的至高境界。按照老天爷的标准来看，尽管他平凡无奇，却自始至终不放弃理想、追求，那么，他就应该是有大境界、大标准、大理想的人！

　　这部作品，作者写了几十人，说到底，他们都是小人物。但这些小人物也有追求、担当。他们中，有可钦、可敬、可喜、可爱之人，有可怜、可忧、可悲、可叹之人，也有可气、可恨、可鄙、可恶之人。作品里，作者并不刻意地守持道德的标杆，嬉笑讽喻，想翻揭现实里的不平现象；淡漠无意间，却烘托了人间的悲悯情怀。他们生活在底层、边缘之地，也就有让人闻所未闻、见所未见的经历与故事。

　　作者为作品能够面世，书中的人物，他们的经历、故事，能引起文学爱好者的兴趣，作者就倍感欣慰啦！

郑一帆

2023 年 5 月 24 日

●●●●●● 目录

1

　　那之前，我做了个奇怪的梦，以至于后来很长一段时间，我都怪罪这个梦，认为是这个梦，造成了我们与父母的分离。做了这个梦的第二天中午，正吃午饭，我把梦中的所见告诉了爸爸妈妈。当时，爸爸一听，便瞪大了眼睛，嘴也大大地张开，满脸的骇异。跟着，爸爸便道："天啦，你看我忘了多大一件事，这一忘就是 20 年！"跟着便把目光投向妈妈，问道："是你给娃娃讲了那三个铜人的事？"妈妈被爸爸的神情吓住了，看看我，再看看爸爸，小心翼翼地说："我早就忘了这回事，你想，我们离开家乡那么多年了，碰上的事情数也数不清，哪还记得铜人呢？再说，过去在家乡，铜人的事我也只是听说，从来没见过，不像你，是你们家族的东西。你想，连你都忘了，我还能记住？可以说，这十几年里，我就从来没有想起过，哪会给他讲这事呢！""这就怪了。"爸爸说："我也没有讲过，他咋会做这个梦！"爸爸和妈妈对视着，满眼的不解，但跟着，就又剩下了忧郁。

　　其实，与父母的分离，绝非我的梦所能造成，但却是个神奇的预示。在那场旷日持久的动乱到来的前几个月，我的父母似乎就有了察觉。其实，我父母并没有什么高远的眼光和预知未来的特殊能力，不过是在那之前的十几年里，他们基本就是在各种大小运动的风浪中沉浮，这些运动使父母自我保护和保护儿女的本能得到极大提升，神经变得极其敏感。可以说，他们宛如大草坝子里尖着耳朵，耸着鼻子，听觉嗅觉俱各锐敏，但却弱小和怯懦的野兔，既为自己也为子女而无时无刻不在警觉和戒备着，那真是眼观六路耳听八方，始终注意着风吹草动。父母视我们如生命，所做的一切似乎都是为了我们。他们始终小心翼翼地庇护我们，为了我们，他们会不顾一切。如果有谁危及我们，他们也会像大草原上的狼一般扑上去拼命。当然，在对方太强大，有可能造成玉石俱焚时，他们会提前带着我们躲避，就像母狼一样，把小狼崽叼到自认为安全的地方。这一次，父母大约预料到即将来临的运动已使他们无可逃避，运动的持久和严酷也非同以往，所以才做出既痛苦而又坚定不移的决定——把儿女们送回家乡，远远地离开他们。

那时我已满13岁，妹妹不到11岁，弟弟9岁。不用说，我们正处于无忧无虑、懵懂无知的年龄，除了上课以外，就知道玩耍。我最喜欢的是在放学后去骑藏族同学的马，他们的马用三脚绊套了脚放养在学校外面的草坝子里，得先去解了三脚绊，骑上去打马飞奔，让其他藏族同学骑马来追。父母怕我骑马摔着，一再交代我不准骑马，可是每当放学，看见了马，我就顿时将父母的叮嘱忘得一干二净。骑过马之后，我往往会和藏族同学摔跤。以前我很难摔赢他们，但是后来我取胜的场次就越来越多。因为摔跤除了力量之外，还得靠技巧和头脑的灵敏，我的聪明与灵活是班上同学公认的。其实，同学们最佩服的是我已经读完了《西游记》《三国演义》《水浒传》，以及《林海雪原》和《红旗飘飘》等书籍。凡是父母有的书，不管我能不能看懂，我都会一本正经地看。我能给同学讲一个下午的故事，让他们听得津津有味，乐不思蜀。记得那天下午最后一节课是语文，下课后，我母亲拿着教案和粉笔盒走出教室，我有意躲躲闪闪的不让她看见，想找机会溜去骑马。不料母亲却守在门口，把我堵了个严实。

"漠杨，又要去骑马?"

"彭老师，我就去骑一会儿。"我老老实实地回答。母亲是我的班主任，规定除了在家里和星期天以外，凡是在学校见了她都得叫老师。

"那就去骑一会儿吧，不过要小心。"

没想到母亲会同意我骑马，我真是惊喜万分。看着她，不见了平时老师的严厉，而只有母亲的慈爱。我转身就跑，但立刻又被她叫住。那时，我看见母亲的眼里除了怜爱之外，还有深深的忧郁，也许还有一丝期冀。

"漠杨，你要和弟弟妹妹回家乡去啦。"母亲的神情凄楚而又无奈，"你可得带好弟弟妹妹呀!"

"彭老师，你放心，我会带好弟弟妹妹的。"当时，妈妈这句话的内涵我并没有完全明白，但是带好弟弟妹妹这句话是爸爸妈妈经常要求我的，所以我就回答了这句话。回答完我就迫不及待地追赶藏族同学去了。但是没有跑多远，我忽然像遭了电击，浑身一阵哆嗦。我又连忙转身去看母亲，只见她依旧紧紧地注视着我，那目光把她的不安和忧虑射进了我的心灵，我突然意识到，刚才的回答太随意，于是我站定下来，故作庄重地大声说："妈妈，你放心吧！"

大约离放寒假还有一个月的那段时间里，父母几乎每晚都会谈论家乡。我做完功课便睡下，但却会尖着耳朵听他们谈论，于是我的脑子里就有了家乡的轮廓。家乡有城墙，长长的城墙有九个城门，除了东南西北门之外，还有下南门、中南门、江中门、后水门、便水门。从江中门往外看，就见两条江汇合在一起往东流去。两江汇合处，有一座孤零零的峒岩，那上面有个小小的尼姑庵，住着四个尼姑。每天清晨，都会有个尼姑坐着小船到江中门，匆匆地沿着石阶走进城门，匆匆地买点小菜，又匆匆地坐船回到庵里。不一会儿，庵里就会冒出青烟，青烟缓缓地沉下去，贴着江水流。那一年初夏的半夜里，两条江突然涨了大水，第二天清早大家一看，城墙下的房子以及尼姑庵和尼姑尽皆荡然无存。平时，两条江都清澈见底，仿佛阳光被细细地糅进每一颗水滴中，鹅卵石和细沙闪烁着金色的光泽，大小鱼儿自由地嬉戏，偶尔的翻滚，就会有银子般的光炫人眼目。家乡的那些城门下几乎全是码头，停满了大大小小的船只，最大的船叫大篷船，足有七八丈长，两丈宽，能将许多桐油、茶油、花生、大米等货物运下湖南的麻阳、常德、洞庭湖。最小的船从远处看去就像一片柳叶，上面坐一个人划桨，放一个鱼篓，船舷上站几只鹭鸶。码头上装货卸货的人彻夜不眠，四下里灯火通明，仿佛江水也被灯火点燃。扛脚的人卸下的是棉布、盐巴，还有各色日用品，装上去的是土特产，比如花生、桐油、干辣椒、各色干果等。扛脚的人个个都酒气熏天……

"……那三个铜人是我们漠家的老祖宗从江西带去的。"爸爸轻声地给妈妈说，"后来不晓得被谁弄丢到江里去了。再后来又不晓得被谁捞出水来。总之，这三个铜人一直不在我们漠家。就在我中学快毕业的时候，一天下午，有个同学悄悄给我说，三个铜人被一个湖南的商人卖给了商会的徐会长。我当时听了觉得应该马上告诉漠家的族长，可后来被同学们拉去游泳，就忘了这事。唉，这一忘，就是 20 年呀！"

爸爸妈妈是在最后的时刻开始商量送我们回家乡的，那时离放寒假只有一个星期了。他们内心早在一个月前就做出了送我们走的决定，所以才不厌其烦地谈论家乡。也许他们谁也不愿先开口说出送我们走的这句话，因为这对他们来说实在太残酷。一旦决定，那么，就是说从此以后，他们得和儿女们千里相隔，天各一方。为此他们几乎绕了一个月的圈子。时间不允许他们再犹豫了。最终，爸爸捅破了这层纸，把这个问题明确地说了出来，妈妈一听便哭了起来，很伤心，似乎已经压抑许久了。爸爸知道妈妈一定会哭的，而且知道不能劝，非得让妈妈哭够才行。让这么小的三个娃娃离开母亲，放他们到千里之外的地方，实在让当母亲的揪心呀！

那个凌晨真是晴空万里，繁星满天，但却寒冷无比。爸爸妈妈早就起床了，铁皮炉子放满了干牛粪，风门是全部打开的，所以火就燃得特别欢，直发出"霍霍"的响声，铁皮炉子两侧被烧成了暗红色，不断地向屋里释放滚烫的气息。这房子并不宽，大约 20 平方米，正中间隔了层木板，把爸爸妈妈的床和我们的床隔了开来。那天夜里，爸爸妈妈郑重其事地再一次给我们讲了回家乡的事。不明事理的弟弟还笑眯眯地问："我们好久才能见到你们呢？"爸爸妈妈对视一眼，久久说不出话，那一下，我突然感到心一阵剧烈的痛楚，才真正理解了妈妈要我带好弟弟妹妹这句话的真正含义。

"漠杨，你是哥哥，爸爸妈妈不在，弟弟妹妹就跟着你啦！千万要带好弟弟妹妹，家乡有两条大河，不准他们单独下河，你也一样，上学的时候你们一起去，放学了要一起回家。弟弟每一课的生字，你要给他写成卡片，随时教他认。"妈妈有千言万语要叮嘱，但只说了她认为最重要和最担心的两件事。"家乡的河又深又宽，你不能去河边，更不能让弟弟妹妹去！"爸爸强调说。也就在那个晚上，我突然深刻地意识到，有爸爸妈妈在的时候带好弟弟妹妹，与爸爸妈妈不在的时候带好弟弟妹妹完全是两码事。我心里既痛苦又恐惧，痛苦的是，我知道从此我们就要和爸爸妈妈千里相隔，天各一方，何时能见一面完全是个未知数；恐惧的是，我知道在没有爸爸妈妈的情况下，我没有能力挑起带好弟弟妹妹的重担。我抬起头来看着爸爸妈妈，他们也看着我，目光里充满了期盼。可是我却可怜巴巴地说："我不行……"话没说完，泪珠便成串地掉下来。看见我哭了，弟弟妹妹似乎也意识到了这次回家乡的严峻性，立即噤若寒蝉，和我一道看着爸爸妈妈。妈妈迎着我们充满疑问的目光，好像要给我们一个解释，但终于什么也没有说出口，却听见喉腔里发出一声短促的呜咽，那强忍着的泪水便夺眶而出，跟着，她便把我们揽进怀里，我们哭成了一团。"不要哭，不要哭！漠杨，你是大人了，坚强些！"爸爸见状着急地说，可旋即却无奈地叹息一声，垂下头去，飞快地抹掉泪水。

"妈妈，别把我们送回家乡，我和弟弟妹妹一定听话，下学期我的算术作业保证每次都得 95 分！"良久，我哽咽着断断续续地哀求着。我知道，除了调皮之外，妈妈不满意我的就是不认真听算术老师的课，做作业只求得个八十几分就满足了。每次都是算术老师去找妈妈反映后，我才又认真一段时间。语文课我是不敢偷懒的，妈妈在课堂上和在家里对我都管得十分的严格。听了我的话，爸爸妈妈依然什么也没有说，妈妈用手给我们抹去泪水，看着妈妈那双开满了冰口的手，我心里痛楚万分。到了冬天，每个星期天的早上，妈妈背着我们的脏衣服到河里去洗，河里结着厚厚的冰，还得拿斧子把冰劈开，才能洗衣服。我曾经试着帮妈妈去清洗过一双袜子，当我的手伸进那冰窟窿不到两秒钟时，便失去了知觉，袜子随流水而去。妈妈看着我冻得通红的手，轻轻地叹口气说："漠杨，要学会吃苦呀！"虽然这么说，却不再让我帮她洗了。妈妈的手是被彻骨的冰水冻裂的啊。那一次过元旦节，学校搞庆祝活动，妈妈在很长的红布上贴字，教我们美术的范老师看了妈妈的手，就对我说："漠杨，看看你妈妈的手，你要心疼妈妈呀！"范老师的话说得很轻，但我却觉得那几个字仿佛一记无形的重锤打在心上，以至我再也不会忘记。那以后我就拼命地帮妈妈做事，妈妈要去井边提水，我就抢过桶来，妈妈要去洗衣，我就抓过背篼背上。但是除了热天，寒冬腊月里，无论我如何努力，我的手在那冰窟窿里也坚持不了半分钟，当这双无用的手一伸进冰水里，先是刀割似的痛，然后就麻木，变得没有了知觉，紧跟着似乎全身的血液也凝固。于是我就换了一种方法，在星期六的下午和星期天里，或者平时下午放学放得早，我去骑了藏族同学的马以后，就会带着弟弟妹妹去捡牛粪，我下决心要把捡来的牛粪堆成山一样高，让我家的铁皮炉子怎么也烧不完，让妈妈放心地烧热水来洗我们的脏衣服。于是那段时间我捡牛粪完全上了瘾，特别是看见那些表面是铁灰色的、干透了的牛粪饼子，我就欣喜不已，感到满足。有一天晚上，我被一块块脸盆大的干牛粪饼盖得严严实实的，但却舒适异常，十分暖和，就像盖的是天鹅绒。当第二天我睁开眼睛后，我竟遗憾如此的舒适与暖和是一个梦。这个梦使我对那些干牛粪饼充满了亲切感。

那个冬日的星期六下午，学校的老师们都在办公室里批改作业，我们又要去捡牛粪了，便去给妈妈打个招呼。爸爸妈妈曾经反复交代过我，无论我带着弟弟妹妹去什么地方或者干什么，都要说一声。我不敢敲办公室的门，就趴在窗台上，隔着玻璃看妈妈，她专心致志地改作业，没有看见我们，我只好轻轻地敲敲窗子。妈妈看见了我们，其他的老师也看见了我们，妈妈走来开了办公室门，无比慈爱地看着我们，知道我们要去干什么，就对我说："带好弟弟妹妹，早些回来。"那时，我听见老师们在议论我，我就偷偷地听。教算术的刘老师说："彭老师，你的漠杨如果真的懂事就好了，聪明得很，算术只要他用七分心思，那也就可以稳稳地当全班第一。"有的老师说我调皮，也有说我听话的，教体育的吴老师说："这娃娃反应特别快，头脑灵活，别看他才这么大，可是做起事来，有种和他年龄不相称的沉着和冷静。我看他呀，今后可不是个一般的人物。"副校长毛老师说："彭老师，漠杨是懂事的，但我担心他懂事得太早。我爱人说他去书店什么书都翻来看，还看《妇女保健》，这就不太好，那上面可是印得有生殖器的。"听到这里，我立即逃窜，再也不敢偷听了。说实话，我的确看了那书上的男女生殖器图案，它们都被画得十分精细，各个部位还标明了功能。我对男生殖器图毫无兴趣，而对女生殖器图就不同了。尽管我还是个无知的小孩，可那幅图却似乎对我有着与生俱来的吸引力，让我充满了好奇。跑了很远，弟弟才追上来，气喘吁吁地问："哥哥，生殖器是个什么东西？"我笑着去摸他的胯下说："啥东西，就是你的小麻雀。"弟弟双腿夹紧了躲避我的手，嘿嘿直笑。

那个下午，天气晴朗，一望无际的大草原上一丝风也没有，显得十分宁静，牦牛、马和绵羊在很远的地方悠闲地吃着草，越往远处看，就越能看见像水一样在草原上荡漾的空明碧澄的空气。不多久，我们就捡了满满三背篼牛粪，牛粪都是干的和半干的。太阳西下着，离草原的边缘还有一竿子高，红得就像在铁炉子里燃透了的牛粪饼。我们玩着，寻找着残留在一种矮小植物上的果实，当地的人都叫它黄刺果，黄豆那么大，特别酸，但这却是草原上唯一的水果。一到秋天，这果子变黄了，我们就去采摘，然后装进酒瓶或者罐头瓶里，用筷子伸进去把果子捣烂，再放许多白糖。我们自己做的饮料，喝起来可是津津有味。

不知何时，天气陡地变了，天上出现了厚厚的云，一下就遮没了红红的太阳，风也来了，而且越刮越猛。我们连忙背好背篓，让妹妹拉着我的衣角，弟弟拉着姐姐的衣角，然后勾着身子往回走。草原上的天气变化快，我们已经习惯，不会惊慌失措，如果风太大，要不就勾着头迎着风走，要不就背过身去倒着走。

那天黄昏的风实在太大了，我不记得那之前曾经碰上过如此大的风。风卷着草根草屑还有泥沙狠狠地打在我们的身上、头上、脸上，让人感到生痛。弟弟躲在姐姐的身后，可怜巴巴地问："哥哥，还有好远才到家？"我努力地抬起头，只见天昏地暗，哪里还看得见学校！那一下我惊慌和害怕起来。可就在那一刻，我们突然听见了妈妈的呼唤，她逐一地喊着我们的名字，声音里充满了恐惧。我们一边回答，一边朝妈妈的呼唤声走去，但是，风是对着我们吹的，我们能听见她的呼唤，而我们的回应声却被狂风撕碎并远远地抛在了身后。妈妈的呼唤越来越急促和尖利，除了恐惧之外还交织了绝望。她看不见我们，我们也看不见她，但是她的呼唤却像黑沉沉的大海上的灯塔，指引我们循声而去。渐渐地，我们之间的距离越来越近。她终于听见了我们的回应声，不顾一切地跑过来，当她看见满身草根草屑和泥沙的我们后，便扑了过来，并喜极而泣。良久，妈妈埋怨我眼见起风了，不马上带弟弟妹妹回家，还让他们背这么多牛粪。妈妈要我们把牛粪扔了，可我们坚决不干。妈妈知道我们拼命捡牛粪是为了烧热水给她洗衣服，却不知道我和弟弟妹妹已经对牛粪有了病态的热爱。妈妈没能拗过我们，只好背了我的牛粪，我背妹妹的牛粪，妹妹背弟弟的牛粪，让弟弟拉着妈妈的衣角，我和妹妹则一步不离地跟着回家。

"好了，明天就要回家了，我们应该高兴！"良久，妈妈强装笑脸说，"你们洗个澡，明天换上新衣服。"

"我先洗!"弟弟还不会察言观色,见妈妈笑了,便立即恢复了常态。

那时,我还敢于脱光衣服当着爸爸妈妈和弟弟妹妹的面洗澡,还没有羞怯之心。凡是要我和弟弟妹妹一起做的事,我会先做,这早已成了我的习惯。我慢慢脱光衣服,坐进澡盆。于是爸爸妈妈都来给我洗,洗得非常仔细,一边洗还一边给我做工作,可是我却勾着头什么也不说。那个晚上,我的心灵充满了与我年龄不相称的复杂感情。那之前,我也曾经向往家乡,这个家乡让我感到陌生,也让我万分好奇。在爸爸妈妈绘声绘色的描述中,家乡仿佛天堂般美好。山上长满几个人都合抱不过来的参天大树,还有比我们大腿还粗的楠竹。可以说,从我懂事后,我就没有见过大树和竹子,头脑中树和竹的形象全是从书本上得来的。这些大树和竹子引发了我许多联想。我遗憾大草原上没有树木和竹子,有一天晚上做完作业后,我双手撑在桌子上,一本正经地幻想着如何才能让草原变成森林。这大树和竹子让我对家乡的向往更为强烈。但是,在洗澡的时候,我对家乡感到了畏惧。我不敢想象长年累月离开父母的可怕景象。那一刻,我的心里还充满了怨愤,想不通爸爸妈妈为什么一定要让我们离开他们。我的一些同学的家乡不也远在千里之外,他们的父母为什么不送他们回家乡呢?为此我心里感到愤愤不平。不管爸爸妈妈如何动员和鼓励我,可是我一声不吭,始终没有让他们得到我带好弟弟妹妹的保证。其实我非常清楚,一但我们和他们相隔千里了,他们就只有依靠我,相信我,因为我是老大,老实说我的保证能有多大用处呢,无非是他们的心里能得到一丝安慰罢了。

那一晚,我难以入睡,恼恨自己做那样的怪梦。似乎刚迷糊了一会儿,就听见妈妈在耳边轻轻地叫我起床了。起床后看见地下放着大大小小的提包和背囊,那一下,我突然感到了从未有过的紧张,那紧张让我想拉屎。我连忙开门跑出去。

可以说,那是我有生以来第一次早起,天上的星星在闪烁,暗蓝色的苍穹没有一丝云。我立即感到了无比的寒冷,似乎所有的空气都凝冻成一块硕大无朋的透明玻璃,我冲出门去,撞破了这块玻璃,手和脸便被它割得生疼。我家门外除了有一架供学生娱乐的,没有漆染过的梭梭板之外,便是一望无际的大草原了。学校很简陋,只有六幢平房,左右各三幢,12间教室,另有一个乒乓球桌和一个篮球场。学校没有大门，更没有围墙，上学的时候，学生可以从任何方向走进学校，放学的时候也可以从任何方向离去。一旦晚上下了大雪，学校里，以及我家门前就会有各种各样的脚印，那时，藏族同学就会逐一地指出，什么是狗脚印，什么是狼脚印以及狐狸脚印。冬天里，这些野兽为饥饿所迫，哪里都敢去。这一切让爸爸妈妈高度戒备，于是冬日里，天早早地黑了，我们也就被早早地关进家门。

在离家门不远的地方有很大一堆牛粪，那就是我们辛勤而骄傲的成果。我在一旁脱了裤子蹲了下去，看着这堆牛粪，我的心里突然涌出了强烈的依恋，记忆中的许多景象迅速地在脑子里闪现。那时我明白了，我的依恋除了对这堆牛粪之外，更主要的是对这大草原，对草原上的河流、湖泊，对我那些骑着马来上学的同学以及他们的马，还有像刀一般割痛了我的脸、手和屁股的严寒……我什么也拉不出来，心里的紧张和恐慌一丝儿也没有减轻，不光如此，心里还交织了难耐的痛楚。我不想离开草原，更主要的是不想离开父母，但是，我没有能力和办法来挽回。我默默注视着无边的草原，草原也在注视着我。虽然什么也看不见，但是我的心灵却能鲜明地感应它。在那万籁俱寂的时刻，我能感觉它心脉的搏动，听见它浊重的呼吸，能听见严寒让河里和湖里的冰炸裂的脆响，能听见凝冻让枯草折断时发出轻微的"咔嚓"声。那时，我的泪水又不由自主地流出来，伤心至极，就仿佛我丢掉了什么最宝贵的东西，而且再也无法找回。尽管我泪眼蒙眬，但还是贪婪地看着黑沉沉的草原，在遥不可及的地方，似乎是天与地的裂罅处有一团柔和而熹微的青白色的光。这是一种能让人产生庄重和肃穆的景象，我呆呆地看着，忘记了寒冷。妈妈在叫我了，那声音里似乎也透出离去前的不安和紧张。我回到屋里，弟弟妹妹已被妈妈穿戴一新，然后我也穿上了新皮鞋、新棉裤和棉衣，戴上了新棉帽，围上了新围巾。

一家人匆匆忙忙地出了门，妈妈很仔细地锁好门。爸爸背个大背囊，双手还拎着大提包，妈妈也如此，只是少拎了个包，我的背囊不大也不重，是我和弟弟妹妹夏天穿的衣服。我有意地掉在后面，一步一回头地看家门，渐渐地去得远了，就看学校。弟弟一出门就被妈妈裹进了大衣里，妹妹紧跟着妈妈，不时地小跑两步。爸爸妈妈一次也没有回过头，走得既急切又坚决，仿佛那一扇被锁上的家门有什么魔法，看一眼就会彻底动摇和瓦解他们的决心。

不多久我们就来到车站。

这是县城边一幢孤零零的平房，平房的檐下挂着一盏大瓦数的灯泡，冻得硬邦邦的不大的坝子里停着几辆货车，一辆解放牌的客车，地上满是油污，周边胡乱地扔着破损的轮胎和篷布。客车从成都来到这里需要三天，那么开回去也得三天。据说这是被严格规定的，但不知是距离和安全缘故抑或其他。所以这个僻远的草原县城一个星期才有两班客车。等待上车的人还没来几个，严寒使他们不停跺脚，让冻僵了的脚的血液得以流动。驾驶员端一个用油桶做的炉子，骂骂咧咧地往车头下放，那里面放了许多柴块，然后往柴块上浇汽油，再划根火柴扔进去。车站的工作人员把我们的包放在车顶，用篷布盖好，再拿绳索捆紧。不一会儿，我也跺起脚来，草原上的冬天，人们跺脚是经常的事。比如我们上课的时候，脚冻得不行，也得忍住，一下课，大家便蹿出教室去跺脚，让冻麻木了的脚尽快恢复知觉。

那一天的黎明没有一丝风，一切都被严寒凝固板结，唯有东边那团淡淡的暖乎乎的白颜色正在不知不觉扩大，犹如要漂白一块巨大无比的暗蓝色的布，融化一块巨大无比的冰。它不慌不忙，十分地从容。如此的景象我也是第一次看见，草原上的黎明到来时竟然这样地壮观，可是我在离去时才得以见到，那么，是第一次也是最后一次。顿时，我的心里充满了遗憾和痛惜之感。

不久，旅客已陆续到齐，尽皆跺脚等待，默默地看着驾驶员。驾驶员则不断地骂自己昨晚忘记放掉汽车水箱里的水，以致造成了如此大的麻烦。终于，水箱里结的冰被融化，驾驶员用他那穿着毛皮鞋的脚，将半个油桶做的炉子用力地蹬到一边，对车站的工作人员说："行了，验票上车！"工作人员听了，便拉开车门先站了上去，撳亮电筒说："排队上车，带小孩的先上。"爸爸妈妈便带着我们走上前去。工作人员验了票，便用手电筒指着前面几个座位说："那是你们的。"车上座位是红色的，用白色的油漆印了号码，我们的座位有两个在左侧，三个在右侧。妈妈带着弟弟坐一边，爸爸带我和妹妹坐一边。就在那时，妹妹突然"呜"的一声哭了起来，跟着便跑下车去。爸爸妈妈大吃一惊，猛地站起身来，互相看一眼，都感到莫名其妙。"漠柳，你怎么了？"妈妈急切地问道，也跟着下了车。全车的人都注视着我们，爸爸就有些尴尬，也连忙下车去问妹妹。那时就听见妹妹大声地说："我不回家乡，不回家乡！"爸爸妈妈连哄带劝，很着急。良久，妹妹大声地提出了条件："带我们回家乡，还要把我们带回来！"爸爸妈妈连忙答应。然而我却十分清楚，爸爸妈妈是在哄妹妹，只要妹妹肯上车，他们什么都会答应的。把我们送回乡已成定局，无可更改，我们的户口已经下了，转学证明也已经开好了，所以妹妹的抗拒是徒劳的。不过，我却挺佩服，没想到她还有这样的心思和胆量，竟然敢于在大庭广众之下，公然和爸爸妈妈抗争。当然，那仅仅是我们回家前一段小小的插曲，很快就结束了。见爸爸妈妈和妹妹又重上了车，验票员便下车并关好了车门。驾驶员见我们全都坐好，便说："好了，我们也该出发了。今天如果车况好，我们就可以赶到刷经寺，车况要是不好，就只能住红原。"说完驾驶员便关了车厢顶的灯，发动了车，并将车慢慢开出了车站，走上了离开县城的公路。

这段路我们再熟悉不过了，从学校进县城，得走这段公路，路是泥路，路基很高，因为它要伸进宽广无边而又柔软的草原，为了让公路坚实，不致塌陷，就只能把路基筑得高高的。这条路几乎一年四季都是苍黄色的，汽车一过，便尘土飞扬，远远看去，就如汽车后面拖着一张上下翻飞的苍黄色的篷布。路在我们学校那里转一个大弯，然后就开进大草原了。车前的两盏灯雪亮，那两柱光仿佛是被车用力地推进厚重的夜幕里去的，在一点点地剥蚀夜色。我看见了我们的学校，也看见了我们的家，那六幢房子忽然变得矮小了，像老老实实匍匐在草地里的小动物。车很快转过了大弯，学校和家被抛在车身后。也就在那时，我的泪水猛然流出，那一刻，我心里的感情复杂极了，但紧跟着就产生了对家乡的仇视心理，因为要不是还有一个遥远和陌生的家乡，我们怎么会离开父母。以后会怎么样，我不知道，也难以想象。但是我又分明地感到，以后就像黑沉沉的大草原，我和弟弟妹妹将相依为命地陷落在无边的黑暗中，让我们感到无助和恐惧。

厚重的黑幕阻挡了一切，靠两盏灯的光线将黑幕撕开一条缝隙，汽车才得以前行，但却走得很费力，显得疲惫不堪，车身不停地颠簸着，发出"哐当哐当"的声音。我泪眼迷离，伤心万分，可是却不敢发出一点声音，只是让泪默默地流。我不能让爸爸知道我在哭，爸爸特别讨厌我哭。"别认为自己小，小也应该是男子汉，男子汉的泪水金贵得很，哪能随便流!"以前爸爸就常常对我这么说。爸爸希望我能成为一个坚强的男子汉，我也努力着，每当我想哭的时候，总能想起这句话，这句话是制止眼泪的一剂良药。但在车上，这剂良药却失效了。那时，我小小的心灵里充满了焦虑、忧悒、畏惧、失望和对草原的眷恋，这些复杂的情感搅得我的心疼痛不堪，让我不光想哭，而且想放声大哭。也就在那时，有只手放在了我的头上，并轻轻地抚摸。我知道，这是爸爸的手。爸爸无言的理解和爱马上感动了我，似乎有股暖流缓缓淌进心里，那些复杂的情感顿时被驱除。我平静下来，不再流泪，用袖口揩了揩眼角。我歪过头悄悄地看爸爸，他搂着妹妹，却紧紧地盯着我，妹妹也是如此，一双大大的眼睛，向我传递她的忧心和不安。我又看看妈妈，她也搂着弟弟，同样和弟弟盯着我。那一刻，羞愧之感油然而生，但马上，我心中又生出了骄傲。是的，在弟弟妹妹的眼里，我这个哥哥是主心骨，而在爸爸妈妈的眼里，我已经是个男子汉，是个大人了! 我暗暗发誓，以后再也不哭，什么也不再害怕，一定要坚强，决不软弱怯懦，就要像武松、杨子荣和《红旗飘飘》上的那些将军一样!

天空由暗蓝变成了浅蓝，舒展的天幕上，像神灯般莹莹生辉的星星似乎正在渐行渐远，最终，像逐一沉进了深深的水里，一个个隐没了神秘莫测的身影。天亮得真快，宛若有一股神奇无比的力量，在瞬间抖开了巨大的黑幕，让天空变得清朗通透。大地平坦而宽广，好像盖了一床无边无际的黄色毛毯，显得松软和舒展。望着极远的地方，车子似乎停在原地，看近处，有了具体的参照物，才感觉汽车不光在前行，而且走得还很快，路边的电线杆被它一根根地抛在身后。霜很重，草原显得空旷而凄清。我想，什么时候才能到草原的边缘?

"还要好久才能走出草坝子呢?"妹妹老是和我想到一块儿，这已经是家常便饭，我一点也不感到奇怪。

"师傅说的，如果走得快，赶到了刷经寺，也就走出草原了。"爸爸说。

"走出草原了呢?"妹妹又问。

"就翻雪山。"

妹妹瞟瞟我，希望我继续问下去，可我什么也不问。因为突然间，我的思绪飘得很远，思想也变得很深刻。我正在想象着草原的边缘，想象着雪山的景象，以及翻过雪山到了成都后，坐一天一夜的火车，再坐两天的汽车到家乡，以后呢，以后的以后呢？那时，我的心里充满了与年龄相符的好奇，而且对以后还生出了强烈的渴望。

我的心情无端地轻松和愉悦了，这才感到脚冻得痛，我毫无顾虑地跺起脚来，妹妹立即跟上，弟弟见状，也挣脱妈妈的搂抱，挤到我的位子上，笑眯眯地随我一起跺脚。

2

　　这个学校显得很古旧，全是木房，早先漆过的墙板，如今变得斑斑驳驳，可以看出来，许多地方的漆是被调皮的学生用刀刮掉的，那些柱头和墙板上密密麻麻地刻着男生和女生的名字。学校的大门十分窄小，每当放学的时候，就像大坝的闸门陡然打开，学生像水一样轰然而出。学校也小，没有像样的活动场地，每当下课，那窄小的操场便人满为患。学校有一些青砖搭建的花台，花台破损不堪，一些砖断了，还有一些则不知所终。里面的泥土被踏得坚坚实实的，连草都不长，更别说长花了，但却长有冬青树，当然，这些树也长得不好，歪歪扭扭和细瘦，一看便知，它们实在是受尽了学生们的折磨。

　　这就是我家乡的第一完小。

　　两个月后，学校上课开始不正常了。过去只要一听见上课铃声，学生便跑进教室，鸦雀无声地等着老师。现在呢，是老师等学生。老师们进了教室，学生还在看挂满操场的大字报。其实他们基本上看不懂，不过是好奇。

　　一天，班主任余老师走进教室，看见空着许多座位，神情马上就又变得歉然，好像这一切全是她一手造成的。自己的学生不遵守纪律，轻视老师们的尊严和权威，这让她很伤心，但是她没有表露出来，只是隐藏在心底，不过她的眼睛却无法不泄出心里的秘密。这时，她站在讲台上，看学生的眼光有些躲躲闪闪，神情也不自然，便用教鞭轻轻地敲着讲台，就如自言自语地说："你看，你看，这样不好，不好……"少顷又道，"同学们，我们再等等，今天的课很重要……"其实这一段时间以来，余老师走进教室以后，几乎都是这样说的。确信其他同学不会再来了，才开始上课。一旦讲课了，她便不由自主地全神贯注，音调也变得舒缓悠扬，委婉动听。

我妈妈和余老师过去是女子师范的同学。一回家乡，妈妈就迫不及待地带我去见她。当她俩见面时，都睁大了双眼，良久，猛地拥抱在一起，分开后，两人的手还紧紧地缠着，重新上下打量一番，这才欢笑起来。

"天啦，实在想不到你会来，你从哪里钻出来的哟！"余老师摇着妈妈的手说。

"就想给你个突然袭击，吓你一跳！"

"你可真是吓了我一跳。我们有整整 20 多年没见面了吧？这些年你究竟藏到哪里去了，杳无音信的。你看，娃娃都这么大了！"

"你的娃娃呢？"

"我的娃娃比他还大些，读初中了。"余老师看着我说，旋即又感叹道，"多快呀，你看我们娃娃都这么大了！"

"是呀，我们老得互相都快不认识了！"

她俩拉着手在一条长凳上坐下来，忘掉了我也忘掉了一切，似乎要把分别的每一天都回顾一番。20 多年是个什么概念我是模糊的，时光是快还是慢我不清楚。在我看来，她俩对对方的记忆，在见面时还停留在 20 多年前，所以这一见面，才显得那么陌生、惊讶和激动。

"漠杨，以后余老师给你上课，就要像妈妈在给你上课一样认真，听见没有？"妈妈告别时把我拉在身边说。

"你放心，你的娃娃就是我的娃娃，我会管得严严的。"

当时，我很快地看看余老师，她笑眯眯地注视着我，眼里的确有着和妈妈一样的慈爱。

余老师讲着课，我也目不转睛地看着她，听着课，然而我却什么也没有听进去。两个月来都是这样。我无数次地强迫自己把余老师当成妈妈在讲课，但是越这样，就越想妈妈。对爸爸妈妈的思念是那么地强烈和坚决，思绪一旦踏上思念的轨道，就像下坡时失控的汽车，无可挽回，我只好听之任之，无可奈何。

"漠杨，你这是怎么啦？上了那么多的课了，你好像还是懵懵懂懂的，这学期的新课你几乎没有听进去，就连上个学期你妈妈给你上的课好像也给全忘了！"前两天，余老师忧心忡忡地把我叫到她家里，让我和她面对面地坐着，虽然带着一丝责备的语气，但还是温和地对我说，"这样不行呀，尽管才换新环境，一时不能适应，可也得尽快适应呀！"

当时，我的眼泪猛地流出来，怎么忍也忍不住。"余老师，我想妈妈，哪个时候都在想，心里好痛，就像有什么东西把它捏得紧紧的，饭不想吃，觉也睡不着，有时连气都喘不过来。"我哽咽着，伤心地说，"妈妈要我在听你课的时候把你当成妈妈，我一看见你，就想起妈妈，把什么都给忘记了。我弟弟妹妹也是这样的，这学期的课没记住，上学期的课也给忘记了。我照妈妈说的，每天放学回家，就让弟弟认生字，可是他怎么也记不住。余老师，我们怎么办呀？妈妈要我带好弟弟妹妹，可是我带不好呀！"

余老师听了我的话，泪水顿时流出来，一下就把我揽进怀里。"可怜的娃娃，可怜呀……"她抚摩着我的头，不断地念叨。许久后，才又说，"漠杨，你是老大，要理解爸爸妈妈的苦心呀，他们要是有办法，哪会舍得让你们离开！漠杨，你一定要坚强些，给弟弟妹妹带个好头。"

上了半堂课，教室里的学生起码还少三分之一。能看见许多学生在操场上喧闹、嬉戏。大字报很多，用别针别在老长的麻索上，再把麻索捆在操场两头的树上。远远看去，就如晒了很多没有洗干净的床单。我看着余老师讲课，依然什么也没有听进去，心猿意马的，一会儿想这一会儿想那，心思无法集中。

天花板檩子上传来的脚步声打断了我的思路，我抬眼去看天花板。教室的天花板掉了许多，露出黑黑的缝隙。我敢肯定余老师也知道有学生上了房，但是她却故作不知，边讲课边用目光巡视我们，以此来集中我们的注意力，以免我们受到干扰。其实我明白，现在的学生，特别是调皮的学生已经不听老师的话。余老师知道在他们面前失去了威信和威严，即或苦口婆心也好，大声呵斥也好，对那些学生都不管用。所以，余老师连头都不抬。

我却一直盯着天花板，少顷只见天花板的缝隙里伸出只握着拳头的手，拳头慢慢地伸开，指缝里就泻出灰黑色的沙尘，沙尘刚好渐渐沥沥下雨般地掉在余老师的头上、身上。余老师的脸顿时变得苍白，但是却坚持着原地不动，坚持用平缓的语气继续讲课。我立即就想到，妈妈现在上课，会不会也受到如此的侮辱？看着满身沙尘的余老师，我的心难过到了极点也愤怒到了极点。就在那只手又伸出来时，我飞快地取下手腕上的橡皮筋，套上一颗用牛皮纸做的子弹，拉开来，瞄准了那只让我恨之入骨的手狠狠弹去，刚好打在手腕上。发出"啪"的脆响，跟着只听得一声尖叫，那只手像一只小小的老鼠，受到袭击后惊惧地转瞬逃离。

回到家乡后，在我们那条街上，有很多和我一般大的娃娃，其中有我的堂兄堂弟，以及不是本房但却同姓的弟兄。这两个月来，他们玩的是打弹子，再不就是用橡皮筋上子弹打仗。我和弟弟很快就参与其中。我用牛皮纸做的子弹，前面还折个尖角，一旦弹在人的脸上手上，先会起一个红色的硬结，不多久那硬结就会变成乌色，而且那团乌色会不断扩展。得好几天，那皮肤的颜色才会恢复过来。我这颗子弹十分坚硬，既然打在了他的手腕上，就会像被蛇咬了一口，够他受的。当然，我希望把子弹射出去时，余老师没有看见。但说实话，即或余老师看见了，要制止我，我也不会听，非得把子弹射出去才解恨。他的那一声尖叫让我产生了说不出的快意，几个月来，我第一次这么快意，而且自认为做了一件惩强除恶的事情，这是替余老师和我妈妈做的。

这堂课上完就放学了。我出了教室，朝校门走去，我和弟弟妹妹约定，放学后，无论如何都得等齐了才回家。就快走到校门时，突然一只手从后面抓住了我的衣领。我连忙转过身去，却见是我远房的堂兄光光。

"你狗日的弹我的手，是不是？"

我把他的手从衣领上扭下来，毫不示弱地说："你才是狗日的，我弹了你，你想怎么样？"

"老子想捶你！"说完他就气势汹汹地扑过来。

我已经做好准备的，见他扑过来，我稍稍一侧身，用脚把他的脚勾了一下，他便扑倒在地。他马上站起来，一脸通红，眼睛睬睬周围看热闹的同学，神情显得尴尬之极。他比我高，但人却不结实。在我看来，他比我高，是因为他的脖子长。我能感觉到，他没有什么力气的。他又向我扑来，我牢牢地站稳，突然伸出手肘，他的胃部一下便撞在了我的手肘上，满脸痛苦地蹲在了地上。"你不是我的对手！"我用轻蔑的语气说，"你根本不懂如何摔跤和打架。"我很想对他炫耀一番，告诉他，我和那些藏族同学成天在草坝子里翻滚，不知研究了多少整人的方法。可是我没有说，我恨他，也看不起他，向他炫耀没有一点价值。

他慢慢站起来，脸因为难受而变得苍白。

就在这时，妹妹推开围观的同学，急匆匆地走到我面前说："哥哥，弟弟不见了！"

"你没有找他？"

"我到教室去找过的，还问了他们的许老师。许老师说他没有上最后一节课。"

听了她的话我吓着了，看着她万分焦急的神情，我顿时忘了在干什么，拉着她就想走。

"狗日的想走，没这么容易！"光光扑上来死死地拉住了我的书包。

"想打架，我奉陪。不过我得先去把弟弟找到。你到县委会的球场等我，我一定来，说话算话！"说完，我也不管他答不答应，拉着妹妹就跑。

"哥，你别和他计较，妈妈不是交代过你的嘛，不要打架，不要惹是生非！"

"你别管！"我说。

"老子一定等，你要是当缩头乌龟不敢来，老子晚上就去砸你家的瓦！"光光在我的背后声嘶力竭地叫骂。

从校门往东走是东山，往西走不多远就是后水门。从后水门下到江边，得下几十步石阶。我慌慌忙忙顺着石阶跑下去，不见弟弟的身影，又跑上来，对妹妹说："你回家去看他在不在，我到其他地方去找。"刚说完，脑子里突然灵光一现，我拉着妹妹就朝西门跑。"我们这是去哪里？"妹妹不明白地问。我没有回答，拉着她继续朝前跑。不一会儿，我们跑过了西门桥，到了车站。

"我们分开找。"我说。

"弟弟会在这里？"妹妹疑惑地看着我。

"别管，快找！"我不耐烦地大声说。

我们几乎同时看见了弟弟。他抱着书包，蹲在候车室的门边，双眼贪婪而痴迷地注视着开进站来的客车，不光如此，那眼里还交织了梦幻般的期盼。我们连忙走过去。"弟弟，你一个人跑来干什么？"妹妹迫不及待地问。弟弟看见是我们，怔了一下，眼泪"哗"地流出来。"我等妈妈，要是妈妈来了呢……"听了弟弟的话，我和妹妹的眼泪也顿时流出。妹妹把弟弟搂住，我们什么话也不再说，让眼泪尽情地流。许久，我才回到了现实。我们得回家，再说，我和光光还有一个约定，我必须践约，不能让他把我看扁了。于是我便一把抹干了泪，将他们拉起来说："回家吧，爸爸妈妈说过的，起码两年后才会来看我们。"

过了马路上了桥，弟弟还不时地回头。他把对爸爸妈妈的思念全寄托在了车站。他还小，对爸爸妈妈的依赖和思念自是比我和妹妹强烈得多。我有些担心了，弟弟如果老是沉浸在梦幻中，并且把想象当成真实，还不知会出什么事，我想我得多加提防了。

"哥，你怎么知道弟弟在车站?"妹妹问。

"他这几天上学的时候，眼睛老是朝车站看。你说他不在了，我就隐隐约约地有了这个预感。"

"弟弟，下次一个人再也不要乱跑了。"妹妹说。

"记住，再乱跑，我就给爸爸妈妈写信!"

弟弟显然害怕了，连忙抹干眼睛，点了点头。

过了桥，我们仨人不由得站住，路边靠城墙的城堞坐着个衣衫褴褛的瞎子，一根杵路棍放在盘坐的双腿上，脚面前放着个土碗，用一种让人揪心的腔调唱着乞讨的歌。

> 同志们呀，
> 你慢慢走，慢慢看呀，
> 大路旁边好行善……

我们三个从来没有见过乞讨的人，更没有见过用歌声乞讨的瞎子。开始我们非常好奇，便不由得站下来看，但马上，我们的心就被打动。也许我们对父母强烈的思念，心里本来就充斥了伤心和痛苦，听他这么一唱，就又感到了凄然。当他唱到行善这一句时，是一段缓慢向下的颤音，让人的心不由得跟着战栗。这一下，我们的眼里就不由得含上了泪。

一辈子的路呀，

我瞎子双眼不见，

就走得好难好难。

手不能握锄，

肩不能挑担，

只好在路边摆个土碗，

望行善的人丢个分分钱。

谢谢你呀，谢谢你，

行善的人呀，

赏我一口饭！

我的口袋里揣得有几张角票和几个五分的硬币。我很想拿出一个硬币来，放在他那个空空的土碗里去。但说实话，我还是有些舍不得。爸爸妈妈每个月给我们寄五元零花钱，这其实是我们三个每天早上过早的钱。每人五分钱，每人也就可以买两个泡粑或者油粑。如果我送他五分钱，那么，明天早上，我就不能过早了。正在犹豫不决的时候，突然来了两个臂上挽着红袖套的人，不由分说就去拉他，"不要唱了，跟我们走！"其中一人道。瞎子连忙摸索着将土碗夹在腋下，杵着拐棍站起来。另一人说："乱唱些什么，知道不知道，你这是在出国家的丑！"

"哥，快，快送他五分钱！"妹妹急切地拉拉我的手，悄悄地说，"明天早上我不过早了。"

我掏出五分钱追上去，对那两个人说："叔叔，等一下，我要送他五分钱。"说着就把那五分钱塞在他的手心里。他的那只手攥得紧紧的，眼泪猛然流出。我心里酸酸的，很难受，不知道他们会把他带到什么地方去，也不知道以后还会不会再见到他。

我们慢慢地回家。西门桥这里已经没有了往昔的热闹，通宵达旦地往船上装货，或者朝岸上卸货的情景已经不见。自从通了公路，有了汽车，许多的货物就不再用船装运了。这时，码头边还停靠着几只大船，也还有许多搬运工人在船边忙碌。大船旁边有不少的小木船，这种木船肚皮大，两头尖，而且尖头略往上翘。这些船是附近乡下的农民划来的，他们是来卖菜、卖柴或者买盐、买煤油的等。一天就快过去，他们各自都有了收获，便拉着家常，摆谈着一天的见闻，顺着长长的石阶下码头，上船回家。

已是五月初，天气开始热起来，全城都弥漫在温润的气息和栀子花的清香里，许多老婆婆、中年妇女，都在头上插一朵栀子花，要不就是用线捆一朵栀子花，吊在胸前的纽扣上。就是这些进城来的乡下妇女，也无一例外地插着或吊着栀子花。从她们身边走过去，能感受到她们愉快的心情，闻到她们身上的花香。

"哥，你不要去会光光，回去晚了，公又要骂我们。"

"他哪天不骂我们？每天这个时候他就喝得醉醺醺的！"我对妹妹说，"你先带弟弟回去，我去会会他，我不相信他会把我怎么样。"

"不，你要去，那我们也要去！"妹妹很坚决地说。

我太了解妹妹的脾气，虽是个女孩，可很少和女孩在一起玩，大多的时间是和我，还有其他男孩一起。像她这样年龄的女孩，很自然地变得羞怯、文静起来，对学打毛线和缝缝补补之类的女红兴味十足。可妹妹不行，从小就和我们男孩玩野了，一提打毛线和缝补衣服的事，便嗤之以鼻。男孩们打架她不会害怕，早就看惯而习以为常。此时，我去打架，却不要她去，不要她管，这绝对办不到。所以，听她这么说了，我就不再说什么，让她和弟弟跟着我。

"哥，你说那个瞎子明天还会不会在那里？"弟弟忽然问，"他好可怜，明天我们再去看他要得不？"

我在想着如何对付光光，没有理他。

"姐，你说呢？"

"要得，明天我陪你去。"

回家的路是沿着河岸走，河岸很高，有的地方是陡峭的石壁，石壁的缝隙里还长着树，河岸上也长满了树。尽管离河岸很高，但是坐在船里那些人的说笑声我们还是能听见。很快，我们就到了县委会的大门口。平常放学回家，我们都是从县委会大门进去，从后门出去，这样，回家的路程要短一些。我始终都是一副无所谓的模样，好像根本没有把决斗这件事和决斗的对象光光放在眼里。我必须保持这副模样，特别在弟弟妹妹的面前。在这里，我就是他们的主心骨，这个哥哥勇不勇敢，可不可以依赖，就得从这些地方表现出来。要是哥哥都胆小怕事，那么他们在这里就会更加抬不起头，而且还会对有这么个哥哥感到伤心和失望，我现在特别怕的就是他们对我伤心和失望。

光光和他的弟弟，还有两个堂兄站在篮球架下，似乎早就商量好如何来对付我。我依然目中无人地走过去，其实，我内心还是有些害怕，如果真正打起来，我是打不赢他们几个的。但是已经没有退路了，我的大脑飞快地转动着，想着对付他们的方法。我的大脑里有一点是十分鲜明的，就是我无论如何不能让弟弟妹妹抬不起头，也不能让自己以后看见了他们就低头。我想好了，无论被他们打成什么样子，我也决不认输！

"我来了。要怎么样你随便。"我故作镇静，若无其事地走到离光光很近的地方站住，一边放书包一边说。

"老子也随便你！"他还是一口粗话。

但他在说这句话时，我发觉他的眼里飞快地闪过一丝胆怯。捕捉到他的这个眼神，我的胆量顿时足了许多。在学校的那两下交锋，他是吃了苦头的，知道不是我的对手，心里有了胆怯就不足为怪。

"你们是不是想一起上？"我问。

"不准一起上，有本事就单挑！"

我和他们不由得同时循声看去，只见说话的人坐在草坪边缘的一棵大冬青树上，双脚还一前一后地摇晃着。

原来是响生姐。

据说响生姐的祖太公和我的祖太公是亲弟兄，算起来，我们之间没有出五服，还是很亲的。我想正是这样，她才明显地维护我。但是也听人说，响生姐的父亲只是她公从小抱养的外姓人，和我们这姓人没有血缘。其实，住在这条街上的人大部分是亲戚，都是一个老祖宗传下来的子孙。就拿光光他们来说，也只是出了五服，隔得比较远一些了的同姓亲戚。如果按字辈来算，我也是光字辈，和这时在场的人同辈，都是弟兄。

"漠榆，把你手里的石块甩了。"响生姐下了树，不慌不忙地朝我们走过来。

这时，我才发现弟弟的手里拿得有石块，不光弟弟，妹妹手里也拿得有，他俩以前就爱和我在草坝子里扔石块打靶，打得很准的，如果此时我真的和他们打起来，他俩一定会帮我的，说不定就会把他们砸得头破血流。我连忙对弟弟使了个眼色，妹妹和弟弟才不甘心地扔了石块。

"我在这里，就不能让你们打架。摔跤可以，就让我来给你们当裁判吧。"

响生姐是这一大家族里的名人，像我们这么大的男孩和女孩对她都很佩服。她从小就没有了父母，是她的养母把她带大的，这个养母过去是她母亲的丫鬟。大约在她十岁时，养母终于嫁了人，住到离城好几里外的丈夫家去了。那时她刚刚懂一点事，小学还没有毕业，就被迫自己去挑水、煮饭、洗衣，并且还得去山上砍柴割草，最让族人钦佩的是，她不依靠别人，自己找钱，坚持读书，如今已是初中生。那时，每到星期天，天还没有亮，她就上山了，先砍一挑柴去卖，再砍一挑自己留着烧。正是如此，她的身体就比别的女孩长得结实和有力。我小她两岁，也矮她大半个头。在男孩的眼里，她是个美人，个子高挑，鹅蛋型的脸始终红扑扑的，鼻子高挺，而线条却又柔和优雅，鼻尖微微上翘，给人一丝调皮之感；一头乌黑油亮具有弹性的长发，被一块洁白的手巾捆在脑后，前额有一排刘海儿，两鬓飘着些许柔丝；大眼睛掩在长长的睫毛下面，那双宝石般的黑眸仿佛会说话似的，隐隐透着笑意，且亮得生辉，充满了活泼欢快、自在无羁的光彩，也许是劳动得过多过早的缘故，她发育得也早，胸前的乳房已挺起来，走路的时候会轻轻地弹动。

我们全都愣怔怔地看着她，似乎想不通她为什么会坐在那棵冬青树上。她的语气是说一不二的，带着命令的味道。这让我们男孩感到不怎么舒服。

"摔跤他不行。"我说。

"没摔怎么晓得！"她说。

"我们在学校摔过了。"

"你说，摔不摔得赢他？"

光光伸了伸他那长脖颈，眼睛骨碌地转，似乎在考虑该如何回答。好一阵才说："反正我不怕他！"

听了光光的话，她笑道："怕不怕是另一回事，现在说的是你摔不摔得赢他。"见他张皇失措，不断伸着脖颈的样子，她"咯咯"地笑起来。

这笑声脆如银铃，特别好听，让我想起那些喝牛奶、吃酥油糌粑的藏族女同学的笑声，她们的声音也是这么好听。正是我的这种感觉，让我无端地在突然之间对她产生了非常独特的亲近感，而且还有事事都想顺从的意愿。

"看来你是默认摔不赢他了。"她又变得严肃起来，略微地想了想说，"那么这样吧，"她过来拉着我的手走到光光面前，"先摸鼻子为大哥。这其实是看你们谁的动作快，赢了的就是大哥，输了的就得服输。怎么样？"

"行！"我立即回答。

"大国、三毛、漠柳、漠榆，你们的意见呢？"她逐一地问道。

弟弟妹妹见我表态了，便对她点了头表示同意。大国和三毛也没有意见。

"注意，我要喊开始啦！"

我一直看着她，心里有着要在她面前表现一下的欲望。当她喊了开始后，我敢肯定，她那开始的始字还没有完全落音，我右手的食指尖已经点到了光光的鼻子上。而光光呢，傻乎乎地看着我，毫无反应。

"你的反应实在太慢了，看来你的确不是他的对手。"她故意夸张地摇着头，对光光说。

"老子不干！就这么算了，不干！"光光突然高声叫道。

"你反悔了？"她问。

"反悔就反悔！"光光依然叫道，"卵子，没得这么便宜的事！"说着他伸出手腕来，对她道，"你看，他打的！"

她似乎对主持公道饶有兴味，似乎也不愿事情就这么完结。当她看了光光的手后，便一本正经地问我："这是你打的，怎么回事？"

"他不上课，爬到教室的天花板上，从缝缝里朝余老师的头上撒泥灰！余老师教我们好辛苦，你不上她的课就算了，但不能做这样的坏事侮辱她！"我不由得想到了妈妈，泪水便又盈满眼眶。

她看看我，便把头转向光光，目光一下就变得尖利，脸色也变得难看了，轻蔑地对光光说："看不出，你小子还是个心狠手黑的人。古人说，'一日为师，终身为父'，还要我们有仁义，你知不知道什么是仁？仁的根本就是孝敬父母。余老师教你们这么久，你还不应该把她看成是你的母亲，还不应该把她当成你的母亲一样孝敬？我问你，如果是你母亲站在讲台上，你会不会朝她头上撒泥灰？"

我不由得重新打量她，不知道她的这番道理是从什么地方学来的，引经据典，让我觉得好深刻。

听了她的话，光光闷了好一阵，才说："大字报上说的，余老师是特务！"

"你家妈才是特务！"她突然显得怒不可遏。

"你家妈，不，你爹……"

"闭嘴！"她指着光光的鼻子厉声吼道，"我家爹是土匪，杀人放火，连我妈都是他抢来的！这就是你想说的，我替你说了，这下该可以了吧！"

光光嘟囔着说："这些是你自己说的，我可没有说。"

说实话，听她这么口无遮拦，毫不顾忌地说自己的爹，真是让我吃惊。回到家乡，我也听说过，她的爹不光当了土匪，还当过半年的县长。后来，她爹和手下不是被解放军活捉，就是被消灭。

她冷笑着对光光说："我爹是个什么人，我晓得，用不着你提醒。我还要警告你，千万别学得像我爹那样心狠手黑，不然，今后也别想有好下场！"

见她和光光生气了，妹妹就悄悄地对我说："哥，我们得回去了，不然，真的又得被公骂。"

"响生姐，你别和他生气了。今天是我弹了他，他想怎么样对我都行。回去吧，响生姐，你还得自己煮饭。我和弟弟妹妹也得回去，不然会被骂的。"看她真的很生气，我的心里十分不安。事情由我而起，她在帮我，可我却让她受这么大的气。我体会得到，她这么骂自己的爹，心里是既难过又难堪的，但是她又不得不这么做，她要封别人的口，不然别人骂出来就更难听。

"回去吧，响生姐，我们不怕他。"妹妹说。

"好吧，我们一起走。"

"不行，他不能走！"光光说。

这时大国道："算了光光，何必呢，大家都是兄弟，再说你的确也不对。"

"今天的事就这么算了！"她说，"不然的话，我、你还有漠杨就到你家，去找你妈，让你妈来评评理！"她的这句话就像撒手锏，顿时把气鼓鼓的光光捅了个窟窿，让他的气放得一干二净，眼看着他变得老实了，头也耷拉了下来。

"走吧走吧，"三毛催促道，"真是到你家去了，让你家妈晓得了这事，她不拿捶衣棒打你才怪!"

光光被大国和三毛拉走了。在我看来,他走得灰溜溜的,头都没敢回。我一直看着他们走过草坪,下了斜坡,出了县委会的后门,才转头道:"响生姐,谢谢你啦!"

"你还客气个什么呢。"她又恢复了先前的神情,眼里有了笑意,看着我们三个。但突然,她轻轻地叹了一口气说:"也许是同病相怜吧,反正,我觉得应该帮助你们。漠柳,你记着,要是碰上什么事就来找我。"

妹妹连忙点点头说:"我听你的。"显出一脸的钦佩。

她拉着漠柳的手说:"走吧,回家。"

我边走边想她说的那句同病相怜的话。她从小没有了父母,我们虽然有,但是现在却离开了。她极力地维护我们,不就是出于这个原因吗。此刻,我明显地感觉到,我对她的那份亲切愈加地强烈。而且我对她的身世也充满了好奇,我想,一定要把她父母的事弄个清楚。

3

天气越来越热。这种热是我从来没有预料到，也从来没有经历过的。当然，清晨是凉爽的，但是这段时间很短，太阳急切而又快速地升起，仿佛与所有的东西都结了仇，将万丈怒火喷向大地，于是大地和空气就变得滚烫，人们被热得无处躲藏。所以太阳一出，就有人急不可耐地下河泡澡，到了中午，太阳更是像巴在人身上烤，那河里便如泡炒米似的，浮满了白乎乎的人。这样的天气，街道上的男人们几乎整天就穿一条短裤，裸着汗巴巴的胸膛和肚皮。老婆婆和中年妇女，一般只穿件露膀子的短褂，同样只穿短裤，甚至大姑娘也是如此穿着。机关上的男女穿着稍许不同，穿的是西装短裤，短袖衬衣和裙子。

时间一晃就到了七月。其实我觉得时间慢得难熬，我有意漠视时光的流逝，但它还是给我留下了深深的印记——这就是天气从不热，到渐渐变热。七月里，茉莉花是早就开了的，满城的汗酸气里却又混合了茉莉花香。女人们无论老幼，这期间都喜欢用一根极细的竹篾青，将一朵朵茉莉花串在一起，然后别在头发上，要不就是用细线将花扎在一起，吊在衣服上。这样，每每碰上熟人，不得已要聊两句，便可用茉莉花之香乱其汗酸。

这是我的猜想。

漠柳也入乡随俗地将一串茉莉花戴在手腕上，时不时地闻闻。我问她茉莉花从哪里得的，她说是响生姐给的。学校放假这段时间，响生姐天天都上坡去砍柴割草，早出晚归的，没有一天闲下来。她要挣的是生活费书学费。有时，在吃中午饭前，我会在城门洞下歇凉，就能看见她挑着草或者柴，顺着河对面川主宫旁边的石阶路慢慢走到河边。如果恰好渡河船在码头，她便马上将柴草挑上船，过河的时候，她便从钎担上解下毛巾，在河里打湿，然后捧起来就往头上、脸上、手臂上抹，把自己弄得个湿淋淋的。过了河，她又挑了柴草下船，再上石阶。每次到了城门洞，我都主动和她打招呼。我还注意到，她挑柴草的钎担上，也用篾青串了茉莉花，手镯似的在钎担上甩摆。有次我跟着到她家，她家小小的院子里就栽了好几盆茉莉和栀子。我说："你去割草砍柴，还有心思玩花。"她就笑道："你不晓得，在坡上齐胸高的草丛里，那热浪是一股股地冒出来，熏得你头昏眼花，这时你赶快闻闻茉莉花，花的香气就像一股细细的、冰凉的水，让你一下就心明眼亮了。挑着柴草回家，路上同样热得人发昏，有这茉莉闻闻，就不会中暑。"

傍晚时分，突然乌云密布了，但却没有一丝风，更没有一丝雨。空气变得非常的濡湿，浑身上下汗巴巴黏糊糊的。云层厚重，压得也低，白天的热气无处发散，这就让人热得窒闷，更为难耐。

我家住的这个地方就是江中门，也是我们这一大家族发祥了几百年的地方。族人们住的房子大多是木房，也有砖木结构的。但是大多数砖木结构的房子，仅仅是用那种宽宽的、薄薄的砖在房子四周封砌一道墙而已。这种墙砖有好长，墙就有多宽，中间砌成盒子，两边封砌得很对称。所以这种墙既叫封火墙，又叫盒子墙。响生姐的房子就是这样，只不过她的正房两侧没有厢房。

看见人们一有空就下河，我的心就痒得难受，碧蓝而清凉的河水对每个人的诱惑是无法抵抗的，但是我始终牢记着爸爸妈妈的话，除了自己坚决不去河边，也绝不让漠柳、漠榆越雷池一步。当然，他们也牢记着爸爸妈妈的叮嘱，从不干越雷池的事。

这个夜晚的热让人发昏。我们的婆到了十点钟都还没有睡，坐在门前不停地摇那比脸盆还大的蒲扇。我们的这个婆是后婆，年龄只比我们的爸爸大个十来岁。她比我们的公高出几乎一个头，瘦瘦的，但却十分结实有力，至今还在搬运社拉板车。她每天下班回家，手里都拿着一圈长长的棕索，那是她拉板车系货物用的。她回家的时候，太阳往往已经跌坐在西边的文笔峰顶，尖尖的文笔塔仿佛把太阳戳了个窟窿，就像戳破了一个蛋黄。于是，太阳就流出了火红的液体，流得满山都是，整个山都像燃了起来。婆回家的第一件事，就是拿个木盆，盆里放条毛巾，一只皂角，然后下河去洗头。我们的公呢，每天下午，必然地醉得一塌糊涂。在热天里，他穿的是蓝色的阴丹薄布做的长裤。他裤子的裤脚很大，能挽到大腿根。他的这种裤子的上半截，也就是在他小腹那个地方，一律接得有长长的一圈粗白布。裤带一年四季系在腰上，打的是死疙瘩，绝不解下。裤子提起来，在腹部那里折叠一下，缩一缩腰，把裤带挽在那圈粗白布上就行了。他的衣服是那种短短的对襟服，有些像清朝人们穿的那种衣服，只不过脖子处加了一点矮矮的领子。我们的衣裤和公的衣裤都是婆拿下河里去洗，然后再用米汤泡了拧干晒，这样的衣裤穿起来，就有些硬邦邦的不贴身。公每天下午挽个竹篮上街买菜，去时走中南门，一路有五家小卖部，每个小卖部他都花一毛钱喝酒。到了龙井巷，买菜时还比较清醒，而回家，他一定是穿过大十字，到西门转弯，走后水门回来。这一路有三家小卖部，再灌三杯酒下去，他就醺醺然了。当然，衣服是早就脱了放在菜篮子里的。他瘦小的身材，每一根肋骨都清晰可见。让我们无论如何也不相信，过去他能一整天不断地挑着 360 斤重的货物，从西门码头下面走到街上。只要醉了，他就必然在回来的路上无端地骂娘，并一直骂到晚上九点上床睡觉，而且非得睡着了，不然在床上他还骂。我们的公为什么每天都吃醉，为什么醉了就骂人，这是个谜，我们无法弄清楚也不想弄清楚。

这里是个十字街，从东到西有百多米长，从南到北有 200 多米，就到了县委会后门的墙根。南北这条街很窄，两边密密实实地挤满了木房，一个个露出毫不相让的意思，吝啬地留下巴掌宽一块街面。终于，地面上无论如何也无法再争夺，便只好将这争夺延续到空中。于是，几乎所有的房子都伸个吊脚楼到街面上，真是遮天蔽日。如此窄的街面，居然还有人有心情栽行道树，这是一种阔叶泡木，当然它们都长得极其不好。大热天，小崽儿们爱睡在吊脚楼上，半夜里尿胀了，掏出硬邦邦的小鸡鸡（生殖器），多用点劲，尿便射到对面的吊脚楼上。人们晒衣裤被套，就晾上竹竿，一头放对面楼的栏杆上，一头放自己楼的栏杆上，这用不着商量，因为是祖辈们就已经约定俗成了的规矩。这两条街只有几根木电线杆，所以也就只有几盏昏黄的路灯。路灯的盖子上缠着蛛网，许多大大小小的飞蛾在灯旁扑腾。天气太热，人们就在屋檐下或者街上睡觉，大家都把竹凉床搬出来，没竹凉床的就搬块木板搭在门槛上，把竹席用水浸了铺在木板上睡。有的人家连木板也没有，就把堂屋的门卸下来当床睡。睡之前先在铺边点上蚊香，这些蚊香全是自制的，那是先用皮纸做成细长的圆筒，再往里面放锯木面和蚊虫害怕的草药。蚊香点燃后，就放在一个特制的长木框里，木框里先就垫好柴火灰的，蚊香平平地放在里面能燃完而不会熄灭。所以在热天的晚上，那一条街都是烟雾弥漫的。老人们全是等儿孙睡了才睡，他们用大蒲扇不停地为儿孙扇着，希望儿孙们能早些入眠。

我们也睡在街沿，竹凉床让漠柳睡，我和漠榆睡木板。在这样的天气里，要想睡着是无比困难的。尽管有凉席，但它却是发烫的，凡是身上挨着它的地方都会流汗。睡不着，就想心事。我在构思一篇给爸爸妈妈的信，每个月我都得给爸爸妈妈写两封信，告知我们的学习和生活情况。这封信我得告诉他们，初初到家乡时产生水土不服的现象已经消失了，不再一整天不想吃，不想动，无精打采和萎靡不振的了。而且奇怪的是，水土不服的现象消失后，我们的记忆也像恢复了，上学期的课我们全都回忆起来，这学期上的课也能懂。我还得告诉他们，家乡是如何的热，还得让妈妈晓得，现在已经很难见到余老师，学校的其他老师放假了都还在批判她，说她是混进革命教师队伍里的坏人。其实，我最关心的是想问问妈妈的现状。当然，我还得如实地告诉爸爸，他的父亲真是个十足的酒鬼，在他的眼里，我们左右都不对，总之全是错的，每天都会被他骂个狗血喷头。我们实在不晓得该如何才不会被骂……

"包包散，包包散，
不要妈妈婆婆看。"

突然，住在街对面一个同族的伯婆，坐在板凳上诳孙崽睡觉，自己反倒睡着了，头一垂，碰在孙崽额头上，孙崽哭起来，她惊醒过来，一边给孙崽揉额头，一边这么念着。孙崽不哭了，她打起精神，继续地诳。

树上一只小麻雀，
天天早上唱反歌。
河里石头滚上坡，

先生我来后生哥。

她轻轻地唱着歌。我的思路被她打断，只好听她唱。

妈妈结婚我快活，
我在门前敲大锣，
我从外婆门前过，
看见舅舅摇外婆。

唱完一首后，她又接着唱另一首。

往年的古怪少呀少，
今年的古怪多又多，
板凳爬上了呀墙，
灯草砸破了呀锅。
田里生的是青草，
土里长的是野蒿，
太阳西边呀出，
月亮东边呀落。

听着歌，我突然变得心烦意乱，不由得坐起身来。我想，伯婆不光是在诳孙子睡觉，也是在诳自己睡觉。她摇着扇子，声音轻缓，而这歌的调子却被她唱得有滋有味。但是渐渐地，她的声音开始变得断断续续，扇子也不再摇，看来是睡着了。听了她的歌，我的心里有了一些奇怪的想法，好像这歌是要给我个提醒或者启示，可是我一时却想不明白。

在这燠热溽闷的夜晚，似乎无论有多少蚊香，也不能阻遏蚊子的进攻。我想，这汗味一定和血的味道差不多，对蚊子具有无比的诱惑力，所以蚊子才奋不顾身地向我们扑来。耳旁不断地有蚊子的嗡吟，这让人讨厌和害怕。可以说，回家乡以前，我几乎还没有被蚊子咬过，因为在草原上，即或是盛夏的晚上也十分地凉爽，没有蚊虫侵袭。所以，我的皮肤对蚊子的叮咬就特别敏感，只要被咬了，皮肤就会起老大的红疙瘩，许久不散，而且痒得让人受不了。

"出去，出去！你又来缠我，硬是要老子的命呀！"

公又在屋里嚷起来。自从天气大热之后，公睡到一定的时候，总会莫名其妙醒过来，手不停地挥舞，嘴里大声地叫嚷，似乎要阻止谁向他靠近。

"这个背时的老崽崽，又闹个啥嘛闹！"婆虽然坐着摇蒲扇，但却是处于半睡半醒之间。听见公又嚷开来，便嘟嚷了一句，依然不紧不慢地闭着眼睛摇蒲扇。婆显然已经习惯了公的叫嚷。

由于睡不着，加上又有特别的好奇心，我决计在这个夜晚要看个明白，究竟有没有人来缠他，是什么人在缠他。这之前，我已经有许多个晚上听见他与人争吵，我还晓得，与之争吵的人是我堂兄漠明的外婆，外婆已经去世近八年了。我曾经听漠明说过，有一次去砍柴，不小心从崖上跌下来，一根尖利的竹桩刺穿了腰边的衣服，而没有刺穿他的腰。他信誓旦旦地说，这绝对是外婆在冥冥之中的保佑。他没有给我描绘过外婆的模样，所以许多天里，公只要一和外婆吵闹，我就在心里勾勒外婆的形象，这些形象有高有矮，有胖有瘦，最终这形象定格在我伯妈的形象上。

我爬起身来，悄悄地进了堂屋，探个头进公的卧房。房内黢黑，什么也看不见。但奇怪的是，我立即就感到了一阵阴凉。这种阴凉能让人起鸡皮疙瘩，就好像房内突然有了一个深不可测的洞，在往外冒着凉气。

我揉揉眼睛，看见一个老婆婆。我想，这就是漠明的外婆？她瘦弱不堪，满头白发，脸上全是深深的皱纹，像个核桃壳。她一言不发地站在公的面前，一动不动地注视着公。公坐在床边，双手挥舞着。突然，公的右手从外婆的右胸砍进去，从左胸出来，但外婆却完好无损，无动于衷。我吓得汗毛都立了起来，只觉得浑身冷飕飕的。

"你狗日的走不走，你不走，老子今天就死在你家，看你卵的信不信！"

"亲家，死都死了，还来缠我干个啥嘛！这房子的事你又不是不晓得，过粮食关的时候，你那个女婿在劳改农场，你的女养不活你那四个外孙崽女，我这个当公的总不能看着孙崽孙女饿死吧？你狗日的又不是不晓得老子是卖了房子来养孙崽孙女的。你那阵在农村，你几个外孙崽女卵都没得你点帮助，红苕都没得你一个吃！要不是我满崽把他的儿女送回来，老子才不耐烦住你这个卵地方，老子在凉水井搭个茅棚棚住得上好的。告诉你，到这里来住，是你的女，我的媳妇叫我们来的，她买这房子来给你儿子，老子不会霸占了他的房子！这个卵房子老子看不起，等你的崽回来，老子就还他。快给老子滚出去，莫要再来缠我，不然老子死在这里，等你那个卵崽回来住，老子也不会让他一家住得清净，你信不信？你要是不信，那你就天天来缠老子嘛。说实话，老子不管你是鬼还是神，卵都不害怕……"公骂得痛快淋漓而又有条有理，还可以说，今天他是在向这个不断骚扰他的影子发出最后通牒。他说话的语气已经不再像是个醉鬼，可是他显然还没有骂完，却又倒身睡去。

屋里依然黢黑，但是我的眼睛已适应，能清晰地看见屋里的各样家具。可就是什么都能看见了，却再也看不见那个弱小的身影。我又揉揉双眼，还是没有看见。于是我就怀疑这是幻觉，是梦魇。我怀疑地狠狠拧了自己一把，极其疼痛，事实证明我十分清醒，既没有睡着也没有做梦。我想不通发生了什么，也不愿再想，便又悄悄地溜出屋来，见婆已然靠着墙板睡着，扇子掉在了地上，我轻轻地捡了扇子，在漠榆的身边躺了下去。

第二天早上，公一如既往地搬个小板凳坐在门前，这时，他又重变成了与世无争的老人，那张瘦削的脸十分平静安宁，双眼也一如既往地溢满了慈祥善和，只不过这双眼有些呆滞，一支老长的烟杆，烟斗那一头放在地上，烟嘴这一头靠着他肩膀，双手的手指微微抖着，迟缓而笨拙地卷叶子烟，我听漠明说过，公只要不喝酒，手就会发抖，会变得绵软无力和呆笨。通过我的观察，的确如此。每一次看见他这个样子，我的心里都会涌出同情和怜悯，不由自主便去帮他卷烟。这个老人过去一直在西门杠脚，靠了一双肩膀把我的伯父和父亲拉扯大。他离不开酒，他曾经说过，以前杠脚，从码头每挑一次东西上街，就喝一碗酒。酒便是他的粮食和生命。此时，这个老人和每天下午买菜回家后，坐在门前破口大骂的老人实在是天渊之别，判若两人。

"公，你帮我买一把柴刀和镰刀，我要和响生姐去割草砍柴！"说不清为什么，我突然冒出这句话来，也许是昨晚上我又做了被牛粪盖在身上的梦，牛粪太热了，我在梦中几乎被烤干而燃了起来。这个梦勾起了我内心还潜藏着的，捡牛粪的快感。也许是这几天里，公在骂人的时候，还骂到柴也贵了，菜也贵了的事，跟着就骂我们一天只晓得睡，直睡得二面黄，只晓得玩，只晓得吃，什么事也不晓得做。但也许是我天天看见响生姐砍柴割草，便也悄悄地有了跟她一起去学学的想法。总之，这句话一出口，我心里莫名地有了一种轻松和兴奋，我想我既能和响生姐在一起，而且主动干了事，公就不会再骂我们了吧！

"好，你去，肯干事就好。"公听了我的话，回答得很平和，"我像你这么大的时候，都能挑百多斤了！"

公的话是不是事实，我不得而知。这几个月来，家里的水是由我挑，开始只能挑半桶，现在已能挑满桶。满桶水大约 30 斤，那么就是说我能挑60 斤。

"娃娃崽嘛，就是要吃得苦耐得劳，敢上山敢下河，一天弯在家里有个卵意思！"公说着，眼睛倏忽发亮了，眼里甚至还有向往的神情。也许他想起了年轻时上山下河的事。

"我不会游泳。"

"那就是旱鸭子。娃娃崽，这里出门就碰上河，不会游水要得个卵呀！"

"我爸爸妈妈不准我们下河！"

"你爸爸就最会游水，一个猛子可以扎过河去。他小时候学游水我就不管，任他学。"说着他又吧嗒一口烟，"在这个世上，你要怕死，那你就啥卵事情都干不成，胆大日龙日虎，胆小日个抱鸡母！"说完便在地上磕烟斗，然后就转身进厨房去煮中午饭。

我的公说话极其粗鲁，满口脏话。这也难怪，一是他没有文化，二是当地话风如此，开口就是妈呀卵的。初来时，听他说话觉得十分刺耳，认为他这么大年纪了，居然流里流气的。和他说话我始终不习惯，但却没办法，只能硬着头皮。见他去煮午饭，我便去挑水。"莫在河边玩久了，"公交代着，"快点回来。"我知道公是要我回来喝米汤，他特别看重米汤，每次煮饭的米汤他都非要让我们喝，他和婆也喝。他曾经给我们说，过粮食关的时候，人人饿得像疯狗，个个红眉毛绿眼睛的，见了啥都想咬一口。"莫瞧不起它，那时候，能得这样一碗卵米汤喝，你一双眼睛立马就亮起来！"

这条街没有自来水，得去另一条街。自来水是两分钱一挑，公每个月只买两毛钱的水牌子，用完了就只好下河去挑水吃。我家旁边有条长长的巷子，青石板铺的路，两边都是高高的封火墙。由于不太容易晒到太阳，巷子里就老是弥散着年深月久了的霉味。顺着巷子七弯八拐地往下走，就可以走到江中门。挑河水特别累，回来全是上坡。

匆匆地吃了饭，我就去找响生姐。她的家离城墙不远，院门面对着河那边的柑子园。这一段的城墙很矮，不光没有了城堞，就连城墙本身也残缺不全。站在城墙上，我完全敢跳下去，下面是斜斜的土坡，长满了椿木、漆树和构皮树。再下去便是宽阔的沙滩，从北边流过来的河在这里转了个大弯，就到了江宗门，与西边流下来的河在峒岩那里汇合。

此时正是中午，太阳能把人身上的油烤出来，满河都是洗澡的人。我看见光光、大国他们十几个娃崽爬上柑子园下面的陡崖，再一个接一个地往下跳，把那河水溅得老高。他们全都打着光屁股，一丝不挂，全身晒得黝黑。看着他们，我实在是羡慕得要死。

> 财大产大，
> 留给崽女祸就大，
> 你问是个啥道理，
> 崽女有钱胆子大，
> 啥卵祸事都敢闯，
> 倾家荡产才肯罢。

我来到响生姐的家门前，正要进去，却突然听见旁边那棵大冬青树上有人在念顺口溜，我掉头看去，竟然是老天爷。这让我大吃一惊，不由得呆呆地看他。想不通他是如何爬上去的，也想不通他为什么要坐在树上去，这是一棵两人也合抱不了的大树，在一丈多高的地方，伸出小脸盆那么粗一根枝丫，不到一米，便又分叉成两股。老天爷背靠大树，坐在枝丫上，双脚平平地放在两股伸出去的枝丫上，而他的双手，则搭在另两根手臂粗的树丫上，这两根树丫刚好把他护住，就像靠背椅的扶手一样。他居高临下地看着我，我也看着他。但我注意到他看我的双眼显得迷蒙，幽远。他个子高高的，长长的颈项虽然萎蔫但却还很坚韧；背微驼着，瘦骨嶙峋的；胡子稀稀拉拉，但每根都像银子似的白；稀疏的头发有些干涩，如胡子一样白，全长在脑后，齐肩长，而头顶却光光的；他手里拿着一根足有米多长，铜嘴铜头的竹烟杆，这大烟斗里散发出来的烟屎味可以传遍整条街，烟杆经年累月地被烟油浸润，便红得像琥珀似的有了透明感；那根拿着烟杆的手指细长却结实，手背上青筋裸露，就如古树裸露在地面上的虬根；他身穿月白色圆领无袖对襟短褂，阴丹蓝布半长短裤，裤脚很宽大，如果走起路来，那裤脚会像把大蒲扇一样扇风。他是个无儿无女的孤家寡人。有人说他已经120岁，也有人说他才116岁或108岁。总之，他已经100多岁，这是族人们一致公认的。族中的一些老人们还记得，20多年前他就不再过生日，对没完没了的生日感到了厌倦和烦恼。于是，在每年要过生日之前，他便不知所踪，没人晓得他藏到了什么地方。他不光想自己忘掉生日，也要让想给他过生日的族人们忘掉他的生日。这么多年过去了，他达到了目的，族人们不光忘掉了他的生日，还忘掉了他的岁数。只不知他是不是真的忘得了自己的生日和岁数。我想，他和一部分族人并没有真正忘记他的年纪，之所以他们要这么做，是因为他们有意忘记，或者忽视没完没了的时光，对一个生命的催促罢了。

"老天爷，老天爷，"我试探着叫了叫他，"你坐得那么高，可要小心呀!"

财少钱少，
以后崽女祸就少，
你问是个啥道理，
崽女钱少胆也小，
点卯财产小心保，
少吃少用就过了。

他依然看着我，却对我的话充耳不闻，自顾自地念着。见他不理我，我便推开了响生姐的院门走进去，却见她站在天井正中，端起一盆水从头淋到脚。她穿一件白底浅蓝碎花的无袖短褂，一条同样花色的短裤，也许是她长得快，但也许是这短褂和短裤已经做了好几年，所以穿在身上就绷得紧紧的。此时，短褂短裤被水打湿，更是贴在了身上，几乎透明。看见她这个样子，我一时显得手足无措，连脸都红了。但奇怪的是内心却萌发了一种说不清道不明的冲动，就是不光想更清晰地看见她的身体，还想去抚摩。然而，在产生这种冲动的同时，也生出了可耻的意识。可她看见我后，却并不害羞，反倒很高兴，忙叫我坐。

"你会游泳，为什么不到河里去洗呢？"我慌张地找话说，想以此掩饰羞怯。

"我刚割草回来，一身臭汗，连外衣都打湿了。这盆水是我清早放的，先淋了它凉快一下再说。"

"才回来，你还没有吃饭吧？"

"还没有。我这就煮，快得很。"跟着又道，"你坐，等我换身衣服。"

"我来帮你煮饭。"我说。

"你别管，我自己来。"她说。

我穿过堂屋，来到后院，后院十分窄小，也和前面的天井一样，是用青石板铺的地。厨房很小，紧贴着高高的封火墙，里面的灶也小，灶前有个用来砍柴的木墩，旁边是水缸、米缸，有个年深月久的碗柜，左右两边的门上各雕刻得有一条大鲤鱼，碗柜边还有两个泡菜坛。我拿了木盆正要去舀米来淘，她进了厨房，抢过木盆自己淘米去了。我便坐在灶前帮忙生火，灶旁放得有她卷成小捆的草和砍成一尺来长的柴。我放一小捆草进灶里，擦火柴点燃，再将柴一根根地放进去，草燃完了，柴也就被引燃了。"响生姐，你回来的时候看见老天爷没有，他坐在树上呢！"

"我晓得。大清早我去割草的时候，他爬上去的。"

"他如何爬得上去呢？"

"你没看见我那院墙边的木梯子？他是用它上去的。"

"真古怪，他都那么大年纪了，还要爬树，而且在树上一待就是这么久。他未必不吃午饭？"

她嘻嘻地笑道："他呀，古怪的事情多了。人说老小老小，越老越小。小了就不懂事，就贪玩。每天他都是天不亮就起来，煮碗稀饭喝，天黑尽了，再煮碗干饭吃。其他的时间不是去看别人斗鸡，就是自己去逮蛐蛐玩。冬天下了雪，他还和娃崽些打雪仗。他上树是说树大招风，在上面凉快。叫我把梯子拿开，是不想让人去打扰。"

"如果你没有在家，他要下来怎么办？"

"你想都想不到。你看见的吧，他坐的那根树枝越往前就越细，他想下来了，就用双手抓住树枝放下身子，双手慢慢往树枝细的地方移动，等树枝托不动他的时候，弯下来，就把他缓缓地送到地面上。"

"他不怕树枝断了？"晓得他是这样下树来，让我觉得很好笑，"他要是摔着了可不得了！"

"冬青树最有绵劲，不会断，就是要断，也不会脆生生地断，而是慢慢地撕裂开来。"

老天爷在这个家族中的辈分是最高的了，就连我的公也得叫他一声太公。那些比我们还矮个一辈两辈的人，实在不知该怎么叫他，便叫老天爷。这个称呼所有的晚辈都能叫，久而久之族人们便也习惯，如此叫他既不乱了辈分，也非常尊敬，当然，这个称呼还含得有一点戏谑的成分。从她的口中，我晓得老天爷的身体还很好，耳不聋眼不花，记忆力特别好。二十几岁就考起了举人，当过一任小官。我们这一大家族，过去当过官的人不少。"一街三拔贡，隔墙两翰林。"就是说的我们这条街和我们的族人。至今他们的后代还在，很为先人们自豪。她的这幢房子，其实是老天爷的，她的父亲被政府枪毙后，外公就从老天爷手里买下这房子让她和养母住，老天爷则搬到几十米外的一座小木屋去。她外公买这房子没花几个钱，可以说是一半送一半卖。原因是他的怜悯。

"听说你们三个还不会游水？"她突然问。

我不好意思地点了点头。

她笑道："其实最好学。等我下午割草回来去洗澡的时候，你把漠柳、漠榆叫上，我来教你们。"

我迟疑了一下说："响生姐，我来是想让你带我上山，教我砍柴割草。我已经让我公买柴刀和镰刀了。"后一句话的意思是非得让她答应，因为我已经没有退路了。

她看了我一会儿，点点头认真地说："应该，男子汉应该去，要学会吃苦才行。"

"你答应了，好，我明天就和你去！"

"何必明天呢，今天去。等我吃了饭，我们就上山！"

她显得很果断，不由分说似的。我忙道："我还没得刀，等我公买回刀来，我起码还得磨个半天。"

"你放心，我有刀。柴刀镰刀各有两把，磨得锋快的。"

正说着，老天爷却无声无息地走了进来，"妹崽，饭熟了没有，饿了，来找碗饭吃。"边说还边勾着身子在锅边嗅。"香了香了，可以吃了。"

她笑道："这点饭刚够我吃，哪有你的。"

他捻捻胡须说："有办法，有办法。"

她故意问："有啥办法？"

"老办法。"他摇头晃脑地说，"我吃一半，你吃一半。"

"哎呀，你真聪明，我为啥就想不出这样的好办法呢！"

"妹崽，莫要开我玩笑，我真的饿了。"

"我还有个办法，多弄些菜添补。"

"对，对，饭菜饭菜，一样一半。"他嘿嘿地笑道，"你也不傻嘛。"

"可惜我这里没有啥菜呀。"

"嘿，你不早说，我那里还有一把豇豆。"

"要是有鸡蛋就更好了。"她瞅瞅他。

"哎呀，你不说我还忘了，我养的那两只老母鸡这两天生的蛋我都忘了捡。你等等，我去去就来。"

看着他又无声无息地飘然而去，我惊奇万分也百思不得其解。他这么大年纪了，居然身轻如燕。

"这就是他的古怪之一。"看着我惊奇的样子，她说，"有时候，他真像个鬼魂，明明身边没有人，可不知怎的他就摸到了你的身边，吓你一大跳。"

"要是在晚上他这么吓人可不得了。"

"那你晚上千万别碰上他。"

我晓得她是开玩笑的，就没有回答。

不一会儿，他腋窝下夹着把豇豆，双手捧着四个鸡蛋乐颠颠地跑来了。"妹崽你看，四个呢！"他把蛋轻轻放在锅盖上后便催促道，"快炒快炒！"跟着又把豇豆递给我，"去，你去洗！"

我接过豇豆，放进木盆，用瓢在水缸里舀两瓢水便洗起来。洗一根，便折断两头一小部分，还撕掉两边的筋。他见了说："不错嘛，国家干部的子弟还会干这种小事。"

"他还要和我上坡去砍柴割草呢！"

"那就更不错。"他眯缝着眼打量我，然后点点头又说，"这个崽崽脑门高阔，鼻梁陡直，耳大垂圆，是个有福之人，也堪造就。说不定以后我们还得指望你呀！"

听他这么说，她也跟着打量起我来。

"你爹妈工作的地方都是些土蕃人？"

"不是土蕃人，是藏族人。"我纠正道。

"那是你们现在的叫法，过去我们叫土蕃人。"跟着他长长地慨叹一声道，"古人曰，'读万卷书，行万里路'。年轻的时候我多想去那些地方游历啊！"说着，他那白发皤然的头微微仰起来，眼里似乎有一丝光焰在闪烁。"万里神州，无限风貌，比如此地乃碧水青山，竹木果林，小桥人家，出门有舟楫代步；而彼地则大漠孤烟，长河落日，风吹草低见牛羊，入有毡帐，出有良驹啊……"

"好啦好啦，我的老天爷呀，你就别卖弄了。你闻闻，我这菜炒得香不香？"

他回过神来，连忙勾着身子嗅了嗅热气腾腾的菜。"好香好香，这妹崽真是越发能干了呢！我可还得先尝尝，看好不好吃。"他在筷子篓里拿双筷子，夹了一点鸡蛋放在口里，煞有介事地品着。"好吃好吃，色香味俱全啊！"跟着，他却拿筷子在身子左右有节奏地敲打起来。"娃娃崽，快来快来，让我教你打金钱杆。"他走着十字步，筷子在手臂、肩膀、大腿处敲打，嘴里则唱着：

一个老崽崽七十七，

再过四年八十单了一。

金钱杆嘛玩得溜溜转，

主人就摆了桌好酒席。

老崽崽闻到嘛口水滴，

金钱杆玩得就更卖力。

酒是这杯酒，席是这桌席，

吃了这杯酒，心里好安逸。

"老崽崽，现在到处在'破四旧'，你这个东西也是'四旧'，不准在我这里宣扬！"看他那副滑稽像，她忍俊不禁，却又故作严肃地说。

"我不管，偏要唱！"

"老天爷，你不是饿了嘛，再不吃饭，菜可就摆冷了。"我连忙帮她说话。

苏州来的哥，杭州来的客，

情呀情哥你身带哪几样呢？

一带金碧簪，二带银耳珠，

情妹头上戴，好看又好玩。

我人长丑了点，陪伴你不过，

过开你过开，我偏要挨拢来。

踩了妹小脚，踩了又如何？

元宵的晚上，哥妹多快活。

"这个老颠东，都啥时候了，还唱这些封建落后的东西。在其他地方唱没有人能管到你，倚老卖老，都怕你。可你不想想我，我是个啥人。要是被大姑婆、二姑婆晓得那还得了？她们已经是街革委主任和副主任，还参加了战斗队！"

听了她的话，他一下就没兴趣了，变得蔫蔫的，蹲在灶前接过她递过来的饭碗，菜也不要便埋头吃起来。她夹了一块蛋放进他碗里，笑道："不会吧，我这一两句话就让你生这么大的气啦？"

"笑话，我会生气，早就忘了啥是生气啦！"但说到这里，他却轻轻地叹口气道，"都说当家的不闹事，这当家都闹起来，就怕是要乱一阵子了。"他几口就把那碗饭刨进嘴去，似乎没见他嚼一下便咽了，再用手抹抹嘴，就看着我，仿佛要看透我的心，让我感到不自在。

"有几天晚上，我看见你在兵役局大门口给一大伙娃娃崽讲《西游记》。我想那《三国演义》《水浒传》你也是看过的了？"他问。

我点了点头。我晓得，他说的兵役局是老称呼，现在人们早就改叫武装部了。

"'四书五经'、《史记》、《道德经》、《中庸》、《孙子兵法》这些书你看过没有？"

我摇摇头说："连名字都没有听说过。"

他的头也摇起来，白发飘飘的，很有些痛心疾首地说："这些书应该看，应该看呀！你说，读书是为了啥？"

"学好本领，建设祖国。"

他又摇头，显得很失望。"岂止，岂止！"

"把革命的红旗插遍全世界，让天下的穷苦百姓翻身解放做主人！"我补充道。

他依然摇头。

"我晓得，不就是修身、齐家、治国、平天下嘛。"她道，"你给我说过的。"

他还是摇头。"读过《三字经》没有？"

我和她一起摇头。

"《三字经》开篇就是"人之初，性本善"。读书在于'明明德，在亲民，在止于善'。此话咋讲？这就是要你读书之后，彰昭光明，完美德行，并能用高尚的品格除旧布新，成为完美无缺、具有最高境界的人。当然，读书也可以说就是为了不断地增加和护卫住良知，保住了良知，才能保住你心里本来就有的这个善呀！先哲先儒，著书立说，谈道叩玄，不外全良心、敦本行。分清义利贞淫，辨明人禽之关。人生百年，须臾而过，可得时时修为，不能停止。人们问何为善？我看就是一辈子做个好人为善啊！读书为了啥？北宋的大贤人张载说得有四句话：'为天地立心，为生民立命，为往圣继绝学，为万世开太平！'读起来这四句话简单明了，但内涵却宏阔。展示了张载学问之深厚，境界之高远。天地有心吗？没有。这天底下只有人心，天地之心得靠人去立。为天地立心之人，必是有学问有知识之人。天地应有啥心？珍爱各种生命、生灵之心，包括一草一木，甚至一条小溪，一条小河。为生民立命，也就是为百姓立命。百姓要啥命？天下百姓要的是家庭安宁祥和，富裕幸福的命！孔孟是圣人，其思想影响了中国几千年。现在有没有人继他们的绝学发展他们的思想，甚至还要创造新的绝学开万世太平呢？有，有啊！"说到这里，他的双眼又变得迷蒙幽远，"哪天你有空了，到我那里去看看书，我的书可是不少。也好让我来给你讲讲《西游记》。"说完，他缓缓地转过身，又身飘然而去。出了院门，又转身对我道："现在，你们得认认真真学习毛泽东思想，这是伟人的思想呀！要学他的思想，就得研究他的著作。你两个马上读熟他的'老三篇'，弄清楚每一篇的意思。有了心得，还可以和其他娃娃说说。你呀，从现在开始，就应该学会做些有意义的事啦！"之后说："送我上树！"

听了他的话，没来得及细想，便连忙跑过去帮他扛梯子。

4

从城门洞下河去，得经过一片开阔的沙滩，在这样热的天气里，即或很晚了，沙滩上的鹅卵石也还是滚烫的。一进夏天，这片沙滩上就放满了需要修理的大小船只，它们全被反扣在木墩子上，修船的人裸一身黝黑发亮的躯体，只穿裤衩，胡乱地扣一顶斗笠或者草帽在头上，颈子上搭一条湿毛巾，手里拿着锤子和凿子，将细细的麻绒敲进船缝里去，再抹用桐油拌好的石灰，之后呢，刷几遍桐油，让太阳狠狠地晒。所以，在夏天里，这一大片沙滩上就弥漫了浓郁的桐油味。

大约十点钟，我又来到了河边。我已经背叛了自己对父母的承诺，带着漠柳和漠榆跟着响生姐下河学游泳了。我们也能和其他人一样，在这个炎热的夏天里，享受河水给我们的清凉和欢愉。当然，那都是在白天。我在跟着响生姐学的时候，却从不忘记监视他俩，随时提醒他们不要只顾着玩水而忘了危险，不小心滑进深水里去。晚上我就不准他们跟着来，而且奇怪的是我还不想让光光、大国他们晓得。其实，我担忧的是响生姐，她是女孩，每天都这么晚了还和我下河，要是被他们知道了，可能就会被他们说闲话。

河上有几只竹排，每只竹排都用几十根大楠竹扎成，系有极粗的竹缆绳，绕在岸边一根木桩上。听响生姐说，这些竹排是从梵净山放下来的，有百十里的水路。放排人在这里休息，也许明天就卖给这里的竹器社，但也许还得放到湖南的麻阳去。她还说，这两条河都是从梵净山流下来的，那山特别特别大，有999个大大小小的山头，999条大大小小的山沟，999条大大小小的溪流，最后汇成九条大河，其中的两条就流到了我们这里。梵净山的树林竹林长得密不透风。山里有全世界都没得的金丝猴，猴子的一根金丝毛都可以卖好多钱。大山里还藏得有许多大蟒蛇，头大如斗，遇上涨特别大的洪水，那就是有蟒蛇变成龙了，是它唤来天上的雨送它下海去。她还绘声绘色地说有一次晚上涨大水，她站在城墙上看，就看见峒岩上缠了一根比大脚盆还粗的龙，龙头高过峒岩一丈多，两只眼睛像灯笼一样亮着，紧紧地盯着城门洞。忽然间响了个炸雷，一排巨浪冲过去，龙就跟着巨浪游走了。当时我不信，她非说是真的，我要她赌咒，她就笑而不答了。

后来，有几次夜晚下暴雨，闪电亮得刺眼，炸雷在天上滚动，河水猛涨，为了证实她故事的真假，我悄悄下楼，披上家里蓑衣，戴上斗笠，溜到城墙边，蹲在城堞边，借着闪电刺眼的亮光，企图看见巨蟒或者龙爬上峒岩。几次里，我都是万分地专注，一再地坚持，可是，最终我总是一无所获，失望而归。

我坐在竹排上，双脚伸在河水里，搅动着河水，如果脚不动，马上就有桐鱼来啄脚，只有桐鱼胆大敢啄人，小鱼啄得脚发痒，大鱼啄一下，往往让人吓一跳。随着我脚的搅动，竹排上下沉浮着，河水的清凉沁人心脾，让人陶醉。有两只渔船还在打渔，矮矮的船篷边挂着盏马灯，他们下的是拦河网，之后，便用力地敲梆子，或者用撑船的竹篙在河里把水打得"啪啪"地响，目的就是吓鱼，让鱼去钻网。

月色很亮，打渔人的竹篙打在河水里，河水就像被砸碎的细玻璃一样闪着光。峒岩的右岸是五星庙，被一大片柑子树遮蔽着，同样还遮蔽了许多农家。左岸是做生意的四川人在 600 年前修建的会馆，名叫"川主宫"，那是一座很巍峨的四合院。我听大国说过，那里面全是青石板铺的地面，特别凉快，这样的热天在里面睡觉最舒服，可惜的是没人敢进去，一到晚上，就非常阴森怕人。

城门洞那里传来"嗒嗒嗒"的声音，这是木拖鞋踏在石阶上的脆响，我一听就知道是响生姐来了。在这热天里，尽管满街的人都穿木拖鞋，但我却能分辨出她的脚步声。我双手抓住竹排，身子浸在水里，却让水把身子浮起来，用双脚"啪啪"地弹了几下水，告知她我在什么地方。听见了响动，她便朝竹排走来。

"漠杨，是你吗?"

我没有回答，只是更用力地弹了弹水。她端了个木盆，里面放了两件换洗的衣裳。把木盆放在竹排上后她说："你咋不回答，想吓我呀？"

我忙说："谁想吓你啦，快下水来吧，好凉快。"

她一边下水一边说："漠杨，你学了十来天了，照我看，没有我，你也完全可以游过河去的，娃娃崽，胆子大点嘛，不要有依赖思想，如果哪天我不来，你就不游了？"

"我就想和你在一起！"我很想说这句话，但是却压抑着没有说出。这么久以来，我天天和她在一起，她教会了我游泳，教会了我割草砍柴和如何捆草捆柴。她对我的细心体贴和维护，使我产生了只有对姐姐才有的那种情感，真正把她看成了姐姐。也许离开了母亲后，感情极需得到依托，对她我甚至产生了只有对母亲才有的情愫。除此之外，我还有一种朦朦胧胧，但却是更为复杂的情愫在内心涌动。"我晓得你要来，才等你的。"我找了借口道。

"那我们今天就游过河去。你敢不敢？"

看着黑沉沉的河面，我的确有些胆怯。虽然我会游泳了，但游得最远也就是河中间，而且每次在游的时候，心里都在默默地念叨着该回去了，该回去了！河中间似乎有条无形的红线，它控制着我的心理，使我畏惧，不敢超越。但这时她用挑逗的语气要我和她游过河去，我就没有一丝害怕了，而且心里还异乎寻常地兴奋。和她一起游过河，这多好！别说是过河，我敢肯定这时她就是叫我一道去死，我也决不会皱皱眉头的！"我敢，只要你在，我就不怕！"

可就在这时，她却有些犹豫了。"你真不怕？"

"不怕！"

"有把握？"

"你咋啰唆起来了呢，你的学生如何，你未必还不晓得？"我生怕她反悔，急切地说。

"好吧，你就在我身边游，别隔得太远。"说着她把小木盆放在竹排上，就下了水。

"七月半，

鬼乱窜，

白天莫上坡，

晚上莫下河。

哪个不听话，

下河鬼拉脚!"

我正要跟着下水，却猛地听见上游不远的地方有人大声地这么说。

"你是谁?"我问。

"这你都听不出来，是老颠东!"她说，"他肯定藏在一条船里，我们去找。"

我和她朝声音传来的地方找去，绕过几只大船，在一只小船里找着了他。小船架在木墩上，正待修理。他仰面躺在船里，一只手轻轻地摇着把大蒲扇。

"老天爷，在这里歇凉?"我问。

"我在看鬼。"

"你呀，真是个老颠东，这都啥时候了，还在打胡乱说，宣扬迷信，小心革命群众听见，揪了你去斗争!"

"看来我这个老颠东是不能开口了，谁叫我活这么长呢，满脑子都是迷信和'四旧'。"说完他却嘿嘿一笑，抬起头看着我，"你怕不怕鬼?"

"哪里有鬼，我才不相信呢!"说这话的时候，我的底气不太足，我的确在公的房间里看见过漠明外婆的身影。"未必你能看见鬼?"我反问道。

"咋看不见，满街的鬼，满河的鬼。这一天是鬼节，多的是鬼，几千年前的，几百年前的，现在的，反正新鬼老鬼都来了。"

"漠杨，别和他说了，他有意吓你。"她说。

"胆大的人谁能吓得着!可惜今年你看不见家家户户给鬼们烧纸钱的盛况啦。虽然是鬼节，可鬼们要想过这个节日，最终还得活在世上的人去替他们操办。"

"人人都不敢烧纸钱了，你也不敢啦?"她笑道。

"我何惧之有。你们过来看。"

我们绕过船头，看见沙滩上放了几堆纸钱，每一堆都放上了几支香。

"愿不愿和我一起烧了它?"见我们不回答，他又道，"这是啥迷信呢，不过是活着的人对死去的人的一点念想，一点心意罢了。活人替鬼着想，是希望他们在阴间不再受苦。当然，活人也替自己着想，比如我，就希望你们在我死后，每年都能给我烧很多的钱去，能让我在阴间无忧无虑花天酒地过一番。"说完他嘿嘿地笑着下了船，来到堆好的钱纸边，"记住啊，我要是死了，每年的清明和鬼节都得给我烧纸，不然，莫怪我在你们上坡的时候拍你们的背，下河的时候拖你们的脚！"

他提到了自己的死，不由得让我和她沉默了。我和她分左右蹲在他的身边，看他划火柴燃钱纸。钱纸燃起来，就有了猩红的火光。他又掏出一张白纸，上面写了许多的字，正要丢进火里，我出于好奇，便拿过来看，只见上面这样写道：

> 节届新秋
>
> 寅具人民币五百万元　　　　　上呈
>
> 故显考漠公讳简大人
>
> 故显姚孟母孺人　　　九泉笑纳
>
> 儿漠道敬寄

看过后，我默默地把这张纸条放进火里，顷刻间它就变为灰烬，随着热气袅袅腾腾地升上夜空。五百万元！这钱纸咋就会值五百万元？但我想，这不过是他对先人们的念想，盼望他们在阴间过得好，把钱的数字想象得大一些罢了。这时，我对着夜空，看是否有如漠明外婆那样的影子来收取老天爷的孝敬。看着看着，就有人影在眼前如飞地来去，他们将袅袅的青烟和飘飘而去的灰烬一把把地捞住，个个兴奋喜悦。我突然想，如果是过去，满街的人和那些住在窄小细长巷子里的人，都来燃这么几堆钱纸，那么，闪烁着猩红火光的钱纸灰真会遮天蔽日飘上天去。大人们的面容一定很庄重、虔诚，可是像我们这种小崽子们，也许就会亵渎神圣，在这些火堆中跑来跑去，你追我赶地嘻哈打跳，无比地雀跃欢腾。于是这就会造成欢快轻佻和哀伤肃穆相交织的气氛。

"为啥这钱纸里还要放上几炷香一起烧呢？"我好奇地问老天爷。

"这几炷香是钱串子，烧纸要是没有钱串子，鬼们拿不走钱，不就白烧了。"她笑道。

"你们看见了没有？"他问。

"没看见。"她答。

"你呢？"

我想了想说："我想看见的时候就看得见，不想看见的时候就看不见。"

他就紧紧地打量我，仿佛初次相见，迷蒙的眼里似有刀刃一般的亮光倏然划过。"妙啊，妙，"他又嘿嘿地笑，"想不到你这鬼崽崽还有点道缘！"

"我们陪你把钱纸烧了，我也看见那些鬼把纸灰灰抓去了，这下我们去洗澡鬼不会拖我们的脚了吧？"我开玩笑道。

"我听见了，这妹崽要你过河，看你敢不敢。"

"这么远你也听见了？"

"我眼不花，耳不聋，咋听不见。你们去吧。"

"我不去，太晚了。万一他要是不行往下沉，我可是弄不动他！"她说。

"去吧去吧，他的命大着呢，不会有事的。过去后到柑子园里给我摘几个柑子来吃。要是被守柑子的拱王发觉了，就说是我要吃的。"

听见吃柑子，我的酸口水不由自主就流出来了。中午的时候，光光的弟弟采采送了我半个青皮柑子，我吃了两瓣，就把我的眼泪酸了出来。"你敢吃呀，还没成熟，酸得很，莫把你的牙齿酸掉了！"我说。

"不就是酸嘛，有啥怕的。我现在想吃点酸的，说明我的身子骨需要些酸东西。"

我不由得看着她，想看看她的态度。

谁知她却笑道："看我干啥，过河我陪你，这偷柑子的事，得你去。"

"就你说得难听。你们小崽崽嘴馋，搞两个来吃也就是尝个鲜，多大点关系呢。快去快去！"

我和她下水朝河对岸游去。对岸川主宫的下面有个小码头，是专供渡河船用的。其他的地方是很高的河岸，只有白天看得见，才能从那些地方爬进柑子园。

"其实，我也是第一次这么晚游过河去。"她说。她游的是蛙泳，很轻快，而且水面没有发出一点声响。"要不是为了陪你，这么晚了，我才不耐烦过去呢。"

说实话，晚上游水过河，我很害怕，有她陪着，我的胆子壮一些。但主要的是我愿意和她在一起，愿意和她去冒险。听了她的话，我猜想她可能也有些害怕。于是我说："游过河去，白天我都不敢，要不是有你在，这晚上我就更不敢了。"

"既然你把我看成是你肚子里的胆，这下你的胆不晓得比豹子胆大了几多，肯定不会再害怕了。"她笑起来。

没想到，过河其实很容易，似乎一下就游到了对岸的小码头边。当双手触摸到河岸的石阶时，我感到兴奋异常。十天前，我们兄妹三个到了河滩边，战战兢兢跟她走到膝盖深的水里，她要我们全身放松，屏住呼吸，再把头和身子全放进水里，感觉水的浮力。许多次之后，当我们真正放松和不再紧张时，能让水把我们浮起来了，她才要我们像青蛙一样用手和脚划水。她可真是个好老师，三天后，我们已经可以游个四五米了。当我站在码头的石阶上时，也许是兴奋过度，我忍不住一下就把她抱了起来，她吓得叫了一声说："你干啥？快放手！"我连忙放下她说："我敢游过河了，这下我算是真正会游泳了吧！"她看了看我说："就这点事，你也用不着发疯嘛。"我则嘿嘿地笑。这是我第一次抱女孩，尽管是一瞬间的事，就像放了块糖进嘴里，却一下滑进肚子里去，嘴里仅仅留下一丝丝甜味，没能够细细地品味。但是我的感觉却是铭心刻骨的，她的身体结实却也柔软，有着我从来没有体味过的弹性。一时间，我产生了极其的满足，可是这个感觉我又说不清，它似乎在我的身体里潜藏得太深长久远，几乎就是与生俱来的，此刻猛然舒活了。"你傻乎乎地看着我干啥呢？"听她问了，我连忙说："没啥没啥。"

顺着石阶走上去，就有一排大树，至少百多岁。大树后面，是一丈多宽的石阶，两边还有石栏杆，走上去，是一块坝子，全用方方正正的青石板铺就。但是从这些石板镶嵌的缝隙里已长出许多草，足有小腿那么高，荒疏成如此模样，可见这里已经许久没有人来过了。川主宫是个方方正正的建筑，十分庞大，封火墙砌得老高，两扇大门非常厚重。我走到门边，借着熹微的亮光观察它，门上的油漆已经剥蚀，裂着又宽又长的缝隙，往外冒着丝丝凉气。突然，门消失了，我似乎走了进去，看见天井的石板逢里长出的草，看见古色古香的戏台和两边厢楼上的雕花栏杆；戏台上关公脸色通红，一手挽着胡须，一手握着大刀；天井里燃着许多火把，黑烟缭绕，一些人敲打锣鼓，一些人头戴恐怖的面具，叽叽哇哇地不知唱着什么。

"你敢不敢进去看一看？"

"用不着进去。里面有些啥我都看见了。"

"你看见啥了？"她的声音透出了内心的害怕。

"我看见天井里点了好多火把，有人脸上戴着怕人的面具，不晓得在唱些个啥。"

她似乎舒了口气说："你看见的，是我给你说过的那些唱傩戏的人。大国的公就专门给人唱傩戏驱鬼，他家里的墙壁上挂满了怕人的面具，让你简直不敢进屋。"

"我才不怕呢，哪天我到他家里好好看看。"

老天爷有些等得久了，便在河对面扯起嗓门喊道："背时鬼崽崽，给老子讨来柑子没有？等得老子不耐烦！"

我连忙跳过沟坎，悄无声息地匍匐着身子进了柑子园，心里虽然有些紧张，但是却不害怕。而且这紧张里交织了男孩子渴望冒险和好玩的成分。我仔细地朝四周听了听看了看，远处传来老人浊重的咳嗽，便循声看去，大约在柑子园的中心处，有个黑乎乎的茅草棚，一旁有点猩红的火光时亮时灭。那是守这园子的人在抽烟。我慢慢站直了身子，没忘记细细地体味这让人喜欢的紧张。柑子树本来就不高，结满沉甸甸的果实后，树枝几乎弯在了地上。我的头和脸挨擦着果实，摘几个实在轻而易举。

看见我回来，她啥也没说，便朝河边去，我连忙跟上。要下河的时候，我突然想到，两只手都拿着柑子，可是游不过去的。她下了水，见我还呆呆地站在岸上，便说："你咋了，快下来呀！"我对她晃了晃手中的柑子说："我没办法游。"她笑道："傻，放进三角裤嘛。"听了这话，我连忙用力缩肚皮，三角裤太紧，勉强放进去两个，便道："还有两个，咋办？"她上得岸来，把小褂子扎进短裤，从我手里拿过柑子放进她的褂子。"这下行了，走吧。"

游过河来，我们把柑子给了他，他竟高兴得手舞足蹈。"我只要两个，既然你们摘了四个，那么你们一人也吃一个吧。"说着他便剥起柑子皮来。她说她不要，把她的那个放到我手里，就洗衣服去了。我陪他吃，没见他嘴怎么动，就把两个柑子吃了下去。我不行，这没有成熟的柑子实在太酸，一个还没吃完就想扔掉。他猜到了我的心思，便说："不能丢，这一个可得吃下去，没剥皮的带回去给你弟弟妹妹尝尝。可不能暴殄天物，你想，一棵树要结几个果子多不容易，还没有成熟，你就把它摘来甩掉，实在是糟蹋了人家、糟蹋人家，你于心可忍？"我连忙把剩下的半个柑子塞进嘴里。见我要走了，他又道："莫忘了到我那里去看书，也好让我给你讲讲《西游记》。"

我晓得，父母把我们送回来后，父亲抽空去看过他。他是族里辈分最高的老人，外出的子孙回来，那是得去拜望问安。当然，父亲肯定会把自己忘了20年的那件事告诉他，也肯定会把我做的那个梦告诉他。也许正是如此，他才暗暗地关注我，许多次，我都发觉他跟着我，什么也不说，但眼睛始终打量着我。

我跑到她的身边，等她洗完了衣服，便和她回去。到了城门边，就分手各自回家。可没走两步，她突然又喊我，我连忙过去。她看着我，似乎有话要说，一副若有所思欲言又止的样子。良久她才说："漠杨，明天就不去割草了，你去老天爷家看书，这两天我有点不舒服。"我看着她，有些莫名其妙，如果她不舒服，今天还和我割了两挑草，还能和我下河游泳？我不知道该说啥，便道："我明天是想给余老师割挑草去，顺便看看她，放假这么多天我都没有去看她。"她想了想道："那我们后天去，我也把割的草送她，如何？"我点了点头说："听你的。"

她转身去了，我则目送着她。

5

天已经黑下来，我和光光、大国他们游过河偷了柑子，回来后就在沙滩上分来吃了。柑子在一天天成熟，这次偷的柑子没有几天前偷的酸。大国笑我大惊小怪，"一锅菜有咸有淡，一树果有酸有甜。何况今天的柑子同你那天打的不是一棵树的。"光光说："漠杨，你晓得不，你伯伯的小老婆后院的那棵柚子树结的果，只要一进八月，哪怕还是青疙瘩，都甜。到时候你去问她要，说你是漠明的毛弟，她肯定会给你。"我回到家乡不久就听说伯伯有个小老婆，叫罗玉芯。伯伯刚娶她没两天，就解放了。伯伯因为当过国民党军队里的少校营长，很快就被抓去判刑劳改，同时也判他和罗玉芯离婚。那以后，她再没有结婚，孤身一人住在这条街上，我们很难见着她，她的家门老是关着的，即或要去啥地方，似乎也走得悄无声息，不为人知。我对他们说："我才没好意思去找她要吃的，要去你们自己去。"

武装部的大门离十字路口仅隔一户人家，这个大门左右各有老粗的砖柱，砖柱上面又用砖砌成弧形，正中是一颗老大的五角星，再下面是盏路灯。这里是我们男孩子集中的地方。只要路灯一亮，像我这么大的或者小一些的男孩就会陆陆续续地来到这里，有时候响生姐也来。大约有一个月了，都是由我在这里给他们讲故事。我给他们讲过在草原上我是如何骑马的，如何同藏族学生摔跤的，冬天里草原上的风是如何的大，雪下得是如何的厚，草原的男孩女孩是如何在结了冰的河里、湖泊里滑冰的……我讲得绘声绘色，他们还要我讲藏族话，我便把会讲的几句讲给他们听，比如：你去啥地方、你辛苦了等。他们还要我唱藏族人的歌，但是我不会唱藏文的，只能唱翻译过的，比如："多快乐，我们有了人民公社了，共产党领导，我们翻身了，哦呀啦嗦。"陌生和神奇的草原让他们的眼里充满了心驰神往之色。他们还爱听我讲打仗的故事，我给他们讲过《烈火金刚》《林海雪原》《红旗飘飘》。当然，他们最爱听的还是孙悟空的故事。孙悟空的故事他们不是没有听过，可我讲得全面、细致，不光绘声绘色，而且还添枝加叶。

我们又到武装部大门前坐下来，不一会儿，漠榆他们也来了。我把留给漠榆的柑子拿给他，他便坐在我身边剥了皮慢慢地吃。其他人的目光都注视着我，这意思我明白——可以讲故事了。我问今天讲个啥，他们异口同声地说讲孙悟空。可平时喜欢炫耀的我，不知何故却没有了一点兴趣。也许是这两天去老天爷那里看书，听他给我讲了《西游记》的缘故。老天爷的书实在多，全是古书，第一次去，他给我安排的课程是读《三字经》，他还给我准备了许多必须读的书，有"四书五经"、《孙子兵法》等，以及唐诗宋词元曲各300首，还有啥天文星象、山川地理、算命看相、风水堪舆、神话传说等。他的这些古书我随手翻了翻，就觉得头晕眼花，他却得意扬扬地说："够你看一辈子的。不过，这些书你要是真的钻透了，那么，你在儒，可以穷理尽性而称圣；在释，可以明心见性而称佛；在道，可以修真养性而成仙。当然，得此妙谛，尚需依你之意愿。要入世为人，则可尽修齐治平之人道；如要出世，必可得虚无清净之天道。"他的这番话实在虚玄，我没听懂。他便给我细细地解释，这些道理算是一知半解了，但也没怎么放在心上。的确，我爱看书，但我却决不爱看这些竖字古书。当时，不知何故我突然生了满肚皮的无名火，在心里暗暗骂道："去你妈的古书，傻卵才想看。"当我勉强看完《三字经》后，他说："里面有许多基本的道理，抄一篇放在身上，有空就背，但莫让别人看见，过一天我要考你，看你是不是记得。"跟着，他又叹道："人之初，心何尝不善，而所以渐至不善者，皆以境遇时势所迫之故耳。"之后他说到了《西游记》，他说："我给你的这些书，你如果没有看完、看懂，要明白《西游记》究竟写的是啥，就绝对不可能。现在你看见的只是神话故事，美猴王大战妖魔鬼怪，好耍、有趣。而其真谛，则是集儒、释、道之大成，将千年文化凝聚为一，揭示人生心路之历程。佛家说，人心如猿，心猿意马，是说心如猿般好动，意如马之善奔。一部《西游》就说了这个猴子，说了这颗心。这颗心实乃天心、地心、万物之心。所以这颗心可以上天入地，一念之间，就可去十万八千里。佛家唯识宗认为，三界唯心，万法唯识。天地之一切，莫不是心灵的变现。"说到这里，他的双眼陡地闪烁着利刀似的光，既像在给我鼓劲，又像在给他自己鼓劲般地说："这些书你一定得看，我呢，一定得让你懂!"第二天我去他那里，主动将《三字经》背给他听，没出啥差错。他很高兴，夸我聪明，记性好，简单地给我讲解了一下，让我以后慢慢理解，便又拿《孙子兵法》让我读，读之前，他先给我背了一遍《史记》里面的"孙子传"，教我认生字，再详细地给我讲解一番。然后就叫我先默读"始计篇"。他说现在不是讲究学辩证法嘛，这《孙子兵法》就充满了辩证法。读完后，他又把我不认识的字读了两遍，又简单地给我解释一番，同样让我以后慢慢理解。之后，他突然问道："我如果有很多的金银财宝交给你，我又死了，再没有人知道，你是把财宝留下来独自享受，还是拿去帮助那些穷苦人家?"当时我还在翻看着书，并没有认真听他讲，也没有认真地想，便说："我才不愿意当地主资本家，当然是拿去帮助那些穷苦人家，而且我要特别帮助那些瞎子，他们太可怜了!"我继续翻书，他则久久地看我，到后来又微微地点点头。

这时，我不想讲《西游记》，是突然想起了老天爷说的话。我既然还没有真正弄懂它，那么，我还有啥资格讲它呢？于是我就提议大家来藏猫猫。起码两个钟头后，三毛突然来了，他把我和大国、光光叫到一边，让我们和他一起走，我便要漠榆回家去。他虽不情愿，但也不敢违拗。看着他朝家里走去了，我才转身问三毛有啥事。显然三毛已经给他俩说了啥，所以大国很神秘地反问我："你去不去?"三毛和光光则嘻嘻地笑。我问："去啥地方，你们有啥好笑的呢?"大国依然神秘地说："你如果要去，我们就带你去看看，反正你从来没有看见过。"

"人在人上，上男下女，你看不看?"三毛突然凑到我的耳边轻轻地说。

"你说的啥，我没听懂。"

三个就笑。"这都不懂，一条憨卵。"光光道，"这是男人搞女人的意思。"

脸陡地发热，血都涌到了脸上，我慌忙说："不去不去。"跟着又道，"你们也不能去，这事干不得，不能忘了老师对我们的教育。"在我的心目中，妈妈和老师是一回事，要去做啥不对头的事，马上就会想到妈妈和老师。

"你莫提老师了，今天上午我去学校和他们弹珠珠，才晓得这个假期老师们全是在开会，你揭发我，我批判你，这个是右派，那个是特务，有加入国民党的，有加入三青团的，我们的余老师还参加过反对共产党的游行呢。老师们没有一个是好人！"光光说。

"你说，你敢不敢去？"三毛问。

"我不是不敢，是不想也不愿意去干这种事。"

"这有啥呢，又不是要你去干，只是让你去看。人家干得，我们还看不得？"

"莫啰唆了，快走快走！"

他们不由分说，拉着我就走。

街东头转弯的地方，有一个用三合土砌成的水塘，水塘里长满了水葫芦。水塘规规正正的呈长方形，这里面的水是用来防火的，因为四周全是木房。我们从水塘边走过去，就有"扑通扑通"的声音，那是青蛙听见了脚步声，慌忙朝水里跳。走过水塘，穿过不长的巷子，有一个青砖砌的厕所，再过去就是县委的职工宿舍。这幢宿舍也是青砖砌的，十个门，住十户人家。每户人家就一间房，宽宽大大的，房子的前后各有一扇门，后门外就是照各家人的爱好搭就的厨房，用的材料自然也各不相同，有用木料做好框架，盖上瓦，再用牛毛毡钉上框架的，有用青砖红砖封砌的，有用楠竹扎成框架，再用竹片夹起来，抹上三合土的。本来，这幢青砖平房，在这条街算得上时髦现代、鹤立鸡群的好房子了，但却被这些乱七八糟的厨房毁了形象。就仿佛一个长得非常美丽的姑娘，衣裳裙子很漂亮，可是脚下却穿了一双草鞋。

当我们走到水塘边枣子树下时，他们三个便脱掉了拖板鞋，还示意我也脱掉。我知道，打赤脚走路，是为了弄不出一点声响。我跟着他们，弯着腰，小心翼翼地往前走。的确，我们的脚下没有一点声音，只能听见相互间的呼吸。走到厕所旁的时候，他们停了下来，仔细地观察周围的情况。这时我紧张极了，身子还轻轻地发抖。这种紧张和我过河去帮老天爷偷柑子时的紧张完全不同，那种紧张交织了甜丝丝的渴望、冲动，能让男孩子感到极为满足。而这种紧张却是害怕是恐惧，在我的心目中，偷几个柑子很好玩、很刺激，但这时和他们去却是干见不得人的坏事。

三毛带着我们又朝前走去，走得跟狸猫似的，声息全无。我们也依样画葫芦地跟着。绕到这幢宿舍的背后，在伸手不见五指的黑暗中，我们赤脚下到阴沟里。摸索着到了第三间厨房处，又跟着三毛蹲下来。这个厨房是用不整齐不规则的木板钉成的，有很多缝隙。不一会儿，这间宿舍的后门开了，宿舍里的灯光映进了厨房，跟着一个女人走进厨房，又开了厨房里的灯。她二十四五的年龄，胖胖的，长得很丰满。脚下趿着木拖鞋，身上穿一件无袖的短褂，身下穿一条白色的短裤。她的乳房又大又结实，把短褂子撑得老高，使得这件短褂子在她身上显得又紧又小。她把梳成两条短辫子的头发解开来，让头发披在脑后，走到我们藏身的板壁前，揭开水缸，用木瓢往一个洋铁皮桶里舀水。

"你也来洗吧。"她转身对屋里道。

"你先洗，还有几句话，我这一篇东西就写完了。"屋里的男人说。

听了男人的话，她慢慢地脱掉短褂，又脱掉了短裤，赤裸裸地站在了我们的面前，然后又蹲下，那丰满的乳房一阵抖动。她正对着我们，把毛巾放进桶里，再拿出来往身上擦，往生殖器上擦。我一眼便清晰地看见了她的生殖器，这不是我以前在书上看见的女人的生殖器，而是一个活鲜鲜的女人的生殖器！我的心像擂鼓似的跳得"咚咚"直响，我想拼命压抑它，就感到了窒息般的难受。我的第一个念头就是掉过头去，不能再看，然而，我的双眼似乎变成了微不足道的小铁钉，被一块巨大的磁铁死死地吸住，休想挪动分毫。于是我就这样贪婪地看着，身体在膨胀，拉尿的东西坚硬地竖了起来。良久，我深深地呼了口气，看了看他们，见他们和我一样，全都屏住了呼吸，眼睛紧贴着缝隙。从他们的身上、神情上我看见了自己。我们几个卵崽崽实在讨厌非凡，敢在这里偷窥女人洗澡，我敢说，我们的眼里透着邪恶，显得无耻之极。但奇怪的是，尽管我想到了这些，却依然忍不住要看。而且心里还很激动，有种终于得见庐山真面目的满足，这种满足源于好奇，它一直潜藏在我的身体里，既久长又深远，仿佛也是与生俱来的。

突然间，我一抬头，看见我们背后的墙上也有个人露出半截身子在偷窥着我们。我吓坏了，连忙揉了揉眼睛，看清了是一个老婆婆，头发半白，双耳吊着又圆又大的银耳环。她面容显得有些浮肿，于是颈项似乎就变短了。

这个老婆婆我似曾相识，在害怕与紧张中我很快地想了想，才回忆起大国曾经给我描绘过他那在过粮食关的时候饿死的婆。正想着，这个老婆婆眨眼之间便到了大国的身后，挥起右手打他的屁股。可是大国却毫无知觉，依然贪婪地将一只眼睛牢牢地贴在墙板的缝隙上。

女人洗得很慢也很仔细。终于洗好了，正用毛巾擦身子，她的男人穿着背心短裤走了过来，从背后搂住她，一只手捂住她的乳房，另一只则从腹部滑向胯下。女人在他的手上拧了一下，挣开来，便走进屋里去。男人洗澡很撒脱，舀着水从头淋到脚，水跌到地上的石板上，发出"叭叭"的响声。我再看大国，他的婆已不见踪影。趁水声"哗哗"响着的机会，我连忙溜走，来到水塘边的柳树下。紧跟着，他们三个也来了。

"过瘾吧?"三毛问道。

我正在发呆，没有回答他。

"你溜个啥呢，好戏还在后头。"光光不满地对我说。

"不要紧，还要几分钟，等男的洗好了我们再去，负责比电影还好看。"三毛笑着，得意地道，"如何，他们两口子想不到，你们也想不到，几个月前，他们结婚的时候，我趁人多，混进去拿糖吃，见他们的窗子上贴的是白纸，就在那窗子角角边抠了指甲盖那么大的洞，往里面看清清楚楚的。"

"那你偷看过好多次了?"大国笑着问他。

"以前他们不开灯，好像是害羞，后来就不怕了。"

"差不多了吧?"光光说，"那男的可能洗好了。"

"走吧。先说好，一个个地看，不准争抢。"三毛说，"免得弄出声响，让人家晓得我们偷看了，就再也看不成!"

正当他们要走的时候，我突然对大国说："大国，我刚才看见一个老婆婆，戴两个大银耳环，脸有些肿。她先是趴在我们背后的墙上看你，过一下，她不知咋的就到你身后，用力打你的屁股。"

"野卵日的胡说八道，我婆早就死了，你咋见的，我看你是撞着鬼啦!"大国道。

"他婆饿死的时候，你还在那个卵草原上，咋会晓得他婆的样子呢?"光光问。

"我哪里晓得呢，只是看见有这么个老婆婆在打他的屁股。"我分辩道，"可能我的确是看见鬼了！"

听了我的话，他们三个面面相觑，但突然，大国像只受惊的兔子，倏地蹿到街上的路灯下。我们跟着跑过去，只见他一脸苍白，身子还在微微颤抖。

"大国，你咋啦？"三毛小心翼翼地问。

"你真的看见她了？"他轻轻地问我，还左右环顾，生怕被人听见似的。

"信不信由你。"我说。

他可怜巴巴地看了看我们说："你们送我回去吧，我不敢去看了，我婆要来缠我。"

"你莫信他的，他这是迷信。"光光说。

"他从来没有看见过我的婆，为啥他晓得我婆戴得有大耳环，晓得她的脸是肿的呢？"大国反驳道。

"真是怪卵了！"光光瞟瞟我，一脸的不满。

"要去你和三毛去，我送大国回去。"我说。

"我要回去给我公说，要他唱盘傩戏作个法，让我婆莫要再来缠我。"

"算了算了，都莫去。反正我看他们搞过了。"

"你家婆也讨卵嫌，死都死了，还要来管你。"听三毛说不去了，光光沮丧之极。

我们一起送大国回家。路上，我越想越觉得古怪，为啥他们看不见的东西我能看见。记得回到家乡的第一个晚上，我做了个梦，梦里全是些老婆婆老公公，他们一个个细瘦枯萎得如同蔫了几个月的干茄子，他们坐在十字路口栗家门前的大枣子树下，有几个席地而坐乐滋滋地打着字牌，其他的则兴味无穷地观看着。我不知咋的也混入了其中，我不觉得他们老，他们似乎也不嫌我小，我记不清和他们是不是说了话，也记不清他们是不是和我说了话。现在我已经基本熟悉了街上的老人，可我梦中的老人没有一个像他们。如今我已经看见了漠明的外婆，看见了大国的婆，以后还会看见些啥呢，梦里的老人会不会陆续地出现在我的眼前？

"你们千万莫要给我公说，我们是去偷看女人洗澡！"大国交代我们道。

"你以为老子们和你一样都是傻卵！"显然，除了我之外，还因为大国的缘故，使光光没有能看见那对洗澡的男女在床上玩的把戏，所以光光一脸的愤然，说出的话火气十足，带有挑衅的意味，似乎想吵架。

"要你公给你作法，你咋给你公说呢？"三毛问。

"没办法，只有编个理由哄他。"

"要编理由，也得编个看见了鬼的理由。"我说。

"对，不然现在正'破四旧'，你公不会给你作法的。"三毛道，"你就说和我们躲猫猫，一个人在一边的时候，看见你婆来拼命拉你。如何？"

"要得，我就这样给他说。"

"大国，你公要是给你作法驱鬼，你一定要给我说，让我开个眼界。"我说。

"有个卵看头，不就是戴个比鬼还怕人的脸壳子，把鬼给吓跑。"光光说。

"万一我公要问你，你咋办？"大国忧心忡忡地问我。

"我们统一口径，就照三毛编的话说。"

把大国送到家门口，我们便各自回家。但还没有走到家，我却又不由自主地向城门走去。我要去找老天爷，问问他我这究竟咋回事，不弄明白，我会睡不着觉。

他依然仰面朝天，躺在小船上，不紧不慢地摇着老蒲扇，嘴里嘀嘀咕咕地自言自语着。听见我的脚步声后，他问："又来干啥？"没料到他的耳朵尖到这一步，实在让我吃惊。离他还很远的时候，我就有意把脚步放得很轻了，可还是被他听见。我靠在船舷边说："我担心你老人家呀！天这么黑，我怕你走不回家。"他顺手用蒲扇在我头上拍一下说："你会关心我这个老不死的？我看你是有其他的事吧！"我连忙道："你是我的师傅，我不关心你谁关心你。不过呢，你也猜对了一半，我的确有事要问你。"他得意地笑道："我说嘛，深更半夜不回去睡觉，还往我这里跑，要不是有事还有啥呢。也好，我也有事要问你。"说着他坐了起来，侧过身子，双眼直直地盯着我。"你说，我还能活几年？"他的话让我吓了一大跳。尽管很老的一个人了，可活鲜鲜的，眼不花耳不聋，吃得下，睡得着，没有一点要死的征兆。他为啥突然问我这样的问题，这问题好像不应该问我的。可是看他一本正经的模样，我又不得不回答，我正想说你会长命百岁的，却猛地想起他已经远远地活过了100岁，于是我想也没想便道："你起码还会活一二十年！"谁知他听了我这讨好的话，却骂了起来："放狗屁！真的还能活那么久，我还是人？"说到这里，他忽然叹了口气，"唉，只要还能活个七八年就够了，你说的一二十年，我活不到那么久，也不想活那么久。娃娃崽，你不知道，我的肩上挑得有一副重担呀！"看他愈加地郑重其事，我真是不知道该如何回答了。良久，我小心翼翼地说："你要是真的挑不起了，就交给别人去挑嘛。"他又盯了我许久，"是呀，交给谁合适呢？"他若有所思地摇了摇头说，"没有让我放心的人呀！"

天已经很晚，可能过了 12 点。四下里全没了声息，显得宁静安详。但是，在这个城市的某个地方，还隐隐地传来电喇叭的声响，也许还在开会。如今开会的地方越来越多，参加的人也越来越多，许多会还弄到大十字街、小十字街去开，再不就到体育场去开。但是这一切似乎并没有影响到我们这条街，大家依然我行我素，该干啥还干啥，比如我的婆，每天照旧去搬运社拉她的板车，该修船的、该划船的照旧去修船划船，该打渔的照旧下河撒网打渔。

"也许你这个崽崽能帮我挑这副担子。"他轻轻地道，有些像自言自语。

"你说我？"我问。"不行，我挑水连桶都不能装满，上山去割草，路走远一点，我最多就只能挑 50 斤。"

"这副担子是无形的，不会压在你的肩膀上。如果说它有重量的话，那么一千斤、一万斤都没得它重。这个担子要是我真的交给你去挑，它就会压在你的心上，你挑不挑得动，得看你的良知、人品和信义。"他依然紧紧地盯住我，那双平常空无一物和淡漠的眼睛，此刻却凝聚了一丝蓝幽幽的光，不停地向我喷射，像针尖一般利，仿佛要扎进我的心里去。看着他的眼睛，我感到了害怕。"换种说法吧，它不是担子，而是一个责任、一个承诺。答应了人家办的事，就得做到，这就是讲信义，古人说人无信不立，一个人不讲信用，就会被人看不起，得不到人的尊重。"

"老天爷，你咋又给我上起课来了呢？"我不满地说，"我听你说啥担子、责任，你偏要绕弯子。"

"卵崽崽，你还不想听了！老子告诉你，以后给你上课的时候多着呢。谁叫老子学富五车呢，就不说五车，至少也有四车半。"

"那你就以后给我上课吧，我一定好好听，现在呢，我要听的是你那个担子和责任的事。"

他又久久地盯我，而且还屏住呼吸。好一阵，他才长长地呼口气，吸口气。"如果有个人要死了，有很大一笔财宝要留给后人，可是他那个后人还在吃奶。咋办？当然就只好托付给自己相信的、认为可靠的人来保管这笔财宝。而且他要求，这笔财宝必须在他后人结了婚才予以告之。你晓得这是为啥？"他没有让我回答，马上又道，"难为你了，你毕竟还小，哪会晓得这其中的厉害呀。"

我想了想说："我晓得，结婚了才告诉他，是因为那时候他已经长大成人，懂事了，晓得珍惜财宝，不会胡乱去挥霍。是不是？"

"还有呢？"

我想不出来，便摇摇头。

"要是过早地让他晓得，也许就会让外人晓得。一旦让外人晓得了，打他坏主意的人就会很多。人心隔肚皮，知人知面不知心呀，过去这些事情出得太多。另外还有一点，因为他还没有结婚，那么，找他谈情说爱的人也一定很多，这些人里面，说不定就有狼心狗肺的人，冲着这笔财宝，要么花言巧语欺骗，要么设些圈套、陷阱害他。如果他运气好，命大，没有碰上这样的人，那也很难找到真心爱他，愿意和他甘苦共百年的人。"

"老天爷，我这是第二次听你提到财宝了，未必真的有这回事情？"

"莫打断我的话！"他顿了顿，"那个人答应了临死的人，替他保管这笔财宝。可是他的后人现在不可能结婚，最早也得四五年以后。现在看起来，这世道有些乱，四五年以后他能不能结婚还说不清楚，而替他保管财宝的人年龄太大，怕活不到他结婚的时候。你说，这应该咋办？"

"老天爷，我晓得你说的是你。如果你当真相信自己活不到那么久，唯一的办法就是另外找个可靠的人，来继承你的遗志。"后头这句话我故意用了逗趣的口吻，但是跟着我又认真地说，"老天爷，你放心，十年活不到，我敢肯定活七八年是没有问题的！"

"万一七八年也活不到呢？"

"那就再说。不过，你最好不要给我说。"

他又屏住呼吸，长时间地从头到脚打量我。许久才又听见他的呼吸。"好吧，的确还不到时候，再说吧。不过我可是要警告你……"

62

"我晓得，"我打断他的话道，"你给我说的这一切，不能让任何人晓得。对不对？"

他点了点头说："我还得告诉你这件事情的厉害性，古人说人为财死，鸟为食亡，这绝对没错。这世上鸡鸣狗盗、阴险狡诈和心如蛇蝎之人实在太多，不花时间，是很难分清好人和坏人的。古人还说财不露白的话，啥意思？这就像一只鸡蛋裂了缝，苍蝇蚊虫就会循味而来。财宝露了白，就会招来贪财之人，谋财害命之人。为了一大笔财宝，自是有那些不择手段的坏人找来，你躲都躲不开。到时候，一传十，十传百，坏人一多，我这条老命可就堪忧了。即或要不了我的命去，我也再不会这么逍遥快活，会麻烦不断，不晓得要花几多心思去对付别人，到时候，我就是想多活几年，也会被他们折了寿。所以说娃娃崽呀，为了我这个老颠东，你可得把紧口风。这事情只可天知地知，你与我知呀！"

这番话把我说得心惊肉跳。我没想到这么多，也想不到这么多。我有些抱怨地说，"你不该对我说这件事，我要是不晓得这件事还好些。"

"未必你不懂我的意思？"

"我咋不懂，只是我这个人，不一定会成为你心目中的那种好人。"

"那你就得努力呀！"这句话他说得很温和，也很亲切。

"不过你放心，"我非常肯定地说，"你给我说的事，我绝对不给任何人讲！"

"我相信你。"他道。跟着，他又躺下身去说："回去睡觉吧，天晚了。"

"老天爷，我来是想问你，用傩来作法驱鬼是咋回事？"

"明天来找我。这可是我们最古老、最原始的一种把戏了，得从夏、商、周说起。"

"好吧，明天吃了午饭我来，你可得在家等我。"告别了他，我转身回家。到了城门洞，我又转身看他，能隐隐约约看见他那把老蒲扇在慢慢晃动。这时，一只挂着马灯的柳叶渔船轻盈地顺水而下，船是看不见的，只见那一团微弱昏黄的灯光，就如遥远的天际里一闪而过的昏黄的流星。船上的渔人也许还得去啥地方布网，期盼明天清早有个好的收获。峒岩左岸的那一片黑压压的柑子园里，有农家户养的狗在莫名其妙、懒懒散散地吠叫，声音并不大，却传得很远，这反而让夜晚愈加地显出了令人不安的宁静。

6

天还没亮，我一手提着刀巴壳，一手拿着昨晚留下来的锅巴出门割草去。轻轻地把门拉关上，把锅巴咬在嘴里，再把刀巴壳系在腰上，这才一边吃着锅巴，一边朝城门洞走去。锅巴已经不脆，变得绵软，但吃起来很香。这是我昨天吃晚饭时特意留下来的，先在两块锅巴上面抹点猪油，撒上些盐菜，再把两块锅巴紧紧地压在一起。

我走得很快，镰刀和刀巴壳相碰，伴随我的脚步发出有节奏的声响。每次出门上坡割草，我都尽量早起。可我每次赶到城门洞，响生姐都已经在那里等我，这让我很不好意思。我很想等她一次，却都没能办到。而此时，我到了城门洞口，却没见她。我终于比她先到，可以等她了。然而，我高兴与满足的感觉一瞬而逝，紧跟着来的是莫名的惶恐和惊慌。我不知道她咋的了，立即就朝她家跑。但没跑几步，便看见她捧着个东西，并且飞快地将那东西在左右手里交换着。看见我后，她便道："漠杨，快点拿去！"我虽然不知道是啥东西，但却毫不迟疑地去接了过来。捧在了手里，才知道是一个刚煮熟的滚烫的鸡蛋。于是我也慌忙在左右手里抛来抛去。"我给你煮的。吃了吧。"她说。看见她后，我舒了口气，心情顿时变得愉悦了。我把鸡蛋抛得老高，边抛边说："不吃，我吃了一大块锅巴。"她便一再劝我吃，要我听话，可是我偏不听。下了长长的石阶，走过沙滩，我们来到船边。我把鸡蛋捧着浸在清凉的河水里，之后用衣角擦干鸡蛋，在鹅卵石上轻轻地磕一下，剥了皮，递给她，很认真地道："莫争了，还是你自己吃吧。"她看看我，接过去说："咋变得这么客气呢？这样吧，我吃蛋白，你吃蛋黄，帮我个忙，吃煮鸡蛋的蛋黄我不舒服，会恶心。"说着她剥开蛋白，拿出蛋黄，示意我张开嘴。看着她那执拗而又真诚的模样，我顺从地张开了嘴，她笑眯眯地把蛋黄放进我的嘴里。

天蒙蒙亮了，城门边孤零零的电线杆上的路灯变得昏黄。周遭依然黑，远处的山犹如高大无比而又宽厚无比的黑色巨墙，但是参差不齐的山顶却抹了一层薄薄的鱼肚白，让这些山的轮廓变得柔和。宽宽的河水似乎流得无声无息，平静得没有一丝波浪。不过，偶尔有大鱼猛地弹出水面，发出很大的泼溅声。我把放在沙滩上的铁锚提起来，放在渡河船上，再拿篙杆将渡河船的船头拗下水去。她跳上船，接过篙杆，等我上船后，再用力一撑，船便直直地向后退去，丝毫没有碰着两边的船。之后，她让船头来个九十度的转弯，正对了河的上游，再拿船桨朝上游划一段距离，慢慢掉头往对岸划去。街上的九公是这只船的主人，他是船业社的，每天早上七点钟上班，中午休息一个钟头，晚上七点钟下班，风雨无阻。无论春夏秋冬，他都头戴大斗笠，这斗笠能遮住他宽宽的双肩。他还在船上备有蓑衣，下雨或下雪的时候便披在背后。这只船的船头还放个锁着的小木盒，盒盖上有一指宽的缝，过河的人上了船，就自觉地朝那条缝里放个两分钱的硬币。没有人过河的时候，他便坐在船上拿着一尺长的烟杆抽烟。再早一些或晚一些，他还没上班或下班了，过河的人就只好自己划船，但是一定得把船锚扎好，莫让船给河水冲走。九公教我划过船，她也教过。我认为划船很简单，要船往右转，划船人就朝船头站，拿桨往船身处划水；要让船朝左转，划船人便后退，拿桨从船头往右边划。不过，在这视线不好的情况下，我还是不敢逞能。

河面上贴着浓浓的雾，虽然看不见，却能感觉到它的濡湿和温润，大口地呼吸，能感觉到一丝丝的甜味，也能嗅到一丝丝的鱼腥。船靠了岸，我提着船锚下了船，把它钩在一块大岩石上。我们默默地走去。上山前我们总是走得很快，恨不得马上就到了山上，"唰唰唰"地一下就把草割好捆好。然后我们就可以坐下来好好地休息，居高临下地观看山下的小城，看更远更高的山，看由远及近、由近及远并不断变换着形状的云彩，相互讲一些有趣的故事。

顺着黑压压的柑子园边的小路走过去，穿过公路，就到了监狱的高墙下。再过去，便是一丘丘的水田。"你伯伯经常在这里干活，不过有人看守他们。"

她突然道。伯伯在这个高墙上布着老粗电网的监狱里劳改，我是回到家乡后才知道的。我父母曾经带我们来看过他，其实真正的目的，是让他看看从未见过的侄儿侄女。当时，隔着铁栏杆，父亲和伯伯的双手紧紧地握了一下，但马上就松开了。他俩长得很像，只是伯伯的个头稍高一些。也许是经常劳动的缘故，伯伯显得非常强壮结实。伯妈站在父母的身后抹泪，啥也没说，我们则躲得远远的。在那之前，我的父母从未给我们讲过有这么个伯伯，那之后，伯妈也好、公也好，还有伯伯家的漠明、漠光、漠雨他们，同样对伯伯的事讳莫如深。伯妈是医生，一家人住在医院，他们很少到这条街上来，也忌讳来。"我听别人说，你伯伯年轻的时候特别英俊。"她说。我没有回答，这意思是让她继续讲下去。我想，终于有人主动讲我伯伯的事情了。我充满了兴趣，听得十分认真。原来，我伯伯本来是想去打日本人，才报名参加青年军，准备去缅甸的。那时候这城里参加青年军的有将近200人。谁晓得他们运气不好，刚走到省城，小日本就宣布投降了。没打成日本人，国民党就叫他们去打共产党。也许伯伯是高中毕业了的，文化底子厚一些，所以，只两年多一点，就成了国民党的一个少校军官。后来，他们部队在淮海战役中被消灭，他却逃走了。不光如此，他在逃跑时还搞到手两支冲锋枪，几支步枪，几百发子弹。他把它们和他的手枪、军装用被条包好捆牢，背在背上，打扮成逃难的人而蒙混过关。路过湖南的时候，他找了个机会，把那些枪卖掉，只留下了自己的手枪。然后，他换上军装，买了一辆自行车骑回来。在那之前，这个地方只有两辆自行车，一辆是教会医院洋医生的，一辆是教堂里传教士的。自然，这是极稀罕的玩意儿。在那一段无所事事的日子里，城里的人每天都能看见这个年轻英俊的少校军官悠闲地骑车逛来逛去。他的军装有三套，一套是军礼服，一套是军常服，还有一套是军便服，他的部队是美式装备，军服自然也是美式的。他穿着这些军装显得格外英武干练，让许多年轻姑娘注目。不光如此，凡是见过他的男女老少，无不对他印象深刻。半年后，他去了重庆一段时间，回来不到一年，解放军就进了城。在后来的清匪反霸、检举敌特的运动中，他也算是首当其冲之人，轻而易举就被解放军捕获，开始了他长达十多年的劳改。

我们爬上山顶，天才蒙蒙地亮起来。在这山顶上，本来是可以把全城尽收眼底的，但此时城市的上空覆盖了一层乳白的雾，雾寂然不动，宁静安然，宛如一床巨大的铺盖，暖暖地盖着熟睡的城市。树林里也凝聚着浓密的雾，草丛湿漉漉的，集满了昨晚的露水。空气也湿漉漉的，极为新鲜，还混合了各种草木的清香。我们开始割草，尽管草还是湿的，但却不要紧，先把割好的草摊开，等太阳出来后，要不了一会儿，就能把草晒干。

突然，我看见在我斜下方不远的文笔塔旁边，有几个身穿黄军装、臂膀上戴有红袖套的人。过了一会儿，他们又跑开去，跑得老远。少顷，就听见一声惊天动地的巨响，那七层宝塔便轰然倒下。那些人马上又朝硝烟弥漫的地方跑去，一边跑一边高呼万岁。突如其来的巨响把我吓呆了，双耳嗡嗡直响。良久，我才有了意识，却见我和她倒在地上，她紧紧地抱着我，身子在轻轻地颤抖，脸色苍白。我想，也许是她听见了巨响，吓得扑过来抱住我，因为用力过猛，我们两人都摔倒在地。

我们就这样久久地互相抱着。又过了一会儿，我伸手在她苍白的脸上轻轻地抚摩了一下说："没事了，莫再害怕了。"她看看我，突然想起了啥，连忙松开手，坐在了一边。我也坐起来，与她面面相觑，都有些不好意思。她连忙转身去割草，我则把头掉在一边，看见覆盖在城市上空的雾，不光裂开了许多缝隙，还露出了好大几个窟窿，这肯定是那一声巨响造成的。那几个红卫兵还在高呼万岁，又过了几分钟，他们排着队下山去，那神情就像啥书上描写的：一行人得意扬扬地掌着得胜鼓凯旋。

"可惜了！"她又来到我身边，看着宝塔的废墟说，"你晓得不，这个宝塔可以说是你们老祖宗修建的。"她叹口气道："我听老天爷说，你们的老祖宗在宋朝当大官，蒙古人得了天下，改朝换代，你们的祖宗便逃到了这里。见这里林密山高，水秀山清，便决定在这里安家。安家前，老祖宗那三弟兄拿不定主意，不知该把家安在江中门，还是川主宫和五星庙那边。最后三弟兄想出个办法，把三处的泥土拿来晒干磨成粉，分别装在三个一样大的碗里，然后称重量。结果江中门这边的泥土比另两处的泥土重一钱，于是三弟兄便把家安在了江中门。以后呢，他们便开垦田土，修庙建塔。"

看着那一堆废墟，我的心忽然隐隐作痛，我们祖宗建的这座塔至少几百年了，风风雨雨的几百年呀，可是今天却被他们毁掉。如不被毁，风风雨雨的，不晓得它还会立在那里多少年！"他们的心真狠，毁掉这个塔，咋下得了手！"

"这塔今天不被毁，也躲不过明天。你这几天没听广播？街上的广播天天都在讲要用新思想、新文化、新风俗、新习惯，来改变整个社会的精神面貌。塔是封建思想和封建文化的产物，它命中注定要被毁，逃不了这一劫！"

"这段时间，我看见你们中学好多男女学生背着背包，打着旗帜，说是要长征去北京见毛主席，你咋不去呢？"

"我去，你咋不想一想，我这个土匪县长的女儿，能去吗！"她双眼看得很远，但里面蕴含了深深的忧郁和不安。"我想，我可能就快有大麻烦了。其实，老天爷早就预料到有这么一天，说我既然不是真正的漠姓人，还是换回本姓为好。所以，我不再姓漠，改姓潘了。"

"麻烦，你有啥麻烦？谁要找你的麻烦，我就对他不客气！"为了加强语气，我用力地挥了挥镰刀。

"可惜你还小。"她叹口气道，"今后我要是遇上啥麻烦，你最好不要管，不然你也会惹上麻烦。"

"我都快 15 岁啦，还小？我偏要管，我才不怕呢！"

"还是好好地读你的书吧。"她苦笑着拿手揉了揉我的头道，"昨天我上街卖草，看见一中的录取通知贴出来了，我看了看，有你的名字，还有大国、三毛、兴贵、红旗。"

"光光呢？"

"没有看见他的名字，肯定是没考起。你们 9 月 1 号报名，没有几天了。"

"太好了，这下我和你是一个学校的了！"

"说不清楚呀。"她又满眼忧郁地道。

"这有啥说不清楚的呢！"

"我可能连名都报不上。"

"我不信。如果说是你的父母影响你，那你刚生下来，你父母就死了。你的父亲就是再反动，也没来得及影响你和教育你呀！"

"你没听人家说，龙生龙，凤生凤，老鼠生崽打地洞。人家认为我有这样的爹，我就是个天生反动的人。"

"反正我认为你是好人，我们街上的人都认为你好。"

"没有用的，我好不好你们说了不算。"说到这里，她忽然加强了语气对我道，"你千万要记着，不要对外人说老天爷的古书多，不然就有可能出麻烦。你想，现在'破四旧'这么凶，别人要是晓得他有这么多古书，还不给没收了。那些书是他的命根子，没收去了，就要了他的命！"

"我不会说的。可是晓得他有古书的又不是我一个人，要是其他人说了呢？"我担忧地说。

"老天爷从来不在外面炫耀他的书多。城里谁不认得他，但只晓得他命长，却不晓得他书多。真正知道底细的，只有街上那些七老八十的人，他们晓得他的怪脾气，不会说也不敢说的。"她看着我，继续叮嘱道，"他是喜欢你，看得起你，认为你是个可造之才，有培养前途，才让你去他家看书的，不管如何，他是好心，你可莫要辜负了他。"

听出她的语气里含有对我的一丝不放心，我便连忙道："你放心，我决不会害他的！"

"好了，不说这些了，快割草吧。我们说好了把草送给余老师，那今天我们就多割一些。"说着她便转过身，勾下腰割草，不再说话。

我迟疑地说："余老师现在正被斗争，你去送草被别人看见了不好。这样行不行，你的也由我给她送去？"

"这有啥了不起的，不怕。"

"还是小心点好，我们既要达到目的，也要自我保护，何必去招惹麻烦呢。你要是去，我们就晚上去。"

她想了想道："好吧。"

因为要送给余老师，所以这一挑草就割得特别多。最初我割草，生怕路远挑不回去，捆起来只有一小把，挑回去，光光他们见了，就笑我，说我挑了两个"死娃娃"。现在我的草割得多，也捆得好看了，和她一样，捆起来，草的上部分就像打开的扇子，挑回去也不再有人笑话。

我们回去的时间还早，不到 11 点钟。过河的时候，九公说："今天你们回来得早。"我便问他晓不晓得有人把山上的宝塔给炸掉了，他懒洋洋地说晓得了。一副与己无关的神情。在我想来，有人炸掉了我们祖宗建造的宝塔，街上的族人们一定会义愤填膺、群情激奋，族人们会聚集在一起，不停地议论。但是回到街上，才发觉完全不是这么一回事。热辣辣的阳光斜射在窄窄的街面上，被人的脚常年打磨过的鹅卵石，便反射出既炫人眼目又灼人的滚烫来。除了几个女人在晾衣服外，街上依然宁静安详，该干啥的照旧去干啥，比如搬运社的、船业社的、渔业社的等，似乎没人在乎这件事。我把草放好后，还不甘心地想去找人聊聊这件事。11点半以后，他们陆陆续续地回家吃午饭，我便主动地去和他们说这件事，可是他们却一律地显得漠然。我失望地回到家里，舀了盆水洗脸。这时候公的饭也快煮好了，正在舀米汤，便要我喝。我说人家把山上的塔都给炸了。公说："炸就炸了，有啥卵了不起的，那东西有它不多，无它不少，饿了不能吃，冷了不能穿，你心痛个啥呢！"听了公的话，我想未必这一街的人看问题都是如此开通？是不是这个家族早就看得太多，听得太多，对啥事都冷漠和麻木了；要不就是他们早就宠辱不惊，虚怀若谷，我行我素，没啥事能让他们奇怪了；再不就是他们学会了逃避和远离现实，故意对啥事都充耳不闻，不理不睬，以求得心境平和？

我决定去找老天爷，看他是个啥态度。

"一二三，切猪肝，四五六，砍腊肉……"没走多远，看见漠柳正和几个丫头在跳橡皮筋，边跳边念口诀。我这才想起还没见漠榆，便忙问漠柳。漠柳说好像他和采采在城墙脚下逮蛐蛐。我不在的时候，是绝对不允许漠榆单独下河去游泳的，虽然他已经游得很好了，但我还是不放心。漠柳说他去逮蛐蛐，我相信。这段时间里，他和采采他们玩蛐蛐入了迷，他不知从哪里找来许多别人扔掉的搪瓷茶缸，里面放一些湿润的泥土，一个茶缸里养一只蛐蛐，再盖上砖头。每次回来逮的蛐蛐，就先和自己养的蛐蛐斗，斗输了的蛐蛐会被他们残忍地扯掉大腿喂胜利者，之后他们又让胜利者互相斗。如果他的蛐蛐输给了采采的蛐蛐，败者的大腿同样会被扯下来犒赏胜利者。想赢是男孩子的天性，能逮住一只十天半月都不会输的常胜将军，已经成了这伙崽儿们梦寐以求的事。我要她莫再跳橡皮筋了，去把漠榆找回家吃午饭。她跳得兴味正浓，就有些不高兴，反问我为啥不去找。我说有事要找老天爷。旁边一个丫头说老天爷朝中南门那边去了。我听了就朝中南门跑去。路上碰见挑水的大国，我又问他看见老天爷没有，他说看见的，就在自来水站旁边的糖烟酒门市部问人家讨酒喝。

老天爷没有钱，也从来不在乎钱。他吃的粮食，街上的晚辈会主动替他从粮食局的门市部买来，吃的菜自己种，他门前有几小块菜地，种得有豇豆、四季豆、黄瓜和青辣椒等。他吃的肉则是大姑婆的男人负责，大姑公在冻肉厂工作。全城人吃的肉都是由食品公司去冻肉厂运出来卖的，可想而知那冻肉厂的肉有好多了。每个月里，他都会给老天爷送两三次肉去。当然，肉不多，就巴掌大那么一块。如果是肥的，老天爷就把它熬成油，再舀进罐子里留着慢慢吃，如果是瘦肉，他就会准备些蒜苗、葱和其他蔬菜，让响生姐去操办，再和响生姐一块吃。老天爷离不开草烟，酒只是偶尔喝一点。我们这条街小，没有糖烟酒门市部。老天爷想喝酒了，便会去附近街上的门市部赊或者讨要。这些门市部的营业员不论男女，都会和善地对待他，赊也好，讨也好，没人拒绝。我到了自来水站，就看见老天爷杵着长烟杆，靠在糖烟酒门市部的柜台边，正和营业员聊天。

"老人家，你可是活了两甲子的人啦，见多识广。你老人家说说，眼下这个世道究竟会咋的？"营业员是个四十几岁的女人，一副忧心忡忡的模样。

他面前放着个能装一两酒的小瓷杯，里面还剩浅浅的一小口酒。这么一点酒已经让他红了脸。他不停地摇着头说："不晓得，不晓得呀。"

"你老人家都不晓得，我们该去问谁呀！"

"不要问，也用不着问。你有公司，有单位，该干啥单位上未必不告诉你？"说着他叹了口气，"你一个妇道人家，上有老，下有小，中间有男人，都得靠你服侍，再说你还得在这里上班，就莫管那么多了。老老实实做好生意，每月有工资领去养家，这就够啦。"

"每天这么乱哄哄的，让人心里着慌。"

"听多了，见惯了，也就没啥稀奇的啦。"

这时我拉了拉他衣服，对他说："老天爷，有人把宝塔炸掉了，我和响生姐亲眼看见的！"

"你们正好在山上割草，当然能看见。"

"这么好的塔被毁掉，实在太可惜。"

"其实，你想要看见它，就能看见的。"

听了他的话，我不由自主抬头就朝山上看，可是哪里还能看见啥塔呢！转过身来看了他的神情，才明白他又是在和我说那些虚玄的话。

"眼睛看不见，你还有心嘛，闭上眼睛试试。如何，那塔是不是从你心里冒出来了？"说着他把剩下的酒抿进嘴去，再看看我，"要说它被毁了，又没有毁，眼睛看不见了，心还能看见。它还在的时候，可能没几个人在乎，它不在了，人们反而想它，只要想它，它就会从心里冒出来。"

"那又咋的呢，说到底它还是被人给毁了。睁着眼睛看不见，闭着眼睛看见的只是影子，其实啥都算不上！"我有些激动地说。

"那啥又不是影子呢？"他笑了笑，"你方才所言极是，你我所见之物，实乃幻影，眼见之塔与心见之塔有何区别？何必执着于实的虚的呢。所以我要你看《金刚经》，'一切有为法，如梦幻泡影，如露亦如电，应作如是观'。对人来说，这世上的东西无有自性，啥又不是虚幻的呢？不过你也莫伤心，眼睛看得见的塔也还会有的。"

"你是说我们还会修一座？"

"旧的不去，新的不来，再也没有比这准的道理了。只不过以后修建的塔，就不晓得是啥模样了。"他没有正面回答我，而是像在自言自语。"娃娃崽，该回家吃午饭了，不然你公又会骂你的。"说完他转过身，径自朝中南门走去。

> 大田栽秧行对行，
> 三路青来两路黄，
> 秧子黄黄欠粪水，
> 情妹惶惶欠小郎。

他自在地唱着，烟杆杆在石板地上，发出脆生生的响，而且有节奏，是在给自己打拍子。

7

　　柑子就快成熟了，那诱人的香气从河对岸的柑子园里朝四面弥漫开去，看着柑子园，我们就馋得直流口水，哪怕是在光天化日之下，我们这些崽儿也禁不住要冒险过河去偷几个来解馋。

　　太阳似乎变得更老辣，河水则愈加碧清，我们早就被晒得如泥鳅一般黑。这天中午，我们十来个崽儿假装在河里嬉戏，按照预先商量好的，就有几个突然潜在水里，一直潜到对岸，再壁虎似的贴着岩壁爬上去，伏在柑子园外的草丛里，左右窥视。过河的人身上都穿一件背心，肚皮那里用带子扎紧，偷得的柑子就朝背心里塞。他们没见看守柑子的拱王，就猛扑出去，手忙脚乱地摘柑子，背心里塞得胀鼓鼓的，这才转身从高高的河岸上纵下河来。见他们跳下来了，我们在河里打掩护的人便雀跃欢腾，游过去接应。

　　大家回到岸上，便二一添作五地分享。

　　"鬼崽崽些，这下跑不了吧！"

　　我们谁也没料到，拱王会突然从还在修理的大篷船后面走出来。他嘿嘿地笑着，神情十分得意。我们则被吓得傻乎乎的，有的人正要往嘴里递柑子，有的人嘴里正嚼着柑子，那一下全都给定住，瞪大了眼睛看他。

　　"给老子全趴下！"他扬了扬手中的烟杆，"每人打五烟杆，谁都莫想跑！"

　　我们只好乖乖地趴在沙滩上。

　　"说，偷柑子是谁出的主意。谁要是说了，我就饶了他。"

　　"是漠杨！"光光马上就指着我坦白了。

　　"叛徒！"我愤怒地扑过去，把光光压在了身子下面。

　　"蒲智高！"漠榆抓了把沙子甩在光光身上。

"鬼崽崽还凶吗，想打人家？"拱王抓住我的手臂，把我拉起来，又挥了挥烟杆，恐吓道，"趴下，看我咋收拾你！"

"你想咋收拾就咋收拾，我不怕。不过，要让我再趴下让你打屁股，这办不到！"

"你的屁股今天我非打不可，不然，我就要给你那酒鬼公说，让他来收拾你！"

说实话，拱王要把这事告诉我的公，我还是很在乎的。平常我的公只要喝了酒，就会毫无缘由，不分青红皂白地骂我们，如果再把我和漠榆做的这件事情告诉他，那么，他骂我们也就会更加理直气壮。想到这里，我便昂头对他说："你要打可以，我要站着让你打。"

"要得，同意你这个卵意见。"

见他同意了，我便转过身去，背朝着他，让他打。但又忍不住掉过头看他咋打的。于是他故意用力地扬起烟杆，狠狠地打下来，我不由得闭上眼睛，咬紧牙关。可是烟杆打在屁股上时他却突然收了力气，变成轻轻一敲。这才晓得他并不是要真打。

"错了没有？"他边打边问。

"错了。"我连忙回答，而且漠榆和其他人也都异口同声地跟着我回答。

"这就对了嘛。"见大家都认错服软，他便显得十分满意，边捋胡子边说，"能晓得错就好。其实，崽崽些嘴馋，想吃两个柑子又有啥呢，来找我，我未必不给你们。莫再偷偷摸摸去爬河坎，大意了从上面滚下来摔坏了又咋办？"

他的话说得很平和，也有道理。因为他没有真正打我，所以我便对他有了好感，认为他是好心人，他的话我也就听得很仔细，等他的话一说完，我便道："是呀，谁要是摔坏了，我们都没法向他家父母交代。"

"老人家，下次我们想吃柑子就不去偷，我们去找你要。"漠榆突然露出副顽皮的模样道。

我们听了都笑起来。

这是我第一次近距离地观察拱王，他个子高，剃个平头，嘴唇和下唇留一圈黑胡子，长相在我看来蛮英俊的；他年龄并没有我想象的那么大，也就四十几岁的样子。

"我老人家说话算话。只要你们不再偷柑子，去问我要柑子，我保证给你们。"

这下，大家都一致地认为他其实是个好讲话的人，关系顿时就融洽起来，互相间有说有笑的。等他从九公那里上船回柑子园后，我们才回家去吃午饭。路上，光光忽然说："这一下撒脱了，要吃柑子，只管过河找他要去。"我看他一眼，又掉开头去，而其他的人也没有理他，这让他很尴尬。

我们已经开学。漠柳、漠榆继续去小学，光光也留级去小学，我则和大国他们去中学。每次我们上学时，都邀约着一起走，往往就能看见光光躲在门后悄悄地窥视我们，神情是既羡慕又妒忌，而且还交织了难过。也往往在那时，我就会对他产生同情。设身处地替他想，同样大的人，却非得再读一年小学，去和比自己小的人为伍，而眼巴巴地看着伙伴们进中学，心里咋会不难过。

我们去报名的时候，响生姐也去了。但她是抱着试一试的心理。谁知一去就报上名，这让她高兴万分。

那晚上，我和她给余老师送草去，我们把草轻轻地放在余老师门外，再轻轻地敲门，当余老师问是谁时，我们听得出，余老师的语气里含着一丝惊恐。开门见是我们后，一下就把我们让进屋去，然后又飞快地把门关上。当我说明来意后，余老师感动非常。但她马上交代我，再也别给她送草，以免被人看见了会对我产生坏影响。那时候，在昏暗的灯光下，我突然看见她晒得黑黑的颈子上有一圈白印痕。顿时，我的泪水不由自主就流出来。我晓得，这是她在滚烫的阳光下戴着黑牌子被人长时间斗争，或者罚站造成的。我流泪是因为看见她就想起妈妈，妈妈给我来过信，说他们都好，只是工作有了点变动，爸爸被调到川甘边境的一个公社，而她则被调到一个牧场，去教还没有学会汉语的藏族学生。余老师被斗争，是因为参加了三青团。我妈妈参加过没有？我想是参加了的。我听余老师说过，他们全班是在学校的安排下，被宣布集体加入三青团的。我妈妈既然和余老师是同班同学，也就没有幸免的道理。我不晓得妈妈是不是也会被斗争，如果被斗争，我想她也不会给我们说。她总是说她和爸爸都好，要我们好好学习，听公和婆的话，听伯妈和余老师的话。

那晚上，我离开余老师家后，就到后水门的城墙上坐着想爸爸妈妈，泪水无论如何也止不住。响生姐陪我坐着，啥话也不说，不晓得如何劝我，许久后，她忽然叹口气说："你是个男子汉，多大的事情也要挺住，不该哭的。"这话让我猛地想起了爸爸对我一贯的要求，于是我狠狠地抹掉泪，对她说："走，我们回去。"

中学没有发课本给我们，上课的时候老师就让我们读"老三篇"，再就是写标语和抄大字报。学校纪律和课堂纪律都差，学生写这些东西写得无聊了，就有人溜出课堂，有人甚至跑出学校了也没人管。中学校委会变成了校革委会，革委会每天都要组织学生批斗学校里走资本主义道路的当权派，比如校长、副校长，还有便是"反革命""右派""叛徒"等。我们进学校半个月，就参加了15次批斗会。这样的会下雨的时候在礼堂开，晴天就在操场开。全校的学生加上教职员工有数千人，所以呼口号的时候，就的确响彻云天。那天的斗争会，除了原来的校长、副校长之外，增加了教导主任，"右派分子"和"历史反革命""现行反革命分子"。他们站在会场前面的凳子上，挂着很大的牌子，深深地弯着腰。斗争会开到一半的时候，突然坐在我们后面的一个学生冲上去，猛地用脚蹬掉了一个女历史反革命的凳子，她顿时重重地摔在地上。那一下，整个会场的人都愣住了，但是紧跟着，席地而坐的所有同学不约而同地站起来，想看看她摔得咋样了。我们一年级的学生坐在最前面，这一幕就看得最清楚。她在地上挣扎着，怎么也爬不起来，苍白的脸渐渐泛出青色，大滴的汗水从有些灰白了的头发中浸出，脸因过度的痛苦而扭曲，她是侧身摔倒在地的，我猜想她也许摔断了手。看着这个我还不认识的，年龄比我母亲还大许多的女老师，我的心抽紧了，并且产生了痉挛般的阵痛。我因窒息而痛苦，仿佛要晕厥过去。但就在这时，我不知受了啥力量的驱使，竟然对那么多的人视而不见，过去想把她扶起来。可是我却无法扶动她，也就在这时，我看见她眼里的泪水和感激混合在一起，顿时，我泪水也忍不住而流了出来。不一会儿，又上来了几个高年级的女同学，与我一道把她搀扶起来。她们把她往教师宿舍区送，我则站在原地目送她们。当我转过身来的时候，蹬掉凳子的同学正注视着我，尽管他是高中部的学生，比我整整高了一个头，可我毫无惧畏，盯着他的眼里泄出了心中的仇视。那时，我心中忽然充满了正义感，觉得绝不能允许这样的恶行再发生，也不能允许干了这样坏事的人不受惩罚。

我不记得是如何回到班里去的，也不记得这次斗争会是如何结束的。我只记得那时脑子里充满了报复的恶念，可以说，我的打算是非常狠毒的：如果女老师的手断了，我就得想法让他也断一只手或者一只脚，如果女老师因此而没有再站起来，那么我就要让他生不如死、痛不欲生！

回家的时候，我依然痴迷地策划如何报复，许多学生的目光注视着我，在背后议论我，我都视而不见充耳不闻。后来响生姐在身边拉拉我，我才看见大国、三毛、红旗他们也来了。我们默默地走着，谁也没有讲话。但当我们走到县委会的时候，响生姐忽然道："那人是高三（4）班的，姓黄。他爸爸刚当上县革委委员。"

"我不怕！"

"我认得他，"大国说，"他爸爸原来在县委食堂当炊事员，每天身上都是油腻腻的。"

"我还是佩服你，要是我，当着那么多的老师学生，我是不敢去扶她的。"三毛说。

"我敢肯定，当时你又想起了你妈妈。"她说。

我点了点头。

"你出了校门一直低着头走路，在想啥呢？"红旗问。

"我在想如何惩罚那个家伙。"

"他起码18岁了，个头又高又大，你整得赢他？"

"明的不行老子来暗的！"我恶狠狠地说。

"对，搞他，我帮你！"大国道。

"这个忙你如何帮？"红旗问。

"我们几个人团结在一起，未必还打不赢他？"

"我看不行。你想，我们就是打赢了他，被他的老子晓得了，会饶得过我们吗？"三毛说。

"我倒是有个办法。"红旗说，"我们用不着去和他打，他不是有弟弟妹妹嘛，我们就整他弟弟妹妹，让他心里难过，有气找不到地方出。"

"他弟弟妹妹认出了我们，还不是要给他说，他晓得是我们了，肯定要来找我们的。"

"我们可以用漠杨整光光的办法，拿弹弓打，只是不明着来，莫让他弟弟妹妹看见就是了。"

"这是没本事的做法，一人做事一人当，哥哥做了坏事，就该让哥哥受惩罚，关弟弟妹妹啥事。说不定他弟弟妹妹也反对哥哥的做法呢，心肠狠毒的人始终是少数。"响生姐说。

"我同意。"我说，"你们如果要帮我，就一人做把弹弓，越快越好，这样才能马上让他为自己做了坏事受惩罚。"

他们全都同意。

昨天我们就把弹弓做好了，响生姐也做了一把，要参加我们的行动。昨天我们去学校的路上，她说："漠杨，你是看过《孙子兵法》的，你说，这一仗咋打？"

我想了想说："'知己知彼，百战不殆。'你们看是不是应该这样，先得摸清楚他晚上回家的时间，再找一个好地方，最好是高一点的地方，出其不意地打了他，还没等他反应过来，我们已经撤退了，让他连个人影子也逮不着。"

"要得！"大国兴奋地说。

我不同意响生姐参加我们的行动，她一听就急了。"咋不让我去？不行，我非得去，你们莫想甩下我！"她说这话的时候就像是要和我吵架一样。过去，我啥事都愿意听她的，总觉得她有主见，做事干脆果断，不比和她同龄的崽儿些差。我佩服她，认为她啥都比我行。但这件事不比其他事，必须跑得快，说得不好听些，是要逃跑得快。可当她一再坚持，非得要我表态同意，让她参加这次行动，我虽然一时还不习惯，可心里却免不了有些得意。好像我们忽然就有了一个自愿组成的小队伍，要去替天行道，而我是这个小队伍的头。最终，我拗不过她，只好答应让她和我晚上去观察他家的地形，摸一摸他出门和回家的大概时间，以及我们撤退的路线。昨天晚上吃过饭后，我便去叫她。大国他们也想去，我没答应。我说去的人多了，容易被他看见，引起他的注意。大国他们认为我说得有道理，也就不再坚持，让我们去，而他们则在城门洞那里等我们的消息。

其实，我们不到半小时就回来了。说来好笑，我们去了以后，才想起谁也不知道他家住在啥地方。县委会里面那么多宿舍，他住哪一幢，哪一间？恰恰这事又不能向人打听，我急得直抓头，埋怨自己粗心。她则在一旁安慰我，说"我们就在宿舍区转一转，耐心地等一等，万一碰巧他出门，不就知道他的家了。"但就在这时，我一拍脑门道："我真是个憨卵，我们整他，又不是非得要在他家门前。他回家有两条路，一条是从中南门回来，另一条是从西门回来。这两条路适合打埋伏的地方太多了，比如中南门，有那么多又深又长的巷子，直通东山，东山上岩石和树木那么多，我们打了他就朝山上跑，藏在树林里，要不就翻过山，到下南门去。你说这样干行不行？"她认为这样行，灵活，不在他家那里守株待兔，整他的把握就更大些，对我们来说也更安全些。"我看守株待兔还是有必要的。"我接着她的话说，"我们在他家的附近守他，等他出了家门，看他朝哪条路走。比如他朝西门这边走，就赶快把守在那边的人叫过来，然后大家慢慢地跟着他，只要他走到我们认为可以动手的地方，我们就毫不客气地动手。"

回到城门洞，我把这些想法给大国他们说了，他们都认为好，在外面整他，没有人会认得我们，整完了大家分头跑回家，鬼老二都不晓得是谁整了他。如果在县委会整他，的确有些不妥，毕竟我们这条街隔县委会太近，万一不小心被谁认出来了，就会惹麻烦。

我们当时决定，今天晚饭以后就开始行动。

我和漠榆回家吃午饭，都没有忘记给漠柳留个柑子。当我们背着公和婆，一人拿出个柑子递给她时，她笑了笑，明白这柑子来路不正，便把柑子藏在身后，瞟一眼公和婆，趁他们不注意，飞快地放进书包里去。

吃过饭后，我问漠柳、漠榆上课都学了些啥，漠柳说老师这两天教他们读的课文是毛主席的《为人民服务》，再就是给他们念报纸，上午念的是《毛主席接见五十万红卫兵和革命师生》。漠榆却问我："哥，你已经是中学生了，为啥不去串联长征呢？"

"哥要是去了，我们咋办！"漠柳道。

"我们和哥一起去嘛。我们老师说的，红军长征走过四川草原，在那里打下腊子口，最后才到了延安。哥，我们可以把大国他们带去，先看爸爸妈妈，再去延安和北京，到了北京还可以见到毛主席！"漠榆一副眉飞色舞的样子。

"做梦！"漠柳嘲笑道。

我故意摸了摸他的额头，"你没发烧，咋说胡话呢！"

他顿时变得灰溜溜的，嘟囔着说："不去是憨包，我要是有你那么大，我就要去。"

"莫说空话了。老师不是要你们买毛笔去学校写大字报嘛，一个给两毛钱。先说过，不准乱用，剩下的，是你们明天早上的过早钱。"

于是，他俩接过钱，背上书包，上街买毛笔去了。

8

这一天下午，学校照旧开会。那位教高中的李老师果然摔断了手，手臂打着厚厚的石膏，再拿一卷纱布缠了挂在颈子上。当然，那块的牌子也是必须要挂上去的。不用说，她颈子上的重量大大地增加了，手上的石膏着实不轻。我敢肯定，她的手一定疼痛非常，一定咬紧了牙关忍受着。我还想到，也许她的心更疼，因为就是手摔断了，却也没有人同情她，没有人愿意放过她！可惜她无法得知我是不愿意批斗她的，更不愿意在她受了这么重的伤之后还要批斗她，还有，她无法得知响生姐、大国、红旗、兴贵，也许还有许多的同学都不愿意这样对待她。如果她晓得了该多好，她的心会感到安慰的。

我不敢看她，她勾着头，头发垂下来遮住了脸，汗水顺着头发滑落，一滴接一滴地往地上掉。她全身都在颤抖，似乎随时都会摔下地来。我的心在痉挛着，并且交织了痛与恨，因为看着她，我就无法不想到母亲，看着她，就恨死了那个姓黄的狗东西。

放学后，我立即把大国他们叫在了一起，然后守在校门外等他。不一会儿，他和同班的几个男女同学走了出来。我们若无其事地跟上去。原来，他们几个成立了一个名叫"风雷激"的战斗队，而且要去印一面红旗，一旦这面红旗印好，他们就要举着这面红旗串联长征去北京。他们走到中南门的时候，他的同学陆续回家，只剩下他一人。这时，我对大国他们使了个眼色，于是我们故意你追我赶地跑上前去。

这一边的县委会大门，侧对着两江汇合处的峒岩。要走进县委会去，得上一溜长长的坡。我们决定等他刚上坡的时候，出其不意地用弹弓打了他就跑。我想过，当我们射出的鹅卵石击中他后，他一定会莫名其妙和惊慌失措。

当他清醒过来后，我们已经跑得踪影全无。

"你们放心，瞄准了打他，我掩护你们。"响生姐说，"把子弹射出后你们就跑，他如果追你们，我就去拦住他。"

"不行，他会打你的。"我说。

"我不会让他看出我们是一伙的。你们一跑，我就从这里走出去，假装好奇，不时回头看你们，他如果追上来，我同样假装不小心，和他撞在一起。"

听她这么说了以后，我们都认为是个好主意，不光我们安全，她也更安全，因为这就用不着和我们一块逃跑，而有被抓住的可能。

他来了。

我们却紧张起来。还是她显得冷静，连声提醒我们莫要紧张。当他转过了弯，就快上这一溜长坡的时候，我猛喊了一声打，我们便从大门两侧闪出来，用力地拉开弹弓，把鹅卵石射了出去。我看见有两颗子弹打在了他的身上。但令我们没有想到的是，他并没有惊慌失措，只不过瞬刻的愣怔，就立即朝我们扑过来。我们的计划落空了，要跑也已经来不及。这时，出于自我保护的本能，顺手从大门边捡了块拳头大的石块，扬起手来居高临下地对着他。就在离我还有两米远的地方，他陡地站住。我看见了，他的眼里闪过一丝惊恐。"你再敢走一步，我就砸碎你脑壳！"我恶狠狠地道。

我们互相盯着，对峙着。大国他们见状，胆量陡增，迅速地回来，站在了我的周围，重新拉开了弹弓瞄准了他。这个阵势让他真正地害怕了，但也因为莫名其妙地被人打而愤怒异常。他的脸色极为难看，肌肉在不停地抽搐。不一会儿，他冷静下来，却始终没有想出被打的原因，于是显出了莫名其妙和百思不得其解的神情。

"是你！"他终于认出了我。"为啥要打我？"良久，他厉声地问。

"就是要打你！"我恨恨地说。

"我没有惹你们，你们发啥疯！"

"你才发疯！"大国回敬他道。

"有胆量你们一个个来，这算卵本事！"

"我们是没得本事，不像你，本事大得把别人的手都整断了。你要是把你妈的手也整断，那就更有本事了！"

听了我的话，大国他们故意哈哈地笑。

"你是那个反革命的啥人？"他厉声问。

"我啥也不是。不像你，听了人家三年的课！"

"同情反革命，这是啥性质！"说到这里他冷笑一下道，"你总有打单的时候，小心莫让我碰上！"

"不怕你，你有本事也可以打断我的手，不过我要告诉你，我要是伤成个啥样子，你的弟弟妹妹也会伤成个啥样子。老子收拾你的弟弟妹妹，就像砍瓜切菜一样，不让他们天天哭着回家，老子就不是人！"大国说。

"不光你弟弟妹妹，你和你爸爸妈妈也跑不掉，我可以对你发誓！"红旗说。

"除非你不想去串联了。"我道。

听了我们的这些话，他的神情顿时委顿下来。看来他是相信了我们的话，想到了可怕的后果。这就是不战而屈人之兵！他能不胆怯嘛。

"今天我们这样对待你，是想要你弄明白一个问题。"她走上前来，说话的语气非常平和。"李老师决不因为多了个反革命的名号，就不再是老师和女人，也决不因为多了这个名号，就抹杀了曾经教过你这个事实，和你的父亲一样，不会因为多了个革委委员的名号，就抹杀了曾经当过炊事员的事实。如果抛开这些名号，他们就是很平常的人。凡是人都晓得痛苦，何况李老师是女人。你给李老师造成的痛苦是两方面的，一个是肉体的痛苦——你弄断了她的手；另一个是精神上的痛苦——自己呕心沥血教过的学生竟然会翻脸无情，如此残忍地对待自己！"

"如果把李老师换成你的母亲，别人也这样对待她，也让她伤成这个样子，你会咋想？"我道。

"你比我们大，读高三了，学的知识比我们多，肯定晓得'为人子，亲师友'的道理。"她的语气依然平和，眼神中还蕴含了怜惜。"古人最晓得尊敬老师，如果你认为古人是封建的，那么毛主席也说过一日为师，终身为父的话，这最高指示你肯定要执行的了。所以，我建议你去看看李老师，白天你不好去，你可以在晚上去。"

我抢过她的话头道："你要是去了，虽然不能免除李老师肉体上的痛苦，但是可以免除她精神上的痛苦。"

她接着道："如果你是个有良心的人，这么做了，你多多少少也会得到一点安慰，良心会感到好受一些。"此时，她的话说得更为柔和，完全没有一点训诫的味道，只是劝诫，而且眼里还含着期冀。

"不要以为自己的老崽当了个卯委员，你的家庭就变成了最革命的家庭，你也就变成了最革命的人！"红旗挖苦道。

"一脚把老师从凳子上蹬下来，好革命呀。呸，冲包，老子最看不起！"三毛说。

听着我们这些低年级学生的教训，他的脸色难看之极，一副脸青面黑的样子。不用说，仅凭他这么一个高个子，不得不低着头站在我们面前，可想而知他是如何地屈辱。他的神情里既有恼怒，又交织了无奈，不知该说些啥，走也不是，不走也不是，真是进退两难。

"我们的建议你应该认真想想，其实我们也是为你好。真的，不骗你。"说这话时，她的神情很真诚，眼里带着一丝悲悯。

"再向你声明一下，"我道，"我们几个以后总有分开的时候，单独碰上你的机会也多。但是你千万不要乘机报复，我们会以牙还牙的。人不犯我，我不犯人，人若犯我，我必犯人，我们说话算话！"

我们走好远了，他还站在原地。转过两幢大楼后，确信他没有跟着，我们便同时哈哈大笑起来，心里有种说不出的畅快，觉得过瘾极了。

"我们也成立个战斗队，如何？"三毛问。

"当然好！"红旗立即赞成。"还得取个名字，叫啥呢？"

"你的名字不就是现成的。"大国说。

"好像不太响亮。"

"干脆叫'送瘟神'，如何？"我道。

"你说呢，响生姐？"三毛问。

"我不发表意见。你们成立战斗队，不关我的事，我这种人又不能参加。"

"咋不能参加，学校都招收了你，说明你是可以教育好的子女。"我笑嘻嘻地开玩笑道，"我们这个战斗队有啥了不起的，更可以招收你。再说，我们认为你早就改造好了，能吃苦，割草砍柴，自己找钱买米买菜，上学读书；

你心肠好，经常把辛辛苦苦割来的草、砍来的柴送给别人。"说到后来，我就认真了，"你不光可以参加，还可以当队长。"

"要得，我们就学学《洪湖赤卫队》，让你来当我们的队长！"大国说。

"你们真的要我？"

我们马上异口同声地回答了她。

"那好，你们听我一句话。我只当队员，队长由漠杨来当，不然我就不参加。"

大国他们听了她的话，都只好赞成，不再有人反对，于是事情就这么定了下来。

回去时，我们就唱《打靶歌》，这歌我们有自己的唱法，在后面只唱歌谱的时候，我们就编了词唱："一个拉一个，拉到派出所，派出所的所长就是我。一、二、三、四！"

从县委会的小门出来，到了十字路口，大家分头回家，响生姐忽然提醒我说："莫忘了去老天爷家看书，他说你已经有两天没去了。"我问她去不去，她说要去。"老天爷要我们读毛主席的书，我们就先把'老三篇'读熟。"我说要得，不光如此，还能背诵。于是，我要她等我，到时一块去。

9

这是个星期天。我没有和响生姐去砍柴，在老天爷家前面的城墙上坐着看书。学校布置给我们的任务是熟读"老三篇"，我已经读了两遍，但我决心能背诵"老三篇"。

河面不断地蒸腾着雾，并朝四面散开，隔断了河面。太阳是早就出来的，却还没有驱散和穿透这厚厚的雾。我能听见河对面许多人的说笑声，心里便无端地着急。也许那些人已经开始收柑子了，我猜想。正在这时，老天爷过来了。我晓得，他手里拿着的书一定是《道德经》，今天他该给我讲第八章。其实他是很理解我做学生的，学校布置的作业他会让我先完成，之后才轮到他。这个老崽崽过来的时候，见了那神情，我就想，他不光想给我当老师，还想给这一族的崽崽当老师，甚至想给族外的其他街的崽崽当老师，老是担忧他所知道的那些文化知识失传。他好为人师，我能理解。但咋办呢，他虽然学富五车，可年龄和那些知识已决定他不能再给人当老师。不过，至少还能给我当老师，我还能认真地听他的，这对他也是个安慰吧。

"学校的书读完没？"

"读完了。"

"你那书借给我一天，也让我学学。"他把我的书拿过去，再把他手中的书递给我，要我先读几遍，"这一章很重要，一定要背得。"

"上善若水。水善利万物而不争，处众人之所恶，故几于道。居善地、心善渊、与善仁、言善信、政善治、事善能、动善时、夫唯不争，故无尤。"我只默读了两遍，就能背给他听了。

"好，背得就好，不要忘了，要记一辈子。"之后，他逐字逐句地给我讲解了一番，书中的"七善"他讲得特别细致，生怕我不懂。"第七章老子将天地之道推及人道，此章则以水来喻人、教人。他以水性喻人格，教人之品行如水性。世上之人无一不想往高处走，而水则朝低处流。登高之人，位高权重，心性则更需如水一般处于低位，能忍辱负重，任劳任怨，百折不挠，时时处处想着别人，帮助别人，不与别人争名夺利，这就是'善利万物而不争'之意。"跟着，他又给我讲了一段古人说的话，用以解释为何水德几近与道的理由。"'五行之体，水为最微。善居道者，为其微，不为其著；处众之后，而常德众之先。'"他让我体味一番，又给我讲了孔子的弟子子贡在孔子观东流之水时问的话。他说："孔子也以水喻人。他乃儒家祖宗，自是从儒家的观点，概括出水之九'善'：德、义、道、勇、法、正、察、志和善化。此九'善'就是备受儒家推崇的圣贤之人应有的品格。"

我做出十分专注的神情听他讲，也听明白了，但是心里却在注意着河对岸充满喜悦的喧闹声。这时，雾已经在消散，偶尔露出的缝隙，让我得见对岸的柑子园和在树下采摘的人们。那些柑子树的叶片是愈加地浓绿了，而柑子则愈加地金红。太阳光被翻腾的雾搅碎，于是雾里满是针尖般大的光点子。又过了一会儿，浓雾倏忽之间便荡然无存，不知所踪。

"我给你说的这些，你记住没？"

"记住了。"

"你讲给我听听。"

我便讲，他便听。我讲完后，他点点头说还行。正在这时，却见响生姐在城墙下朝我挥手。她砍柴都回来了，那么此时至少也快 11 点钟了。我忙问她有啥事，她说："傻瓜，你没看见对岸在收柑子，快到河边去，他们收柑子的时候见者有份，把柑子甩下河，让大家捡来吃。"一听有这样的好事，我便急了，忙对老天爷说："我去给你捡几个柑子来吃。"说完也不管他答不答应，就跳下城墙。等我们到了河边，大国、光光他们也听到消息赶了来，我们迫不及待地下河，游到河中间，在那里踩着假水，等收柑子的人往下甩柑子。

雾散天清，一艘在西门码头装满了货物的大篷船快速地划来，这船肯定是下湖南去的。船头站着四个又高又结实的水手，全都剃光头，穿裤衩，露出一身黝黑发亮的肌肤。船舷两边各有两支长桨，他们用力地划着，整齐划一。每当他们的桨入水往后划的那一刹那，他们的脚会同时用力地一踏，于是那船舱板就会发出"砰"的一响。这时，他们双手和脚的肌肉便大块地凸出，那些蓝色的粗细不等的脉管便一根根暴出。船尾有个长着花白胡子的老人，头上戴顶斗笠，嘴里叼根短烟杆，一只手悠闲地把着船舵。就在船快要划到我们这里时，柑子园里几个年轻男女，有说有笑地抬了满满两筐柑子来到河岸。"柑子园请你们的客啦！"他们同时发一声喊，便抓筐里的柑子居高临下地朝河里甩。金红色的柑子甩进河水里，真是灿烂夺目，惹得满河的崽儿争抢。"用力点，也让我们捡两个！"这时，就连在河边洗衣服的闺女和婆娘们也眼红了，她们不好下河，就招呼他们尽量用力，朝她们洗衣服的地方甩。他们果然也就用力地甩。她们一只手提了装衣服来的篮子，一只手拿着捶衣棒，下到河水漫过小腿的地方捞柑子。大篷船过来的时候，他们又抓柑子朝船上甩，还开玩笑道："船老板，拿几个柑子去送你们湖南的相好！"船上的水手一边接柑子一边回敬道："我们的相好在柑子园，你看，就是那个穿红格子衬衣的婆娘！"穿红格子衬衣的婆娘一听便急了，站在河岸边来骂："狗日骚背时的船老板，哪个是你的相好？你乱嚼牙巴骨嘛，小心在下面恶滩翻了你的船！"水手们听了哈哈地笑，其中一人又回敬她道："你看你咋就不承认了呢，你还要我给你买玻璃丝袜子，我记得好牢靠。"另外还有人接嘴道："我要是翻了船，你就得披麻戴孝，哭三天三夜！"河岸上立即骂道："放你妈的狗屁，真要是翻死了你，那我才是猴子上芭蕉树——巴不得的巴不得。"

"船老板，勾勾卵，没得婆娘搞岩板！"大国和三毛等大篷船划过去后，便齐声地又笑又念。

"卵崽崽，等老子回来搞你家妈！"水手也笑骂道。

其实，这些笑骂充满了善意，没人生气的。

大篷船渐渐远去了。

我和响生姐捡得十几个柑子，我只吃了一个。这种柑子叫金钱柑，个头虽然不大，吃起来满口清甜。我认为姑娘家嘴比我们馋，便让她多留两个，剩下的，我准备给老天爷送两个去，另外的给漠柳和漠榆。

我爬上城墙，没见老天爷，再四面看看，却见他不知何时又爬上了冬青树。太阳出来了，坐在树上，有浓密的树叶遮阴，清风拂面，自是凉快许多。他没有喊我，却始终盯着我。我晓得他不会放过我，会一直等我的。教我读书和监督我读书，他非常严格也非常认真。"养不教，父之过，教不严，师之惰。"《三字经》上说的这个道理我都晓得，他能不晓得！没有经过他的同意我便跑掉，一定会被他数落，便连忙笑眯眯地递上柑子，讨好地说："人多，好不容易抢得几个，这是孝敬你老人家的。"

"把手板伸出来！"他居高临下，面目严肃地说。我立即伸出右手。说实话，像我这样年龄的人，最是好玩，哪会真正地有兴趣听他讲课呢，而且他在讲课的时候，文白混用，自己津津乐道，很陶醉，讲到激动处，还会唏嘘不已，让我这个听得倒懂不懂的人如坠云雾之中。不过，我一是万分地尊重他，二呢，长期在父母的教育下，内心深处还是崇尚读书，渴望掌握很多知识的。所以我是怀着自觉和不自觉的心态到他这里来。而且，我到他这里来，还怀有自我安慰的因素——父母的信中一再要我好好读书，多学知识，可是学校现在却没啥书给我们读，也没啥知识教我们。而我在他这里，无论如何还可以有书读，有知识可学。此时，我害怕他真的生气，就老老实实把手板伸过头去，让他拿烟杆朝我手板上磕。他磕得并不重，几乎没有痛的感觉，只不过是象征性地惩罚。但他可能没有想到，他那才吃完烟的铜烟斗磕在手板心上，却还很烫，让人受不了。"老天爷，我错了，莫再拿烟斗磕我，你这烟斗快把我手板心烫出泡了！"我的话提醒了他，便连忙放了烟杆，迅速地下得树来，拉着我的手板，低下头认真地看。"咋不早说呢？你看你看，还当真把你的手板心给烫红了。"他那着急的神情反而把我逗笑了。我抽回手来，剥了个柑子递给他道："你老人家尝尝，不是一般的甜！"他接过去，送一瓣进嘴里，抿了抿，便点着头道："这柑子甜，好吃好吃！"

之后，他让我在树下坐，便又开始给我上课。他说今天给我讲的《道德经》第八章的道理，以及孔子回答子贡的话，其实说的都是如何做人的道理。要是真的懂了，并且严格要求自己，就能做个有大智慧、大胸怀、高境界的人。他还要我像老子和孔子那样，善于观察事物，比如，他们能从司空见惯的水中，归纳出它的特性，而无有遗漏，更能用它的特性来比喻人。"这就不容易，太不容易了！"他感叹道。"观察事物要细致，一般的人能做到，要能通过这些司空见惯的事物的特性，提炼出做人的道理，就非常人所能了！要能做到这一点，不光得有很高的'眼境'，更重要的是还得有'心境'。一个人何以能得如此之高的境界，除了先天之慧根，尚需后天之努力。多读书、多观察、多思考，加深修为，方能提升境界。"然后他又说到该读哪些书。他认为古代、近代、现代、当代的书都应该读，要博览群书，拥有广博的知识面。说到后来，他依然把读书的目的归结到做人这一点上来。说到做人，他又一番感叹："你尚年轻，不知人生、人心之厉害。一旦踏入社会，则少有人不为名而驰，为利而逐。殊不知此乃人生、人心所设之陷阱。唯有圣哲遐飞高举，虽处尘嚣之中，却能超乎象外，绝不肯随波逐流以戾乎道，更不愿斗角钩心以丧其真。人之所得乎天，实为虚灵不昧，获众理而应万事，如诱之以外物，纵放人欲，则明德遂以不明矣。故而嗜欲深者天机浅，物诱寡者性命全。综观历代治世之贤圣，必淡泊才可明志；超世之佛仙，必清净方能归元。"他眯缝着双眼，摇头晃脑地说着，并不管我能否听懂。但他忽然睁大眼睛，盯着我道："娃娃崽哦，我之所以要你看《金刚经》《坛经》《道德经》和《大学》《中庸》，就是为了让你修齐、明德、清净、无为啊！这些道理一定要真正弄懂。'子不学，非所宜，幼不学，老何为。'切记切记，现在你肯定会认为我啰唆，以后你就会明白我的一番苦心了。"看他说得这么激动，我连忙点头说："你老人家放心，我一定把这些道理弄懂。"我的话让他比较满意，但他还有些不放心，"做人从小就得立志，志向高远，才有动力读书，才想获取知识。没有志向，不读书，今后就是个平庸的人。做个平庸的人，就枉来人世走一遭！"

正听他对我说着，忽然看见漠榆躲在那边屋角不敢过来，直向我招手。我乘机大声问他有啥事情，他一溜烟跑到我面前，还没有站稳便道："你快去看，有人要抓光光的爸爸！"听了这话我忍不住一下便站起来。说实话，我看不起光光，还有些恨他，特别那次偷柑子被他出卖，让我耿耿于怀。"坐下，急啥呢！"老天爷道，"每遇大事有静气，才是有境界、干大事的人。从小就要养成这样的习惯和心性，记住没有？"我连忙回答："记住了。"他将将胡子，不紧不慢地说："你去看看吧，究竟啥事，回来也好给我说说。"

我拉着漠榆离去，不慌不忙的，无论如何也得显出个有"静气"、很沉稳的样子来。但走过响生姐的房子，转过弯去，我便飞快地跑起来。

光光的家在十字路口下面，隔着窄窄的街。这时，小小的十字路口早已经站满了人，大家都默默无声地看着，表情漠然。好像对这样的事情早已经司空见惯，早有所料。派出所的人和几个戴红袖套的人，从光光家里往外拿东西，拿出来的是几个麻袋，有个麻袋装满了用撕成细丝的棕树叶捆成一串串的红辣椒，有个麻袋里装着几条大约是湖南产的香烟，除了这些烟，麻袋里还有许多丝光袜。

"这就是你大搞投机倒把的罪证！"一个公安人员打开了几个麻袋后，指着光光的爸爸厉声道。

"就凭这些，够判你五年的！"另一人道。

我不懂也不相信这种事情就能判五年刑，我想那个人一定是在吓唬光光的爸爸。

这时，光光的爸爸只穿一条洗得快发白了的蓝短裤，站在门前的梓桐树下，和这条街所有的水手一样，他也是高个头，露出一身健硕壮实的肌体，而且被阳光晒成古铜色；他剃的是光头，但已长出短短的发，发很粗，根根直立；他有副瘦削却显得极为刚毅、执拗的面孔，上面有一圈络腮胡，这胡子长得极密实。他被人指着鼻子呵斥，可神情却平和，没有一点慌张，穿着用汽车轮胎割成的凉鞋，稳稳地站着，双眼眯缝着，偶尔露出一束尖利的光，就如看见船的前方出现了礁石或者漩涡。不过，我却能从他的眼里窥视到内心的不安和张皇。他所显露出来的平静，不过是早已对自己的下场有所预料罢了。我晓得，我们族里当水手的人几乎都做点这样的营生，用于补养家庭。他们有这个便利的条件，可以把这里富有的，带到紧缺的地方去，再从那个地方带来这里的所需，如此而已。这些人常年受着风吹雨打，霜扎雪凌，所挣不多，加之因极其辛苦而好酒好烟，如不顺带做点小生意，那么，一家人的生计就会很成问题。"公安同志，你们听我说，我……"

"谁让你说了！"

他的话被打断了，也就不再说，而是默默地看着他们。

我忽然莫名地佩服起他来，也佩服我的族人们。他们依然毫无表情地注视着这一切，竟是如此的冷静，他们一定想到了，他的今天，也许就是他们的明天，用不着大惊小怪。可是光光就不是这个样子了，他从门里伸出长长的脖颈，满脸的惊恐。他这副模样既让我嗤之以鼻，却又让我有种说不出的快感。

"走，跟我们走！"说着两个公安就抓住他的手，给他带上手铐，拉着他就走。

"不忙！"这时，我也不知咋会让这句话脱口而出。所有的人都看着我，就连公安人员也站住，并掉过头来，面露惊奇地打量我。可我并没有慌乱，看着光光爸爸没穿衣衫的身子，脑子里灵光一闪，不慌不忙地道："公安叔叔，让他穿件衣服再走嘛。"跟着我又对光光道："还不快点给你爸爸去拿件衣服，你还等个啥呢！"光光这才连忙朝屋里跑。

突然，屋里传出了哭声，紧跟着，光光的公和婆，妈妈、采采、三妹和瞎子老四全都走出屋来。"你要是回不来，我咋办？咋办呀！我可是养不活这一大家子人呀！"光光妈哭诉着，拉着男人的手直摇晃。"同志，同志呀，你们看看嘛，我们这一大家子，没有他咋活得下去，我求求你们，就放过他这一次吧！"

当我看见他们一家老的老，瞎的瞎，哭哭啼啼的，我的心实在是难受之极。其实谁又是铁石心肠呢，此时的公安神情里也显出了为难，只见他们对视一下，其中一个对扛着装辣椒口袋的人说："把这个给他家留下。"这个人就把口袋放下了。也许是过于慌乱，光光只给他爸爸拿了件背心。当他递去的时候，公安打开了手铐，他爸爸连忙穿了背心。这时，他爸爸的双眼忽然睁得大大的，充满了温情，看着光光和采采说："我要是一下回不来，你两个就得帮你妈服侍好公婆，照顾好弟妹。学学你们响生姐，自己养活自己。你们不光得养活自己，还得养活这一家！"听了爸爸的话，他俩一边抹眼泪，一边用力点头。

他被带走了，这一家人跟在后面，我们一大伙娃娃崽也跟着，直到城墙转弯的地方。这时，公安人员不准我们再跟着，那几个戴红袖套的人也一再阻拦，于是大家只好站在那里，看着他们渐渐地远去。

10

那是个秋日的黄昏，大篷船就快靠岸，夕阳光从河对面小山的一排树梢上斜斜地射过来，河面仿佛被抹了层金粉，晃得人直眯缝着眼。码头那几排宽长的石阶上，挤满了洗衣衫的婆娘和大姑娘们。那时，才满 18 岁的她，穿了件碎黄花短褂，裤腿挽得高高的，赤脚站在水里的石阶上，一条粗长的辫子垂在脑后，手里拿着捶衣棒一边捶打着衣服，一边和同伴聊天。

> 情妹下河洗衣裳，
> 双脚踏上石梁梁。
> 手拿棒槌朝天打，
> 两眼呆看撑船郎。
> 棒槌打在指拇上，
> 痛就痛在郎心上。

其实，我伯伯在唱这首情歌的时候，内心是非常纯净的，没有指向，更没有目的。当装了满满一船桐油的大篷船，在经过一天的航行，终于来到可以好好休息一下的麻阳码头之后，船上的帆已经放下，微风正从河岸边的树林里拂过来，于是我伯伯心里不由得漾出一股轻松和愉悦。这一路，他觉得风光好极了，心情也好极了。秋天里的清晨，河面上总是缓缓地释放着似有若无的烟霭，这薄纱一般的烟霭静静地弥散在河两岸的荞子花和柑子树的叶片上。船总是一早就出发，既是顺水，走得自然就快。两岸的景物时时变换，偶尔，河岸会出现一条蜿蜒而上的石阶，隐没在浓密的树林或竹林中。再不，河岸上用卵石垒就的小院墙里，会陡然蹿出一条睡眼惺忪的狗，一边伸懒腰，一边对河里的船吠叫，引得主人也走出来，手搭凉棚，对河中的大船细细地观望……

从淮海战场上败逃回家后，他整日里无所事事，便突发奇想，要当一回水手。他找到了相识的船老板，说明不取分文，只求散心，船老板答应了他，才得以随船而来。那时，他也和其他的水手一样，浑身就穿一条短裤，不同的是，他穿的是部队发的黄短裤。当他看见码头上全是洗衣的女人后，便无端地想起了那首情歌，并把它唱了出来，而且唱得有滋有味，声情并茂。

唱者无意，可听者有心。当她听见有人唱歌，便不由得迎着歌声看去。她看见的是一个气宇轩昂、结实而又英俊的年轻小伙子。他不像其他水手那么黑，身体白净，夕阳光射在他的身上，使他的身体有了一圈铜色的光晕。那时，她立即被他、被他的大篷船，以及映衬他和大篷船的水光山色迷住，而痴痴地盯着他，当大船靠得更近一些了的时候，能清晰地看见他了，她的神情不知何故猛地变得极其惊异而又惊喜。听他唱歌，那顷刻间，她的心宛如被啥东西有力地拨动了一下，于是一阵从未体味过的，又紧张又愉快的战栗从心底发出，并迅速传遍全身。

> 情哥大船下麻阳，
> 你掌舵来他摇桨。
> 经了几多风和雨，
> 晒了几多大太阳。
> ……

她没能把歌唱完。因为她那清脆如铜铃的声音才放出来，就立即招来船上水手们的哄笑，而且她身边的女伴们也喧笑开来。其实，真正的原因并不是她怕别人笑话，只是别人的笑让她陡然清醒过来。她被自己吓了一跳，不晓得咋就莫名其妙地当着那么多人的面，去和素不相识的人对歌！她的声音戛然而止，张皇失措地看着嘻嘻哈哈笑个不止的女伴，真想一个猛子扎进水里去。

当她亮出了好听的歌喉，我伯伯就不由得紧紧地盯住了她。那时，他几乎没有听见水手们的起哄。他和她的目光在几丈宽的水面上触碰和交织在一起，那无形的眼光顿时就穿透了他的心，使他的心无端地剧烈颤抖，一瞬间还隐隐约约地产生了无法弥补了的、永远失去了啥的遗憾，而让他的心感到阵痛。那之前，我伯伯已经结婚，我伯妈也算是小家碧玉，上过学，有知识，在教会医院里给一个女外国医生当助手。我伯伯非常爱伯妈，老实说，如果从家庭来看，我伯伯能和伯妈结婚，还算是高攀了。

那时，他弄不清楚，为何眼前的姑娘，竟会让他难受。夕阳里，姑娘不知所措地站在漫过脚腕的水里，她个子高挑，苗条，身子给人既柔和又结实之感；鹅蛋型的脸盘黑里透红，一双灵动的大眼里泄出了内心的张皇和羞怯；她真是个好看的姑娘，模样和神态让人爱怜。可在她刚放开嗓门唱歌的时候，眼里迸射出来的却是一种期冀和渴求，显得那么大胆、泼辣、野气。在那短短的时间里，我伯伯看见的是判若两人的她。直到船小心翼翼地靠了岸，他的目光还像受到了磁石的吸引，无法从她身上移开去。

晚上，船老板按惯例得请水手们好好地吃喝。虽然还没有到达目的地，仅仅来到了途中一个较大的码头，由此去还得经过辰溪、沅陵，才到目的地常德。从路途来说，到达这个码头，还不到全路途的三分之一。但第一站能顺利到达，这是个好的开端，也预示了以后的路程同样会一帆风顺。船老板在这里请水手们吃喝，既是感谢水手一天来的辛苦，也为了以后几天，而给水手们鼓个劲。

那时候，桐油是很赚钱的，在常德，最贵的时候竟然达到五十几块大洋一担。有的时候，100斤桐油能换200斤盐巴。而平常的年份，油价也可达二十七八块大洋一担。常德是湘西和黔东桐油的集散地，住有许多外国洋行，专收桐油，卖出的是布匹、煤油等商品。而湘西和黔东的商号只用不到一半的价格从农民手中收购桐油，趸得几万斤后，便装入特制的木桶或者油篓，再用船往常德运。船老板赚取运费，千余里的路程，每桶油的运费可达三块大洋到四块大洋。而大篷船一般均可载三万多斤，也就是200多桶。算下来，船老板就有好几百块大洋可赚。再说还可以带点私货去卖，回来同样如此。到了目的地，卸了油，还会替商号运回盐巴、煤油或者布匹，这些货物照样有可观的运费赚取。船老板有钱赚，靠的是水手的忠诚和卖力，不然，这大船去来都有皮襻，不会顺利。因此，船老板要讨好水手，就不足为奇了。

那一天，除了两个看守大船的水手外，我伯伯和其余的人就在岸上的客栈里大碗喝酒，大块吃肉。客栈建在河岸上，是个吊脚楼，楼上住客，楼下是饭店。坐在饭店大门边，就能看见河里过往的船只。饭店里点了许多煤油灯，也算得灯火通明。其实，我伯伯是没有啥酒量的，他出了校门不久就去当了兵，说到社会阅历，还很肤浅。所以他绝对不敢像水手们那样无节制地狂饮。放在面前的那一碗酒，他只喝了不到一半，而脸上便透出了红色。"今天那个妹崽呀，长得实在好看。"有个水手已经喝得醺醺然，结结巴巴地对我伯伯说着，"她怕是欢喜上你了，看你的眼睛硬是直勾勾的！"说实话，当时我伯伯也还在想那个姑娘，听了水手的话，有些不好意思地笑了笑。另一个水手道："看来是我们这个年轻的军官看上人家漂亮的妹崽了，他那两个眼珠子都巴到人家身上去了，扯都扯不脱。"这句话引得水手们放肆地大笑。我伯伯自然是忙不迭地分辩，说他已经有了家室，不敢再有非分之想的。"你怕个卵呀，找她去，找到了就和她搞，只要我们不说，兄弟媳妇就不会晓得。"水手们的话也开始放肆起来。"兄弟媳妇晓得了又有啥怕的呢，你们国军里面的那些军官，哪个没得三妻四妾，找个小老婆还不是个平常的事。"我伯伯听了水手们的这些话，不由得猛喝两大口酒，还顺手抓了只卤鸭腿站起来，喷着满口的酒气道："要说我怕，这辈子还没啥卵事情让我怕的，不就是喜欢个妹崽嘛，好大点事情呢！"在众人的挑唆下，在两大口酒的作用下，我伯伯的话就说得有些款天磕地了。可是谁也没有料到，就在那时，她却一闪身进了饭店。我伯伯一见她，顿时就傻了，嘴张得大大的，露一副尴尬之相。而其他的水手也立即噤声，哑了似的看着她。

"说嘛，咋不说了呢！"见大家傻傻的，她却开口道。

"我们就随便摆点龙门阵，没说啥。"良久，船老板才想到得对她说点啥。

"莫要以为我没听到，我早就来了的，就在门外！"

一时里，水手们都有些尴尬。

分明是梳妆打扮了一番后才来的。头发重新梳过，长辫子也重新编过；上身换了件用米汤浆洗过的、月白色的斜襟短袖衫，下身穿了条青色布裤，

96

裤脚又大又短。那时，她见大家都不说话，便走到我伯伯身边，拿起他的酒碗道："各位大哥，我敬你们一碗酒，谢谢你们说了我的好话，还把我凑合给了他。"说完她瞟瞟我伯伯，便把酒一饮而尽。

"妹崽豪爽，我佩服！"有个水手道。

"我也佩服。只是那碗酒是他喝剩下的，你要真心敬我们，就得重新来过。"

听了这话，她把碗朝我伯伯一递说："倒上！"

我伯伯连忙去抓酒罐。倒酒时他耍了个心眼，有意把酒罐拿得高高的，酒倒进碗里，就泼洒了许多出去，真正留在碗里的，也就小半碗。不用说，他的用意没有瞒过她，带着笑意，给了他个心领神会的眼色。

"各位大哥，我先干为敬了！"说完她又一饮而尽。

水手们也就只好各自把碗里的酒干掉。我伯伯见她又把酒干掉，便又慌张又傻气地将手中的鸭腿递给她说："把它吃了，压压酒。"她又对我伯伯一笑，眼里透出了脉脉温情，接过了鸭腿，但没有吃。

"妹崽，你说早就到这里来的，你来干啥呢？"有个水手嘻嘻地笑着，明知故问。

"是呀，妹崽，你来干啥呢，我想你总不会是来找我们喝酒的吧？"

"你猜得对，我不是来和你们喝酒，是来找他的！"

大家没有想到，她会那么大方直白地把目的说出来，一时里，反而无话可说了。倒是我伯伯明知故问道："你找我，找我干啥呢？"

"我带你去逛街。我猜你不是水手，也没来过这里。"

"妹崽你猜对了，他没有来过，带他逛逛去。"

"去好好玩，玩个够！"

水手们嘻嘻哈哈地凑合着他们。她靠近我伯伯，拉着他的手轻轻摇了摇。我伯伯明白她的意思，便在众人的笑声中慌里慌张地跟她走出门去。

她并没有带他去逛街，顺着街道走了不远，就拉他折进一条深长的巷子，穿出这条巷子，便到了河边。夜空晴朗，布满了明亮的星。有凉爽的风从不远的树林里拂来，让人心旷神怡。顺着河岸看去，泊在岸边的大小船只，船头都挂着马灯，岸上的木楼有的也挂着灯笼。她拉着他，走得很快，要急切地把他带到一个地方去，他啥也不问，顺从地跟着。不一会儿，他们来到城外河边的树林里。这里的地下全是鹅卵石，树木是柳和杨。人说顺插为柳，倒插为杨。看来这些树是栽它们的人有意为之。这树林并不密实，坐在里面可以看见河面上往来穿梭的，挂着马灯捕鱼的小船。

他们背靠着一棵大柳树坐下来。

"哥呀，我总算看见真正的你了！"沉默了一会儿，她突然抱住他急切地说。

惊慌失措的他想挣脱她，却一眼看见她眼里有晶莹透亮的泪珠滚落。他的心顿时颤抖了一下，不由得伸出一只手揽住了她。"听你的话，还有个假的我？"他问。

"不是不是。"她急忙解释，"我以前在梦中见过你。那是在两年前的一个下午，我在这里的河边洗了澡，靠着这棵柳树不知咋就睡着了，梦中看见了大篷船，也看见了你，我看得真真切切的，就是你！"

"你在梦中看见了我？"

"真的，我不骗你。那以后，我就经常在梦中见到你。每当我醒来，晓得又是做的梦，我心里就空落落的，说不出地难过。好多时候，我都找机会朝河边跑，其实就是想到河边来等大篷船，要是有大篷船，我会把水手全看个遍，不放过一个人。两年来，我像掉了魂一样。可是你就是不来，你不晓得，没看见你，我的心就痛，痛得让人受不了，只有自己宽自己的心，想你明天会来，总会来的！"

"今天你看见我了，心还痛不痛？"他有意地问。

"你在船上唱歌的时候，我一看，就认出了你，反而把我吓坏了，可是马上我的心就急了，急得不晓得如何才好。"说到这里，她更加紧紧地抱住了他，仿佛害怕这又是一个梦，怕在转瞬间又失去了他似的。而且她还轻轻地哽咽了一下，真是喜极而泣。

他感觉到她手上的力量，她是那么用力地抱他，拇指像要插进他的身体，他还感觉到她浑身因为激动发出的战栗。他被感动了，不由自主地便把她抱起来，放在自己的腿上。"你这个傻妹崽呀！"他叹息道。

她就像只温驯的小羊羔，乖乖地蜷缩在他的胸前。良久，她仰起头急切地说："哥呀，你要了我吧，就当可怜我。只要你来了，让我看见了，我就不会再放过你，就得跟着你，跟你一辈子，我们是前世注定了的！我晓得你成家了，我不在乎，这也是命中注定的，你要是不要我，我会发疯，会死的，肯定会死！"她万分急切地说着，泪也不停地流。"哥呀，我想你想得心都碎了。你把我吃了吧，让我化进你的身子里去，变成你的肉，变成你的骨和血，就可以天天跟着你了。"

看着她那大滴的泪珠从脸庞上滑落，听了她那真诚而激烈的表白，我伯伯的心被震撼了。老实说，我伯伯那之前从未听过这样的情话，没有感受过素不相识的姑娘如此鲜明强烈的爱。他和我伯妈结婚前，相互间从未表达过爱情。他们是中学的同学，两人虽然有意，最多也就用眼睛来表达和传递内心的所思所想，面对面时，都显得彬彬有礼。那一年，全国大量征招抗日青年军，热血青年都踊跃报名，我伯伯也报了名并被录用。也就在那期间，我伯伯、伯妈迅速地私订了终身。那是个冬雨绵绵的下午，我伯伯远远地跟在伯妈身后走出校门，一直走到伯妈家住的拐弯处，我伯伯才鼓足勇气，匆匆跑上前去，站在伯妈面前，而伯妈就像有所预料似的连忙站住并低下头去。"我要娶你！我要走了。我们把婚事定了，你等我回来。"我伯伯在伯妈面前憋了老半天，才语无伦次地把心里的话吐出来。伯妈飞快地瞟他一眼，又低下头去，最终轻轻地点了点头，就转身跑了。不久，我伯伯他们被送到了集训地，每天除了学军事，还上初中课文。因为我伯伯是高中生，就被教官指定为班长，有时还帮教官给新兵上课。半年过去，他被破格提拔为少尉。又过了一个月，日本宣布投降。他们没能上抗日前线，但传出他们要被派到日本去当占领军。可是没过多久，又宣布不去日本了。最终他们被编入了战斗部队。去报到前，他邀约了几个老乡去请假回家，回到家他和伯妈就结了婚。

"莫哭莫哭，你看，我在这里，还抱你呢。"他浑身充盈着爱怜，一颗心被她的娇柔、哀怨化成了滚烫的水，在胸腔里沸腾、澎湃。他捧起她的头，用热辣辣的嘴唇去吮吸她的双眼和脸上的泪。

"哥，哥呀……"她不由得呻唤起来。但猛地，她也捧住他的头，咬住了他的唇。

秋天凉爽的风徐徐地吹进树林，含着各种草木的清香和苦涩；不远的树梢有栖息的鸟在轻轻地"啁啾";河里偶尔会蹦出条鱼来,发出泼溅声。他们的嘴唇紧紧地贴在一起,但是远远不够,无法熄灭熊熊燃烧的爱之火。他将手伸进她的衣衫,用力地捏住她的奶子,不久,他的手又伸向她的腹。最后,他抱起她来,走向树林的深处。在一块平整的草地上,他将她放下。那时,他们啥话也不再说,只顾急切地脱着衣裤。他们又紧紧地抱在一起,用力地贴,似乎要融进对方的身体。他变得坚硬无比了,势不可当地进入她的身体,动作猛烈、快速。那一下,她的头抵着地,腰却挺了起来,以同样的猛烈迎纳着。不这样,好像就不能把爱灌注进对方的身体。终于,他们筋疲力尽,瘫在了草地上。她贴在他胸膛边,喉咙里发出心满意足的"呜呜"声。许久后,她突然跳起来,抓起衣裤就朝河里跑。他给吓了一跳,忙问她干啥,她嘻嘻一笑说:"来吧,去洗个澡。"

之后,他们坐在河边的鹅卵石上,她抱着他,他也搂着她。她因为梦想成真,而变得满足和愉快,不停地和他说话。她问他们那里为啥有人叫卢阳,有人又叫铜仁。他告诉她,许多年前,有人在河里洗澡,摸出三个铜人,一个是孔夫子、一个是和尚,还有一个是道士。后来就有人把卢阳叫成了铜人。再后来,又有读书的人认为这样叫还不准确全面,把人字改成了仁,左边一个人,右边两个人,加起来是三个人,这才准确全面。

"我教你说个绕口令吧。"她忽然歪着头,显出副顽皮的样子。"苗婆包苗帕,苗帕包苗婆。"

他笑着拍拍她的脸说:"难不倒我,我听我们那里的人说过。"很顺畅地说了一遍。

"还有,你听着,'把棕叶子撕成细丝丝补破葫芦瓢'。"

他晓得,要是不被难住,她是不会罢休的。于是他故意说得结结巴巴,怎么也说不清楚。果然,她开心地笑了。

那一晚,他们一直坐到鸡叫才回去。天刚亮,他又去了约好的地方。水手们整天没见他。第三天清早,船要出发了,他才从客栈跑出来,对船老板说他不去常德了,就在这里等,船回来的时候,别忘了叫他一声⋯⋯

八月十五过中秋节,柑子、柚子、梨、地瓜等水果成熟了,每家每户都准备了一些水果。我拿了个地瓜一边剥着皮,一边往老天爷家走。到了那里,却见响生姐也在。她一见我，没有让我进屋，拉着我就走，我问她去啥地方，她说"去你二伯妈家讨柚子吃"。我晓得她说的是罗玉芯，自从我得知了她和我伯伯的故事后，我内心里就对她怀了敬佩和无比的同情。我不情愿地跟着她，心里却在想着如何推辞掉这份差事。罗玉芯在河对面的中药厂做事，不过是临时工，每当厂里收来了药材，她就去选药材，把好的和差的分出来各放在一边，这份差事不复杂，只要熟练和细心。一个月里，大约只有两个星期需要她们去工作，所以工资很少，据说每天仅有八毛钱。这点钱每月要买柴米油盐和菜蔬，就得非常俭省。我曾经想过，她如果还要买穿的，这点收入实在不够。后来我听说，她那棵柚子树很争气，每年要结 100 多个柚子。因为柚子特别甜，所以卖的时候，能卖到一毛五或两毛钱一个。这点收入不多，但多少可以帮补一下。这是我不愿意去向她讨要柚子吃的原因。

她的日子过得小心翼翼、悄无声息，甚至还有点神秘。由于没有往来，街上的人对她有了陌生感。我的公是晓得她和伯伯那些事情的，可尽管住在一条街上，却对她熟视无睹。而她也从不来走动，好像没我们这家人似的。

起初，她并不住在这条街。那时，我伯伯等待从常德回来的大篷船到了麻阳，便告别了她。当然，在那段时间里，他们已经从容地商量好以后的事。伯伯回来就到处托人找事情做，最后终于找到个小学教师的差事，这个小学离城十几里路，正合伯伯的意。按照他们约好的时间，她来了，我伯伯在西门码头接到了她，带着她连夜赶回学校。那时，由于兵荒马乱，我伯伯还没有教上一个学期的课，学校便停办了。我伯伯只好又悄悄地和她回到城里，让她住进客栈。我伯伯晓得家族里有房子要卖，便拿钱给她，让她出面把这个有着小院和柚子树的房子买下来了。安顿好她，我伯伯马上就去了重庆，想在那里找份差事。等他走了不久，她却主动地去了我伯妈家。也不晓得她是如何给伯妈说的，居然让伯妈原谅了她，还让她在家里住了下来。正是如此，这条街的族人们才晓得了她和我伯伯的关系。

她家的门一如既往地关得紧紧的。说实话，我根本就不敢敲她的门，更不好意思向她讨要柚子。于是我要响生姐和我从武装部大门进去，绕到她的后院去听听动静。如果她不在院子里，为了响生姐，我就上树去偷个柚子。

院墙不高，我爬上去，刚一露头，就看见了她，她也看见了我。"想吃柚子了，来吧，那树顶上还有几个，帮我把它戳下来了。"她坐在个小竹凉椅上，摇着扇子和气地说。我连忙把响生姐拉上墙来，翻了进去。"我的竹竿没得这么长，你得爬上树去，才戳得到它。"我一听，便爬上树去，再让她拿竹竿给我。竹竿大约两米长，一头削得尖尖的。我在树上，轻易地把长在树梢的几个柚子给戳下来了。响生姐一个个地捡了放在她面前。"来呀，你来剥皮。"我到了她面前，一时竟不知该如何称呼她，恍惚记得翻进院墙时，听见响生姐叫了声罗姨，于是我也叫了声罗姨。

"他是漠杨，漠明的弟弟。"响生姐介绍道。

"我晓得，他爸爸妈妈送他们回来的时候，我也去看过。"说到这里，她忽然叹了口气，"你爸爸和漠明的爸爸长得好像啊！"

我晓得由于我的出现，又让她想起了伯伯。我不敢答话，也不知该如何回答。我悄悄地瞟瞟她，却见她的头微微仰起来，目光一下去得很远，而思绪也跟着去得很远。我不愿打扰她，便停止剥柚子。月光下，她的脸显得有些苍白，但很宁静，不过，那幽幽的眼光，却泄出了内心的凄楚与忧悒，以及那难以泯灭的期冀。算起来，她应该有35的年纪，可她还是那么好看。尽管她的脸上啥也看不出来，但我能体会到她心里的苦楚。可以说，她这辈子和我伯伯再也不会有什么结果了，即或有缘，却再也无份。到了她这个年龄，是应该看得透这一点的。那么，她孤苦伶仃地相守着，做着再也不可能实现的梦，是为了啥呢？她这样地等下去，只能是"一梦白了头，空悲切"呀！可是我能从她那平静的面容上看出，她是决然要等下去的。也许她这么做，是为了曾经实现过的梦，而不再是为了以后那不再能实现的梦。想到这里，我很难过，对她充满了怜悯。

"哦，月亮好圆！"她意识到自己走了神，笑了笑，想用这句话掩饰过去。"你咋不剥柚子呢，快剥呀！"

我看见，她在说这话时，飞快地抹去了泪水。她的这个动作不由得让我心里一阵子痛。毕竟过去了十几年，而且每日受那伤楚凄然的折磨，她的额头、眼角已经有了细长的皱纹，头发也显得有些干涩。如果十几年前的那一天，她恰恰没有去洗衣服，或者那一天大篷船有啥事情延误了行程，晚到了一个时辰，要不就是我伯伯干脆就没有上大篷船，再不就是她根本就没有做过那样的梦……那么，她现在会是个啥景况呢？也许她会被一个年轻英俊的解放军军官看上并嫁给他，当然也有可能嫁给一个国家干部……无论如何，她都会比现在好。然而事实就是事实，再多的假设也没有用，这些假设反倒让人无限惋惜和遗憾。

就在这时，我暗暗下了决心，一定要帮她割草砍柴，减轻她的生活负担。而且我还突发奇想，要让她和我伯伯在不知情的情况下见一面。

"见过你伯伯没有？"她微笑地看着我问。

"见过两次。刚回来的时候，爸爸妈妈带我们去监狱看过他一次，再就是上个月，他刑满释放，我们在伯妈家见过他一次。不过他虽然被释放了，可还得回监狱外面的劳改农场劳动，一年只准回一次家。"

"多快呀，他就刑满释放了！"她说这话的时候，虽然很平静，但我却看见她眼里有亮光一闪。"你们吃柚子呀，呆呆地看着我干啥呢。"但说完这话，她的头又微微地仰起，呆呆地想她的心事去了。

我剥开了柚子，分了一半给响生姐。这成熟了的柚子的确非常甜，也许这是上天的安排，用这样甜的柚子给她做补偿？可是马上我就觉得这想法太幼稚可笑。

"那时我真不该听你伯伯的话。"她的头依然微微仰着，既像是在和我们说话，又像在自言自语。"我要是再坚持一下，他肯定会答应让我一道去重庆找你爸爸的。我听你伯伯说过，你爸爸被国民党弄去当兵的时候才16岁，因为爱打篮球，新兵出发的时候，他还用网兜提了个篮球去。接兵的连长、排长们买得有很多大烟和盐巴，就让新兵给他们挑。他们走了十多天才到省城。在部队里，你爸爸从来都没有吃饱过，每天都看见当官的打当兵的，他就害怕得要死。有一天晚上，你爸爸悄悄地爬上一辆货车，这才逃到重庆。幸好你爸爸读过初中，没费多大的事就考得了工作……后悔呀，我真是后悔。要是那时候我和你伯伯去了，也许……唉，世上哪有后悔药卖呀！"她痛惜的语气，让人的心无端地颤抖。

可以说，我爸爸从来没有给我讲过他解放前的事情，而我也从来没有想到要问问他的过去。这时我才晓得爸爸也当过国民党的兵，才明白他现在为什么会被送到那么僻远的公社去，也才明白我们为什么被送回老家。

……说不清楚是凌晨还是傍晚，黢黑的帐篷里有一盏昏黄的羊油灯，火塘里没有火，有半碗冷茶放在地铺不远的地方，她孤身一人睡在地铺上，因为痛苦而不停地呻吟；她想喝口水，可是怎么也伸不出手去；她脸上的皱纹像一条条深长的沟壑，纵横交错，头发干枯花白而又蓬乱。也许我在帐篷外面，也许我在帐篷上面，我分不清楚所处的方位，但是却能看穿帐篷，能从左到右、从上到下地看见她。我想去给她拿水，却怎么也动不了腿，我甚至怀疑根本就没有腿。这让我焦虑万分也惊恐万分。看见她那么痛苦难受，我不由得泪眼滂沱，无奈地大声哭泣，可奇怪的是，我却听不见自己的哭声。许久后，我看见一个瘦削的男人由远及近，他步履蹒跚，但却走得急切。他也满头白发，一张脸同样有着深长的皱纹。终于走到帐篷前，他撩开毡门而入，扶起她来，背着就走。我说不清楚何时下了雪，一眨眼，地上就铺了厚厚一层。他背着她深一脚浅一脚地走着，雪地里留下一串长长的脚印。他们越去越远，人也变得越来越小，最后离开了我的视线……

这是我当天晚上做的一个梦。醒来后，我在床上坐了许久。不知咋的，我产生了些许的安慰，而更多的是害怕和担忧。我伯伯和她那苍老的面容，特别是伯伯背她时气喘吁吁的模样，让我无法忘怀，并在我的心里激发出苍凉之感。

这以后的几个月里，我每个月都会给她砍挑柴，或者割挑草去。那时，学校干脆不再上课，高年级的学生早就组成了各种各样的战斗队，并选择了各种各样的路线前去串联和长征，目的只有一个——见毛主席。有一天在学校，正碰上一队要出发的队伍，有人朝我们喊道："你们咋不去北京，现在是见毛主席最好的时候！"在学校的同学也有不去学校的办法——只要在学校贴张告示，说明成立了战斗队，要投入"文化大革命"的海洋中去经风雨，见世面，就可以名正言顺地逃学了。我们自然也去贴了成立"送瘟神"战斗队的告示，所以也就可以名正言顺地上山砍柴割草。"狗东西的，吃家饭，拉野屎！"公晓得我不光给她，还给街上的其他人送柴草，于是在醉了后，就会这样骂我。可是我对公的骂声充耳不闻，每天都能听到，早就麻木了。不过我还晓得，一旦他没有喝酒，处于清醒之时，虽然对我好坏没有一句评论，但我能看出，他内心对我的做法还是赞赏的。

11

　　我家后院有棵无花果树，果实早就成熟了，可是我和漠榆都不敢吃。现在，这满树的无花果已经成熟得裂开来，后院里弥漫了它诱人的香气，馋得我直流口水。我家院子不大，长和我家木房一样长，大约三米宽。这三米外是个一米五高的坎子，下面是玟姐家的院子。无花果长在右侧的栅栏内，有一半的枝叶长在院外，而院外的果实早就不知被谁偷吃了。栅栏是用黄槿条、岩虱子、羊角木这些树棍扎成的，很牢实。栅栏外是去玟姐家的路，两米来宽，侧对着我家的是漠大和漠二家。

　　我不敢吃无花果，是因为小伙伴们说他们都不敢吃。"吃了无花果就要发育！一发育，你鸡鸡上就要长毛，鸡巴里面还要长骨头，胸口上那两个咪咪要长硬块块，让你胀痛。"这是三毛给我们讲的，那神态很夸张，仿佛他已经是发育过，并吃了发育苦头的小伙子。

　　但这一天，我实在忍不住，就伸手在树上摘了无花果，拿在手上只是闻，不打算吃的，但终于还是忍不住伸出舌头去舔了舔。这一舔，就再也没办法控制自己。很快地吃完一个，又摘一个，刚送进嘴里，就被漠榆看见，他睁大了双眼，跑到我身边，厉声地问："你不怕发育呀？要是发育了咋办？"我立即装出若无其事的样子说："怕卵，吃！"说完马上给他也摘了几颗。他盯着果子，犹豫着不敢接。我塞到他手上说："好吃得很，怕卵，不就是发育嘛，又不会要命！"这时，我才发觉说两个卵字是很有作用的，它能加重语气，还能强调自己的意图。他呆呆地看着我，好像是在权衡，良久，他终于小心地吃起来。

　　正吃着，就听见漠大、漠二互相骂起来。之前一点征兆也没有，一开骂，立即就山呼海啸达到高潮，虽然是亲亲的弟兄，但是骂起来却形同陌路，好似仇深如海，互相日妈捣娘，翻操着祖宗八代。我立即从后院跳进堂屋，又跳出堂屋到街上看闹热。这两弟兄相差四岁，都是三十几岁的人，都在搬运社拉板车。老大的女人文静老实，人也长得丰满好看，干啥事都慢条斯理，不慌不忙。可惜的是，这个女人生了个姑娘，三岁了还不会走，别说走，就连坐都不行，浑身像没有一根骨头，每天都得当妈的抱着。有时，她会拿个小板凳坐屋檐下，撸起短褂露出又白又大的奶子，喂她这已经三岁了的女儿。往往这时，就能看见她脸上的忧悒和无奈。也因为如此，这个女人就非常老实，不论男人如何吼骂，只是不出声，不还口。老二的女人细小干瘦，偶尔也会坐在屋檐下撸起衣衫喂她最小的女儿吃奶，她那对奶子蔫瘪得就如漏了气的破布口袋。不过她做起事来却急如风火。人家说这个婆娘几乎是一口气生了四个崽崽，两男两女，老大老二是娃崽，老大八岁，四兄妹的年龄都是相差一岁半，就像掐着表生的。四兄妹和他们的妈一样，长得细小干瘦，说话的声音又小又急，就像老鼠似的整天叽叽喳喳，出门的时候，四个一起，"咻溜"一下就蹿出来，也像极了老鼠。两兄弟的矛盾皆起于自己的婆娘，一个急如风火，一个慢条斯理，一个说话大声武气，另一个则温婉动听。不同的性格注定了两妯娌矛盾的产生。两兄弟共同继承了这幢木房，与我家的房子大小相当。靠我家这边是老大住，另一边老二住，堂屋两家共用。在这么狭小的范围内，两妯娌说话就得格外小心，不然会引起对方的猜忌。目前来说，几个娃娃是特别容易引起妯娌吵架的动因。生得多的往往得意炫耀，小的才两岁，常常在妈的身边撒撒娇，比如要妈抱着屙屎屙尿，"你自己不会走，不会屙！"当妈的如果是这样回答，大约还不要紧，如果话音里稍微含了些嘟瑟，另一个马上就能听出来，感觉到是在含沙射影。这句话其实再平常不过，但在这个家庭里，忌讳的就是这样的话，它会让另一个人如坐针毡、如刀刺心。"是呀，人家会屙，左屙一个右屙一个，这不，又要屙了！"这样的回答就再明显不过，分明是在挖苦能生的人。当然，这样的结果就是一场疯狂的谩骂。其实两兄弟说话也得注意。但他们的战火往往由老大引起。老大结婚这么多年了，好不容易才得了个女儿，却不料是个废人，婆娘整日都服侍这个废人，啥事也干不了。老二的婆娘是又能生，又能干事，同男人每天天不亮就去了搬运社，到了中午，还得风风火火地赶回来给几个崽儿弄吃的，之后拿了男人的伙食，又急如流星地往搬运社跑，实在是吃得苦耐得劳。到现在，她又怀了快半年的身孕，却依然早出晚归，风里来，雨里去。这一切，让老大看在眼里，自是苦在心头。虽不敢说嫌弃婆娘，但心里总是有个无法消解的疙瘩。他晓得老二口里不说，但背地里肯定在笑话他。就连他自己也清楚，他这婆娘是根白黄瓜，好看不好吃。于是久而久之，就会有些埋怨的话，如果稍不注意，尽管说的是自己的婆娘，可那口里说出来的话，就像迸出个火星，马上就会引发战火。

今天他们吵架，居然不是为了婆娘和儿女。

"你参加的战斗队老子偏不参加，你喜欢'慨而慷'，老子喜欢'全无敌'，关你卵事！"老大骂道。

"老子才不耐烦管，你以为搞到事了，也不看看，你那个卵队伍里面有一个工人没得！"

"没得工人又如何，只要革命就行。不像你们那个卵队伍，专门保护走资派！"

"你们那个卵队伍是保皇派！"

"你懂个卵，现在不兴有皇帝，如果要有，那也只有毛主席才可以当。你说老子们是保皇派，保就保，老子们保的是毛主席！你们那个卵队伍反对我们，老子们才不怕呢，最高指示说的：凡是敌人反对的，我们就要拥护；凡是敌人拥护的，我们就要反对！"

"你说老子是敌人？！"

"你听见老子提了张三李四王二麻子的名了！"

兄弟俩都喝了酒的，乘着酒劲，便越争越凶，越骂越毒。这时候，太阳已经落下山去，街上家家户户的烟囱里都冒着炊烟。守在他们家外面听骂架的人全是崽儿，大人们似乎充耳不闻，没闲心来管他们。"再有两分钟就要开打了！"三毛说。话还没落音，就见这两个强健的汉子，一人抄着根檀木扁担走出门来。他俩都只穿着裤衩，裸着上身和双腿。他们的手膀和脚一样青筋暴凸，曲里弯拐的，就像那些大树长在地面上的虬根。

"你先打，免得你狗日的污蔑老子以大欺小！"

说来奇怪，这个场景我恍惚在啥地方看见过。细想一下，记得是刚回家乡不久做的个梦。只不过梦中的人不是他们，而是两个画着花脸一边唱戏一边对打的人。我醒来后百思不得其解的是，为啥唱戏人拿着扁担对打，而不是梭镖或者大刀。此时此刻，他俩穿着裤衩舞着扁担，与我梦中所见有些出入，但在我看来，却显得比梦中的人更为可笑。

我的笑是由于忍无可忍才发出来的，可以说来得不是时候，也特别怪异，让人莫名其妙。当然，作为我来说，内心完全没有要破坏兄弟俩英勇无畏之举的意思。但事与愿违，这莫名其妙的笑的确造成了不好的影响，在这样的氛围里，笑声肯定与之格格不入。果然，俩兄弟都不由得掉头看我，神情有些迷茫。于是我知趣地不再笑。

男人要打架，婆娘就一声也不敢出。她们晓得自己越是去劝，男人就越得劲。只有老二的四个崽崽挤在一块，躲在门后，一脸的惊恐看着。这时，他们的模样更像小老鼠。

"打呀，老子就是要看看，你有多大点卵本事！"

老大话刚落音，老二的扁担就砍在了他的肩膀上。只听得"啪"的一声，老大肩膀上的肉马上鼓了起来。老大歪着头看一眼，用手拍拍，极力显得无事一般。

"老子打了。你来，有本事就放翻老子！"

同样是话刚落音，扁担就砍在了肩膀上。跟着，他们你一扁担我一扁担地砍起来，打得不慌不忙，有条有理，一会儿打左肩，一会儿打右肩。可以说，如此打架我是头一回看见，理智得就像在参加一个纪律严明的运动。给人很滑稽的感觉，就像是在演戏，不同的是戏台上的人是假戏真做，而他们是真戏假做。就在老二又一扁担砍下去的时候，突然有只粗壮的手闪电般伸出，一下就抓住了扁担。老二用力朝下压了压扁担，哪里得动分毫。这时，大家才看清是癫子出手了。"莫要再打啦，笑死个人！"癫子道。

"是癫子！"三毛在我耳边道。

"莫打了！"见老二还在抢扁担，癫子就几乎用命令的语气道，"野卵日的不怕丢人现眼。好大点卵事情嘛，用得着把扁担舞上街来？就是要打，躲在家里擂几拳头也就够了，日你妈硬是要打上街来，让满街人都晓得你们会舞扁担，说你们有本事呀！"

"不关你卵事！"老二道，并用力夺扁担。

癫子不说话，一只手捏着扁担由他夺。癫子也是搬运社的，力大无比，都说他有武功，身怀绝技。但是我们这些崽儿却从来没看见过，知情的人说他练功是在半夜，而且是在东山上，再说他也从来不让人偷窥他练武。可在这时，我们却终于得见他露了一招。有人说他是鸭子变的，两只手的中指和食指之间都长得有蹼，而且两只脚的大指和二指之间也长得有蹼。但是在我看来，他应该是猫变的，他的脸盘子像极了猫，两边嘴角长的胡子稀稀拉拉的，就像猫胡子，又硬又直。街上的许多崽儿都想让他教武术，但却不敢到他家去。"学武功？要得，买瓶酒，到我家去跪拜祖师爷，再跪拜我，正儿八经地当了我的徒弟，我就可以教了。"凡是和他说到学武功，他就这么回答。听了这个回答，想学武功的人就止步不前了。街上谁都晓得，他家里养满了蛇，有毒蛇也有无毒蛇。他的家孤零零地在城墙下面，一幢小小的房子。他把蛇养在楼板下，当然，楼板周围全用石块砌好，并用石灰抹得没有一丝缝。凡是到过他家的人都说，那楼板下面老是有窸窣的声音，让人胆战心惊。有人说他玩蛇的本领大，他说他不行，有一次他碰上个老婆婆，玩蛇的本领才大。她背了几十个鸡蛋进城来卖，怕有人在她只顾走路的时候悄悄偷鸡蛋，就顺便在来的路上捉了条五步蛇，解下围腰，放在蛋上，再把蛇放上去，用手画了个符，嘴里又念两句，蛇就乖乖地盘在背篼里，头伸出背篼，却一动也不动。

"癫子，让狗日的打，老子还没得看。"

原来是老天爷到了。他老人家不知在啥地方讨得两杯酒喝，瘦小的脸面泛出红色的光，有些醺醺然。听了他的话，癫子马上就放了扁担。而这两兄弟则傻乎乎地瞅着他。

"他妈的，啥都搞假了，这哪还是苞谷酒嘛，明明是青冈子烤的酒，烂红苕烤的酒，寡苦！"老天爷突然愤愤不平地埋怨起酒来，让人觉得在这样的场合发这样的火，有些南辕北辙和没道理。

但我理解他。我的公最近这段时间，只要喝了酒，回了家，一开骂，就直指这假酒，之后再延展深入开去，啥烤酒的人良心被狗吃了，农民只晓得跑进城来游行喊口号，连苞谷也不种了等等，凡是与酒有关的，比如酒厂以及卖酒的商铺都被他逐一批驳。

"打呀，看着我干啥！"他走到俩兄弟身边，用他那长烟杆敲敲这个的扁担，又敲敲那个的扁担。于是那浓烈的烟油味顿时就掩盖了人们的汗味。"没得卵出息，咋不打脑壳呢，一扁担砍下去，死一个就安静了。你们摸摸自己的脑壳，骨头厚得很吧，骨头厚就经得砍。这种脑壳的人脑水少，一看就晓得是狗日的下根之人，无思无想受治于人，分不清皂白，看不到青红，更莫说看得透人生，想得通人世。那些动脑筋的人随便想出个花招，就可以让你们这些人以命相搏！好在今天只是你们兄弟打架，看得出，还没有忘记是从一个娘肚子里面爬出来的，打得还算客气。要是换一个你们从来没有见过，和你们毫无关系的人，你们可能就会下死手，高高举起来的扁担就会毫不犹豫地砍在人家脑壳上！看看你们这心狠手辣、凶神恶煞的样子。唉……'世人性本清净，万法从自性生。思量一切恶事，即生恶行；思量一切善事，即生善行。''智如日，慧如月。''一灯能除千年暗，一智能灭万年愚。''莫思向前，已过不可得；常思于后，念念圆明。'可怜你们灵光已失，一者以掩蔽，世人莫知之。像你们这般逞勇斗狠之徒，死了都不晓得是咋回事，只配当个糊涂鬼！"说到这里，他的脸上突然露出了惊诧之色，晃了晃头，跟着，脸上就有了痛心疾首和悲天悯人的神情。"咋和你们说这些呢，有卵用！还是给你们说句实在的。这年成要想保得平安，当须不偏不倚，放宽心胸，不烦不恼，世上的事不听不看，装聋作哑，能躲则躲，遇事切莫强出头。万一不能躲避，非得参加进去，到你们高举了扁担，对着面前的陌生人，那心里当能炯然烛照，幡然醒悟——站在你们面前的，是一个人，是一条命，这个人也许和你们一样，上有老需你们送终，下有小需你们抚养。扁担没有砍下去，留了人家命，也免掉自家灾。切记切记，忘却不得！"说完，他杵着烟杆，眼里忽然就变得空荡幽远，再没见有啥人似的，径自去了。

俩兄弟被他一席话说得蔫蔫的，再也没有了逞勇斗狠的心思，垂了头，各自默默地走进屋去。崽儿们见已无闹热可看，便一哄而散，大人也各自回家。我想，老天爷语重心长地说了这一番话，大约是白说了，这条街的人是没几个能听懂这番话的。我也不懂，但我晓得他说了《坛经》的经文，在这之前，我在他家翻看过《坛经》，恰好看到过这些话，而且还记得是"忏悔品第六"里面的话。我看他的这些书，一是他要我看，再就是我也好奇，并不认真，也不求甚懂。

正在这时，我瞟见公一歪一扭，跌跌撞撞地往回走来，又醉得一塌糊涂。我忙拉着漠榆跑开去。我和漠榆都晓得，只要公走进屋，把装着菜的竹篮朝厨房里一丢，搬个小板凳出来，屁股一放上去，就开始骂人。这个时候我们当然最好是莫让他看见，没看见我们，他骂的就是这个下午的所见所闻，反正每天的所见所闻都不会如他的意，都会成为他破口大骂的理由和素材。一般在这个时候，漠柳会在厨房里煮饭，公的骂声她是句句在耳。但她也已经习惯，可以充耳不闻。每天婆都是在他骂得声嘶力竭之时方回，往往显得筋疲力尽。当然，她更是习惯了公的这副模样，从他扑面而来的骂声中迎上去，与他擦身而过，然后进屋，就仿佛门口根本就没有人似的。这条街上的人没谁在这个时候理睬他，实在是既厌恶又无奈。马上，婆又会出门，一只手端个放有洗脸帕的小木盆，另一只手则提着公丢进厨房的菜篮，去河边洗脸、洗菜。等她回来，天基本上快要黑了。在她炒菜的时候，漠柳就会出来找我们回去吃饭。

我们跑到城门洞去玩，刚好碰上光光割草回来，他满身汗水，很艰难地一步一步顺着石阶往上走，到了城门洞，便把草放下，歇歇气。看见了我，就和我打招呼。自从他爸爸被抓走后，他顿时变得沉默寡言，不再像以前那样爱挑衅和具有进攻性，仿佛一夜间便懂事了许多，几乎天天上山砍柴割草，帮助母亲，以减轻家中的负担。算下来，他一个月上山的时间比我多，甚至比响生姐还多。

"哥，你看，他的眼睛又长挑疹了。"漠榆指着他的眼睛道，"人家响生姐说的，娃娃崽看了不该看的东西才长挑疹！"漠榆不喜欢他。只要我在，漠榆像有了靠山，便一点也不怕他，就会找他的岔子。

说实话我也不喜欢他。但是自他父亲被抓走以后，看着他一家老的老、瞎的瞎，我对他便有了发自内心的怜悯和同情，就不再故意找他的岔子，也不再老是找机会让他出丑。

"我才没有长挑疹，这是割草的时候，不小心进了渣滓，我用手揉的。"

他的脸马上就红了，慌忙分辩。

漠榆还想说他，但被我制止。我不好意思听这个话题。那次我们几个偷看了女人洗澡，第二天无一遗漏地全都长了挑疹。开始我还无所谓，但是后来和响生姐在一起的时候，她却看我许久，忽然嘻嘻一笑说："看了啥不该看的东西吧？给我老实交代！"听了她的话，我大吃一惊，但马上就平静下来。我敢肯定她不晓得我们的秘密。尽管如此，我还是臊得无地自容。

"这虾子草在哪里割的，又粗又长？明天我叫上响生姐，和你一起去。"

"比你们去的地方远，那里的草又好又干，割一大挑，感觉也没有以前的重。"

漠柳在找我们吃饭，边走边喊，老远我就听见了。我忙拉着漠榆往回走。路上，漠榆又说，敢肯定他长的是挑疹。我没有回答。其实我一看见他的眼睛，就猜他可能一个人又悄悄地跑到那个地方去偷看了人家洗澡，要不就是在其他地方偷看了啥。在他父亲被抓走后，第一次与我和响生姐上山割草，我就怀疑他悄悄地去偷看过响生姐解手。那天，他把我叫到一边，拿出一截有血的草纸，说是响生姐用的。跟着他还用炫耀的语气对我说："她来月经了！你不晓得吧，女人到了年龄，都兴来月经的。"那一下我感到受了强烈的刺激，就宛如最珍视、最美好的啥东西遭到了亵渎。我顿时勃然大怒，真想狠狠给他一拳，打掉他脸上的得意和轻浮。但就在那时，我心里莫名地一颤，顿时忍住了，跟着就想起老天爷给我说《坛经》时的话："芸芸众生，少不了邪迷心、狂妄心、不善心、嫉妒心、恶毒心等。谁要是驱除掉这些心，就鹤立鸡群、高人一等了。"老天爷还要我学会不怒，即或怒了，也得制怒。我想打人，就是发怒了，既然发怒，就得制住。再说我想打人，虽然还算不上恶毒，但至少是起了不善心，所以我忍了。可我还是骂了他，骂他是野卵日的，太不要脸，敢去偷偷地看姑娘解手。他坚决否认偷看她解手，只说是割草到了那边，才看见草纸的。后来我们去割草，我便老是紧跟着他，像警察监视小偷似的。

其实我明白，我已经在自觉或不自觉地按照老天爷的要求，学着来处世为人了。

12

大姑婆是个胖得惊世骇俗的人。她晒的内裤，曾被她的小儿子拿来向我们展示过，他两只手各扯一边裤腰，把个胸膛挺得老高，却也没能把裤腰扯直。当时我们一边裤脚里站三个崽儿，那裤脚还嫌宽敞。热天里，大姑婆随时随地都是汗如雨下，身上的斜襟白府绸短袖衣衫无时无刻不湿个透；胖如面盆的脸整日通红，似乎血都充到脸上来了，使她不得不拿条湿毛巾，不断地擦脸，头发也是湿漉漉的，汗水因高温而不断地蒸发，于是，还离她老远，就能感到从她身上散发出来的热气；她那胸前的一双乳房堪称巨乳，无可比拟，垂放在挺出老远的肚皮上，就像两个能装八斤面粉的口袋；她手上拿的蒲扇也非同一般，比别人的至少大两倍，街上的崽儿们说那蒲扇是牛魔王的芭蕉扇；她呼吸起来气喘如牛，还隔老远就能听见，于是怕她的崽儿只要听见这样的喘息，就早早地四散而逃；她已经不能再跑，即或走路，也让人担惊受怕，那一身肉上下左右不停地晃动，让人觉得她随时都会因为掌握不了平衡而摔倒。她是这条街革命委员会的主任，而且还最早成立了"战地黄花"战斗队。当然，她那个缠在胳膊上的红袖套也就比别人大得多。

今天早上我又给罗玉芯割了挑草去。回来吃了午饭，搬了个小板凳坐在后院，看老天爷给我的《孙子兵法》。这本书我已经看了两遍，老天爷还给我讲解过。这时我看的是"谋攻篇"，读一句便依照天爷说的，想一想，记一记。说实话，我很喜欢得到他老人家的表扬，如果我能很快地背得一篇文章，他就会一如既往地显出欣喜和宽慰的神情来，而这种神情又激励我努力地去背下一篇文章。

"漠杨，漠杨！"

大姑婆那粗重的嗓门把我吓了一跳。我连忙把书插在背后的裤腰带上，再用衣服遮住，这才答应她。

"快来快来！"她用命令的语气道。

"大姑婆，你有啥事呀？"我走到堂屋门口问她。

她喘息着，摇了摇手中折好的红纸，"交给你个任务，把报纸上的这一篇文章抄下来。"

我接过报纸看了看。她要我抄的文章是《学习鲁迅的革命硬骨头精神》。我说："大姑婆，我的字写得丑，你咋不叫兴三公写呢？连老天爷都说他的书法全城无人比得上。"

"叫你写你就写，街革委相信你，还啰唆个啥！再说我调查过了，他们都说学生里面就你的毛笔字写得最好。你莫偷懒，好好给我写。我是不会让兴三公写的，他没得这个资格。我看呀，他算得上是我们这条街的封建余孽！"她喘息片刻又道，"写好了就拿到街革委去，贴在大门口，我在那里等你。"说完她艰难地转过身去，晃晃荡荡地走去。

可以说，我已经许久没有摸过笔，更没有摸过毛笔。家里面没有墨，毛笔也不晓得跑到啥地方去了，没了踪影。我想了想，还只有去找兴三公，借他的笔墨用用，才能完成任务。但是要我单独去找兴三公我又很为难，在我看来，他是个非常高傲的人，平常从街上走过去，总是背着手，目不斜视，目空一切的样子，谁要是和他打招呼，绝对不看你，最多难以察觉地点点头，表示晓得了，好像他那头要稍稍点重了，就有失身份似的。他对大人都如此，对我们小崽儿们就更别说了，我们在他的眼里恍若无物。我有些发愁，但马上想到了老天爷。老天爷也许几十年没有摸过笔，家里同样没有笔墨，可是让他带我去兴三公家，引荐一下，让他给我行个方便，我想应该没有问题。

路过响生姐门口时，她在晾衣服。问我干啥去，我说去找老天爷。她说他正在睡觉。听了这话，我就不好去了。他是个很奇怪的人，这么大的年龄，有时整晚不睡，默默无声地在大街小巷里走来走去，那长烟杆像根杆路棍，走一步杵一下，铜烟斗敲在青石板上，发出"叮叮"的脆响。可有时他又早早地睡去，直到第二天日上三竿才起来。他在睡觉的时候，讨厌别人惊扰。响生姐给我说过一次，我便记住了。"咋办呢？"我说，"大姑婆交给我一个任务，非要我晚饭之前完成。"她一听大姑婆交了任务给我，便忙问是啥任务。"要我给她抄大字报，可我家里的毛笔和墨全都搞得不见了，咋写？只好请老天爷带我到兴三公家里去抄。"

"你自己去就是了嘛，哪用得着老天爷带你去呢。"

"我怕他不理我。"

"我带你去！"她笑道，"你以为还小，要人带。"说完她拉着我就走。

这条巷子是我们这里最深长的巷子，有人叫它翰林巷，但是一般的人都叫它老巷子。巷道一色用坚硬的青石板铺就，巷道两旁均是古时候烧的那种又大又薄的青砖砌起来的盒子墙，起码两丈高，墙脚长满了青苔，散发着陈年累月积留的霉味，之外还有许多离奇古怪难以分辨的气味。如果夜深人静了，这巷子就显得阴森恐怖，要我一个人走，就绝对不敢。巷子里那些沉重的大门有时会莫名其妙地嘎吱乱叫，墙缝里偶尔会传出古怪的叹息，大门后那些人家厨房里的碗柜还会无端地"稀里哗啦"作响。住在巷子里的人众口一词地声称，能经常看见一些白影子和黑影子，既匆匆忙忙又躲躲闪闪，无声无息地飘然而去。

兴三公的家在巷子的中间。院门是用宽长的石条砌的门框，两扇门用足有半尺厚的柏木枋做成，结实无比。这样的院子非得太阳当顶才有阳光，所以院子里就比较阴湿，花圃内的茉莉、栀子以及带刺的七姊妹都长得柔弱，几盆各色菊花也长得瘦。响生姐带我走进院子，一眼便看见堂屋里坐了几个乡下人。她对我使个眼色，脚步轻下来，我自是学着她。上了六步石阶，我们就来到堂屋门前。她探个头进门，朝左侧的房里看，正在这时，就听见兴三公道："妹崽，来了就进屋嘛，站在外面干啥呢？"看来，这个老人耳朵也很灵。他右手握着一支毛笔，正在写啥，眼睛却对着我们看。

"三公，我看你忙，怕打扰你。"她边说边把我拉进堂屋。"我们想借你的毛笔和墨用用。"

"我以为好大的事情，不就是笔墨嘛。我这里正好用完，你们来用吧。"

此时的他显得十分和善，还对着我们笑，哪还有一丝高傲的神情。我想，他这笑一定是冲着她的，因为她平时也给他家送些柴草。我们进了他的书房，里面墨香四溢挂满字画。有幅字古色古香的，纸像烟熏过似的发黄。见我看得仔细，响生姐说："这幅字是他祖宗的祖宗写的，老天爷说看上面的年月，应该是明朝崇祯年间写的。他这个老祖宗可不得了，皇帝赐给他进士出身！"

> 向晚东山寺，徘徊着意看。
> 雨余城郭净，月上浦烟寒。
> 胜友期相会，高谈兴未阑。
> 一声清夜馨，身在碧云端。

我默默地读了这个进士写的诗，晓得写的是城里的东山。便又看另一幅字，她指着我看的字说："这是他公写的，他公是清朝同治年间的贡生。"

> 双江汇处水潺湲，何日飞来海上山。
> 半壁能回澜既倒，一卷莫笑石偏顽。
> 风涛作势还趋下，烟月无边相对闲。
> 疑是蓬莱空际望，虚无缥缈隔尘寰。

这首诗写了两江汇合处的峒岩。老实说，这些诗写得好不好我不清楚，诗里表达了些啥意思我也不明白。我转过身来，见窗前有张老长老大的书案，我猜怕有两米长，一米多宽；书案上铺着一张沾了墨迹的毡毯，一条用极细的篾丝编成的竹廉子上摊放着大大小小、各式各样的毛笔；书案左侧放一大卷夹宣和几大摞字帖，以及一大盒石章；右侧有个苍老的既奇形怪状又姿态万千的树根篼，树根篼那粗细不一的根须牢牢地抱着块光滑玉洁的石头，石头中间恰恰又缓缓地凹陷下去，成了个天然的砚台。

"这是他家的传家宝。"她见我目不转睛盯着砚台看，便又悄悄地对我说。

"太漂亮了！"我不由得赞叹道。

> 绕庭尽是临风玉
> 照宝争看入掌珠

地上摊着两副对联，墨迹尚未全干。我看后还不太懂，便轻声地问她，她说好像是那些乡下人家里生了儿子，来请他写恭贺的对联，好拿回去贴在堂屋门和卧室门上。

人间锦绣辉金屋
天上笙歌奏玉麟

听她这么说了，便又看了看另一副对联，觉得就是这个意思。书案上还放得有一叠用红纸写就的请客帖子，内容是：

小子汤饼
谨占月之某日某刻喜酌
恭迎
台驾　　　　惠临赐顾

"这是娃娃满月，请亲戚朋友喝三朝酒。"她对我解释道，"你以前肯定不了解这里的风俗习惯，那可是太多了。"

"这些东西拿出去，人家看见了，怕是要来追究。"此时，我明白为啥大姑婆要说他是封建余孽了。

"乡下人最讲究这些，没人会去钻空子的。"她说。

小男啐盘
敬于月之某日某时喜酌
恭迎
台驾　　　　惠临赐顾

看了这些东西，我莫名其妙地想笑。兴三公平时那么地高傲，目光朝天，原来就是凭着会用文言写点通用应酬的文章，再就是他的这一手毛笔字。可是现在谁还为有这么点本事佩服他呢。

117

我在他的大桌上铺开红纸，又随手拿了支小毛笔，便抄起文章来。我抄得很快，只求早些完成任务。在我看来，我抄的这些字可谓鬼画桃符。

"对维护旧制度的旧思想、旧文化深恶痛绝。一切压迫人民，愚弄人民，毒害人民的反动势力和反动文化，他都憎恶之，暴露之，鞭挞之，扫荡之……"

正抄着，他走过来看，一言不发。等我换纸的时候，他忽然慢慢道："看来你练过两三年柳公权的《玄秘塔》。"我有些吃惊，便看着他。他也微笑着看我，在等我回答。的确，刚升小学三年级的时候，父母就逼我写柳公权的字，一直到六年级。可是我这么鬼画桃符地写，他咋就看得出我练过柳公权呢？"人说颜筋柳骨，你多多少少得了点他的骨力。"见我疑惑不解，他便主动告诉了我。我连忙看那些写得乱七八糟的字，却无论如何也没看出啥骨力来。他则在一旁哈哈一笑："写吧，不要急。看样子你不情愿写，可既然写了，就得认真。干啥事都得认真，切忌乱来。"说完便把晾在地上的对联卷好，又从桌上拿了写好的那沓帖子，出了书房。堂屋里坐着的乡下人站起来，分别从他手上接过对联和帖子，道着谢，并各拿出早已准备好的五毛钱交到他手里。我瞅着他，能看出我练过柳公权的字，还能通过我写的字，看出我不情愿抄大字报的心思，不得不让我佩服他。

他心安理得地接过钱来，与他们告别，并送他们出堂屋。过一会儿，他又来到我面前，默默地看我抄大字报。虽然为了完成任务我依然抄得很快，但却不敢不认真了。大约抄了一个半小时，我舒口气，提前抄完，终于可以向大姑婆交差。

"你看，只要认真，字就好了许多。"他微笑着对我说。这时，他不但和善，而且让人产生亲近感。"你妈妈以前肯定也练过柳公权的字，所以你妈妈的字一定写得好。"

"你咋晓得呢！"听了他的话，我愈加吃惊。

"我从你的字里看出来的。"他依然微笑着，"你既学柳字，也学你妈妈的字，是不是？"

真是神了，从我写的这几个字，他还能看出我学妈妈的字！的确，妈妈的字写得好，过去经常听见其他老师对妈妈的称赞。在我的心目中，柳公权的字是没有妈妈的字写得好的，所以在练柳公权的字的时候，我有意无意地把字写得像妈妈的字。他看出了这一点，我不得不打心眼里佩服。

"你的字有了基础，得坚持练，莫要轻易丢掉。字是打门锤，爸爸妈妈不在身边了，就得靠自觉，以免辜负爸爸妈妈当初对你的期望呀！"他的语气很亲切，让我感动。"现在你没有字帖，也没有了笔墨纸张，可以到我这里来练，千万莫像其他崽崽，学校不上课了，就放敞地玩。"

"三公，你教他书法，他肯定能练出来。"这时响生姐说，"老天爷说他聪明，每天都逼着他看书呢。"

"哦。他老人家的书可是不少。古人的书要看，现在的书也要看，它们之间是有传承的。练书法的人同样必须研究古人的字，书法书法，啥是'法'？这'法'就是古人写的字，是古人教我们写字的方法和法度，也是字的源流。研究古人的字，练古人的字，是'入古'，师古而能变，则有了自己的字，这就是'出新'。只有入古出新，方能风流独步！"说到书法，他那平时严肃而板滞的面目顿时变得极其的生动，一双眼睛似乎在流光溢彩。"娃娃崽，千万莫小看了这书法，书法是门艺术，更是门学问。如果真要是能师法乎上，入古出新，风流独步，自成一派了，也就成了书家中的豪杰，这是如何的快慰人生呀！"这番话虽然说给我听，可我晓得，他是在说给自己听。也许这样的话他想过了无数次，对自己说过了无数次，他需要不断地激励自己。我马上强烈地感觉到，他是在表达一生的愿望和追求。渴望风流独步，做书家中的豪杰！如果按老天爷的观点来看，他应该是有大境界、大标准和大理想的人。所以，尽管他都这么大年纪了，还在孜孜追求，说到自己的一生所爱，还如此激动。我禁不住深受感染，重新认识了他。

"三叔，三叔！"这时，院门外匆匆走进个中年人来。他连忙迎出去。"三叔啊，我爹去啦！"说着又抹开了眼泪。看得出来，他已哭过多时了，双眼显得又红又肿。

"啥，令尊大人仙逝啦？"他马上不住地扼腕嘘叹，"唉，你看多快，多快呀！记得生你的时候，你爹跑十几里路来找我写对联和喜帖，那时他多高兴呀！"

这时我突然有了种很独特的感觉，在他家才两个多时辰，就晓得了有人新生，有人满月和满周岁，再就是有人去世。可以说，在他的家里，是能阅尽人间生死的。

"乡下人家住得分散，不好通知，才来麻烦你帮忙给我写几张讣闻，我好找人去张贴。"说着就把写有老人的姓名、生辰年月的纸条递给了他。

他重又回到书房，拿出张黄纸放在书案上，用镇纸压住，选支笔，慢慢地研着墨，稍一思索，便挥笔疾书。

不孝男何银斗罪孽深重祸延

故显考何公钦恩大人，恸于公元某某年某月某日某时。寿终正寝。距生于某某年某月某日某时，享寿七十有二。不孝谨备衣衾，如礼殓殡，遵制成服，停柩在堂，朝夕哭泣，从俗修因。兹择于某日殡奠，某日家奠。礼毕，就吉发弘安厝。叨属雅谊，倘蒙赐唁。

泣取某月某日某刻　　哀迓

台光　　　谨此讣告

孤哀子银斗泣血

他一口气写了几张，好让来人多贴几处，亲戚朋友见了，自是要相互转告。这样，才不至于有遗漏。

来人拿着讣闻又匆匆地去了。我也告辞，要去向大姑婆交差。出了他的这高墙深院，我默默地走，响生姐在说些啥我没有听进去。我始终在想有些古怪的兴三公，才和他真正在一起不到三个小时，就对他有了好感，像已经完全了解了他，而且心里怀着遗憾和怜惜，他祖上是靠做官养家，可到了他这一代，却只能靠给人写些小东西谋生。但奇怪的是，我内心深处对他似乎又有更为陌生之感。通过他，我进一步了解了这么大家子人的脾性，因此心里无端地怀有深深忧虑而又混合着钦佩。这一大家子人，谁不晓得城里贴满标语，不断地有人游行，揪这个，斗那个，四处都有大会，实在是轰轰烈烈，热火朝天。可我们这条街就冷清得多，仿佛完全置身事外。街上的人每天都得出去做事，对发生的一切不可能不知。但回到家来，就好像立即把所见所闻忘得一干二净。我甚至怀疑这些人出去后，双眼马上失明，双耳也变聋，所以对发生在身边的事情才视而不见、充耳不闻。但这绝不可能！我还分析过，这些人是不是囿于啥无形的圈子，对外面是既冷漠又隔膜，感觉变得十分迟钝麻木，再不就是甘心陷于这样的圈子里，自我陶醉，自我满足？我说不清是他们和现实格格不入，还是现实抛弃了他们？也许这些人的确高深莫测，就如老天爷一样，天文地理、古今中外、过去未来无所不知，啥把戏都能看个透，这里才刚刚开场，那里却结果已晓。故而，他们这才有意高举遐飞，善意地疏远和排拒现实？然而又有可能他们啥也不是，仅仅是为生计疲于奔命的凡夫俗子。各有各的活法，他们的活法不过如此而已。

我无法打消忧虑，这忧虑来自一种危机感。比如老天爷，这么大年纪的人啦，说话真率无拘，最危险的是那一屋的书。兴三公呢，到现在还在替别人写那些封建迷信的东西，大国的公呢，还在悠哉游哉地晒他的傩面具。老实说，他们的思想、行为甚至本人难道不属于"暴露之、鞭挞之、扫荡之"的对象吗？

也就在这时，我自然地想起了傩面具。我去看大国家的傩面具，是和三毛他们悄悄趴在大国家院墙上偷看的。大国始终没敢给他的公说，他被死去多年的婆打了屁股的事。所以我们也始终没能看见他的公戴着面具，手舞足蹈、咿咿呜呜地唱着给他驱鬼除魔。但有一天，大国的公拿面具到院子里晒晒太阳，大国事先告诉了我们，才得以见到。当时，大国有意把面具一个个拿起来对着我们，让我们看个仔细。面具有三十来个，其中一些面具是非常吓人的，之所以吓人，是因为这是人拿去吓鬼的。也有不让人害怕的面具，反而让人觉得可爱和好笑。这时我想到面具，也是突发奇想，觉得老天爷、兴三公他们何不戴个面具，也积极地参与到现实里去呢，哪怕心里再不情愿，但戴着面具，谁也看不见面具后那张真实面容上的表情。当然，这个面具并不是大国家里的傩面具，而应该是他们心里生出来的，可以将真实的心情和表情掩盖住。但是我又想，他们不会虚伪这一套，不会演戏，所以办不到。

我和响生姐走进街革委，不见大姑婆，却见到了二姑婆。我把大字报放在桌子上，告诉她这是大姑婆叫我抄的，然后转身就想溜掉。但她警觉地叫住我，要我把大字报贴在门外。我说没得糨糊。她拿起一个订书机，要我把大字报钉在门外的墙板上。我很不情愿地接过了订书机，见她面容虽然严肃，但眼里却有阴阴的笑。

　　她比大姑婆高半个头，但和大姑婆恰恰相反的是她实在太瘦，简直是皮包骨。每当看见她，就想起小学六年级的一篇课文里的顺口溜："树老根多，人老话多，莫嫌我老汉说话啰唆……你那时饿得像只猴，三根筋挑起一个头……"她们两姐妹实在是天壤之别，一个的脸圆得像面盆，一个却长得像丝瓜；一个宽厚得像堵墙，一个窄薄得像竹片；一个说话声粗重，一个说话声尖厉。没人想得通她俩为啥会这样地尖锐对立。我听街上的人说，大姑婆年轻的时候并不胖，只是特别地丰满。本来要嫁的人住在北门外，可她死活不肯嫁，一定要招上门女婿。她不愿嫁的原因是老二不嫁，被二老确定为招上门女婿养老送终的人选。另一个不愿嫁的原因是家里有四幢木房，而她要嫁的人只有一幢木房且上有双老。不甘心这么多房子最终落在老二的手里，所以坚决不嫁。

　　我刚和响生姐把大字报钉好，就听见了粗重的喘息。

　　"我去你家，你不在，啥地方抄去了？"大姑婆左摇右晃地走过来，盯紧了我的脸问。

　　"兴三公家有现成的笔墨，我就去他家抄了。"

　　"也好，正要找个人写他的批判文章，你去他家，肯定看见了他家的那些封建东西，晓得该如何批判。"

　　"我不会写批判文章，咋写？"

　　"和她商量嘛。你们不是成立了个'送瘟神'战斗队嘛，如果你们是革命的战斗队，就应该积极参加革命运动。"

　　我想不到她会讲出这样的道理。在我看来，她只是个没有文化的，认不得几个字的老太婆。"大姑婆，你怕是该去煮饭了吧，姑公要下班了。"

　　听了这话，她一愣。而响生则忍不住"扑哧"一声笑了。我拉着她乘机跑走。

　　"鬼崽崽，这是政治任务！"她在我们背后大声道。

　　我们却装着啥也没有听见。

13

小江和大江都涨水了。清澈见底、温顺柔曼的水忽然就变得桀骜不驯、粗犷野气；水完全变成了浑黄色，并猛吐着白色的泡沫；许多巨大的漩涡犹如一张张怪兽的口，凶残骇人，却又有着力大无比的壮美；江面上荡满了黑色的木屑、草根、树枝和木棍，甚至还有被冲垮了的木房的墙板、柱子、窗棂、椽子、脊檩；许多小生命也在和命运抗争着，有精疲力竭的小狗，双腿搭在漂浮于浪间的木板上，一些树枝上缠有几条小蛇，等等。在离城三十几里的地方，两座山紧紧地夹住小江。这是个仄窄峡缝，但是并不长。可是小江的水到了这里，似乎就变得惊恐万状，凄厉地喧嚣着，狂暴地与紧紧挤压它的陡峭崖壁冲撞撕咬，争先恐后地往峡缝外冲，仿佛晚一步就再也出不去。在这个地方，它浑黄的躯体被险恶尖利的崖壁和岩礁割得伤痕累累。

漠家有一房人，在百多年前就来到了这里。峡缝后面有一片宽阔平坦的大坝，前抵小江，后靠层层叠叠、树木蓊郁的大山，一条小溪从山里缓缓流出，将大坝平均地分开。漠家占了大坝的右边，左边属于一家江姓人。小江涨水的那一天傍晚，两姓人已经在小溪旁拼斗了整整两天一晚。那时，早先高昂激扬的斗志和雷鸣般的厮杀呐喊已然不见。双方人马所剩无几，拼杀也不再那么混乱狂暴，反而变得有条不紊，人人都沉默了，只听见兵器有气无力的碰撞声和精疲力竭的浊重喘息。头一天就死去的人已经开始发臭，重伤者忍无可忍的痛苦呻吟早已变得如蚊呐般细微，轻伤者是绝对要咬牙坚持的。凝固在双方兵器上的血痕已成黑色，而新鲜血液又不断地从伤者的身体喷出，泼洒在小溪旁，田坝中红光迸现，弥漫着浓浓的血腥味。

双方的首领，也就是双方的家长。漠家的叫漠清，江家的叫江福全。两姓人家的田土以小溪为界。百余年里，两家人互相开亲，都有女婿、姑妈、姨妈在对方。那时漠清娶有八房偏室，共生十个儿子，六个姑娘；姓江的也不差，同样的妻妾成群，生有八个儿子，八个姑娘。几十年过去了，双方人丁兴旺。儿子们也像老子一样，娶妻纳妾，妻妾俱各争先恐后地生儿育女。人口越来越多，田坝自然就变小。有一次山洪暴发，小溪水猛涨，改道流进了江家的地盘。漠家便毫不客气地随着改道的河水踏进了江家的地盘。江家虽然不平，但却隐忍下来。两年后，小溪涨水，开玩笑似的又改道进入了漠家的地盘。于是江家的人也就顺理成章地跟进。如此你来我往多次。可那一次小江涨水，小溪也涨水的时候，又轮到漠家进入江家地盘时，江家人早就在小溪旁操刀守候，决计拦阻了。十年中，小溪顽皮地不断改道，也就不断地加深双方的仇隙，最终挑起了这场殊死的拼杀。

那天夜里，月亮突然出来了，虽然不圆也不丰满，却异乎寻常地亮。清纯而细密的银辉融进了猩红的空气里，创造了一个安宁祥和的氛围，远处那些陡峭狰狞的山，突兀尖利的崖，被这银辉模糊，线条就变得委婉柔和。那条涨了水的、一直冷漠无情地冲刷着血迹、搬运尸体的小溪，当时居然汩汩地唱起歌来。

"我认输，认输啦！"突然，江福全将早已砍钝了的大刀片子一扔，凄厉地号叫道。

漠清将同样砍钝的大刀片子高高举起，却似乎再也没有力量砍下去。江福全的话像滚雷般震得漠清的头一阵眩晕。他无法相信江福全竟然会在这么紧要的关头认输。他艰难地喘息着，双眼死死地盯着江福全。

"要杀就杀老子！"江福全血红干涩的双眼滚出了大滴的泪，哽咽道，"拿我这条老命去吧，换我剩下的两个儿子！"

漠清迅速地朝四周看看，自己十个儿子也仅剩两个，一个是老大，另一个是老六。他顿时双目发黑，只感到心如刀割。忍不住就要倒下去。但他拼命忍住，压制着内心无比的剧痛，让神情依然冷漠严峻。尽管大刀犹如千钧重，却只能牢牢地举着。他明白，如果他也扔下大刀，那么这场厮杀就毫无意义，八个儿子就白死了。但是他也明白，如果再这么拼斗下去，最终输掉的，也许不会是姓江的而是他姓漠的！江福全向他认输，真是老天爷的恩惠呀！他好不容易缓过一口气，一字一句地说："我答应，你自己死。你那两个儿子我不杀，只是今生今世再不准踏上这大坝一步！"

从此漠家独占这片大坝，财大气粗，犹如一方藩王。渐渐地，他的势力延伸到了河对岸，在那边也置办了两三千挑谷子的田土。他和两个儿子真有享不尽的荣华富贵，虽然他已是年届花甲，仍又娶了两房偏室。儿子自然学老子，妻妾成群，分享这片大坝的富足。然而这无忧无虑、安逸美好的日子并没有持续多久。也就在漠清去世后的第五年，他的两个儿子又相互残杀起来。

起因是为了一座小山岗。

山岗不高，却有种说不出的灵秀，上面长满翠柏青松和奇花异草。逶迤起伏的大山绵延不绝，依傍小江，顺江而去，这小山岗就像一个头。阴阳先生对两弟兄说，顺江而去的山是条长龙，山岗子就是龙头。这龙头可是个好坟地，谁占了龙头，儿孙就得以坐龙廷。为兄的说这山岗应该归他，他为长子，长子的儿孙能坐龙廷称王，是天经地义的事。可是为弟的却不服，说阴阳先生是他请来的，他要是不请阴阳先生来，那么，又有谁晓得这个山岗子是宝地呢。再说，老大如果不记兄弟之情，也应该记救命之恩。在争夺这块大坝的战斗中，老大滑倒在地，江家老二一大刀砍去，他冲过去，用胳膊挡了一刀。幸好那大刀已经砍钝、卷刃，没让他断胳膊，但要是那大刀砍在老大的脑瓜子上，却照样能让老大的脑瓜开花。没有他老六，他老大还能有命？这老六想到这事，就伤心和怨愤。

弟兄俩的争执旷日持久，以致双方的妻妾子女见了面也形同路人，吵吵闹闹的，甚至大打出手的情况也时有发生。为此，弟兄俩的感情愈加疏远，但没谁退让。宝地关系到自家子孙能不能称霸当王，所以寸步不让。

俩弟兄个性极强，高大魁梧力举千钧。与江家那场大厮杀得以幸存，与他们强壮的身体不无关系。既然相互间的道理不能使对方信服，不能定下宝地的归属，那么，也就只好学学他们家与江家争大坝的方式——用刀。

那天黄昏，太阳跌下来搁在小江岸边的峭崖上，崖顶仿佛被炽热的火球渐渐熔化，变成了血色浓郁的液体，缓缓流入小江，江水似乎被滚烫的液体汽化，蒸腾为血色的雾，弥散在整个大坝上。弟兄俩去父亲的坟上祭奠一番，便来到山岗下。他俩的神情极为庄重肃穆，浑身透出愿为儿孙牺牲一切的无畏气概。为兄的说既是兄弟，就点到为止，赢家得坟地，输家不得再争。为弟的点头答应。

那时起了风，但不急，徐徐地吹来，混合着秋天成熟了的瓜果香甜与小江水的泥腥味，拂过那座小山岗，蹿入松柏之间，就宛若有奇妙无比的仙乐奏出。兄弟俩被这非人世所有的仙乐迷住，双眼泄出了内心强烈的痴迷与向往之情。那一下，他们脸上便透露出被强化了的必胜信心。

其实，被人认为将是一场惊天动地的比武，竟出乎意料地简单。兄弟俩交手不足五个回合，输赢便见分晓——为兄的大刀上沾满了为弟的鲜血。为弟的一个不小心，脚尖踢了石头，打了个趔趄，为兄的大刀片子便毫不迟疑地捅进为弟的肚子里去。为兄的做一副一时骇异莫名之状："你这是咋的？咋的啦！"

"别装啦，啥点到为止，你不就是想我死吗！输了我认，不过，我输了，也赢了！"晓得要死，为弟的还要争取一番。临死前，极艰难地露一脸狡黠的笑，"哥呀，我对天发了誓，非赢你不可。你要是真念兄弟之情，就莫再和死人争输赢啦！"

原来是以死争胜。为兄的一听脸便苍白，旋即果决地说："兄弟，你慢着，为了子孙你敢死我也敢！"说着就要横刀抹脖子，然而他始终没有抹。看着已然魂归阴曹的兄弟，为兄的将刀一扔，哈哈大笑两声，却又紧跟着发出一阵悲咽道："兄弟，你是个憨卵呀！"

周遭依然血红，徐徐的风依然带有秋天的香甜，只是这风里的音乐透出了沉甸甸的凄凉与怆伤。死人是无法与活人争胜负的。为弟的白死了，没能葬入宝地。

倏忽间，又过去了两代人。为兄的虽然顺理成章地埋进了宝地，可是他的子孙里却不见有出息的，曾经有一两个考上秀才，但是最终还是沦为纨绔子弟，一个个吃喝嫖赌醉生梦死，成了挥霍破败祖宗财产的能手。

尽管许多年过去了，时日漫漫，但始终没能将祖宗为儿孙不惜牺牲的壮举，从后辈的脑子里抹去。同样也因为这时间的关系，后辈们已经不太关心会不会出"龙种"这件事情，而仅仅把祖宗的壮举看成是个感人的故事罢了。

不过每届的族长以及族里德高望重之人，却始终崇奉祖宗遗留给他们的信念，坚定不移地相信这个悲壮的举动会有结果。因而在每月的初一和十五两日，他们便会沐浴更衣吃斋念佛，去祠堂的祖宗牌位前祈祷，而族里婆娘们所生的男丁，也须得在这两天抱去祠堂，由他们观察审视，并赐以名号。

后来的族长叫漠奘，三十几岁，是个秀才。刚考上秀才时，不光老族长，就是他自己，也认为祖宗的希望将在他的身上实现。于是他更加勤奋地览读诗书。可是尽管如此，他还是没能走出这块大坝，没能挣到一官半职，不免心灰意懒。当他被推举为族长后，心地渐至宁静，深知重担在肩，将眼光从自己身上移开，更多地关注起族人子弟来。似乎祖宗的愿望能否实现，关键在于他是不是有眼光，是不是伯乐。几年过去，不见有可造之才，心中不免焦虑。特别是听说过去与祖宗争夺大坝的江家如今又已是人丁兴旺，势力也不断扩大的消息后，心里更有了深深的危机感。他埋怨祖宗在最关键的时候犯了妇人之仁的错误，没有斩草除根，以致让他们蹿到几十里外的深山，靠木材、山药、皮货重新发了家。他用小江对岸几千挑谷子的公产收入置办枪支、刀剑，延聘武师，组织族里的精壮男人习武，做到有备无患。

日子平淡无奇，但这一年，漠盛的婆娘生了个儿子。这崽儿生下来就像个满月的娃娃，个头大，长得又白又胖，额头高阔，耳大鼻方。可令人遗憾的是，这崽儿生下来就不会哭不会叫。漠盛从来就老实，三十好几的人，终于得了个儿子，谁知却是个哑巴。这令他十分伤心，不免终日叹息。其实，他哪里晓得，在他出门回来之前，婆娘做了一件大事，那就是把自己生的姑娘，与家里帮工潘二的婆娘生的儿子换了。当然，为这事，婆娘早有准备，事先就和潘二商量好了的，许了潘二很多好处，还给了他20块大洋。她自从嫁给漠盛后，两年里生了两个双胞胎，得了四个姑娘。她认为自己不会生儿子，才出此下策。好在漠盛回来后，啥也不知，完全没有想到婆娘搞的板眼。

十来天后，适逢初一，他将崽儿抱去祠堂，好给崽儿讨个名号。当族长抱过崽儿，双目就有了光彩，连声说好个崽儿，其他德高望重的老人看了也赞不绝口。

"听说生下来就不会哭不会叫？"

漠盛点点头，表情有些酸楚。

"可惜呀!"族长叹息道。"此子面白如玉,我看就给他起个'琼'的名吧。"跟着又道,"此子若非哑巴,我看他有可能就是我们所盼之人。"

然而就在此时,小漠琼突然"哇"的一声大哭起来,声音高昂尖厉,如针般直刺众人耳鼓。漠盛被崽儿的哭声惊得目瞪口呆,不知是喜极还是惊极,一口气上不来,顿时晕厥,往后便倒,崽儿则被他高高地抛起来。就在快落地时,那缚在崽儿身子棉被上的布带却挂住了一把太师椅的扶手,使崽儿免了落地之灾。这其实是一瞬间的事情,但族长他们见状却也给吓傻了,良久方醒。大家呆呆地看着尚在扶手上晃荡的崽儿,猛然道:"看,龙头!"原来,那把太师椅的扶手一边雕刻的是龙,一边雕刻的是凤,崽儿刚好挂在龙头上。

一番晃荡,小漠琼渐渐安静下来,不再哭叫。这时族长才快步走过去,一把抱好了他,重新端视良久。只见他的神情渐渐无比地肃穆庄重,之后猛一转身,神情却又变得非常激动。大家都晓得这是咋回事了,忙围上去,哪还顾得晕在地上的漠盛。

祖宗已然显灵,希望得已降临,这已经无可置疑。他这个族长可不能辜负了祖宗们!他们立即商定,此子由族里公养,再拨两百挑谷子的公田和一片山林给漠盛家,他家的房子也得加大加宽,这也由族里负责,算是对他的嘉勉。

这个崽儿就是响生姐的父亲。

14

　　我、响生姐和光光今天去很远的地方砍柴，有十多里。柴是好柴，比如九把斧、羊角木、岩虱子。这些柴又干又硬扎，而且特别经得烧。我们心里自是高兴。可是回家来时，在路边的一口水井喝水歇气，我解下刀壳挂在井边的柏树上，离开的时竟把它给忘记了。回家后，我去解刀壳，才发现已经不在身上。我马上想到喝水的事，一转身又跑出门去。到了响生姐家，对她说刀忘记在水井边了。她正在洗脸，毫不犹豫地道："我陪你去找！"

　　这时已是傍晚，街上家家户户炊烟缭绕。我们砍柴已经花了一天的时间，却只吃了一个带去的饭团，肚子里早就空空如也。但再饿，我也要毫不犹豫地往回走。这把柴刀是花五毛钱买的，真要是丢了，就再得去问公要钱。当然，在公没有喝酒的早上去问他要，他可能给我，但他会记住，等喝了酒后，这件事就必然成了他的骂资。如果我不让公晓得我的刀丢了，那么就得自己掏钱去买，但是五毛钱对我来说，实在是个大数目，想起来心就痛。所以我不顾肚子饿，一定得把刀找回来。我晓得，响生姐也很饿，这一天里她只吃了两小块锅巴，可听见我的刀丢了，她着急的样子就像自己的刀丢了似的，坚定不移地陪我往回走，这让我满心感激。

　　上船的时候，九公一见很奇怪，这不刚回家吗，咋又急匆匆地过河去呢？我给他说了原因，他就劝我们别去了，他说天就快黑下来，看样子还会下雨。我说没得刀可不行，非得去。他就把那又宽又大的斗笠借给我们，说下雨的时候我们多少可以遮一遮。我谢了他的好意，把斗笠接过来。响生姐很细心，要他收工回去告诉我家里人一声，以免他们担心。九公点着头说记住了。

　　我们走得很快，但还没走到一半的路程天便黑下来。好在这条路经常有人走，路面坚实，灰白色的，在黑暗中也能看得清楚。不一会儿，果然下起雨来，雨虽然不大，但这初冬的雨却有了浓浓的凉意。一个斗笠不可能两人戴，我要她戴，可她坚持要我戴。最后我想了个办法，在路边折了根树枝，顶在斗笠心，就像打伞一样。我和她紧紧地贴在一起，尽量躲在斗笠下面。我左手握着树枝举斗笠，她的右手就揽住我的腰，将右侧一半身子贴在我身上，我们换手，她来举斗笠的时候，我则用左手揽住她的腰，将左侧身子贴住她。这时我们就是想走得快些也不行了。不过，我内心是非常愿意就这么慢慢走的，我拥着她贴着她，在冬雨中，我感到了她身子的温暖。说实话，我不清楚啥时候产生了要抱她、亲她这个强烈企图，似乎许久许久了。有时，这个企图让我很难过，有种受到折磨的感觉。我们俩去砍柴割草，互相帮助的时候是有很多机会抱抱她的，但我从未敢越雷池一步。而此时，我们却自自然然地拥在了一起，这让我全身注满了如春水般温润的亲情和幸福感。

我们顺着小江往上游走，入冬，大江小江清瘦了。我们看不见小江，却能听见滩上流水的潺潺声。地上渐渐滑起来，但我们相互拥着，就走得很稳。我许久都没有说话，沉浸于对她的感受之中。而她却突然道："你晓得不，我父亲就是在这条路上被抓住的。"见我没有回答，她用手轻轻地碰碰我，这才让我回过神来。"我晓得。"我说。她父亲的事，老天爷和街上的人陆续给我说过一些。此时她突然提起父亲，这让我感到有些突兀。我们砍柴割草走这条路的时候很多，从未听她提起父亲，为啥偏偏此时要提呢？也许这是在晚上，而这个晚上恰恰又在下雨？下雨容易让人回忆，让人无端地产生许多难以言说的情素。但也许她和我一样，长这么大，还没有被异性相拥过，由此产生了亲情而想倾诉？"给我说说你的父亲吧，他的好多事情我还不晓得。"

……漠盛惊极喜极，倒在祠堂里，昏昏糊糊犹如大梦一场，醒来后竟然神志不清。将小漠琼交给他抚养是绝对不行的。于是族长漠粪便把他带回自家，只在喂奶和晚上睡觉之时让其与母亲相处。漠粪决心亲自教导他，从小就给他灌注诗书之气、仁义之礼。

漠琼才三岁，族长便带他去了祠堂，让他给祖宗们烧香磕头。之后便开始教他读书，自是先从《三字经》开始，每天只教四句，小漠琼天资聪颖，笑眯眯兴味十足地跟着读，片刻就可背下。当时，族里许多人家都想让自家的弟子给他伴读。经过族长郑重考虑，最终决定让自己的幺儿漠固、另一个老秀才的孙子漠重伴读。他俩都比漠琮大两岁。这其实有让他俩当个小跟班的意思，比如得学会干一些奉茶倒水之类的杂事。

漠琮四岁后，族长正式教他握笔写字。以后又要他临写汉隶、魏碑、两王和颜柳，几乎无所不至。一天正写着，漠固给他端茶水来，不小心让茶杯翻倒，水泼在纸上，也洒在他身上。漠琮并不在意，将杯子里剩下的茶水洒在漠固的脸上，两人哈哈直笑。恰好族长走来看见，二话不说，拿来一根竹片，严肃地对漠琮道："打他。以后谁做错了事你都可以打！"那时，他看看竹片又看看漠固，只觉得莫名其妙，想不出他应该打漠固的道理。"不打，我不打！"他不停地摇着头说。但是族长却道："你不动手可以，那就让我和漠重替你打。"他久久地看着族长，最终晓得漠固非挨打不可，便转开了小心眼。如果大人打，力气就大，漠固肯定会被打得很痛，小孩打，力气小，就不会那么痛。于是他指着漠重道："让他替我打。"族长便将竹片交给漠重。漠重问："打几板？"他伸出食指说："打一板。"

有一天下午，他们跑进厨房里去玩，见厨师正在杀鸡，鸡脖子上的血如注流下，鸡不停地挣扎哀叫，漠琮见状十分不忍，转身就跑。漠固、漠重便笑他胆小。回到书房，碰上族长正在给他写的字画圈，见他匆匆跑回，问他去了啥地方，他说厨房。"那不是你去的地方。以后不准再去，听见没？"族长严肃地说。那时漠固和漠重也笑着回了书房，族长问了他们，得知是咋回事后，却一把拉了他去厨房，叫厨师再去抓只鸡来让他杀。他握着刀，手却直抖，可怜巴巴地看着族长几乎要掉泪了，连声说不敢也不会杀。族长便一只手抓鸡头，一只手扯鸡脚，要他拿刀砍。"莫怕，把鸡头砍下来！"无奈，他只好斗胆上前，扬刀砍下去，让鸡头和鸡身分了家。族长扔掉鸡，对他笑道："谁说你胆子小不敢杀鸡，这不杀啦！记着，凡是该杀的，哪怕是人，你也不要手软！"

又过了两年，族长为他们请来武师教他们气功和武术。这武师原是个道人，精通十八般武艺，丈多高的墙能一纵而上，以后又当了几年兵，成了个神枪手。武师对他们十分严格，每天三更就得起床盘腿打坐练气功，然后出门在院墙下燃起香头，让他们拿特制的小弓箭发箭射香头。到黎明百鸟啁啾之时，他们已在一招一式练刀剑了。这样的练习寒来暑往，风雨无阻。他十岁后，族长拿出了长枪和短枪，让师傅教他们。师傅便带他们进山去打飞禽走兽，由于他们练过箭射香头，所以枪法也好，不到半年，他们几乎就可以百步穿杨了。当然，拿飞禽走兽做活靶，是一定要杀生见血的。久而久之，他的心肠变硬，就再也不怕见血杀生。有了武艺，还得懂兵法。于是族长开始教他《孙子兵法》，还规定他必须每天背一篇，既然是十三篇，那么十三天之内就得将其完整地背下来。

一晃又过去了几年，他已经满16岁。因为他从小练习气功武术，进山追逐猎物，所以身体长得高大结实，就像个20岁的小伙子，而且相貌丰神俊朗，双目炯然，浑身透出一股英武和儒雅之气。那时，他已经时常显出与年龄极不相称的稳重，偶尔双眼里还会泄出一丝压抑和沉重感来。祖宗的故事他从小就耳濡目染，族人对他所寄予的厚望他更是有着铭心刻骨的感受。他们无论年龄多大辈分多高，在他面前都是唯唯诺诺的，俯首帖耳。他要啥，总有人想方设法替他弄到，他们还悄悄记录他的言谈，如果他有啥许诺，那就更得记录了。在族里，他的地位仅次于族长，却又远远高于族长。族里有啥事情，族长有意让他定夺，事情要能成，还非得他首肯。渐渐地，他小小的年纪，便尝到了权力和支配的乐趣。但是另一方面，族人们百般的尊重和强烈的愿望形成了巨大的压力，像座山一样压得他难以喘息。有时他会暗暗地羡慕族里的其他子弟，想与他们一样放任自流，为所欲为地干年轻人想干的事。然而，从小所受的教育不允许他退缩、胆怯和怀疑。他是为族人们活着，为祖宗的故事活着，并且是为证明祖宗的英明而活着。所以，他无时无刻不渴望着立即就有所作为，能大干一番，得以告慰祖宗先人和族人们。为此，他心里不时会腾起焦灼的火焰。

那时候，他和族长的许多精力都花在增强全族实力，扩大势力方面。为了防备江氏族人可能的报复，他派人在通往后山的路口关隘建了哨棚，寨子四周筑了高高的土墙和碉楼。但是，他还觉得仅仅做这些还不够，还得把他们的势力延伸到八里外的镇上去，在那里置办房产，做生意，找现钱，这样才能购置更多的钢枪，甚至还可以买几挺机关枪或者小炮等等。族长自然非常赞赏他的主张，立即就派人去办理。

那个集镇名叫黄坝，方圆几十里内的人每隔三天便去赶场。这集镇虽说不大，可麻雀虽小肝胆俱全，同样有酒楼、茶馆和各类商号。那时，黄坝正好有一家收购山货，而又卖绸缎布匹的商人要举家迁往县城，要将房产和店铺卖掉。经过一番协商，族里用500块大洋将其买下，并写好合同签字画押。但是等族人拿了大洋前去时，那商人却反了悔。一打听，才晓得是镇长也想要这店铺，插了进来，让那商人左右为难。族长得知后，便也十分犹豫。舍了这买卖吧，既可惜而心又不甘；不舍吧，镇长乃黄坝首脑，他们受其管辖，一年田亩税赋的增减，丁壮差役的分派，全由镇长定夺。而且镇长手下有一个班的保丁，背的是汉阳造的钢枪，镇长本人则有一支驳壳枪。他有权有势又有枪，没人敢得罪。族长与漠琮谈起此事流露出退缩之意。但漠琮却不露声色，只说再等等看。但就在当晚，他带上漠固、漠重，骑马去了黄坝。

进了商人的院门，见他们三人两个背长枪，一人挎盒子炮，商人就知来者不善，忙使眼色让家人去通知镇长。进屋后，他话不多说，将大洋朝桌上一放，便客气地请商人送上房契文书。商人则叫人倒水献茶，虚与委蛇。他并不着急，晓得不和镇长打交道，这房契文书难以到手，于是就慢慢喝茶。果不其然，没多久，镇长带了四个保丁匆匆而来。

"啥人来要他家的房契文书呀？"镇长官腔十足，明知故问，而且还不拿正眼看他们。

"原来是镇长大人驾到！"他立即起身，抱拳作揖，故意显得很惊讶，"在下的一点小生意，咋就惊动了镇长大驾？在下深感惶恐呀！"

镇长不由得从头到脚将他打量一番，发觉眼前这人年龄不大，却气定神闲，温文尔雅，于彬彬有礼中，暗泄轻慢与藐视之色。镇长想发火，非但没有发出，反而不由自主地缓和了语气。"何故夜闯民宅索要房契？"

"我们与他已有买卖契约在先，公平交易，一手交钱，一手交货。至于夜里方到，是因路途坎坷难行。"

"据我所知，主人并非自愿将房产店铺出让……"

"双方自愿，郑重签约，绝非儿戏。此事还望镇长明鉴！"

镇长一时语塞，就指着在院内吠叫的狗到："讨厌。一来就叫，赶到一边去!"

院子里黑沉沉的，只有狗那两只绿荧荧的眼睛盯着堂屋里的人。主人正要出门去赶狗，他却道："狗眼看人低，此狗不养也罢。"说着掏出盒子炮，甩手一枪，惊天动地一声响，就不再听见狗叫。

一时里，主人、镇长都被吓住，呆呆地回不过神来。良久，主人哆哆嗦嗦地出去，又哭丧着脸进来，"你把狗的嘴全打烂啦!"

镇长一听，不由自主地打了个冷噤，浑身起了层鸡皮疙瘩。忍不住重新打量这个年轻人，却见他依然气定神闲，温文尔雅，仿佛啥事也没有发生。只是那双炯然的眼里，有股子冷酷、狠辣之光一闪而逝。"你们既是公平交易，两相情愿，我这里的误会便也释然。"镇长说完便告辞而去。

"不送不送。失礼之处尚祈海涵。"他起身抱拳道。

房契文书顺利到手。

族长得知此事后，一面夸奖他有胆有识，却也指出他初生牛犊不怕虎和只图痛快的不足，并委婉地要他今后遇上此类事应更圆通机变。经过漠固、漠重的渲染，族人们对他更是敬佩有加……

我的刀被人拿了。她帮我围着大柏树摸了一遍，啥也没有。又累又饿的我脚一软，便坐在大柏树下。我失望之极，而且心里还莫名其妙地涌出一股愤然、委屈、难过和伤心，眼泪不由自主就流出来。

"不就是一把刀嘛，哭啥呢!"她轻轻地抚摩我的头，然后紧紧地贴着我坐下，替我擦泪。"又想起你父母了?"她问，"我发觉，你只要难过就会想起你父母，想起了父母就会忍不住掉泪。"

"和父母在一起的时候，有一年我存了六元钱。在那里我是捡牛粪烧，用不着刀。早晓得回来要砍柴，我就不买《水浒》的小人书，留着买十把刀。"

她叹口气说："有父母多好，被他们心疼着，能存钱，想买啥自己做主。父母对我来说是个梦。不，我做梦从来没有梦见过他们，他们在我的脑子里没有一点印象。"说着她突然搂住我，将脸贴在我的头上。

我也伸出手抱住她。不知为啥，这时，我忽然有了极为强烈的冲动，想把老天爷告诉我的秘密说给她听。老天爷告诉我，他替别人掌管着一大笔财产的时候，我连脑筋都没有动，就一下想到了她。我敢百分之百地肯定，老天爷当时说的就是她。可是，我马上想起老天爷当时是多么的郑重其事，甚至提到了自己的性命。于是我到底还是忍住没有说出来。

"我们回去吧。"许久后，她轻轻地推开我，用双手轻柔地捧着我的脸说。

我听话地站起来，依然互相拥着，躲在一顶斗笠下。路上，我又叫她讲父亲的事，可她却长长地叹口气。我马上想到，我让她讲自己的父母，讲一个众人皆知的结局是不是有些残酷？于是我连忙说："算啦，哪天再讲吧。"

"漠杨，我是有些担心。说实话，我的父亲是被那个一心一意要培养和造就他的族长害的，他让我父亲看了那么多的古书，非但没有让我父亲成为好人，却成了匪人。现在老天爷不也是同样这么培养你，让你读古书，背古书，你真得注意，我父亲就是前车之鉴！"

"我才不会那么傻。"话一出口我就觉得不对头，其实，她的父亲不傻，而且很聪明，只是生在那个时代罢了。"我是说，我不会傻乎乎地不加分析读那些书。你放心，毛主席不是也说过'古为今用，洋为中用'的话嘛，那些书里的确有很多好东西，有一分为二，也有辩证法。比如《孙子兵法》、老子《道德经》里对水的概括，还有《大学》章句里说的'知止而后定，定而后能静，静而后能安，安而后能虑，虑而后能得'。还有'物有本末，事有始终。知所先后，则近道矣'。还有'致知格物'的道理，都有辩证法。"

"我不否定你说的这些道理，只是要你在看这些书的时候要有分析和取舍。毛主席说要'去粗取精'，去掉糟粕，取其精华。破字当头，立在其中。不然，看多了那些书，不知不觉就被感染，满脑子的帝王思想，那就坏了。我父亲就是个典型。封建落后的东西真的害人！"

"我记着你的话就是啦！"我说，"其实读古书也有很多好处，能感受到古人的精神、气节和追求、理想。古人中出了那么多了不得的人，比如岳飞的精忠报国、文天祥的'留取丹心照汗青'、范仲淹的'先天下之忧而忧，后天下之乐而乐'、林则徐的'苟利国家生死以，岂因祸福避趋之'。我们国家历史上有这种境界和精神的人实在太多了，他们还不是从前人和他们读的书里学到的。"

"只要你能分清是非就好。不过漠杨，我认为现在还是应该多看毛主席的书和马恩列斯的书，真正弄懂哲学和辩证法。人家说弄懂数理化，走遍天下都不怕，到了现在，我看应该改成这样：弄懂辩证法，要走天下才不怕！"

雨还在淅沥地下着。回到河边，碰上漠柳、漠榆拿着伞在等我们。一见我们，连忙迎上来。在去船边的石阶上，我们看见一长一短两支烟杆烟斗里的火光一明一灭。走过去才知是穿着蓑衣戴着斗笠的老天爷和九公。

他俩也在等我们。

15

罗玉芯给我买了把柴刀。她晓得我刀掉了这件事，我想可能是漠榆说的，漠榆爱往她家跑。她晓得新买的刀得先用粗磨石磨，再用细磨石磨。这两种磨石她都有，于是她便在后院里磨。可是磨了一天，也还没有把刀磨快，就只好让漠榆来叫我去。许多天了，我一直没有买刀，反正响生姐有两把柴刀，我就借她的用。现在罗玉芯给我买了刀，我真是太高兴了，飞快地朝她家跑。

刀是好刀，拿在我的手里，不轻不重，很趁手。用铁块轻轻地敲打刀，就会有"当当"的脆响声，这说明刀里的钢好。我见她家的磨石好用，便磨起来。她在一边看我磨，过不一会儿，她忽然想起了啥，忙对我说："漠杨，我买刀回来的时候，在西门桥那里听见几个年轻人在议论兴三公，说他家有古人的字画，要把他家抄了。"

"真的？"我慌忙放下柴刀问，"他们说好久来？"

"这我倒没听他们说。"

我顾不得再说啥，站起身来就跑。一出门我便想，这些人终于来啦！我们这条街虽然显得偏远僻静，但却绝对不是无人所知和被完全封闭了的孤岛。他们既然晓得三公家有古人的东西，那么，他们会不会晓得老天爷家里的东西，会不会晓得他掌握着一笔财宝的秘密呢？但愿不晓得，可是却不能不做准备。

我首先去找的人自然是响生姐，她正在厨房外砍柴，把柴砍成短节，再整齐地码到灶边去。听了我的话后，她连忙要我去找三毛、大国他们，她去三公那里，把事情给他说说，好让他有个准备，再把他那些东西收拾一下，找个地方藏起来。我问她东西拿出来后藏到啥地方安全，她想了想说就藏到癫子家去。我说要得,便跑去找三毛和大国去了。在这么着急的情况下,她能冷静地想到癫子家,我不得不佩服。的确,再也没有比癫子家安全的地方啦!他是个家喻户晓的人物,全城的人都晓得他会武功,惹不起,晓得他是个工人阶级,也晓得他家里养蛇,没人敢去。

我很快把大国、三毛、红旗叫来。她先去三公家,把情况给三公说了后,正在和三公收拾。他那些字画很多,还有几方古色古香的砚台,以及不少的字帖和拓片,没有一样是他舍得的,放了一大堆。三婆拿出两床垫单,大家七手八脚把这些东西裹进去。临出门时,他猛然想起了啥,反身跑到堂屋香龛旁,伸手在里面拿出一块灵牌,我接过来往包裹里放的时候顺便看了一眼,只见上面写的是"书圣王公羲之之灵位"几个字。这块灵牌是紫檀木做的,很重;字是楷书,描了金。看来,起码也有百多年的历史。

为了不引人注目,我建议大家分开走,大国背一包先走,三婆在后面慢慢跟随,红旗背一包,我和三毛跟随,三公押后。响生姐去老天爷家,叫上他老人家,万一癫子不愿别人放东西,也好让他老人家去做工作。大家快出院门的时候,我又交代:"分开一点距离,千万不要做出有事的样子,让人注意,放轻松随便一些。"

听了我的话后,她说她来背一包,姑娘家用背篓背这么一包比较适合,不容易被人注意,老天爷那里应该我去。我认为她说得有道理,便朝老天爷家跑去。

他正在门前挖土,挥汗如雨的样子。我听他说过,要在门前的土里栽大白菜和萝卜。挖土挖得热了,他解开斜襟长衫,露出瘦骨嶙峋的身子。看见我去了,他说:"快来帮忙,老子挖得累啦。"我接过锄头,给他说了来意,拉着他就走。

癫子站在屋门前一棵大树下,左腿着地,右腿屈在左腿上,一动不动,旁边有两个崽儿用力推他,依然纹丝不动。"推,用力!"他还给崽儿们加油。就在这时,我看见一条乌梢蛇从他背后的大树上无声地滑下来,两个崽儿一见,便吓得大叫起来。看见蛇,我身上立即就起了层鸡皮疙瘩,要不是得往他家放东西,我也会和那两个崽儿一样,毫不犹豫地转身就逃。

"癫叔,已经是冬天了,你的蛇咋不冬眠呢?"

"我养的蛇一年四季活鲜鲜的!"他夸口道。

"癞子,到你家放点东西。"老天爷说。他转头看见老天爷,忙把另一条腿放下来,并不看蛇,却伸出一只手去,那蛇一直等在那里,见他的手伸了过来,便缩到他手臂上,这下我看清楚了,这条蛇和他的手臂差不多粗。

"你老人家有啥东西要放在我这里?"他边玩蛇边问。

"是三公的东西。"响生姐答道。

"他们说有一伙小青年要来抄他的家,想弄走他家的这些老古董,把这些东西藏到你家就安全啦!"老天爷说。

"狗日的,一天到黑不是抄这就是抄那,现在还要抄到我们这条街来啦!"说这话时,他显得很生气,上嘴唇的那点稀稀拉拉的长胡子也立了起来。"三叔,你放心,我这里安全,东西一样不会少,那些卵崽儿就是晓得你的东西藏到我这里,我谅他们也不敢来!"说着他抓起那两包东西就朝屋里走。

我和大国他们都不敢进他家的门,站得远远的。等他和老天爷出来后,我问老天爷要不要把书也藏到他家来,还没等老天爷回答,癞子便说不用,他住城墙下,老天爷住城墙上,谁要是敢去抄老天爷的家,他听见了会去打断他的腿!

回去的路上,我给三公说,用红纸写点毛主席语录贴在那些取了字画的地方,把印痕遮住。他这时面露凄惶,很听话地对着我点了点头。

老天爷回去种菜,响生姐回去砍柴,我没地方去,便去帮老天爷挖土。不一会儿,我就出汗了。老天爷在厨房里熬了一罐浓茶,一手提着罐子,一手拿两个土碗出门来放在屋檐下的石坎上,然后叫我喝茶。"你的茶又浓又苦,我们娃娃崽喝了要醉,还要长胡子。你自己喝,我喝凉水。"听了我的话,他也不劝我,自己倒一碗,有滋有味地喝起来。正挖着,锄头碰着了石块,把我的手震得痛。我突发奇想,开玩笑道:"老天爷,你保管的那笔财宝是不是藏在这土里?小心我把它们给挖了出来。"

"任你挖地三尺,也休想得见。"

我扔掉锄头,走到他身边,与他一道坐在石坎上,然后自己倒了一小碗浓茶,小心翼翼地喝。第一次喝他的浓茶喝猛了,人就感到晕乎乎的,想呕吐。就像我给公卷烟,有次趁公不在,我试试卷的烟能不能抽,便放一根进烟斗，点燃了就着烟嘴用力吸。烟卷得没话说，外紧内松，只要一吸，烟卷便滋滋地燃。等我把烟吸完，也就头晕目眩了，这才晓得不光酒能醉人，茶能醉人，烟也能醉人。"老天爷，你真不该告诉我你保管着一笔财宝的事，你想，我们这些个娃娃崽，嘴巴从来不上锁，既然晓得了这么大一件事情，却不能讲，窝在心里实在是太难受。"

"这就是对你的考验，要是经不起这点考验，你就做不成大事。"他看也不看我地说。

"那天，响生姐帮我去找刀，我很感谢她，差点就告诉她，你帮她保管得有一大笔财宝。"

听了我的话，他猛地掉过头来，眼里闪着骇人的厉光，像刀片似的在我的身上剜来剜去。"是谁告诉你这财宝是她的！"他压低了声音，厉声地问。

响生姐有笔财宝，这想法其实是在他第一次给我讲这件事情的时候就产生的，当然后来我也仔细分析过，只是还不敢百分之百地肯定。此时我略施小计，没想到他便招了。我心里有些得意，但看着他那可怕的表情，我连忙解释说："没人告诉我，是我猜的。"

"真的没人告诉你？"

"我哪时对你说过假话！"

他久久地注视我，渐渐地，表情缓和下来，似乎还舒了口气。"算你聪明，猜对了。不过我要再一次警告你，这件事情千万不要再对人说了，埋在心里，若无其事地，不露痕迹，这才是高人所为。你不要小看这点心性，这也是在磨炼人。你还小，就得从小磨炼。以后你的路还长，说不清会受多少苦难。碰上了苦难，一是不怕，二是要隐忍，自有雨过天晴的时候。历史上这种人太多啦，他们能成大气，是和他们能做到隐忍不发有很大关系的。"

我连忙点头表示明白。说实话，我不忍心他生气，害怕他生气，更不忍心让他对我失望，也更怕他对我失望。

"现在是世道乱，做啥事都得小心。如果这笔财宝的事从你口里露出去，那么你就莫想清净了，她也一样。我呢，活不了多久的，陪不了你们，到时一死了之，你们可就得陷入重重苦难，你们如果忍受不住，把那财宝散个一干二净，也始终还会有人来死缠烂打——他们不会相信你们的！"

"那太可怕了。有这笔财宝还不如没有！"

"那咋办？"

"把财宝送人，就是送祸。只有一个办法，就是送给国家，没人敢去打国家的主意。"

"是个办法，可是也得看时机呀！"

"你们说谁有财宝？"

我和老天爷掉头一看，只见响生姐抱着一捆砍得整整齐齐的柴站在一旁。我有些张皇，看了看老天爷，他却像啥事也没有。于是我也连忙换上轻松的表情道："看你，走路像小偷似的，一点声音也没发出来，把我们吓了一大跳。"

"你们只管讲啥财宝的事情，讲得入迷，哪还听得见我走路的声音。"她见我怪她，便反驳。

"乖妹崽，给我送柴火来啦？"老天爷起身来接过去拿进厨房，回来对她道，"我是在给漠杨讲古时候一个财宝的故事，他帮我挖土挖累了。"

"土挖完了，该种菜呀，你的菜种呢？"她问。

他便拿出用纸包着的菜种道："一包是大白菜，一包是萝卜，各种一块。他打窝，你撒种。一窝放两三粒种子，莫放多了。去种吧，我弄饭，今天就在我这里吃饭。"

没多久，我们便把白菜、萝卜种好。我看见城墙边有一堆新土，便问她那里是不是埋得有啥东西。她想了想说，可能是老天爷埋的土牛。我好奇地问为啥要埋土牛，她说不晓得，老天爷年年冬天都要捏个大土牛埋进土里去。听她这么说，我愈加好奇，便进厨房去问他。

"这种事情我可能干了十年啦，咋办呢，老得无聊，就找点事情做。"他先自嘲一番，再故作神秘地对我说，"你不是想晓得啥是傩嘛，这其实就是傩。"

"老颠东又卖关子了。"她笑道。

"这也是傩？我早就想晓得啥是傩的，一直没来得及问你。今天机会来了，你就赶快给我们卖弄一盘，千万莫要绕弯子。"我催促道。

"要说我们祖宗发明的这个傩，那时间可就早啦，起码在商、周两代，也就是几千年前。这个傩和我们祖宗发明的阴阳学说也牢不可分。《国语·周语》是最早记有阴阳观点的书。周幽王二年，也就是距今 2700 多年前，发生了大地震，根据阴阳学说，就有人解释说这是'阳伏而不能出，阴迫而不能蒸'。所以地震是'阳失其所而阴镇也'。老祖宗们把阴阳拿来解释自然界的变化，人自身的变化以及事物的成败。最早的哲学著作《易经》，就拿阴阳的各种变化来解释自然界万事万物的盛衰和消长，医学巨著《黄帝内经》，就是以阴阳学说作为基础的。到了周代的时候，无论帝王还是百姓，每年都要举行三次大型的傩祭，这其实就是应用阴阳五行，企图以人的行为来调节阴阳。'季春之月，国人傩，九门磔禳，以毕春气。仲秋之月，天子乃傩，吁御佐疾，以通秋气。季冬之月，命有司大傩，旁磔，出土牛，以送寒气。'这'磔禳'就是裂牲的意思。要裂啥牲口呢？裂犬。犬属金、属阳，磔之于九门，其意图是抑金扶木，五行中，金是克木的。仲秋的天子傩，也裂犬，是为了逐去阳暑，消除热毒。冬天寒气重，也就是阴气重。为祛强阴，月建丑做土牛送之。'建丑'就是农历十二月，'丑'为牛。所以做土牛送寒气。这就是历史上记载得最早的傩。"

"这个傩字究竟是啥意思？"我问。

"是驱鬼的意思。"她说。

"你埋了土牛，那这个冬天就不冷啦？"

"我做这件事情为了好玩，但愿不冷是人们的希望，最终还得看老天爷是不是按照人们的意愿来施舍。"

"你会不会唱傩戏呢？"

"咋不会，没人有我会！"

"你唱一段我们听。"

> 敬香来到贵香台，借娘桌子拍令牌。
>
> 一根游傩到东海，双脚踏出东海门。
>
> 西请灵官马天君，三头六条眼也晕。

他咿咿呜呜地唱起来，摇头晃脑，手舞足蹈。这个调子蛮好听，而他的神态就不由得让人发笑。

吃过饭后，我就要他给我讲阴阳五行，他便给我讲金、木、水、火、土。说世间一切都由这五行组成，包括人。这五行既相生又相克，比如火生土，土生金，火克金等。跟着，他又说到了孙悟空："为啥他有那么大的本事，却偏偏打不赢一些小妖怪呢？因为孙悟空属坎中金，西方之金，也就是水中金。悟空降伏了八戒，却招来黄风怪，悟空要降伏黄风怪本来也没啥，可这妖怪是老鼠精，鼠为水，水由金生，金不能克水，所以大圣降伏不了它。后来只有去请灵吉菩萨，靠菩萨的飞龙宝杖来斗黄风怪。龙为辰，辰为土，以土克水，这才降伏了黄风怪。可惜你们还不懂阴阳五行，如果懂了，再看《西游记》，就能发觉这书里面差不多全是阴阳相感，五行相生相克的道理。"

"那你就再给我们举个例子，也好让我们更加熟悉一些嘛。"我央求他，其实是想多听些故事。

"好吧，就再给你们说说。你记不记得唐僧是哪里人？""记得，是南赡部洲人。"我答。

"对。南为火，火生土。所以唐僧一出发就掉到土坑里，土生金，便召来金星解救。金星又以金气相感，让唐僧遇到了孙悟空，唐僧火克悟空金，所以悟空被唐僧收服。可金又生水，就来了鹰愁涧的小白龙。小白龙为水，而悟空心猿生意马，能生却不能克，只好求助于观音。观音为真水，同类相招，才收了小白龙，让它变成了大白马。后来到了流沙河，遇上属土的沙和尚，土生金，这金可是金母，悟空打他不得。但八戒属木，木能克土，所以八戒打赢了沙僧。"

"想不到这本书里还藏了这么多的秘密。要是我能懂阴阳五行，再看这本书，一定更有意思。"

"释道从来是一家，两般形貌理无差。所以书里真正隐藏的是释家如何修心，道家如何炼丹，修仙成佛的道理和顺序。这也许才是著书立说之人吴承恩的目的呢。"

"那你就再给我们说说嘛！"

"不说啦，这更难懂。在我看来，丹道之说太过虚幻，我说实话还真怕你懂、怕你学。若无名师高人指点，往往走火入魔，那就害了你！我看你还是应该看有用之书，明白有用之理，依《三字经》上说的'经子通，读诸史，考世系，知始终'。经、子等书皆通，可再读史，弄明白他们何故衰盛，方可得其教训。由此，你站在历史长河这一段，西看长河无数波澜，东看长河滚滚所向，你心中方才了然，原来这世上盛衰道理无不相通。"

天完全黑了下来。城门洞旁那根孤零零电线杆上的路灯显得昏黄。天气冷了，天一黑，街上几乎就没有人走动，显得十分冷清。但不一会儿，就听见许多细碎而匆忙的脚步声。我和她立即明白这是咋回事，便连忙跑了去。

果然，是"从天降"战斗队的勇士们来查抄兴三公的家。他们在三公家的院门外振臂高呼了一番口号，发誓要打倒封资修余孽，之后便破门而入。

三公早已拉亮堂屋的电灯，神情严峻而又不动声色地横在堂屋门前，手里握一根老长的青冈木棍子，一副誓与自己的家共存亡的大无畏气概。于是双方便虎视眈眈相持不下。这伙"从天降"的战士有十几人，年龄参差不齐，最大的两个可能十八九岁，其余的十四五岁。

不多一会儿，街上的人便陆续地来了。大姑婆、二姑婆也来了。大姑婆庞大的身躯摇晃到三公堂屋的石阶下，转身对"从天降"的战士们做自我介绍，并对革命小将的行动表示支持，这才转过身来对三公道："三哥，你这么做非常不对，是把自己放到革命的对立面去！"

"老三，不做亏心事，不怕鬼敲门。你就让他们进去看看嘛。"老天爷不晓得几时来的。

"看可以，不准拿东西更不准砸东西！"癞子也来了。

他的出现，让"从天降"的勇士们显出了胆怯之色。说来奇怪，在我们看来，他其实是个十分和善、厚道之人，不晓得他咋会让全城家喻户晓，而且让大人小孩都怕他，特别那些还不知事的崽儿，不听话的时候，大人就吓他说，癞子来了，小崽儿便会马上归顺，不再吵闹。

"三叔，让这些卵崽崽进去看嘛，莫怕！"癞子又道。

"癞子，人家可是红卫兵、革命小将，莫乱说人家！"大姑婆十分不满地说。

"老子就叫他们卵崽崽，他们有卵办法！你要是欢迎他们，让他们到你家去检查一下嘛。"

"你呀，简直就是个流氓，流氓无产阶级！"大姑婆道。

"伯伯，我们晓得，你在解放前就是搬运工人，是正宗的工人阶级，我们应该向你致敬。"带队的红卫兵讨好地道，"伯伯，你说，我们能不能进去看看？"

"咋不能，我带你们进去。不就是看看嘛！"

他带着他们走进屋去，先看堂屋，再看两边厢房。没多大点地方，几下就看完了。然后他又带着他们出来。"好啦好啦，该看的都看了，啥卵也没得。天晚了，回去睡觉！"他一本正经的模样，反倒像是这伙人的领队，让人发笑。他们也听话，乖乖地空手而归。

16

那时候显二哥才二十七八岁的年纪，长得牛高马大，极其健壮，却又心灵手巧。整天挑着近 200 斤的担子，四处揽活。他那担子里面，装着一个木匠所有的工具。他一个人就能立起五柱四的大木房，就莫说三柱二这种小木房啦。他先把两边的框架做好，系上结实的麻绳，再把麻绳绕在他发明的木转轮上，然后摇转轮，框架便立起来。房子两头的框架立起来后，将其固定，再上梁和装壁板。他的木匠手艺声名远播，那些要建新房子的，会备礼来请他，要嫁姑娘的，也会慕名而来，请他去做嫁奁。除此之外，小到板凳马桶、水瓢木盆等，人们都愿意让他来做。他做得非常细致，还会雕上适合的图案，比如飞鸟鱼虫和花木。虽然只是简单几刀，但却鲜活传神。

显二哥二十七八岁了却还孤身一人，也许是因为父母去世得早，没给他说好婚事。但也许是他整天忙着揽活赚钱，没时间去考虑娶妻生子的事情。街上他很亲的人，比如伯伯伯娘、叔叔婶婶、堂兄堂弟、堂姐堂妹，再就是还比较亲的老人都劝他快找，老大不小的人啦！当然也有给他做媒的，可他总是笑笑说，这是缘分没到，缘分到了想躲都躲不掉。

谁也没有想到，这缘分来得极快。

那次，他去给人立走马转角楼。那家人就在这条大河下面的湖南境内，尽管隔了省，听起来显得很远，其实走路只要一天，而坐船，则只要半天。那家人姓白，住在大河旁的小山上。整个小山竹木蓊郁，从河边有条小石板路上去。山上很平坦，也比较宽敞，但背后却连通着层层叠叠的高山峻岭。那里没有几户人家，全是茅草房。每一家茅草房的周围都有拇指粗的竹子围成的篱笆，篱笆里除了茅草房之外，还有猪圈、牛圈、鸡圈。其余的空地被整齐地分成一垄一垄的，里面栽着各种各样的药材。显二哥认得的就有解表的牛蒡子、升麻、白芷、防风；泻下的土大黄、牵牛子；清热的七叶一枝花、木芙蓉；等等。住在这里的几户人家都是靠采药为生，他们的药采来制好后，便挑去卢阳卖。而从他们那里朝西去卢阳，走不上半个时辰就进入卢阳境内。

姓白的这家有三口人，父亲50多岁，身体健康结实，一看便知成天爬高山，攀悬崖采摘药材。老大是哥哥，名叫白青林，二十五六岁的年龄，同样健康结实。不用说，他一定是子承父志，成天跟着父亲在山里采药，老二是妹妹，名叫白玉林，二十岁出头。看得出，她很少出门，也许成天都在家缝补、煮饭和侍弄药材，所以皮肤白净细腻。她住在山上，长在水边，似乎就有水的驯顺温婉与柔和，也有山的大方野气和率真；她做事灵动快捷，但也细心平和。她父亲和哥哥攒够了钱，备好了料，才请他来建楼房，好让哥哥结婚。

来请他的是白家父子俩，他们挑了药材半夜就出发，到了这城里，去药铺把药卖了，买了些礼物，便打听着去了他家。他正在给别人做床，还没有完工，于是他们便与他说清地点，讲好价钱，约好时间。过了两天，他把立房建屋的所有工具收拾好，便赶早船下去。到了地方，正是中午，小小的码头上站着个漂亮的姑娘。他一下船，她就大方地笑着迎上来问："你就是木匠哥吧？我爹和我哥说你今天来，让我来接你。"她大胆地上下打量着他，他反而被弄得不好意思，他想问她爹和哥哥去了啥地方，但不知咋的，始终开不了口。倒是她聪明，看清了他的心思，对他道："我爹和我哥昨天去山里采药，在山里的一家人那里看上了一根柏木，说那根柏木已经砍了两三年啦，早就干透，又长得特别直，身上一个疙疤也没有，拿来做楼房的大梁最好，所以他们今天一大早就去买那根柏木去了。"说完，她就去拿他的扁担，想帮他挑工具。他连忙把扁担夺过来，并挑起工具道："哪能让你挑呢，再说你也挑不动，在前面带路就行啦。"她笑了笑便顺从地往前走去。

到了她家后，他在茅草房的檐下放了担子，她便打来洗脸水，让他洗脸。洗了脸他就屋前屋后四处看，一是看这楼房建在啥地方好，二是看他们备的料是不是齐全。在屋后的檐下，他看见两副老大的杉木棺材，心里不免有些好奇。这时，她来叫他去吃饭，见他盯着棺材，便告诉他说："这是背后大山

147

里那些人家的规矩，山里的树木特别多，谁家生了儿子，就马上给他做个棺材，儿子得在这个家待到老，待到死。如果生的是姑娘就用不着做棺材，姑娘得嫁出去，得死在外面。"说到后面这句话的时候，她的神情有些羞涩却又有些凄然。

那时正值盛夏，太阳打清早出来，便火辣辣地烤着他。他天一亮就起来，先把一根根柱头、檩子用推子推得光顺。每天他都挥汗如雨，身上的无袖对襟短褂和短裤能拧出小半盆汗水。白家父子依然每天清晨上山采药，傍晚方回。她则在家伺候他的饭菜和茶水。见他实在太辛苦，就给爹和哥说了。那一天，父子俩就没有上山，在家给他搭凉棚，他也帮忙。有了凉棚，他就不会再被太阳从早晒到晚。他们只用小半天就把凉棚搭好。吃了午饭，哥就让他歇个半天，说一道下河去打渔。她一听便说要和他们一起去，还拉着他的手着急地道："你带我去，一定带我去呀！我哥下河打渔就从不耐烦带我去。"本来他是不想去的，怕耽误了活路，但见她那么高兴和着急，便实在不忍心让她失望，只好答应下来。

他说不会撒网，刷滩还行。于是她哥便拿渔网，挎个鱼篓，他则拿钓竿，也挎个鱼篓和装鱼饵的竹筒下河去。在小码头下去不远的地方就是一个长长的滩，她哥问她跟谁去，她说："我不跟你去。"她哥朝她做个鬼脸，便顺着河岸边走边撒网。他走到河中间，站在滩头齐腰深的水里，给鱼钩上了饵食，便放线下河。等线放到一定的长度，他就不停地拉线放线。那些在滩下往上游的长衫鱼和石郎鱼见了就会来抢食。有鱼上钩，他再慢慢地收线，把鱼拉到身边来。她跟着他，把他的鱼篓接过来挎在身上，站在一旁，饶有兴趣地看他拉线放线。一旦有鱼上钩，她便欢天喜地直笑，好像从来没有这样开心过。等鱼被拉到身边，她便帮他抓鱼，把鱼放进鱼篓。偶尔有船路过，船上的人就会对他们指指点点，显出羡慕的神情。有条大船过路时，正见他们抓住一条大鱼高兴地往鱼篓里放，船上一个婆娘便大声道："看把这小两口儿快活死啦！"那掌舵的人见了他们，还顺口唱起歌来：

北山下来一条河，

浪大滩也多，

我漫天撒一网，

得几多鲜鲫壳。

我的妹崽呀，

快烧火，支铁锅，

给你情哥熬汤喝。

掌舵人的声音高昂粗犷，映得满山满河。船下了滩还余音缭绕。她站在身边，让她被人误会，受委屈，他感到不安。他悄然而飞快地瞟瞟她，却见她大胆地看着他，这让他心里一阵慌乱，不知该和她说啥。

两个时辰不知不觉就过去了。白老大挎着满满一篓鱼走回来，边走边问他们钓得没有。她说不比他少。白老大就开她玩笑说："你们两个那么厉害，弄的鱼能和我撒网的一样多?"他们满载而归。这个晚餐格外丰盛，一大锅鱼汤，放几个红辣椒，撒一把蒜苗葱花，香气袭人。她还特地炒了两大碗从山里弄来的，熏干了的麂子肉和野猪肉。白老爹抱出一坛窖在土里的苞谷烧，揭了盖封，满院子酒香。白老大先给爹满上一碗，再给他的满上。故意问她要不要，她说咋不要呢，今天高兴，偏就尝尝这酒是个啥味道！白老爹听了，就说她野，不像个姑娘家。她则撒着娇笑，还端起碗来和他的碗碰，说他木工活儿做得又好又快，钓鱼也是行家里手。他来了这么多天，没有好生招待他，今天应该多喝些。白家父子也不停地劝酒，平时他很少喝酒，每当在别人家做好了东西，主人都要劝他喝酒，好像那酒要不喝，主人就没有尽到礼。仗着身体壮实，他喝起酒来也不怕，没有醉过。可那天他醉得一塌糊涂，如何上的床是完全不知。到了半夜，他醒了，只觉得浑身燥热，便下床摸到河边，在河水里泡。没多久便听见白老大呼唤他，声音急切。跟着她也跑出来，帮着哥呼唤。他这才爬上岸，边答应边上山。兄妹俩则拿着点燃的葵花秆跑下来接他。"把我们吓坏啦，你出门也不说一声！"她拉着他的手道。回到家，她取了条干毛巾给他擦身子。他感到不好意思，连忙拿过毛巾自己擦。"喝得太多，出丑啦，让你们担惊受怕了。"他抱歉道。她忙说没关系，都是她爹和哥不好，非要让他喝这么多酒。

他的确干得又快又好，虽说才一个人干，但是在交秋的时候，楼房已经立了起来。没过两天，他又把椽皮钉好，开始装楼板。楼板早已干透，他把每块楼板都推得平平展展，一边拉出母槽，另一边拉出公榫；公榫对母槽，用木槌一敲便紧紧地合在一起，再用铁钉死死地钉在檩子上。装好了楼板，又装壁板。装壁板也得像装楼板一样，拉出槽子和榫头，让它们连在一起，严丝合缝。那些窗棂、门楣他还会凿些花纹图案。到了八月十五过中秋那天，他把壁板装好。

既然是过节，白老大又下河打渔，白老爹去山里买野味，她则去后山林子里采蘑菇。等他们下午回来时，他已经把门和窗都安好了。剩下的活路就是给转角楼装栏杆。他们一家见了大喜，把那些门窗推开来又关上，反反复复好多次。

这个晚餐不用说有多丰盛啦！白老爹又抱一坛烧酒出来，但这一次，他却把父子俩灌得醺然大醉。吃了饭，她收拾了碗筷，便把早已准备好的地瓜、梨子摆放在小桌上。而她爹和哥则靠在椅子上酣睡。

月亮慢慢地升起来，秋天凉爽的风也来了。她递了个梨给他，他接过去就吃，她则看他吃。吃完了梨，她又给他剥了个地瓜，地瓜又白又脆，他也接过去毫不客气地吃了。之后他们就看那新房子。"房子修好，你就走了。"她忽然幽幽地说，"你走了，要不了多久，我嫂子就来了。"她看着他又道，"这房子多好呀，可惜我不能住。"

"咋不能住，在你嫂子还没来的时候，你先进去住上几天嘛！"他趁着酒劲道，"要不你现在就可以去住，住楼上，门窗都安好的，你怕啥呢！"

"我不去，没意思，这房子又不是我的。"

他明白她的意思了。这房子注定是她哥和嫂以及他们后代的，而她这个姑娘最终得嫁出去，成为外人。就像她家后面那两副棺材说明的道理一样，男人生在这里，并在这里生儿育女，养老送终，最后还得死在这里。所以她说得对，这房子不是她的，甚至和她没有一点关系。"要是你嫁个有钱人，你还能住上青砖建的楼房呢。"

"我能嫁有钱人？你莫笑话我！"

"你这么能干，心肠又好，为啥不能嫁个有钱人呢。"

"能不能嫁个有钱人，哪会看你心肠好不好，能不能干呢，得看命好不好！"

"你的命肯定好！"

"你家的房子是不是楼房呢？我想，你这么能干，建个楼房一定没问题！"她显然不想再继续前面的话题。

"我没有楼房。房子是我爹建的，30多年了，五柱四。一个人住还算宽敞。"

"那你为啥不找个女人呢？"

这个问题让他不好回答，于是道："我去洗个澡来。"说着便站起身来要走。

"等等，我给你拿张帕子。"她跑进屋去拿来递给他。

也就在那时，他忽然感到一种异样的、从来没有过的亲切，像温润的水，正由心里弥漫而出，并朝全身浸去。他把帕子接过来，他们的目光碰在了一起。看着她那躲闪的、羞涩的目光，他就像做了个十分久长的、浑浑噩噩的梦，陡然醒来，脑海里便生出个万分鲜明的念头——这就是他要找的人，她应该是他的老婆！

河水已经很凉，但是他却觉得河水是热的。他激动的心让浑身的血变得滚烫，烫得河里的鱼"噼里啪啦"地往外扑腾，鳞片在月光里发出银子般的闪光。可以说，他第一次产生了要女人、要结婚的强烈意愿，不仅如此，他还产生了要马上再见到她，向她表达这个强烈意愿的念头。

月亮已经升得老高，夜空晴朗，碧澄无云，所以仰头看天，天就变得格外的遥阔了；清凉的月光像一层水，宁静而神秘，那些山、树、房子都沉在了水里而蒙上了淡淡的银辉。月光多好呀，也洒在了他高大健壮的身上。他沐浴着月光，脚踏着石板匆匆地朝山上走去。那时，他只觉得月光里蕴含着怂恿和诱劝的意味，才让他突然之间变得大胆和果决。

刚上山便看见了她，她穿着自己缝的那件粗白布对襟短褂，站在新楼房前面，正看得出神。新楼房的木料本身就是白色的，在朦胧的月光下，那白色的柱头、板壁仿佛全都变透明了而显得美轮美奂，当然，这房子还得细细地刷几道桐油，那会变得光亮无比。看着房子，会让人莫名地生出甜丝丝的紧张和神秘的愉悦。他看看楼房，又看看她，只觉得这个景象是千古难逢的梦。他不敢动，连呼吸也极其小心，就那么站着，呆呆地看着。良久，她发现了他，立即朝他走来。那时，他的心忽然剧烈而紧张地跳动起来，似乎在毫无限制地膨胀，脉管里涨满了血，仿佛就快"啪啪"地炸裂。这一切让他胆大无比，豪气冲天，他没来得及细想，便冲上去，一把将她抱了起来。而她呢，则马上瘫软得像泥……

又过了十多天，楼房终于彻底完工。白家父子非常满意。白老爹坚决留他多住一天，要好好地招待他、感谢他。第二天，白老爹拿出工钱来，那是他多年积攒下来的白花花的大洋，一共 35 块大洋。为了感谢他，白老爹多加了 5 块大洋。但是他却只拿 10 块大洋。"那咋行，那咋行！"白老爹着急地道。而白老大和她却啥也不说，既不劝爹把大洋收回，也不劝他把大洋拿去，只是看着爹笑。

他离去没两天，就有媒人上门。白老爹这才明白他为何只收那么一点工钱。说实话，白老爹打心眼里喜欢他，认为他一个城里人，那么老实、能干，看得上自己这个土气的女儿，愿意娶她为妻，让她住进城里去，实在是她的福气呀！白老爹当然毫不犹豫地答应下这门亲事，热情地招待媒人吃饭，当然，这顿饭菜她就做得格外细致。第二天，媒人上船回城的时候，白老爹除了多给了媒人跑路钱，还给了许多山货。这趟差事办得如此撇脱，钱多礼多，媒人自然高兴。回去之后，便撺掇他赶快把婚事办了，以免夜长梦多，并一再对白家妹崽赞不绝口，说这个妹崽人好，相貌好，特别是身材好，腿长、腰细，"你看她那个屁股好旺实，那才是屁股呀，可以多生几个小木匠"。他哪会不想尽快把她娶过门来呢！可是，虽然他的房子是旧的，可至少得准备一套新家具才像样。媒人说这好办，他家里有的是木料，赶快找几个手脚麻利的同行，要不了半个月就把新家具打出来了。他听了觉得是个办法，便答应下来，并忙着和媒人商量娶亲的好时辰。媒人说"你那大舅哥娶亲的日子就好嘛，干脆就定在那一天，让白家来个双喜临门！"他一听，觉得这的确是个好主意，便点头答应。于是，媒人就又跟着去下书和讨庚，之后又带人替他挑了几挑礼品去。一切都依照应有的规矩，把所有的手续办得周全完满，他呢，自是依着媒人所说，请来几个木匠，紧着赶那新家具。果然，没要到半个月，新的床、柜子、饭桌、椅子、洗脸盆、脚盆等家具便打好漆好，就等着娶亲的好日子啦！

到了娶亲那天，从江中门驶下去两条船，船篷上挂着象征喜气的红布。随船去的有媒人，再就是接亲客。他们是伯伯叔叔、伯妈婶婶、舅舅姨妈、堂兄堂弟、堂姐堂妹以及同行好友。船是清早去的，接了新娘，得连夜赶回。依照规矩，新娘必须在第二天凌晨天不亮的时候被接进屋来，也就是说，船到了地方，白家马上就得把新娘送上船。这个任务属于白老大，得让他这当哥的亲自把小妹背上船。一同上船的还有送亲客，全都是白家的亲朋好友。他们得把新娘一直送到男方家，并在那里住一晚。

新娘在第二天凌晨准时地到来，男方的迎亲客早就等在江中门河滩上了。新郎身上披着红，只等船一到，放过鞭炮，那些唢呐客"呜哩呜哇哩哇"地吹起了上轿调，便上船把新娘背下船，再由新郎的伯妈婶婶或者姐姐妹妹把新娘送上轿子。这一切都热闹非凡，按部就班地进行。轿子到了新郎房门前停下，扶出新娘，新娘拿出带来的一把新伞撑开，要进房门前，新郎接过伞，把伞收掉，再扶着新娘进屋。那时，屋里屋外都点着大红喜烛。新人叩拜天地祖宗之前，兴三公念了他写的祝敬词：

> 伏以某某年某某日，天开黄道，日吉时良，某郡宗祖历代祖先某某之子迎娶某某之女于归。鸳鸯成对，凤凰成双。满堂酒烛，祝拜祖宗，复望宗祖，赐福降祥。调和琴瑟，案举孟光。螽斯蛰蛰，麟趾呈祥。瓜瓞绵绵，克后厥昌。永维尊永沐红光，万代裔孙幸甚。

刚念完，一只老公鸡率先精神抖擞地啼鸣起来，随后合街的鸡叫声便此起彼伏。新人们就在天明之时拜了天地，之后，新娘被送进洞房。

三天后，新娘要回门，新郎自然要一块去。头一天晚上，他们在床上，他故意问她，去回门这路远了些，当天回不来，得住一晚，她爹是让他们住新楼，还是茅草房。她说就不在那里住了，打早去，吃了午饭就朝回赶。她说："这三天可把我累坏啦，连你们城里的大街都没得去逛逛。"他说就是有船，是上水，那得半夜才到家。她说不怕，半夜就半夜。他把她搂得紧紧的，一边亲着她一边说："要得，我听婆娘的！"

不幸的事情就发生在回门之后。

他们回门拜见了爹，见过哥哥嫂嫂，送了带去的礼物，嫂嫂忙着给他们弄午饭。吃了午饭，她就坚持要走，爹和哥嫂没留得住，只好把他们送到码头边。没等到半个时辰，就碰上一条货船。货船拉得多，上滩的时候就得有水手下船拉纤。他们拦住水手要搭船，船老大就让船靠边捎上了他们。

事情发生得又突然又意外。那时，天已经黑尽，船头挂上了雪亮的风灯。因为又要上滩，水手得去拉纤，于是船就靠了岸。谁知船一靠岸，就被等在那里的土匪给关了羊。那时，他们还没有听见过这条水路有土匪。开始还不相信。直到土匪掏出了枪，才把这一船的人给吓住。船上所有的人都被赶上岸来，一个个搜身，凡是值钱的东西全被拿去。然后土匪再上船看装的是啥货物。船不大，装的是零担货物，土匪便把值钱的布匹、盐巴给挑了出来。之后，他们就来挑人，如果是一家人，他们就扣下一个，三天内拿钱来赎。100块大洋一条人命。超过三天不拿钱到这里来，他们就宰羊。另外就是不准去告发，他们派得有人四面放哨，如果看见了官军，就宰掉所有的羊。

她被留下了。这里没有说理的地方，没有说理的对象。一切都得听他们的，除非是不想活了！那时候，他们两口子悔得心都碎了，真该在家里住一晚呀！

回来的第二天，他就把钱凑齐。没有让任何人知晓，便又赶去赎她。他晓得，土匪是要钱不要人，无钱也不留人的。他到那里没有多久，接头的人便来了。没说话，只是伸出手。他把钱递过去，来人接了，点了数，拿一块在嘴边用力地吹，再贴到耳边听声响。验了真假，便把右手的拇指和食指放进嘴里，吹了两声响亮的哨子，不一会儿，她就被人带来。见了她后，他的心顿时缩成河滩上苍白的鹅卵石，让他无法喘气而感到窒息。她头发蓬乱，衣衫不整，面容憔悴，双目痴呆。被留下来的一个晚上会发生啥事情，他是清楚的，但是真见了她，一切都被验证，他的心便碎了，只觉得浑身空荡荡的，没有了一丝力气。但他还是强忍住，扶着她，在河边给她洗个脸，整整衣衫，理理头发。她啥也没说，由着他。

因为是中午，过路的船多，他们又顺利地搭上了船。这一路，他都紧紧地搂住她，没有说话。他不晓得该说啥，所有的话都分文不值。他只有紧紧地搂住，用无言的身体来表达他的心情。她也一直没有说话，也没有哭，但是身子却在不停地发抖。

天黑了，船靠了岸。他们悄悄地回到了家里。刚进屋她便大哭起来，似乎要把积压在心里所有恐惧、痛苦、悔恨、愤懑全部发泄出来。他依然不知该如何安慰她，照旧紧紧地搂住她。那个晚上，他烧了许多热水，倒进洗澡的大木桶里，然后替她脱掉衣裤，再抱她去洗澡。当他在灯下看见她乳房上还带有血迹的牙印，以及身上的伤痕，他明白她是进行了多么强烈的抵抗。他一遍遍地抚摩着那些伤痕，终于心疼得再也忍不住泪水。

那个晚上，他就让她赤裸着，无数次地把她压在身子下面，好像显得极其粗鲁。其实，他是要告诉她，在他的眼里，她还是原来的她，啥事也没发生，他一如既往地爱她。他要用行动证明，他决不会嫌弃她的身体。

尽管如此，她还是有了很大的变化。她不再天真烂漫，不再笑口常开，而是变得沉默无言、谨小慎微和郁郁寡欢，有时，他就是在身边，她也会无端地紧张、惊悸。在这种情况下，他是决不放心将她一个人留在家里的。于是，他出去做活路时，便把她也带上。就这样，他们夫唱妇随，恩恩爱爱过了好多年。

其实，她在土匪窝里的那一晚究竟发生了啥，街上的人是无法知晓的。她始终没给任何人说过，甚至连显二哥也没说。当然，可想而知，他也不会问。街上所流传的，有关那晚上的故事，全都是人们的猜测，是你说我传，添枝加叶的编造。不过，细心之人还是发觉，显二哥在那之后，凡是磨工具，特别是斧子的时候，会无意识地露出一股子狠劲，眼里燃着凶光。有人曾经说过，他肯定杀过土匪，被他见过的土匪，总有那么几个是被他砍的头。

之后，便解放了。

她是在过粮食关的时候，得浮肿病死的。她把所有能吃的东西，都尽量地留给他这个要做活路的人。

17

天冷了，崽儿们就玩打陀螺。漠榆把我砍来的青冈柴，用锯子锯了两截拿去做陀螺。这根青冈足有碗口粗，做成陀螺那是又大又硬扎，如果在它的底部钉上颗小钉子，再拿茶树棍和构皮做的鞭子猛抽，转起来会"嗡嗡"叫，有特别强的战斗力，只要和其他崽儿的陀螺一碰，其他崽儿的陀螺便跌跌撞撞地倒在一边。

显二哥是木匠，我们晓得，他的木匠手艺特别好，这我们也晓得。我们还晓得这一切是在他的头还不左摆右晃的时候。所以，我们这些崽儿们就没有看见过他的好手艺。我们得见的仅仅是他做的陀螺，不过，就凭这，也让我们佩服得很。当然，要是在过去，做陀螺对他来说实在是不屑一顾的小玩意，可是现在不同了，他不停地左摆右晃着头，没有一点停歇的时间，如何还能把陀螺做得这么圆，实在让我们百思不得其解。

他这毛病是在40岁以后得的，谁也说不清这是个啥毛病，能让脑壳不停地左右晃动。但街上的人一致地认为，他得这样的毛病，那是绝对和他婆娘的死有关。渐渐地，街上的人慢慢地习惯叫他"摆脑壳"了。后来我们看了周总理会见西哈努克的纪录片，见西哈努克身边有个叫宾努亲王的脑壳也是这么不停地左右晃动，我们这些崽儿就不再叫他显二哥，也不再叫他"摆脑壳"，而叫他亲王了。

街上有三残，一个是显二哥，一个如四叔，是驼子，另一个是廷大伯，他脚跛。这三残又经常待在一起，碰上他们要到啥地方去的时候，就特别有趣。

好多蚂蚁子，

踩死起，踩死起，

莫丧天良，莫丧天良。

街上的崽儿见他们走到一块的时候，就会在后面跟着，一边念一边笑。这是编排他们的故事，说他们上街去，驼背直不起腰，只能看着地下，为了遮丑，就假装说看见了好多蚂蚁子，跛子走路一脚轻一脚重，为了掩饰自己的缺陷，灵机一动，就假装踩蚂蚁子，而头始终左右摇晃的人便乘机摇头，叫他们莫丧天良。这些话全是挖苦他们的，但是他们从来都充耳不闻，没见发过火。倒是那些崽儿的家长，见自己的崽儿这么念，往往就会破口大骂："背时挨刀的，不晓得老少嘛，招呼雷轰了你！"

也许是显二哥没有儿女，所以特别喜欢崽儿。这些崽儿们求他做陀螺，他是有求必应，而且做得一丝不苟。开始我看见大国他们在街上抽陀螺，几鞭以后，陀螺就旋得定了根，一动不动。他们的陀螺做得极为漂亮，身上有水似的波纹，还填了几种颜色，旋出缤纷的色彩，好看极了。我问陀螺是谁做的，他们说是"摆脑壳"做的，我便坚决不信。老是左右晃着头的人能做出这么好的陀螺吗？陀螺首先得圆，不圆就旋不定根，会左摇右晃。他的头不停地晃，做出的陀螺却不晃，这不是怪事吗！但是，不管我信不信，这个摆着脑壳的人，就是能够做出不摆脑壳的陀螺。

漠榆从他那里拿回做好的陀螺，我做好鞭子，在街上试了试，果然好个陀螺。马上就去找伙伴们，要搞个陀螺大战。这一战下来，我和漠榆的陀螺可以说是战无不胜，而伙伴们的陀螺则丢盔弃甲，望风披靡。光光认出我们陀螺用的是啥木料，便也把他砍的青冈柴拿去请"摆脑壳"做了一个，于是他的陀螺就和我们的陀螺互有了输赢。不光如此，他还把青冈送给大国他们。为此，漠榆很是生气。

红萝卜咪咪甜，看到看到要过年。有小崽儿的人家，买红萝卜来做菜，总会被崽儿偷偷地拿去生吃，边吃还边念这顺口溜。是呀，就快过年啦，天气愈加地冷。厚重的云压得很低，不时有凌风刮过，就有细如针尖的凌雨迅疾地扎进脸面，让人觉得又冰又痛。我们一大伙崽儿聚在"摆脑壳"的家里，缠着他讲故事。他的家也靠城墙，城墙下面是他的一大块菜地，种得有白菜、菠菜等。"你们怕不怕冷?"他收拾好一个篮子,突然问我们道。"不怕不怕!"我们连忙回答。"那好。你们想听故事,又不怕冷,愿不愿和我走一趟?"我们异口同声地回答了他,便跟着他出了门。

"我们这是去啥地方?"我帮他提篮子,见篮子里有一刀纸钱,几支香,还有一碗米饭和两个煮熟的鸡蛋。

"去上坟。"

"给谁上坟?"大国明知故问。

"给你二嫂。"

"今天又不是清明节,咋要去上坟呢?"

"今天是她的忌日。"

我们就不再说话,默默地跟着他。过了河,又走了大约半小时,就开始爬山。这座山很大,而在半山,却有个很小的坟,孤零零的,四周和坟上长满了一人多高的荒草。一看便知,这座坟已经很久没人打理了。我明白,50来岁的显二哥,患着这样的怪病,要来细致地打理这座坟,那是非常困难的。他在坟前默默地伫立片刻,然后蹲下,把篮子里的东西放在坟前。当他燃起香烛,要烧钱纸的时候,我们才围过去帮忙。

"又来看你啦……"他的声音颤颤的,眼角浸出枯黄的泪。"没要几年……唉,就快来陪你啦。只是再没人给我们烧香化纸……"他说话的声音很小,也很急切,但断断续续的,似乎有许多话要说,却不晓得该从何说起。"这次来看你,连点肉都拿不出……世道乱啦,买肉要排队,一个人每月只有半斤肉,要买到,得早早地去排队。我身体不行,去不早。算起来,我已经有三四个月没买到肉了……"

"要买肉,你叫我们帮你去排队呀,负责买到!"大国说,"你不方便,把钱拿给我们就行啦。"

"以后这香和纸钱也由我们来给你们烧,负责比你现在烧得多,让你们的钱用不完,吃香的喝辣的!"漠榆说。

他笑笑,摸了摸漠榆的头,脸上露出几许宽慰。

他说得对,现在买肉是件很难的事情。买肉的人们都是头天晚上去排队的,但这支队伍是他们拿去的菜篮子、小板凳,还有打了记号的砖头和石块。

158

第二天早早地赶去，站在自己放东西的地方。每天卖的肉都是冻肉，放了盐的。肉不多，往往小半天就卖完了。买到了的自是高兴而归，没有买到的自是灰心失望。有连续好多天都没买到的人，火气一来，就忍不住日妈捣娘地骂。我们街上只有大姑婆家经常有肉吃，凡是吃肉的时候，她的小儿子阿毛便会夹个小半碗肉出门满街窜着炫耀，生怕我们不晓得。我们这帮崽儿对他的行为恨得咬牙，但也只有在他要出门炫耀的时候躲进家里，让他谁也见不着，自讨没趣。在我看来，肉还是小事，粮食才是大事。我们这个年龄的人只有 25 斤大米，现在却要兑一半的杂粮。这点粮食不够我吃，肚子里那点东西，下河游泳饿得最快，只要在河里游个来回，肚子就变得空荡荡了。上山砍柴的时候，那更是饿得受不了，就常常幻想国家每月供应我的大米是 60 斤，每每吃得肚子胀鼓鼓的。

过一会儿，他又自言自语地说起来："这辈子就剩一个愿望啦！"跟着，还长长地叹口气。

"啥愿望呢？"漠榆问。

他指了指坟说："死后能和她在一起。"

听了他的话，漠榆不敢回答了，连忙看着我，我也不由得看看大国、三毛他们，才显得很坚决地说："你放心，莫怕没有儿女，到时候我们来帮你！"其实，我明白，光靠我们几个小崽儿那绝对是心有余而力不足的，没有大人帮忙，我们不可能实现他的愿望。尽管如此，我还是把话说了，心里想说。总觉得说了这话，不光是对他，也对我们是个安慰。

果然他又笑笑，面露宽慰的神情，而且还交织了感激。

晚上我到老天爷家去看书，无论如何也看不进心。他打了一会儿瞌睡，睁开眼便问："看懂了没有？"

"没懂。"我懒洋洋地回答。

"这篇文章最重要的其实就是那个'觉'字。没有'觉'也就没有'悟'。而这个字里面又含得有两个方面的内容：第一是良知，良知是属于意识，是心里面的东西，所以又可以称其为良心。良知可分为智、仁、勇。智是智慧，也就是聪明伶俐，仁是慈爱中正，勇是无畏果决。光懂这三个字不行，仅仅具有了这三个字也不行，还得不断修为，争取在前面加上个'大'字，这就是大智、大仁、大勇。你看过《三国演义》和《水浒传》，里面的张飞、李逵勇不勇？勇，但有勇无谋，属于匹夫之勇。啥是大勇？诸葛亮就有大勇，敢唱空城计，能唱空城计。为啥他敢唱和能唱呢？首先他具有大智慧、大勇气，晓得司马懿虽有计谋，却疑心甚重，不愿轻易涉险。而正是摸准了他的性格，诸葛亮才敢冒此大险，留下这千古绝唱。古人说临事而惧，好谋以成，这才是智者风范。古人说的那个'惧'字不是害怕的意思，而是小心谨慎。第二是良能，良能体现一个人的行为。它包含温、良、恭、俭、让这五个字。温是慈祥恺悌，良是慎思明辨，恭是端方正直，俭是啬简庄肃，让是谦和敦厚。一个人要是具备了这样的良知良能，就不会潜龙在渊，而会飞龙在天呀！"说完后，他一如既往地问我听懂了没有。

"听懂了。"我当然也一如既往地回答。

"我看你好像心不在焉，想啥呢？"

"今天我们和显二哥去上坟。"我看了看他，"显二哥的命不好，太可怜，那么好的婆娘却死了，现在他呢，有三四个月没吃上肉！我们打算明天就去给他排队买肉。"

"你们去帮他排队买肉，肯定买得到。可是你问过没有，他是不是有买肉的钱呢？"

"未必他买半斤肉的钱都没有？只要几角钱！"

"自从他得了那个怪病，找他做东西的人是越来越少。他的那点钱能买回一个月的米和盐就不错啦！"他叹口气，"看样子，他也活不到好久啦！"

"他的命太苦了！"我也叹口气。

"既有天灾又遇人祸呀。不过，谁又不是这么过来的呢，也还得过下去呀，要想过下去就得挺住。当然，如果他婆娘还在，就不会是这个样子。"

现在的日子是难过，光光家、兴三公家，还有许多人家。光光的爹被抓去，不晓得哪时才会回来，他妈找不到多少钱，光光砍柴割草也卖不到几个钱，一家人自然陷入困境。兴三公的吃饭家伙不敢拿出来，再说运动已经深入普及，找他写东西的人是越来越少。那么，可想而知，他一家也会慢慢陷入困境的。这段时间，我的公喝了酒后，便骂我爸爸给的钱太少，他和我们三个，每月才60块钱。"够卵的个用！买米买油还要买菜，还想吃肉，吃个卵！每天有两片青菜叶子吃就算好的了！还想过年？不叫你们老子再寄些钱来，这日子都过不下去了，还过年，过卵的年!"想到这些事情，我心里很不好受，就是漠柳、漠榆现在也比过去忧郁多了。

离开老天爷家，我便去敲响生姐的门。她开门见是我，晓得我在老天爷那里的功课做完了。进了堂屋，见她烧得有一盆炭火，是浮炭。这是她平时煮饭的时候，把燃尽了的火子憋在一个土罐里，憋了一大堆，冬天拿来烤火。看来她也在看书，是毛主席诗词。我说："你不是把他老人家的语录和诗词都背得了吗？"她说未必就不可以再看啦！我笑道，"当然可以。"她说："你还是早些回去睡觉吧，明天还得去砍柴。"我就把来意告诉了她。她说帮显二哥买肉的几角钱由她来出。我不同意，坚决要和她对半出。她问叫谁去排队，我说让大国、三毛、漠榆他们去，哪怕插队也要帮他买到！她说还是老老实实排队吧，不然碰上脾气大的人就得和他们打起来。

第三天，我们终于给他买到了肉。

我们欢天喜地把肉提到他家去，见他蜷缩在火盆边，脸色蜡黄。见了我们，有气无力地笑笑，啥也没说。我们把肉挂在灶前的木钩上，想来，那是以前他用来炕腊肉的。把肉挂好，见他没精神和我们说话，我们便离去了。

谁知这是我们见他的最后一面。两天后，他死了，是我们发觉的。依然蜷缩在火盆边，背靠着墙壁。就是说，这两天他根本没能上床去睡，也没有吃东西。他的头终于不再摆动，神色也很安详。也许，他早就不想再这么活着啦，死对他来说，是解脱，更是和亲人团聚。活着的时候，他一定盼望这一天快些到来，和老婆在一起，这是他最大的愿望。所以，当死神到来时，他才这么从容、安详。

我们分头去通知大人们，他们晓得后，便陆陆续续地去到他家。卸了他家的半扇门板，拿两根长条凳做架子，放在正门前，然后把他抬上去，用一块白被单盖住。晚上，来的人就更多了，坐在他的一旁守夜。亲戚得到通知，也都到齐。就有人去买了黑布和白纸，先在大门上搭一溜，再扎朵大白花挂在门楣正中。不兴披麻戴孝了，属于晚辈的，也就跟着大人们，在左臂上戴个黑袖套。守夜的大人们，不论男女，全都在议论、回忆他的好处，也议论、回忆他的苦处。还能看见一些女人抹眼泪。

棺材是他自己早就准备好的，就放在屋后的房檐下，用一块破损不堪的塑料布搭盖着。棺材不大，材料也不算好。也许他预见到自己死的时候，一定会变得骨瘦如柴。

老天爷来得很晚，看看他，坐了小半会儿，便又起身离去。他来的时候，我拉着他，告诉他显二哥的愿望，要他给大伙说说，把显二哥埋在他婆娘的坟里去。可他却说："中阴已去，徒剩皮囊。"叹口气，指了指尸体，"没几天就会烂掉，合在一起干啥。再说他婆娘已经死了那么多年，怕是早已投胎转世，哪还等得到他。"见他不管这件事，我们只好分头游说其他的大人，甚至苦苦哀求，但大人们只管自己摆谈，没人听我们的，对我们的哀求全都无动于衷。半夜时分，大人们把他抬进了棺材，还放了在他家选出的几件稍好的衣服，跟着就把棺材盖钉死。这时，女人们又哭起来。看着棺材，我们这些崽儿似乎一瞬间就明白了啥是生离死别，而且也产生了生离死别的感觉。原来死就是棺材，就是棺材发出来的那种陈腐的气味。想到他给我们做的那些陀螺，也想到他再也不能给我们做陀螺，一大伙崽儿也忍不住哭起来。

大人们要就近把他埋在城墙下，也就是埋在他的那块菜地里。凌晨时分，准备起丧了。癞子、漠大、漠二等几个搬运社的人，用他们拿来的麻绳将棺材捆了，打了结，再把抬杠穿进去，但并没有马上就抬的意思，似乎还在等啥。这时候，兴三公来了。他在棺材前面站住，左右看了看，神色有些不安。但还是从兜里掏出张黄纸展开，轻轻地念起来：

> 伏启天开黄道，地生璧城。灵衾遗典，
> 取告族人：吾学崇鲁圣，礼达朱陈。恭维漠
> 公显大人，生平忠厚，耿介居心。功成告退，
> 坦荡前行。车辆将驾，勿怖勿惊。登山涉水，
> 履险于平。魑魅避首，魍魉潜形。中眠卜吉，
> 万古佳城……

快结束的时候，癞子他们似乎早已晓得，几乎同时蹲下去，把杠子放在了肩上。果然，兴三公马上就念完，跟着大喊一声"起"！癞子他们也发一声

吼，便撑起腰来，抬着棺材缓缓离去。我们尾随着大人们，无声地流着泪，很伤心，第一次有了良心的不安，觉得背叛和欺骗了他。

大约90天以后，大河上下又渐渐地有了浓密的水雾，南风不知不觉地拂过，让脸感受到它的熙和之时，他的坟包上长出了嫩绿的草芽。漠二的婆娘在一个下着毛毛细雨的傍晚，扛着把锄头，一溜烟地来到他的坟地旁，既有力又快捷地挖起来。大约在八点钟的时候，她已经把他以前的菜地全给挖出来，并种上了东西。她种的是啥，她不说，也没人问。又过了30天，我们去看，见那植物已长了十几公分高，却还是没有认出是啥。再过一月又去，那植物已是两尺高。这才认出是麻，将它的皮剥了，再刮几遍，晒干后，就可以拿来搓成麻索。麻索是婆娘们缝鞋底必不可少的材料。到了夏天，麻便长到我们肩膀那么高啦，叶片正面是绿汪汪的，背面却是灰白色的，只带了浅浅的绿。

那个烈日炎炎的中午，我们准备穿过麻地下河去洗澡，突然发现无数如蚕一样肥滚滚的虫，一动不动地贴在每一张叶片上。那一下，我们惊呆了，这么多我们从没有见过的虫，让我们浑身起了层厚厚的鸡皮疙瘩。没人再敢从麻地里穿过去了，只好绕开走。那时，漠榆却捡了块石头，往麻地里一丢，我们就见识了令人感到恐怖的一幕——千万只肥虫整整齐齐地翘起头来，并不停地左右晃动着头吐丝。也就在那时，我不知哪来的勇气，对着崽儿们高喊一声："灭了它们！"于是，我们就一把一把地捉了朝河里扔，说让鱼们去打牙祭。之后，不晓得谁出的主意，将虫捉了装进敞口的罐头瓶里，再点燃足有指拇粗的爆竹扔进去，只听一声闷响，那些肥虫便支离破碎。

那天黄昏，漠二的婆娘下班回家，顺路去看她种的麻究竟长得如何了，却见我们在麻地里走来走去。她一急便骂："狗日的些，把我的麻糟蹋得不成样子啦！"我们当然连忙分辩："帮你捉虫呢！"她走过来看，果然见有许多虫，也顿时吓出一身鸡皮疙瘩。少顷，她定下神来，也伸手去捉。谁知手一碰麻，那肥虫就抬头乱晃，嘴里吐出银亮的细丝。她见了，浑身一抖，呆呆地瞪大了眼睛，陡地，她幡然醒悟似的高喊道："天啦，'摆脑壳'，是'摆脑壳'，他变的！"那一下，我们全都呆地站着，被她的话给吓傻了。但也就在那时，我们似乎全都省悟了啥。回去后我们坐下来细细地想，以前的确没有看见过这样的虫，莫非真是"摆脑壳"他老人家？

我们不再去捉虫往河里扔，也不再捉虫来拿爆竹炸。之后的一天清晨，我们找了些香烛纸钱，去麻地里捉了几条特别有精神的肥虫，放进瓶子里。然后小心地捧着瓶子过河，再爬山，去到他老婆的坟前，在坟上刨了个深深的坑，将瓶子埋进去。不敢肯定这就能实现他生前那最后的愿望，但我们的心里却得到了一丝安慰。

奇怪的是，自打我们把这种虫埋进坟地里，以后的许多年中，那块麻地始终种有麻，但是，却再也不见了这种虫。当然，其他吃麻叶的虫还是很多，模样也相似，可不同的是，它们全都不会摆脑壳。这件事，最终成了街上的人们茶余饭后的话题，一致地认为这是"摆脑壳"借虫来显灵。之所以要显灵，是因为对街上大人们不尊重他意愿，就近处理他遗体表示不满，再就是给我们这些崽儿提个醒，看我们是不是还记得所做的承诺。

18

　　过年前最好的消息，是余老师和其他的老师都被解放了。我约了三毛、大国这几个同班同学去看她。看见我们，她非常高兴，给我们倒水，还在家里东找西找，不知从哪里找出几颗糖来让我们吃。

　　"你妈妈现在好不好？"她抚摩着我的头问。

　　"她信上说还好。不久前她也调到我爸爸那里去了，那里是个公社。"

　　"还是在教书吧？"

　　"还在。"

　　"这就好。"她叹口气说，"对我们这些从旧社会过来的人，是得接受触及灵魂的洗礼呀，挺得过来，能继续工作，这是非常幸运的。你要是写信去，把我的情况顺便告诉她，就说我一切都好，又能工作啦！"

　　我点着头说："明天就给妈妈写。"

　　离开余老师家后，我不由自主地走到了中南门，顺着去东山的那条石板路，来到东山脚下。这里一幢接一幢，全是高大的封火墙围起来的院落。要是从东山上朝下看，这景象是很壮观的。然而，我妈妈小的时候却不住在这些院落里，我外公一家住在上东山那条石板路旁的木房里。木房不大，楼上勉强可以住人，真不晓得，那时一大家子人如何住得下。听妈妈说过，她老家在长沙。日本鬼子打来的时候，国民党放火烧了长沙，一是家被烧，二是要躲避日本鬼子，外公这才举家西迁。后来，国民党败落了，四处散布谣言，说共产党要共产共妻，于是外公又带了一家人继续西迁。那一路，全家人真是受尽颠沛流离之苦，最后到了重庆。

　　我站在妈妈一家住过的地方，想象着那时的情景，也想着现在。我们不得已离开了爸爸妈妈，在这两年的时间里，我们可是最深刻地感受了离开爸爸妈妈的苦处的！看着这幢木房，我想象外公继续西迁时的恐慌。我听妈妈说过，那时她读的师范还差几天就举办毕业典礼了，她求外公再等两天，让她拿了毕业证再走，可是外公坚决要走，她只好一个人留下来。照余老师所说的，也就是在毕业典礼那天，所有的毕业生都被宣布成为三青团员。回想起来，如果妈妈顺从了外公，跟着一起走，当然也就不是三青团员了。妈妈究竟是对还是不对呢？我顺着石板路往回走，又想起妈妈说过的往事。那一年夏天，天气特别热，热得晚上睡觉连大门都不关。有一天深夜，小偷进了门，不知碰着了啥，把大舅给惊醒了。大舅恍惚看见个人影，便高喊抓贼。小偷转身逃窜，大舅追了出去。出了这条巷子，就是大街，再往西不到30米就是城门洞。那晚上，尽管夜很深了，但是还有人在卖甜酒粑，担子上挂盏小风灯，坐在小板凳上一边打瞌睡一边等着顾客。听见喊抓贼，抬头一看，有人迎面跑来，便顺手把屁股下的小板凳甩出去，刚好打在小偷的脚上，让小偷摔了个狗吃屎。大舅抓住了小偷，却见是个半大小子，衣衫褴褛。小偷哀求着放了他，说实在是饿狠了，想去厨房找点吃的，绝没有偷其他东西的念头。那年月逃难的人特别多，饿死的人也特别多。大舅看他是个逃难的人，便不再说啥，在卖甜酒粑的人那里赊了碗甜酒粑给他吃，自己则回去睡觉。

　　如今，中南门的城门洞已经没有了，只剩下又宽又长的石阶。在阴冷晦暗的天气里，河水已经变成了黛绿色，平静得见不出一点流动的痕迹，仿佛成了一块宽长的固体，比起春夏时节来，不见了它春心荡漾的丰盈和恣意，它枯瘦了，古井不波了。我不由自主地顺着石阶下河去，临河的石阶边，有妇女在洗菜，也有拿捶衣棒用力捶衣的，她们的手被河水冻得通红。突然，我发现老天爷居然也坐在河边。我连忙走到他身边，发觉他喝了酒，醺然地晃着头，有滋有味地吟着诗："众鸟高飞尽，孤云独去闲。相看两不厌，只有敬亭山。"我在他身边坐下，他看看我，就像素不相识似的，继续吟他的诗。我拉拉他的棉衣袖子，开玩笑地说："老崽崽，回去得了，又没人听你念诗，显摆个啥呢？"他又看看我，"莫听穿林打叶声，何妨吟啸且徐行。竹杖芒鞋轻胜马，谁怕，一蓑烟雨任平生。"又吟了首道，"你来了不就有人听啦。告诉你，我这个老崽崽可真是不得了，坐在这里一口气起码背了300首诗词。

年轻的时候，我能背1000多首，现在我至少还能背个五六百首，你信不信?"他没等我回答，马上又背开了，"人生百岁，离别易、会逢难。无事日，剩呼宾友启芳筵。星霜催绿鬓，风露损朱颜。惜清欢，又何妨、沉醉玉尊前。"

"有本事的话，你把毛主席的诗词全背下来!"我激他，"现在你就是能背5000首古诗也没用!"

"差也差也!"他依旧晃着头道，"你懂个卵。娃娃呀，无论如何，也莫要看不起祖宗留给我们的这些宝贝。老祖宗留下的那些浩如烟海的诗词，是老祖宗们几千年来的心血呀，玷污不得!"

"老崽崽，你说的话可是和现在大有抵触呀!"我依旧开着玩笑道，"小心成了封建余孽。"

他却突然站起身来，还嘿嘿一笑。"我就是余孽呀。你说我站得高不高?"

"不高。"

"我要是站在山上呢?"

"除非你站在喜马拉雅山上。"

"那就高了? 错，笨蛋! 我说的高度是人生的高度，生命的高度。余之高龄，天下无几，放眼四海，孤苦丁零。我啥不知，哪不晓? 仰观天文，俯察地理，中通万物，究天人之道，明社会人生必变、所变、不变之理。以我所站之高，俯察人世，法眼所至，莫非儿戏。和则不分，分则不和;不乱不治，越乱越治，久乱必久和矣，天下至理。"

"不懂不懂。"我摇头道。

"你尚处人生之底，三春嫩芽。哪来我之法眼? 法眼何来? 知识、人生、阅历也。"

"你说的知识，不就是你家里的那些书吗?"

"对呀! 孺子可教。还是老老实实去我那里看书吧。要背诗也得从'关关雎鸠'开始!"

"我晓得，不就是'窈窕淑女，君子好逑'嘛。"

"你晓得个屁!"他故意装出生气的样子说，"才读几本书，就开始骄傲。卵崽崽，我说你还是三春嫩芽，不晓得天高地厚。你听我随便说点你不晓得的，你要是记不住，就去我那里翻书。我们现在写的字是谁造的? 不晓得吧。

伏羲命仓颉造字，天雨血，鬼哭泣，龙乃潜藏。仓颉造字有六书：一曰象形，二曰假借，三曰指事，四曰会意，五曰转注，六曰谐声。我再说点字学给你听，神农始为历日，文王始为经书，周公始为政书，黄帝始为兵符，吕望始为韬略，子夏始为序，公羊始为注，郑玄始为前笺释，赵歧始为题跋，庄周始为说，田骈始为辨，荀卿始为论解，夏启始为檄，伊尹始为训，黄帝始为传。"他越念越快，就像要一口气背完似的，但也有卖弄的意味。"如何，这些东西你不晓得吧！其实这些东西你了解一下就行啦，算不得啥学问。"

"你看过的我肯定要看，你晓得的我也要晓得。不过现在只能是悄悄的。不然被造反派晓得了，把你那些封资修的书抄了去，看你咋活得下去！"

"晓得。我现在要表现得好一些，既要背得古诗词，也要背得毛主席的诗词。他老人家的诗词我也背得嘛，你听：'北国风光，千里冰封，万里雪飘。望长城内外，惟余莽莽；大河上下，顿失滔滔。'如何，我不骗你吧。"跟着又道，"'疏影横斜水清浅，暗香浮动月黄昏。'这是宋代林姓诗人写梅花的诗。毛主席也写梅花，'风雨送春归，飞雪迎春到。已是悬崖百丈冰，犹有花枝俏。俏也不争春，只把春来报。待到山花烂漫时，她在丛中笑'。毛主席写梅花的诗多好呀，通过梅花，赞誉了默默无闻的奉献精神和高洁品格。"

"毛主席的诗词和古人比如何？"

"他老人家的诗词可说是前有古人，后无来者啦！前有古人，是这些诗词为古人所创造发明。李白、杜甫的诗，写了千多年啦，到现在，只要有点文化的人就能背几首。那个时代出了多少大诗人和诗呀！刚才我背的毛主席的词，是《沁园春·雪》。词呢，大成于宋代，但五代十国就有词。如南唐的皇帝李璟就爱写词，千多年了，流传至今的词只有两首，却也有千古名句。如《摊破浣溪沙》：

"'菡萏香销翠叶残，西风愁起绿波间。还与韶光共憔悴，不堪看。细雨梦回鸡塞远，小楼吹彻玉笙寒。多少泪珠何限恨，倚栏杆。'

"那时候，诗人们常写的主题离不开伤春悲秋，连皇帝李璟也是如此。你听他的下一首：

"'手卷珍珠上玉钩，依前春恨锁重楼。风里落花谁是主，思悠悠。青鸟不传云外信，丁香空结雨中愁。回首绿波三峡暮，接天流。'

　　"他的儿子李煜，南唐最后的皇帝，那就更不得了啦，被历史上的文学家们誉为千古词帝！李煜是李璟第六个儿子，前面五个哥哥，当皇帝轮不到他。所以，他完全用不着去学什么政治、经济、军事、社会、民生，一门心思地玩文学、音律。整日写词填曲，弄箫抚琴。可是，造化弄人，他五个哥哥全都短命而去，帝位只能由他继承。正是由他坐帝位，也就在十几年间就被灭国，而成了宋朝皇帝赵光义的俘虏。也因归为俘虏，才成就了他这个词帝。他的词也伤春悲秋，但更让他伤的是家和国。丢掉家和国，他心中才有那么深沉、厚重的痛苦、遗憾和遗恨啊！

　　"'四十年来家国，三千里地山河。凤阁龙楼连霄汉，玉树琼枝作烟萝，几曾识干戈。一旦归为臣虏，沈腰潘鬓消磨，最是仓皇辞庙日，教坊犹奏别离歌，垂泪对宫娥。'

　　"到了这时候，当了俘虏，才知道自己不懂的太多了！他的词比父皇的词大气、豪宕，直抒胸臆。

　　"'帘外雨潺潺，春意阑珊。罗衾不耐五更寒，梦里不知身是客，一晌贪欢。独自莫凭栏，无限江山。别时容易见时难，流水落花春去也，天上人间。'

　　"'春花秋月何时了，往事知多少。小楼昨夜又东风，故国不堪回首月明中。雕栏玉砌应犹在，只是朱颜改。问君能有几多愁，恰似一江春水向东流。'

　　"李煜被誉为千古词帝。死后不多久，又出了个女文豪，被历史上的文学评论家誉为词国皇后的李清照。她还是个小妹妹的时候，就像你这么大，也就 15 岁，便能写出让大宋首都汴京那些文人学士、诗词大家们赞不绝口的词来：

　　"'昨夜雨疏风骤，浓睡不消残酒。试问卷帘人，却道海棠依旧。知否知否，应是绿肥红瘦。'

　　"宋朝有多少大词家呀！"他感叹道，"范仲淹、晏殊、欧阳修、苏轼、黄庭坚、秦观、柳永、陆游、辛弃疾等。我多想你能像我一样能背得他们的词呀！我敢说，毛主席一定背得这些大词家的词，熟透了他们的词，才能站在这些大词家的肩膀上，写出大气磅礴、震古烁今的《沁园春·雪》来。"跟着他又道，"毛主席是啥人？圣人、伟人、领袖。是开万世太平之人！他写了多少诗词，多少著作？他古为今用，继了往圣绝学，又学了马恩列斯，开创了新的绝学！他最言简意赅却又最不简单的一句话——为人民服务。天下亿万百姓的事，都是他和共产党的事，不简单，不简单啊！"

"他老人家为啥要搞"文化大革命"呢？

"这你应该明白，毛主席总是想着老百姓，解放以来，那些人也当了十多年的官，他怕那些人有权力了，就不再为人民服务，不再把老百姓的疾苦放在心上，忘了自己过去也是个老百姓，反而去欺负老百姓！"

"要是不搞，我们会是个啥样子呢？"

"那得你自己去假设。问题是现在搞了，你咋办？"

"好办。开斗争会的时候，我会一脸的义愤填膺，到另一个场合，我还会热泪盈眶。"我笑道。

他看了我好一会儿，轻轻地叹口气，"保护自己，是生命起码的本能，小小年纪也不例外呀！我懂你的意思，就像唱傩戏的，该戴白面具的时候，就不戴黑面具。"

"你也该戴上。"

他没有回答我。径直转身朝石阶上走去，长烟杆敲得石阶叮叮响。我连忙跟上他，和他一道回家。走着，他突然又叹口气，自言自语地道："人生七十古来稀，年纪也不算小啦，但还会有这么大的心劲，搅动漫天飞雪，周天寒彻。那些当了官忘了自己原来是小老百姓的人，真该冷到骨子里去！"

我在他身边数手背。漠榆四月的生日，我想计算一下，看还有多少天。老师教我们把手捏成拳头，再数拳头凹凸不平的地方，就晓得月大月小。

"我教你个最简便的办法。"他看着我道，"背个口诀：一三五七八十腊，三十一天永不差，四六九冬三十日，唯有二月二十八。如何，比你们老师教的要简便多了吧！"

"老崽崽你又卖弄。啥比老师的简便，我们书上就印得有拳头，老师是照着书上教的。"

"我这个老崽崽如此高龄，还有啥爱好呢，也就剩下一点卖弄的爱好。这是我的娱乐，要是不让我有这点娱乐，我咋活，这日子还有啥滋味？"他的语气带着点酸楚。

"我让你卖弄，你想卖弄的时候，尽管叫我。"我笑道。

"说假话。"

"真的。老崽崽，我去你那里，听你讲书，你看我听得多认真，我要把你那些东西全放到我的肚皮里来。"

"你双手有几个脶？"他转了个话题。

我问："你啥意思？"

"你这都不晓得，"他又有些卖弄地道，"一脶穷，二脶富，三脶四脶开当铺，五脶六脶有官做，七脶八脶是地主，十脶全，中状元。我想看看你是不是状元的料子。"

"我没有十个脶，只有四个。"

"那你长大了可能是个做生意的料子。"

"啥是生意？"

"就是做赚钱的买卖。把东西买来再卖出去，比如，你看见这里的花纱布少，想买的人多，你就去花纱布多的地方，把它买来，再卖出去。"

"如果要赚钱，那就得把买来的花纱布加上价卖？"

"就是。比如你买的时候是五毛钱一尺，卖的时候就卖八毛钱，多的三毛钱就是赚来的。"

"你说的买卖是投机倒把。光光的爸爸不就这么干的嘛，被公安人员抓去了。"

"你晓得啥是做买卖就行了，我现在又没叫你去做。"他看着我道，"啥事情都晓得一些才好。"

晚上，我到他那里去看书，大国他们在外面藏猫猫，我能听见他们的嬉笑声。爱藏猫猫是娃娃们的天性，藏的人总想着如何才让找的人找不到，找的人就想着如何才能快些找到藏的人；藏的人想出其不意，找的人想意料不到，小小的年纪都以此来锻炼心机。晓得他们在藏猫猫，却不能去，这就很难受，心里跟猫抓似的。

老天爷真是个怪人，这么冷的天气，他却从不烤火。我坐在灯下看书就只好蜷缩着，他呢，躺在靠椅上，拿床褥子把身子搭住，闭目养神。今天他让我看的书是《周易》，读了《三字经》以后，我晓得古时候有"三易"，

171

"有《连山》，有《归藏》，有《周易》"。可这书我实在看不懂，而且毫无兴趣。在看这本书之前，他给讲了一些道理，无非是这本书多么重要，不可不读。他说世间万事万物都可以拿阴阳来概括，而这本书就是以阴阳变化来阐释一切现象的。他说人和地球比，就像细菌和人相比一样，地球在太阳系里又小得可怜，而太阳系在银河系里同样微不足道，再拿银河系与宇宙相比，那银河系便微如尘沙，无足挂齿。尽管人如此渺小，但是心志和意念却广大无边，比如你想到月亮上去，肉身未动，意念已至。人的心志更是广大悉备，可将宇宙包揽无遗，能将未知变为可知。跟着他给我讲了啥是太极，用啥符号表示；太极是一，生两仪，便是阴阳，阴阳用啥符号表示；阴阳划分为四象即老阳、少阴、少阳、老阴，它们是用啥符号表示；老阳可化为乾、兑，少阴可化为离、震，少阳、老阴可化为巽、坎和艮、坤，这八卦又用啥符号表示。他要我千万记住这八卦，八八六十四卦皆由此出，这六十四卦可释世间万千变化。我觉得这八卦符号容易记住，不就是横和断横嘛，我没有花上十分钟就把它们给记住了。然后，他便考我，比如，他念巽卦，我就拿笔画两横，两横下面画一断横，他念震卦，我就画两断横，下面再画一横。见我记住了，他又告诉我，八卦各有对应，这就是自然、人、属性、动物、身体、方位、季节。比如，乾卦在自然中对应的是天，在人中对应的是君、父，它的属性是健，与动物对应是马，在身体上它是头，方位上是西北，季节中是秋冬之间。他让我把这些对应用笔记下，叫我明天晚上来背给他听。之后，他就直接让我读《周易》的上经了。这经书读起来格外累人，许多字不认识，非得问他，几遍以后，我就不由得心烦意乱，坐立不安。

"慢慢读吧，得静下心来呀娃娃！文王演周易，开我华夏文化之先河，'四书五经'中的《易经》实乃群经之首。为何要把这些书称为'经'呢？'经'乃道，道乃理，穷尽天地人世之道理，方可称为'经'！古圣先贤为《易经》注释的书可谓汗牛充栋，比如孔子作《十翼》，三国时的王弼尚在弱冠之年就作《周易注》，而此书可谓意义非凡。唐代有《五经正义》，宋代有程颐的《伊川易传》和朱熹的《周易本义》等。你并非我儿子孙子，我也不能像孟子的母亲那样，为你学好知识而'择邻处'也不能要你'头悬梁，针锥股'，不能强迫你，但此'经'既为群经之首，包含至多至大的道理，你也就不可不读，不可不知呀！"

"我听你老人家的。"我说，"我一天读一卦，64天读完，如何？"

"能读完就好。我不是要你像古圣先贤那样去钻研它，我的要求不高，只要你记住'开卷有益'啥书都能读一读，了解了解，书和知识不会亏待你，只会造就你。"

他老人家说的话总之都是有道理的，他活到了那么高的年龄，站到了无人可比的生命高度，居高临下，还有啥事情是他不明白的呢，还有啥道理是他不清楚的呢！他要教导我，缠住我读书，难道不是我的福气吗！可以说，自从和他交往，或者说是被他缠上，每天都得去他那里读书后，我的收获实在大，相比街上的其他娃娃，我各方面成熟太多。其他娃娃的知识面与他们的年龄相等，而我却远远超过他们，牢牢地占据了知识的制高点。这让我在考虑问题和行事的时候，远比他们想得周到细致，能够以理服人，让他们不得不听我的。所以，我很有些自豪和满足。而这也是让我去读书，不畏惧读书的动力。

我从他家出来的时候，大约已经十点钟。藏猫猫的人早已回家。尽管天气很冷，可我却不想回家，便从城门洞走下去。冬天里，河身变得瘦窄，沙滩就变得更宽，沙滩上的大小船只也摆放得更多。一只卸了货的大篷船停靠在沙滩边，船头船尾都用缆绳拉紧，能隐隐地看见船篷里泄出的灯光。无疑，水手们都回家了，最多留一人看守。我突然产生了要和那水手摆摆龙门阵的念头。正想着，却见光光的妈妈端着个洗衣用的木盆，左顾右盼，脚步有些慌乱地朝大篷船走去。我连忙藏起来，悄悄地窥视她。她到了船边，有个人一下就把她给拉上船去。我的心不由得猛跳起来，立即预感到会有啥事情发生。这让我既紧张又好奇，几乎啥也没想，便狸猫似的，轻捷快速地朝大船摸去。

"啥，你要十块钱？不行不行！"

"要过年啦，我得靠这点钱去买糯米打点粑粑，还要买肉。一屋老小，老的老，瞎的瞎，就靠我打主意。我那背时鬼遭狗日的抓去，不晓得好久才放。小的我得盘活盘大，老的不死，我就得养着。我命苦，落到这步田地，被逼得没办法了才不要脸皮，依了你来卖。你要愿意就快点，时间拖久怕被人晓得，那可不得了，我没脸活下去！"

"唉，我的钱也不多，这年头谁有钱呢。我给你八块钱，你看行不行？唉，你就少收两块嘛！"

"不行！"她说得很坚决。

"好啦好啦，就依你。"他无奈地说。

交易便这样被谈妥。

我藏在船舷边，只伸出半个脑壳，力图透过船篷的缝隙看进去，但船篷的缝隙实在太细密，目光无法深入。不过却能听他们压低了嗓门的说话声。

"你傻抱住我干啥呢，你快脱了嘛！"

跟着就听见悉悉索索的脱衣声。渐渐地，船就有了动静，而且越来越大，船在水里一沉一浮的，水便有了波澜，波澜被压向四周，有了"哗哗"的声响。

"背时挨刀的，你轻点，想搞死我呀！"

但船的动静并没有小下来。又过了一会儿，那水手突然发出一声长长的，既像痛苦万分，又像畅快无比的呻唤。之后，大船慢慢地平静下来。我又连忙迅疾无声地逃开去。

光光的妈妈是破鞋！光光的妈妈成了坏人，很是有些冤枉，她的确是被逼的，换了其他女人来养这么大一家人，又该咋办？这家人不好养呀，真是老的老，小的小，瞎的瞎。我晓得一个道理，如果要光光的妈妈今晚上不当坏人，只要她身上有哪怕够一家人勉强吃喝的钱就行啦！

我认为这件事情只有我晓得，我还认为这件事情只能我晓得。但等我藏在另一只船后面，看着她慌慌张张地离去，就突然产生了要给老天爷说说的强烈意愿。在这个意愿的支使下，我又回到老天爷那里。

19

"又来啦?"他依然靠在躺椅上,闭着眼睛,看也不看地问,"啥事呢?"

"我没回去。"

"去了啥地方?"

"老天爷,你替人家保管的那笔财宝究竟有多少?"我答非所问,"要是有人太困难,你可不可以送一点?"

"你说啥?!"他一下就从躺椅上坐起来,那目光像刀片似的在我身手剜来剜去。

我规规矩矩地坐在他面前,显得既镇定也严肃地继续问:"可不可以送一点?"

"出啥事情啦?"打量我好一阵,又想了想,他问,"你说,是不是出了啥事情?"

我犹豫着,不晓得该如何把事情说给他听。

"说呀!"

"光光的妈妈偷人了。"

"偷啦?"似乎听了件早有所料、不值一提的芝麻小事,他显得很平静,没一点惊奇。这时,他那看着我的目光似乎隔得好幽远,恍若隔世。那眼睛也像枯井,毫无波澜,没有一丝感情色彩。我不由地想,他的确活得太长久,人世间再没啥事情他没见过和听过,还有啥能让他感兴趣和惊奇的呢。能活这么大的年龄,怕是真的得道成仙了。在他的眼里,小也是小,老也是小,即或七八十岁的人干的事情,他也会当成小崽儿们玩游戏,荒唐的成分多。我还感觉到,也许他这个年龄的人,已经不把自己看成人了,要不就是不再

175

把我们这些芸芸众生看成人。他站得太高，俯视下来，这人世间的事情早已了然于胸。女人偷了男人，男人拐走了女人，你今天年轻，明天变老，你这里结婚，他那里离婚，这里婴儿出世，那里老人弃世，他们今天在这里势不两立，明天又成了生死之交，昨天你还在台上给人挂黑牌子，高喊口号要打倒谁，却不料今天你竟被别人打倒，今天你是革命功臣，明天就保不住成了叛徒、特务。啥事情看得多了就会乏味，所以，他的眼里才有毫无兴趣的漠然。我就不行，对任何事情都好奇，没办法，我和他的距离相差太远。

"闻而审，则为福矣，闻而不审，不若不闻矣。"他说了《吕氏春秋》里"察传"上的一句话，然后教训我道，"娃娃崽，记住了，莫要听风就是雨！"

"我见到的，也听见了。"我辩驳道。

"若修不动者，但见一切人时，不见人之是非善恶过患，即是自性不动。迷人身虽不动，开口便说他人是非长短好恶，与道违背。"他久久地看我，渐渐地，他的眼里有了我的身影，仿佛终于回到了人世。"娃娃崽，慧能菩萨的自性五分法身香你可记得？"

"记得。"

"诚自本心，达诸佛理，和光接物，无我无人，直至菩提，真性不易，是啥香？"

"解脱知见香。"我有些明白他的意思了，不等他再问，我又道，"还有慧香，自心无碍，常以智慧观照自性，不造诸恶。虽修众善，心不执着，敬上念下，衿恤孤贫。"

"不该看不该看。看也没看。于相无相，于念无念，心里方才无境。可你现在做不到，可能以后也做不到。你去看了，听了，一番想象，心中有境，你就不怕陷于境中，陷于邪恶妄想之中？"

"不会的，你老人家哪来这么多担心！"

他显得有些颓然道："你我毕竟不是佛道中人，人分三六九等，真、至、圣、贤、凡，我们是凡人，凡人最离不开的就是苦难，莫说凡人，就是孔圣人，一生不也受尽波折和磨难嘛！"叹了口气，他突然用非常严厉的语气说："鬼崽崽，你从我这里才出去好久一点，咋就晓得她干了这档子事呢？"

"我以为大国他们还在藏猫猫，就到城墙下面去找他们，哪晓得他们已经回家，正想也回家，就看见光光妈端个木盆慌慌忙忙走来了。"他这话让我回到了人世，而他也回到了人世。"这种事情我哪敢乱说，她在下面的大篷船上偷船老板，收的十块钱，说是要过年了，拿这钱去买点糯米和肉。还说这事要是被人晓得了，她就没脸活下去。"

听了这话，他的头慢慢垂下去，而且轻轻叹口气道："走到这一步了！丢不得公婆，舍不得儿女，丢不得，舍不得，老老小小六个人，六张嘴问她要吃的，咋办？她是没有其他路可走呀！"他又长长地叹口气，"造孽啊造孽！"

"你把财宝拿一点出来，帮她一把，未必不可以？"

"不可以！"他说得极其干脆果决。但马上他又长叹一声，语气变得温和了，"这财宝不是我的，我只是帮人家保管，不能做主，如果今天我给她，明天就还可以给其他人，可怜的人那么多，我都去送，那我还是在替人家保管财宝吗！再说，这年月那些财宝也无法拿去用。我干脆给你说明了吧，这笔财宝有许多块金砖，许多块大洋，还有许多金银首饰和玉器，除此之外，就是那三个价值连城的铜人啦。铜人是宋代的，一个是孔子，另一个是如来，还有一个是老子。他们代表了儒、释、道，是三教的鼻祖。现在几百年过去了，它们就具有了很高的文物价值。财宝的主人在买它们的时候，并不晓得每个铜人里面还有金人。有一次，他擦拭它们，不小心把其中一个摔在了地上，破了一小块，才发现其中的秘密。金子值钱，可更值钱的是文物价值。娃娃呀，这笔财宝有多少你现在晓得了，你自己掂量掂量。如果说出去，是不是会有人来缠上我，是不是会有人来夺我的命！我可以告诉你，这事漏了风，你我丢命是肯定的，不光如此，还会搅得满城腥风血雨！"

"那么多金子银子，实在吓人。如果我说出去，可能我的小命就得最先丢。你说我敢不敢漏风。"说实话，这财宝的数量是我完全没有想到的，我真不敢说出去，要是说了，绝对会像他说的那样，不知死多少人。

"你明白了吧，这东西现在是宝，却不是钱。你给她块金砖或者大洋，也没地方去花。说不定还会害了她。而且别人肯定要问她，这东西是从啥地方来的，她要是不说，就会被缠上，要是被逼得说了出来，那么，你想想，我是不是在引火烧身？"

"那咋办？"

"你问我？我啥都有，就是无钱。"

"我更没得钱。"

"你我就是有钱又咋的，给得了今天，送不了明天！世上可怜的人和事太多啦，到我这个年龄，已经啥都顾不上，你呢，你那点年龄又还啥都顾不来。我要你像我一样，虽在人世，却已出世，登高望远，冷眼旁观，善恶之念已除，只余本心。你是做不到的。你虽在人世，却刚入世，正在区分善恶，培植良知良能。这事该咋办，你自己想法去吧。"

从他家出来，路过响生姐院门，贴在门缝上一看，见她的卧室还亮着灯，便想敲门，把这件事情告诉她，让她帮忙拿个主意。但又想到，这事对她难以说出口，她也不好意思听，肯定闹个脸红耳赤。我慢慢朝家里走去，刚转弯，就见大国急匆匆地迎上来。

"我到处找你，不是说你想看我公玩的那些把戏嘛，他今天喝了一点酒，喝得高兴，说手痒，要玩一盘。你去不去？"

"咋不去，去！"

"我就相信你，别的人我不告诉，怕他们嘴多，说出去给我家惹麻烦。不过，你去看也只能藏在墙外面偷看。"

"没问题，只要得看，开个眼界就行啦。"

去的路上，我忍不住把光光的妈偷人的事情给他说了。因为我觉得他相信我，只让我一个人去看他公玩把戏，所以我也得有所表示。"我也只相信你才给你说。"

"他家妈真的偷人啦？"听了我的话，他显得既吃惊，又好奇，"我保证，这下光光再也不敢讨嫌啦！"

"他会的。"我说。

"为啥呢？他家妈是个骚货，他还敢不老实？"

"我不会说出去，你也不准说出去。我们都不说出去，他就不晓得，既然他不晓得，他就会不老实。"

"他讨嫌的时候你也不说？"

"不能说。他的妈是没得办法才偷人的，你想，他那么大一家人，还有个瞎子，就只靠他家妈打主意过日子，真要是让所有的人都晓得了这件事情，

178

他家妈怕是真的没得脸面活下去，到时，丢下一大家子该咋活？"

听了我的话，他点点头，不再说啥。

但我还是不放心，拉住他道："千万不能说，你诅咒！"

"我要是说了，脑门挨枪子！行了吧？"

我点点头表示认可。

到了他家院门前，他进去，我则躲在一边。他家院子里燃得有一根火把，旁边的柚子树下放着个箩筐，箩筐里装着大米，横在箩筐上的是一杆秤。他公脸上戴了个开山将军的面具，这是个黑白相间的面具，有两只牛角，双目圆睁，一张大嘴用力地裂开，露出两只獠牙，大约是用力过大，所以面庞便也突起来。据说这个开山将军是傩戏里让所有妖魔鬼怪都害怕的神。他公手舞足蹈，围着火把转圈，嘴里"咿咿呜呜"地唱着啥，但唱得很轻，不想让别人听见。不一会儿，他又换一个面具，这个面具是黑色的，叫李龙，也是个神。但这个神却长着既让人害怕，又让人好笑的模样。据说李龙的本事也大，能帮主人带走三灾八难。又唱了一会儿，他把面具取下，拿几张纸钱烧了，又点燃两炷香，恭恭敬敬地念着啥。我猜这是在念咒语。不一会儿，他走到箩筐前，拿起秤杆，用力地插进米里去，再一提，竟然把一筐米给提了起来，并用秤钩挂在柚子树上。他由着那筐米在树上晃荡，之后，他灭了火把，走进堂屋，不再出来。

我感到实在太惊奇了，不断地用手去擦眼睛。我想不通这光秃秃的秤杆插进米里去，咋就能把一筐米给挂住。也许，是那杆秤有名堂，要不就是那米里面有名堂，我没能看得出来罢了。我不甘心地在院子外面等着大国，想等他出来问个清楚。大约十分钟以后，大国果然溜了出来，我一把抓住他，问他那秤杆和箩筐是咋回事，他说他也不晓得。我说肯定有名堂。他说没有，他公的本事大啦，双手能在滚开的油锅里面去抓东西，光脚能踩在烧红了的犁上，还能爬全是用锋利的刀做成的梯子。他的这些话我虽然不信，但却没有反驳，也许他的公的确有许多稀奇古怪的本事，我只是没有看见罢了，要不，他咋能用光秃秃的秤杆，把一筐米给挂在树上呢。

"我回去了。明天要是这筐米还没有取下来，你给我说一声，我想看看，究竟是咋回事。"

"行，明天要是没取下来，我一定叫你。我也想看看究竟咋回事，是不是有啥机关在里面。"

婆晓得我每天回家都很晚，所以给我留着门。我推门进去，尽管很轻，门也会发出"嘎吱"声。我把闩拴好，就听见公骂道："狗东西的，夜游神，不是好人！"我没理他，脸不洗脚也不洗，爬上楼去，还故意吹口哨，公又骂道："半夜三更的，还吹风打哨，你个卵崽崽就不怕撞鬼呀！"我依然没理他，脱掉衣服就往被窝里钻，漠榆早已把被窝睡得热乎乎的。我家的楼不高，上去得低着头。没有床，打的地铺。楼上靠街的一面没有板壁，冬天风刮来就很冷。我把割来的草一捆捆地码起来当板壁，烧掉好多，我又马上去割好多，不让露出一点缝隙来。

这两天很冷，这种冷也是我没有尝试过的。我原来所在的草原一到冬天就非常冷，那是干冷。这里却是湿冷，湿冷让人非常难受，露在外面的手和脸冰冷，摸一摸，感觉是潮润的，就像始终蒙在一层细密的薄雾里。但是尽管冷，街上却比较闹热。癞子和漠大漠二几个搬运社的人，在小小的十字街口放了个大大的粑槽，这粑槽是用青冈树做成的，青冈树木质十分硬扎和沉实。我砍过青冈柴，手腕那么粗的柴我挑不了几根。因为它沉实，所以拿来做粑槽最好，放在那里，把蒸好的糯米饭倒进槽里去，然后就举起木槌用力砸。不论癞子和漠大漠二有多大的力气，那粑槽也分毫不动。去打粑粑的人很多，一家接一家地打，婆也蒸了十来斤糯米饭拿去打。我们自然跟着去，崽儿嘴馋，闻到糯米饭的香气，早已经口水长流。

栗家当街的枣子树下放了两根长条凳，上面再放一块洗得干干净净的门板，门板上面又抹了蜡。我家的糯米饭被捶得又细又绒，见不到一颗饭粒了，便将其揉成一大坨，抱起来砸在门板上。这时，婆也在手上抹了蜡，以免粑粑粘手，再双手捏住那坨大粑粑用力一挤，就出来一个圆圆的小粑粑，把小粑粑揪断，放在门板上，再拿手掌用力按，便成了名副其实的糯米粑粑了。当然，在这个闹热欢快的时刻，大人们是非常宽容的，崽儿要吃几个粑粑，他们不会拒绝和阻止。其实，这样的粑粑崽儿们是吃不了几个的，大人们看着这些崽儿，就有人笑道："看嘛，一个个饿涝涝的样子，吃得几个？还不是眼睛大肚皮小。"

漠大漠二和癞子打粑粑十分地用劲，每一槌都使出全身之力。大冷天的，他们却汗流浃背，衣服一件件地被脱掉。大约在该煮夜饭的时候，罗玉芯端了糯米饭来，不多，三五斤的样子，漠大漠二几槌就把那饭砸得细绒。她做粑粑的时候，给我和漠柳、漠榆一人一个。她只打那么点粑粑，我不好意思接过来，却也不好意思不接过来。她做好粑粑回去后，光光的妈也端了个小木盆出来，里面大约装了 10 斤米的糯米饭。跟在她后面的人有一长串——公公爹、婆婆妈、光光、采采、小瞎子、小幺妹。粑粑很快就打出来，光光妈笑眯眯地，显得十分大方，招呼大家尝个新鲜，但是，看着这一家人，没谁去拿粑粑吃。我看着光光妈，突然就觉得她的脸上戴了面具，她的笑容是虚伪的，慷慨大方也是虚伪的，谁要是拿她的粑粑吃，她的心一定比针扎还痛。她这些糯米是如何来的我清楚，她的心思我也明白。她的笑和以往一般无二，这能遮掩她所干的勾当。戴个面具真好，这个无形的面具是由心生，由本能所生。

她挤出来的粑粑比别人的都小，第一个拿给了瞎子爹，第二个拿给了婆婆妈，再依次给几个娃娃。娃娃们吃得用力、认真，带着股子狠劲，却似乎还带了股子恨劲。公公爹则双手捧着粑粑，放在鼻子边嗅了许久，那陶醉地享受着粑粑香气的样子，反倒让人觉得好可怜。

最后来的人是响生姐。她大约只蒸了五斤米的糯米饭。我问她咋这时候才来，她说上街卖了一挑柴。我问咋不多打些粑粑，以后上山砍柴带粑粑省事得多。她说不喜欢吃糯食，就是这几个粑粑，要是她一个人吃，她会放在水缸里泡着，一直吃到六月去。她说打粑粑主要是过年了，得给老天爷送几个去，至于她，那完全是为了应个景。她提起老天爷，我才想起该拿两个粑粑去孝敬。于是连忙转身跑回去，装出若无其事的样子，趁婆不注意的时候，拿了两个粑粑就跑。

打了粑粑还得烫粉，家家如此。这天一早，公就叫我帮他推磨，磨盘下放个木桶。米是头一天晚上就泡好的，还将一些红苕砍成颗粒放在里面。婆把两根晾衣服的竹竿仔细地擦洗一番，用来晾粉。我和公推磨几乎推了一上午，得了一大桶米浆。之后公便叫我烧火，锅里放上半锅水，将水烧得滚开，婆再拿约两尺长、一尺宽的铁皮盘子，抹上点清菜油，把米浆舀进去，均匀地摊在铁盘里，放进锅里去蒸。最多两三分钟粉就蒸好，然后拿出铁盘，小心地把薄薄的粉揭下来，晾在后院的竹竿上。刚蒸出来的粉抹上辣椒，均匀地撒上盐菜，再卷起来吃，味道实在好。粉晾过后，取下来折叠好了再切成一条条的，放在簸箕里。这是过年吃的，另外还晾一些在竹竿上，让太阳晒干，或者让风吹干，这样的干粉不会坏，放到啥时候吃都可以。

20

为了让我们和公婆好好过一个年，爸爸妈妈多给公寄来 20 元钱，也多给了我们 5 元钱。我买了几角钱的爆竹，好长一串，加上公买的，三十夜的晚上，我家的爆竹就似乎响得比别人家的时间长。

第二天，公破天荒地主动给了我们钱，说是压岁钱，叫我们上街去耍的时候买点喜欢的东西吃。我便平均地把爸爸妈妈寄来的钱和公给的钱分给了漠柳和漠榆。他俩身上可是第一次有了完全由自己支配的钱，别提有多高兴了。我叫漠柳去把响生姐叫来，然后一道上街。

我先去罗玉芯家，这是因为近，顺便给她拜个年。照说，是不能先到她家的。我听街上的人说，这里拜年是有规矩的，"初一的女婿，初二的儿子"。这一天女婿得带上老婆儿女先去给岳父岳母拜年，第二天才去父母家。没结婚的就没这些规矩，但也得首先给最亲的人拜，比如就得先去伯妈家。去罗玉芯家我啥东西都没拿，也实在没啥可拿的，仅仅是为了表示个心意，问个好。她见了我，非常高兴，而且还有些激动，连眼圈都红了。也许这么多年以来，还没谁给她拜过年。她慌慌张张的，想找点啥吃的给我，我晓得，她过年与不过年都一样，家里没啥可吃的。最后，她摸出几块钱塞在我手里，叫我分给漠柳和漠榆。从她那里出来后，我们就去伯妈家拜年，这是公预先交代我们的。伯妈给了我们每人 2 元压岁钱，还端出葵花子、花生、糖果让我们抓。其实这三样东西是均匀地拌在一个大盘子里的，一把抓去，运气好能抓到两颗糖果。既是过年，当然必须得有糖果来撑个场，但是糖果又很难买得到，一大盘葵花子和花生里面有几颗糖果就算不错的了。

从伯母家出来逛了大十字、小十字，没啥意思，也没啥看头。一年来，这样那样的会，早已经让我们心烦，这些会的口号、语言全都雷同，没一丝新鲜处。我们慢慢往回走，没走多远，就见三毛、红旗、大国迎面走来，每人手里捏着一把钻天炮。这种爆竹有根一尺来长的细篾丝，一头的爆竹有个尖顶，把引线点燃，手轻轻捏着篾丝的下部，爆竹的火药一燃，喷出一股气，爆竹便冲天而去，直到十来丈高，才"叭"的一声脆响。他们看见我们后，便问我们去啥地方，我们说没啥玩的，准备回家。三毛对我说："你们不晓得吧，大姑婆在街上挨家挨户通知，为了抓革命，促生产，今天晚上全街的人都要参加批判会。"响生姐忙问是批判谁，他们说不晓得，红旗说管他是谁，只要晚上有热闹看就行。我们沿着河岸往回走，漠榆和三毛、红旗放着钻天炮，大国跟在我身后，似乎有啥话要对我说，却总是欲言又止。终于，他忍不住了，把我拉住，我这才道："你是有啥话要对我说吧？你说呀！"

"我把光光妈偷人的事给说出来了。"他说得很轻。

"说给谁听了？"我忙问。听了他的话我就有了不好的预感，肯定会出事。"你这个卵人，说话不算话。你是诅咒了的，就不怕子弹打穿你脑壳！"

"我后悔得很。早上我和阿毛在一起，见光光妈给他家拜年，我不晓得咋就没忍得住，就给阿毛说了。"

阿毛是大姑婆的小儿子，他晓得了这件事，还会不说给他妈听？肯定会。这事麻烦了，大姑婆是个说风就是雨的人，今天晚上的批判会，她说不定就会给光光妈来个突然袭击。"早晓得你是个靠不住的人，我要把这件事说给你听了，我就不是人！"我生气地说，"你没给他说是我告诉你的吧？"

"我……咋办呢？"他有些惶急地问。

"你把我也给出卖了？"我又气又急，便道，"咋办，你说咋办，我有卵办法！你说出去的，到时候传开了，光光肯定会找到阿毛，阿毛会扯出你，到时候你自己负责，莫拉上我，我是不会承认的。"

"那我也只好不承认了！"

"你们在后面讲啥悄悄话呢？"

"怕是有啥见不得人的秘密吧！"

响生姐见我们落在后面，便回过头来问我们，引得三毛和红旗也都回头来看我们。我忙说没啥，几步小跑，和他们走到了一块。

回到街上，我就去老天爷那里，身上虽然没啥东西，可有两颗糖果，不也可以给他拜个年。响生姐说她也要去，她拜年的东西是几个糯米粑粑。我就先陪她回家去拿粑粑，一进她家院门，她便问我刚才和大国在说啥。我犹豫了一下，不晓得该不该讲给她听。她见了我的神色，愈加认为有事，便道："你要是认为我信不过，就莫讲。"

我晓得她用的是激将法，可我却受不了。可以说，她是我最信任的人，如果连她都不信任了，我还能信任谁！"我讲，我讲就是啦！"

"这还差不多。"她带着笑道。

"我不是不告诉你，其实我第一个想告诉的人就是你。只是觉得不好和你说。"

"那是啥事？"她越发好奇。

我又犹豫了一阵才道："光光家妈偷人了。"

她一听便瞪大了眼睛。"你可莫要乱说！"

"我没有乱说。那天晚上我从老天爷那里看书出来，就到河边去，可能快十点钟的时候，看见光光妈端个洗衣服的盆子朝大篷船走去，船上的男人把她拉上船去的。后来我就悄悄溜过去，听见……"说到这里，我发现她的脸一下变得绯红，就马上收了口。

"这是真的啦？"许久后她道。

"是真的，我哪敢拿这事情来开玩笑呢。不信你去问老天爷。当时我就告诉他了的。"

"大国也晓得啦？"

"晓得。他还告诉阿毛了。"

"你不该告诉人的，好事不出门，坏事传千里。阿毛晓得了，大姑婆也就晓得了，大姑婆晓得了，全街人还能不晓得！唉，这事不该说，搞不好你会害了他一家人！"

"说都说啦，有啥办法呢，我反正想好了，不管谁来问我，我都不承认看见这件事的。只要我不出来当证明人，谁都拿光光家妈没办法！"

她看着我，想了想道："也只好是这样了。"

我们到了老天爷家，见他正在门前的菜地里掐菜。看见我们他非常高兴，端详个不止。突然，他笑道："初一的女婿，初二的儿子，你们晓得这是啥意思不？"

"不晓得。"我故意说。

"初一女婿得去给老泰山拜年，初二儿子得去给老子拜年。你们两个像我的儿子和闺女，也像我的女婿和儿媳妇。"说了这话，他还哈哈地笑。

我和她的脸顿时绯红。一时里不晓得该如何回答。良久，她嗔道："老颠东，老不正经的，打胡乱说个啥嘛！"

"好，不说啦不说啦。娃娃崽，来给我老人家拜年，拿了点啥好东西呢？还有你，妹崽，拿的啥？"

我抓出口袋里的花生，还有两颗糖说："这两颗糖我没舍得吃，留给你吃。"

"自己想吃得很，却忍住不吃留给我，这个娃娃崽还晓得心疼人。"他边说边把糖纸剥了，将糖放进嘴去，"好甜呀，我怕有两年没吃过啦！"

她把四个粑粑拿出来，他那双手就如鹰爪似的，一下就把粑粑叨了过去。"好好，我拿两个粑粑煮白菜，放上盐巴、猪油，再撒一撮葱花。啥叫过年，有这东西吃就是过年！"

他的神态把我们逗笑了。

"大姑公不是送了巴掌大一块排骨给你，你再把排骨煮进去，不就更好吃啦！"她笑道。

"对，对呀，你看我咋就把排骨忘了呢。"说着他一手拿着粑粑，一手抓着菜，扭着身子，有板有眼地唱起歌来：

> 一更阳雀起歌喉，
> 高点明灯奴梳头。
> 大姐梳个盘龙转，
> 二姐梳个插花楼。
> 只有三姐梳得好，
> 梳个狮子滚绣球。

他边扭边唱边往屋里走，而且学着女人的腔调，实在滑稽，逗得我们捧腹大笑。

"来拜年，我可是没得钱打发你们。"他在屋里转了一圈，拿出本书道，"送你本《绝句三百首》，我的要求是花三个月把它背得。有人说熟读唐诗300首，不会写诗也会偷，这话一点不假。至于你呢，今后是偷是写我不管，我只管你现在，你非得给我把它背得！"

我翻了翻这本老旧的古书，见每首诗的旁边都有注释，是用毛笔工工整整写的，我想这本书的年龄大约比他的年龄还大，肯定是个宝贝。"不就是把它背得嘛，我争取一个月把它背下来！"

"你不公平，送了他东西，却不送我。"她故意嗔道。

"你要啥？我老颠东屋里的东西随便你拿！"

"真的？"

"真的！"他一本正经地说。

"这还差不多。我是考验你，看你是不是公平。"

"你这个妹妹崽，心思就是多，别以为我看不出来。"跟着他又对我道，"你背别人的诗，还得记住别人的名字。等你全都背得了，才晓得他们之间的差别。"

"这300首诗你肯定记得，他们的名字你也能记得？"我故意道，"我考考你，等我读一首，你得马上把作者的名字说出来，如何？"

"你考吧。不过我是炕好的腊肉——有言（盐）在先，我说不出来，那是情有可原，我已经老颠东了。莫要以为我记不得，你就可以不记了。"

我答应了他，然后翻开书就念："游子春衫已试单，桃花飞尽野梅酸。怪来一夜蛙声歇，又作东风十日寒。"

他听了嘿嘿一笑，"这首诗的作者我刚好记得，他名叫吴涛，是宋代的人。"

我又念了两首，他都说出了作者的名字，这实在让我对他佩服得五体投地。还有啥说的呢，我必须像他一样，每背一首诗，就一定得把诗的作者记住。"我再考你一首词，你要我背，我背下来了。你说这是谁的词。'东风夜放花千树，更吹落星如雨。宝马雕车香满路，凤箫声动，玉壶光转，一夜鱼龙舞。蛾儿雪柳金丝缕，笑语盈盈暗香去。众里寻他千百度，蓦然回首，那人却在，灯火阑珊处。'"

听我背了这首词，他突然显得很激动。"你背辛弃疾的词啦？好好！这首词他活灵活现地描写了南宋时期过大年的灯、火，也就是十五晚上的情景。更让人充满想象的是，他寻了多少年的她或者他，竟然在那似有若无，灯火忽明忽暗的地方。"跟着他又道，"辛弃疾是个才气纵横的词人，他的词魄力雄大，意境遥阔、深沉。苏轼的词你读了没有？一定得读，得背！他俩的词都写得好，后世就并称他们为苏辛。宋代黄庭坚的诗写得好，辛弃疾的诗也写得好，所以后世的诗人就称他们为辛黄。记住，黄庭坚的诗词你也要读、背，我会考你的。"

我忙说："放心吧你，读了他们的词，真是越来越喜欢。"

这时，她要帮他煮粑粑，他说不用，自己来。"过年过节的，正该你们耍的时候，去吧去吧，莫管我。"

见他坚持不要我们帮忙，我们只好转身离去。但没走远，他却叫住她问："你哪天去给养母拜年？"

"我初五去。这两天他们也要外出拜年。"

"你准备了些啥东西呢？"

"一瓶酒，还有半斤红糖。"

"难为你了。娃娃崽，到时候你陪她去，顺便看看乡下是如何过年的。"

"要得，我是猴子上芭蕉树——巴不得的巴不得。只要初五那天她喊我，我保证和她去。"我说的是实话，巴不得有机会单独和她在一起，就像我们上山砍柴割草一样。

21

　　正是秋高气爽之时，遥阔的天际无垠地湛蓝；清凉的风掀动着成熟了的谷子，在大坝里起伏；小江又涨水了，由碧绿清澈变得浑黄浓稠，巨大而漫长的躯体在阳光下反射着古铜色的光，让人目眩；江上不时有船顺风而下，一片白帆倏忽间便消失在下游的峡缝中。

　　自从在黄坝有了立足之地以后，仅仅半年，漠琮他们便垄断了山货、盐巴、绸缎布匹的买卖。不光如此，他们还开了米店、油坊。族里的收益日渐增多，他们便想法买了几十支快枪，族里成立了百多人的保安队，由漠琮当队长。但没过多久，漠琮便把它改成了自卫团。声势日渐增大，镇长就来巴结，县里得知后也积极笼络，县长亲自签发了委任状，承认漠琮是自卫团长，负责黄坝的治安。于是，漠琮明白了一个道理——干啥都要靠实力，没有人和枪，县长会理睬他？

　　漠琮满19岁后，族长根据自己始终没能走出大坝的教训，让漠琮、漠固、漠重他们一起去县城的国立三中读高中。为此还在城里给他们买了房子，派了族里能干的人去给他们当管家，让他们衣食无忧，安心读书。同时，要他们经常去江中门，见见族内的人，特别是德高望重的老人。到了陌生的地方，有亲人的帮忙，什么事情都好办些。漠琮读书是极其认真的，由于发自内心地焦灼，他恨不得几天就读完高中所有的书，老师还没教完这一课，他已经看到前面几课去了。如果有不懂之处，哪怕深夜，他也去敲门请教老师。老师对他是又爱又气，无可奈何。

　　何时功成可登高，

莘莘学子，

不敢言年少。

为了刻苦学习，他还写下了这样的诗句自我勉励。尽管读书很苦，可是他们依然早早地起床，不懈地练功夫武艺，风雨无阻。每天练到清晨，就会看到一个穿白衣的姑娘顺河岸跑步，那有力而又轻捷的步伐引得漠琮注目。这看不清楚面貌的姑娘使他的心灵莫名地震动。他真想好好地看看她，认识她，甚至与她一起去跑步。

在那个晴朗的早上，当他练完功，转过身时，却猛地见她笑吟吟地站在他们身后不远处。

"我叫余竹青。"她走到他们身边，大方地自我介绍，"打扰之处，还望见谅。"

他惊讶地看着她，有了春光明媚的感觉。她真是少有的鲜丽动人，一件白色的衬衣扎在蓝色的西装裤里，脚上一双小巧的白球鞋；头发黑而润，白净的脸上透着运动后的嫣红，额头上还有层细密的汗珠。她站在那里，姿态大方得体，神情优雅自然，显得既高贵又平易，矜持而又随便。终于认识她了，他不由得感到激动，但却非常平静地问："是姑娘每日在河岸跑步练身？"

嫣然一笑算是作答。之后用真诚的语气道："你们的拳术剑术如此高绝，令我大开眼界，钦佩之至。"

"你不知，他射箭可百步穿杨。"漠固道。

"如何才能亲眼所见？"她笑问。

"见笑见笑。"他道，"姑娘每日跑步锻炼，风雨无阻，真是巾帼不让须眉呀！"

"不敢不敢，跑步不过强身健体，焉敢比之须眉！"

"姑娘过谦啦。"漠重道，"若非姑娘胸怀大志，何苦做县城女子第一人？"

"然也，是也，问得好！"漠固笑道。

这时，她的神情变得肃然，明丽的双目流露出一丝忧郁。"时下倭寇方除，内战又起，两年之间，已是民不聊生……"说到这里，她突然对他抱拳道，"我想拜你为师学艺，望不吝赐教。我一介女流，逢此乱世，学些本事，以求自保。"

"岂敢岂敢，我这花拳绣腿难入方家之眼，只怕误了姑娘。"说到这里，他又接上前面的话题，"姑娘定是志向高远之人，学本事绝非为求自保。姑娘刚才说到百姓疾苦，穷困潦倒，不知何人，又以何办法方可解民倒悬之苦？"

"你说呢？"她却反问。

"民不聊生，则失民心。民心者，水也，可载舟覆舟。道者，不失民心；'道者，令民与上同意也'。"

她笑了笑："'得道多助，失道寡助。'不须多久，天下自有得道有德之人居之，足可令万民与上同意也！"

他重新打量她，只见晨风中，她薄薄的衣衫被拂动，风勾勒出她窈窕、丰满而结实的身材，他被迷住。清新的早晨给他带来了如此可爱而又独特的姑娘，也带给他了爱。

"你教我打枪！"她突然果决地说，不再客套。

他只是笑了笑，没有回答。

"哪来的枪呢？"漠固道。

"你们有枪，很漂亮的手枪，还是我父亲介绍你们去买的。"她神情有些自得。

"原来是商会余会长的千金，失敬失敬。"他抱拳道。

她装模作样地说："不知者不罪。"之后咯咯一笑，"就这么说定啦，枪弹我自己负责。"说完转身就跑。

看着她的背影，漠固、漠重不由感叹道："真乃奇女子！"

"这姑娘我喜欢！"他突然斩钉截铁地说。

"终于晓得喜欢女人啦！"漠重笑道。

他们两个读书虽然也用功，但和他比就差远啦。一到晚上，往往留他一人灯下苦读，而他俩则去找乐子。对于女人，他俩已经有了充分的经验与体验。为了挑动他，他俩有时故意在他面前大谈女人，谈得细致入微。他有时也听，但听后最多也就笑笑。

"她应该是你的。如此奇女子非你莫属，何况你已经开了金口！"漠固道。

第二天，他们去练功时，她已经等候在那里。"师傅早！"她一本正经地

| 191

抱拳致礼。

"你真要学枪练拳？这得吃大苦！"

"我不怕！"

"好吧。那我就先教你一套简单的拳，此拳名为……"

"慢，"她打断他的话，眼里闪过一丝狡黠顽皮的光，"你拳剑皆精，我已得见。弟子想亲眼看看师傅的枪法。"

"天还没亮，你要他打啥呢？"漠固道。

谁知她早有准备，掏出支蜡烛，用火柴点燃，走出 20 步，粘在一块岩石上。回来笑道："并非弟子为难师傅，只是好奇，想看师傅百步穿杨的功夫。"说着又掏出支手枪。

他宽容地笑笑，接过枪来，抚摩一番道："好枪，好枪！"之后将子弹上膛，甩手一枪，蜡烛应声而灭。

"果真神枪！"她由衷地赞叹，马上又跑去将蜡烛点燃，"三枪为限！"

他优雅地一笑，挥手一枪，蜡烛即灭。

再点，再灭。谁知她又跑去将蜡烛点燃。

"姑娘未必还不相信他的枪法！"漠固道。

她没搭理，从他手里拿过枪来，对着蜡烛瞄了又瞄，片刻才扣动扳机，枪一响，蜡烛灭了。"打中啦，打中啦！"她欢欣雀跃，神态天真烂漫。

漠固、漠重怔怔地看着她，眼里全是诧异之色。但他却很平静，淡淡地说："早该想到，姑娘既然胸怀大志，家父有枪有弹，焉有不学之理！"

"弟子的确学过几天枪法，但从未打灭蜡烛。今天定是得师傅神助，一枪即灭，兴奋之余，不免失态，还望师傅不要见笑。弟子与师傅的枪法相比，实有云泥之分。另外，弟子的确想学拳剑。每次偷窥师傅拳剑，时而刚猛绝伦，如山之巍然；时而柔韧飘逸，如风吹白云，令弟子如痴如醉。"

这种溢美之词出自一个绝色女子之口，自然有非同寻常的力量。如是一般人，也许就飘然于九霄，但他听后，虽感自豪，却并不露于形色，反倒严肃地说："师傅弟子喊起来太别扭。你我既在一所学校，便是同学，我们就叫同学吧。"

从此，他们便每天在一起练拳剑枪法。年轻男女长时间相处，喜欢爱慕之情只会与日俱增。体现到行动上，他便是教得更加细致入微和耐心。而她呢，比他大几个月，便将其视为兄弟，对其温柔体贴而又无比关爱，以至许多天后，她师傅不叫了，同学也不叫了，而叫他兄弟。可他呢，她叫他兄弟他答应，但却从不叫她姐。有一天，练完功，他道："下午放学，我请你到舍下吃餐便饭。一定要来。"

"师傅有令，焉敢不遵。"她玩笑着道，"其实我早就应该请师傅的，这下反倒让师傅请徒弟，实在不好意思！"

那天傍晚，她去了，还带了丫鬟若雨。既然是去师傅家，而且还是初次登门，那么，带些礼物是必不可少的。礼物就由若雨拿着。他们四人坐在丰盛的席前，漠固、漠重不断地向他和她敬酒。但无论如何劝，她只是端杯抿上一口。所谓"一杯竹叶穿肠过，两朵桃红上脸来"。即或这样，她的脸也红得分外好看了。

"我比你大，你该叫我姐姐，为啥不叫呢?"

他将酒一饮而尽，趁着酒劲，他说："不管你是姐姐还是妹妹，我都要娶你！"

听了这话她并不吃惊，似乎已在意料之中。少顷，她很认真地说："女人能嫁丈夫如你，那是女人之福。然而青竹却无此福，实是家父已替我定亲于先。"

她的话让漠固、漠重一怔，不由得看看他，却见他面无异色，平静地饮酒。"开放若青竹姑娘者，竟让家父定亲，实难让人相信，恐怕是推托之词吧！"漠固说。

她却笑道："并非家父强迫，是我自愿。"

"他是谁?"漠重粗声地问，显得有些无礼。

"他与我是青梅竹马。我小他三岁，从小一起玩耍。他先读书，便也教我读书识字。六年前，他考起四川的一个军校，毕业后在国军里当少尉，又升为上尉。"

"现在呢?"

"他和营长是同学，那个营长在军校就参加了共产党。内战一起，他便和营长拉着部队进了山。"

"进山？"

"我们不说他了吧。"她举杯道，"你年少有为，诗词歌赋、兵法战略无所不通；文质彬彬，儒雅潇洒且藏锋不露，无人看出莘莘学子，竟文武齐备，胸怀大志。我相信，你一定会找到称心伴侣的。来，干杯！"

他举起杯，并努力掩饰了心中的不快和失望。

"你得原谅我，就委屈你当个弟弟吧。"

"能有姐姐如你，何幸之有！"他立即恢复常态，显得很高兴地道，"为弟的敬姐姐一杯。"

她笑了。这笑里含着温情和欣慰。

他们就这么师傅、徒弟，姐姐、弟弟地交往了两年，相处得特别好，只要出了学校门，他们就形影不离。清晨练拳练剑的时候，他是师傅，她完全听他的，其余的时候，她是姐姐，他听她的，而他在县城里也只听她的。在这两年的时间里，他几乎打消了取她为妻的念头，已经习惯地把她看成是自己的姐姐，有时候甚至把她看成是兄长，因为她在各方面都出类拔萃，不让须眉，没啥地方比他差。尽管他自信高傲，也不得不佩服她。所以，她能让他听她的，能影响他，而他也心甘情愿，这绝非因了美丽的容颜。

那个冬日，天似乎黑得特别早，漠固买了一大腿新鲜羊肉，她说她会弄，保证不会有一点羊膻味。她高高兴兴地带着他们去买做羊肉必需的作料，再跟随着到了他们的家。漠重、漠固忙着洗羊腿、切羊腿。她则在一旁指挥，要求他们把羊肉切得又细又薄。他跟在她身边，兴味十足地看着。忽然，她把漠重、漠固手中的刀拿过来，让他俩站一边去，把他拉上前来，递把刀给他，"你也得学学，莫要啥都让别人干！"他乖乖地把刀接过去，边看她边切肉。

火锅摆上桌后，滚开的汤散发着扑鼻的香味。他们围着圆桌坐下来，他迫不及待地拿筷子，要尝尝亲自参与做的火锅。可她拦住他说："别忙，拿酒来，如此好菜岂能无酒！"他听了忙去拿酒。"一醉方休！"她豪爽地说。

"对，听姐的，一醉方休！"

他们都醉了。漠固、漠重一个头搭在椅背上睡，一个伏在桌上。她结结巴巴地对他说："送我回去。"但马上却又道，"说实话，我是喜欢你的，怕超出界限，就认你当兄弟……"话还没有说完，就睡过去。他抱起她瘫软的身子，跌跌撞撞地走进卧室，放在床上，然后去端了盆热水来，用毛巾给她擦脸。她实在太美了，一副醉态更美。他久久地凝视她，隐藏在心底的爱被酒精点燃。忽然，他感到心像刀剜似的痛。他明白他的痛是因为得不到她，他恨那个和她有婚约的、未曾谋面的人，多想和他面对面地较量呀！未必自己就不能横刀夺爱？他想，古今中外横刀夺爱的事情实在太多，何况她喜欢他，她刚才亲口说的！那么，他为啥不抓住这个机会捷足先登呢！他用毛巾洗个脸，其实是想以此来平息一下紧张的心情。他继续凝视她，仿佛在凝视无价之宝。说实话，他酒虽然喝多了些，但还清醒。他明白，在这个时候玷污她，是愚蠢和卑劣的，依她的性格，他要这么做之后，别说她还能嫁给他，就是再当她的弟也是不可能的了！但是，这一切都无法让他抵御她肉体的诱惑。少顷，他断然地下了决心。决心当下一定，他便迫不及待地脱了她的衣服。看着她那洁白、匀称而又丰腴的身子，那结实饱满的乳房，他只感到目眩神迷。他伸出颤抖的手，轻轻地去抚摩那对乳房，刚贴上乳房，那手竟像遭了电击似的，产生了令人战栗不已的快感。他伏下身子去吻她的额、她的眼和鼻，然后吻乳房，并将发烫的脸贴在她弹性十足的乳房上。之后，他极其小心地脱了她的裤子，当只剩内裤时，他停下来，心里有着难以压抑的冲动，但他克制着，慢慢抚摩她修长的腿，体验内心那强烈的欲望。最终，他拉掉了她的内裤，让她一丝不挂地呈现在自己面前。只见她的腹微微凸起，明亮光滑得如一轮满月，而下面就是那令人触目惊心的温润的黑。那一下，他手忙脚乱地脱了自己的衣裤，拉开被条钻进去。半夜时分，她醒过来要水喝。他则早就穿戴好坐在一旁的，听了她的话，忙倒了一杯浓茶喂她。她喝了茶，无力地看看他，笑着道了声谢，然后撑起身子。突然，她察觉了啥，慌忙拉开被条低头一看，顿时啥都明白了。她就那么呆呆地坐着，良久，却猛地转过头去，哈哈地大笑起来，笑声里充满了痛心和凄然。好一阵，她才止住笑道："你得到了我，你如愿了。趁人酒醉实施奸淫，这就是你的真本领！"她越说越平静，仿佛啥事情也没有发生。"老实说，我和他虽然是青梅竹马两小无猜，可我从来就将他看成是兄长，像兄长一样信任他，尊重他，那份爱，也像妹妹对哥哥的爱……"说到这里，她呜咽了一声，满脸痛心疾首和伤心绝望的神情，跟着，眼里却又流露出讥讽和不齿。"你未必看不出，你再努力一下，我就会自愿跟了你的。那时，你就是想甩掉我也不行，因为我已经爱上了你！如果你是个男子汉，在我清醒的时候大胆地将我搂住，甚至把我抱上床，我都不会生气，因为这是我内心的愿望。我虽然爱你的儒雅，但是却希望你有男人的刚强，敢于横刀夺爱，在爱的面前绝不畏怯和退却。"说到这里，她显得万分失望。"一个女人最终是会失去贞操的，我不是个传统守旧的女人，不在乎失去贞操的时间和地方。面对所爱的人，双方都将奉献，也许女人在那神圣的一刻更骄傲自豪，这一生一次的机会应该由相爱的双方去体验。可今天这算啥，算啥哟！

"我一时糊涂，才……"

"你知我此时心里如何想？"

"你恨我。"

"对，恨极。可这还是一方面。"

"敢问……"

"是庆幸！"

略一思索便明白，他急道："我是真心爱你，怕失去你，才斗胆出此下策。"

"我庆幸虽遭此劫，却看清了一个人。你的错无可挽回，我的恨从此难消。你要爱就爱吧，可是我再不会理睬你，更不会让你碰我！"说着她凄然一笑，"女人毕竟弱小，没有更好的办法去报复。"

"青竹……"

"去打盆水来！"她厉声道。

他连忙去打水来。

她当着他的面从容地擦洗腿根的血迹，仿佛炫耀似的让他再看看美丽的身体，之后慢慢地穿衣。

没两天，他便带着漠固、漠重回家去了。

这个美丽的，文武具备不让须眉，却在那个冬日的夜晚被漠琮睡了的女人就是响生姐的妈妈。也就是在那个冬日的夜晚，有了响生姐。

关于响生姐的妈妈是如何与漠琮交往，如何被漠琮弄上床的说法有许多种，但这个说法比较令人相信。其实，没谁能真正了解其中的曲折，没谁敢保证这件事的真实性。总之，这一切只是族人传说的一个故事，无法求证。

22

　　云层压得很低，天上飞着细密的凌毛雨，下这种雨，就是不打伞，衣服也只是变得润润的，不会被打湿。路不好走，像羊肠似的小山路，时而上山，时而下山。我和响生姐已经走了一个多小时，傍晚时分，她指着前面一大片黛色的树林说，就是那里。透过朦胧的雨雾，我看见了那一大片树林，树林宛然是从小山顶泻下来的黛色瀑布，但泻到山脚的田坝前便戛然而止。树林主要是由柏树、枞树组成，但也有少许落叶树，比如杨树和刺槐，能依稀看见它们光秃秃的树枝，还有不多的枫香和青冈，它们在那片黛色里点染出嫣红和青黄。山脚的树林里掩隐着木瓦屋和牛栏，是煮夜饭的时候了，家家木屋上都笼罩着一层灰烟，在这样的天气里，烟雾升不上也散不开，便弥漫在树林中。

　　就快看见响生姐的养母了，不知为何，我从出发的那一刻起，就想尽快看到她，认识她。也许是我听说过，这个名叫若雨的女人，也就是响生姐妈妈的丫鬟，与她的主人长得十分相像的缘故。我急切地想见到她，是想从她那里寻找响生姐妈妈的身影。

　　"见了她和她的爱人我该咋称呼呢？"

　　"就叫若姨和叔叔吧。"

　　我们走上了田坝里的小路，这条小路稀软、泥泞，上面全是深浅不等的牛蹄印，里面混合着田水、雨水和牛屎牛尿。路两边的水田割了谷子后没有翻铧，此时田水早已至清，还能看见割谷子的人留下的脚印。一大片田坝里，只有不多几块田放干了水，翻铧后种上了油菜和小麦，但看样子长得都不好，黄蔫蔫的缺肥料。

"打完谷子一个星期就翻田，把这些谷桩沤烂在田里，明年田里就有三碗油，谷子会长得好。十天半月以后翻田，只剩一碗油，一个月以后再翻田就只有半碗油了。"她说。

"他们现在都还没有翻田，太懒啦！"我说。

"不是他们懒，是要抓革命。你未必不晓得，现在农村不也同样整天开各种会。"

"毛主席说的是抓革命，促生产！"

"可大家都认为，现在最重要的是抓革命。"说到这里，她顿了顿，"'正像达尔文发现有机界的发展规律一样，马克思发现了人类历史的发展规律，即历来为繁茂芜杂的意识形态所掩盖着的一个简单事实：人们首先必须吃、喝、住、穿，然后才能从事政治、科学、艺术、宗教等等……'你晓得这话是谁说的不？"

我摇摇头说："不晓得。"

"这是恩格斯在马克思墓前的讲话。"

"恩格斯的意思是生产第一，革命第二？"

"我说不好，还得好好学习。"

"我才应该好好向你学习，你呢，我认为你学得够多够好的啦！"老实说，我非常佩服她。我晓得，她除了已经背得毛主席的诗词、语录、"老三篇"及鲁迅的诗之外，又背得了《共产党宣言》，看来，她现在还背得了恩格斯在马克思墓前的讲话。我曾听她说过，要把《实践论》和《矛盾论》背下来。我毫不怀疑，她这么聪明，记忆力这么好，而且又有毅力，没啥事情她办不了。

我们不知不觉地走进了树林。远处看，这里的树林很密实，但走进来，就觉得树少了，房子多了。我们沿着石板铺就的小路来到她养母家，还隔着老远，便听见一个小姑娘用她那稚气的声音有声有色地念着一首儿歌：

三个公公在吃酒，
三匹白马往下走，
高子矮子在打架，
王妈妈伸出脑壳骂一骂，

幺妹崽躲在床底下。

"姨妈，姨妈，我来了!"刚走进竹篱笆围成的小院，她就高声地叫起来。

"妈，城里的姐姐来啦!"那念儿歌的小姑娘和弟弟坐在门槛上，此时见了她，便拉着弟弟迎面跑来。

正在厨房里忙着的若雨快步走出来，一边用围腰揩手，一边说道:"我的乖女呀，你把我想死啦!"几步来到她面前，一下就把她搂在怀里。

"姨妈，我也想你。"

"快进屋去向火，这么远的路，冷着了吧?"

"不冷，我们还走热了。"说着她把我介绍给她，"这是漠杨，老天爷叫他陪我来的。"

"若姨，新年好。"

这时，她似乎才看见我，便上上下下仔细地打量我一番，"不错不错，好俊的小伙子!"说着一手拉着她，一手拉着我朝堂屋走去。她一露面我的眼睛就没有离开，但是我却无法从她的脸上、身材上看出过去她的女主人的影子来。她应该才三十几岁，可额头、眼角已经布满皱纹，脸上的皮肤很粗糙，干涩而且透着菜黄，一看就晓得日子对她来说，是无法摆脱的苦难和折磨。也许那一双大大的眼睛还依稀保留了过去的风采，然而那眼睛里此时虽然流露出真诚的喜悦，却掩饰不住藏在背后的忧郁。

"你们来了。"堂屋门前站着个笑眯眯的男人，不用说他就是这家的男主人。他显得很老实、很和善，与许多乡下老实巴交的男人一样不善言语。看样子，他已经四十几岁的年龄，脸上全是皱纹，头发许久没洗过了，沾满了尘灰，也许是过于劳累，他的背已经微微地驼了，脚也弯弯的，似乎站不直，这就让他的双手显得长，而那手掌也显得特别大。

"叔叔，新年好。"我笑着对他打了个招呼。

"稀客呀，稀客!"他一边说着，一边笨拙地对我点头。

"你好，姨爹。"她也亲热地和他打个招呼，这才走进堂屋。"今年买不到啥东西，给你带来一瓶酒。"说着她就从提来的布包里拿出了酒和一封用报纸包好的红糖。

"一家人，还客气个啥呢。"

他家的房子很窄小，从堂屋里看，大约只有四米的进深，左厢是用木板装好了的，右厢却用篾条把一些木板捆在房框上，所以没有窗子。由于没有多的木板，缝隙大的地方，就用木棍替代，也没有天花板，能直接看见屋顶的瓦。站在这间房子里，外面有啥都能看清楚。这间透风透凉的屋有个火塘，里面烧的是树根蔸，烟雾缭绕，一旁有张双人床，上面的帐子已被熏成黄中带黑的颜色，一看就知好多年没洗过了。我想，两个大人住在这间房，而不让娃娃住，一定是怕娃娃晚上被冻着，再说这里有个火塘，晚上不会完全熄火，也怕娃娃起夜的时候不安全。厨房紧贴着这透风透凉的房子，它是个小小的偏厦，用茅草盖的顶。再过去有个猪圈，也是拿茅草盖的顶，兼做人的厕所。

我们在火塘边坐下，见我上下左右地打量房子，若姨就连忙端一盘葵花让我剥，她男人拿个杯子，再提起火塘边的土罐子给我倒了杯茶。我接过茶来，道了谢，又不由得重新打量若雨。这个名字有诗意，没见着她的时候，仅凭名字，我对她的印象就很美好。但此时，我眼前的这个女人，哪还有啥美好可言，早已经被生活的苦难折磨得变了形。其实，这日子的苦我已经有了体会，我虽然住在城里，是城里人，可我和弟弟睡的地方不也没有墙板，要想遮挡冬天的冷风，就得不断地上山去割草，草割得越多，进屋的风就越少。还有，我们的肚子老是吃不饱，一个月只有那么点米面的定量，而且油水也很差。

若姨和叔叔又去厨房忙去了。我和她则坐在火塘边喝茶。若姨的儿女一边一个偎着她，听她讲城里的事。我突然想起口袋里还有几颗水果糖，便连忙掏出来递给他们，他们瞪大了眼睛看着糖，却不好意思拿。于是，她把糖接过去，数了数，有五颗，便道："姐姐大，吃两颗，弟弟小，吃三颗。"之后拿起弟弟的手，放三颗在他手板上，再把那两颗拿给姐姐。谁知姐姐得了糖后，一下就站起来朝外面跑，我和她都愣住。但马上，就听见厨房传来的声音："爹，妈，这是哥哥给我的糖，你们吃。"听了这话，我心里着实感动，后悔自己没有多留几颗。"自己吃，大人哪还兴吃糖呢。"叔叔这样回答，若姨则道："你谢谢哥哥了没有？没有吧，快去谢谢哥哥！"不晓得为啥，这时，我的心里酸酸的也热热的，差点流出眼泪。

天几乎黑尽了，火塘里的火让屋里有了点光亮。饭菜终于弄好，若姨从堂屋里端来一张小方桌，摆到了火塘边，她点亮一盏煤油灯放在桌上。若姨又回厨房去，两手端来四盘菜：芹菜炒干豆腐、萝卜丝炒瘦肉、回锅肉、盐菜肉。叔叔端来的是一叠油炸花生米，一盆红苕粉加白菜的汤。"走这么远的路，肯定饿了！"若姨摆好菜，就装一碗饭递到我手里。"你是稀客，虽说是过年，我们也拿不出啥像样的东西来招待你，你莫客气，随便吃。"叔叔坐到我的身边，边帮我夹菜边说。我的肚子的确饿了，此时这香喷喷的饭菜，让我口水长流，我毫不客气地吃起来。说实话，三十夜那天，我家的菜也没有这么丰盛。我有个感觉，因为我们的到来，若姨家可说是倾其所有啦！

"姨爹，你喝酒呀！"她主动地把带来的那瓶酒放在他的面前，"喝吧，下次我再想法给你买。"

"不是我舍不得，这瓶子装的酒实在难买呀！现在我们农村喝的酒都不是粮食酒，用青冈籽烤的，喝了打脑壳。"他有些不好意思地笑道。

她帮他把瓶子打开，在他的碗里倒了大半碗，然后双手捧给他道："姨爹，喝吧。"

"好，我喝。"他接过碗去，小心地抿了一口。"好酒呀，好酒，真正的高粱酒！"说着他忙又把酒瓶塞子重新塞好。看样子，他今天是不会再倒了，要把酒留下来。

"妹妹和弟弟呢？"吃了大半碗饭后，我才发现他们不在桌子边。"他们不吃饭？"

"姨妈，让他们来一起吃吧。"她说。

"那咋行，今天有客人，他们上不得桌面的。"叔叔道。

她经常来，属于自家人，要说客人，那就是我。没想到他们这么认真，这么讲礼数，就因为我，把儿女赶到一边吃去了，让我觉得很不安。

"你放心，我们这里吃啥，他们也就吃啥，不会让他们吃亏的。"若姨安慰我和她道。

"小伙子，来，喝口酒！"叔叔那大半碗酒喝下去了一半，黑黑的脸上有了点红色。看来他已经有了酒意。

"不会喝，不会喝！"我连忙推辞。我对酒没有一点好印象，这全是因为我公沾了酒便骂人的缘故。酒让我们受了不少委屈，我既怕又恨。

"男子汉哪能不喝酒呢！以前我在部队上的时候，就听连长经常这么说。我们那个连的人，谁都能喝一点。来，喝！"

我看看她，她笑着，传递给我的意思是鼓励。于是我接过碗，抿了一小口吞下去，被辣得直哈气，看着我狼狈的样子，她和若姨开心地笑了。

吃完饭，若姨在厨房里忙了一阵后，便来火塘边陪我们坐，不停地对她问这问那，她也就不停地回答。到后来，若姨开始抹眼泪，一再说对不起她的妈，对不起她，让她从小孤零零一个人，靠砍柴割草养活自己，太可怜。而她则不断地安慰若姨，说这样好，从小就得到锻炼。

"叔叔，你们为啥不把这房子装好呢？"看若姨那么伤心，为了岔开她的话题，我便这样问。

"没得钱呀。"他吸着烟，有些不好意思地说，"每年的年初都想，年底生产队多分点钱和粮，就把房子给装好。这么想着想着，一年一年地就过去了，到现在都还没实现。"

"今年生产队每个劳动日才值两角钱，六两谷子，五两苞谷。你叔叔每天挣 10 工分，我是女的，只挣 8 分，两角钱都拿不到。一年到头，把全家人的口粮从生产队买回来，我们还倒欠生产队几十块口粮钱。"若姨叹着气道。

"去年你们生产队一个劳动日不是有四角六分钱吗？"她道，"谷子也分得多一些。"

"今年队里又增加了八个崽儿，每个都得分 200 多斤基本口粮。最主要的是，今年大家参加公社、大队的各种会太多，没有搞生产。凡是去开会的，不论男女，每人都记 10 分，谁不愿意呢，可是不生产，每个人给 100 分又有啥用！"若姨满脸的忧虑。

"今年杀猪了没有？"她又问。

"杀了。只有 150 斤，没粮食喂它。农村杀猪是购五留五，国家买一半，自己留一半。我们这一半只要是肥肉，就拿来熬油。这是一年的油呀，得省了又省，做菜汤的时候，用筷子在油里蘸一蘸，再放进汤里，让它有点油花花，哄哄眼睛就行啦。"

"现在农村也乱，你没受到冲击吧？"

"没有，我是丫鬟的身份，你姨爹是贫农，又当过兵，所以那些抓来斗去的事情我们都没碰上。"

"那就好。我害怕妈妈影响到你。"

"我倒是担心你受到影响。"

"幸好她还小，是学生，没人注意。"我插话道。

"你莫大意，这年月啥都说不清楚。要少说话，莫惹事，祸从口出。就照人家说的：老老实实，规规矩矩，不乱说也不乱动，只求个平安就好。"

"若姨，你给我们说说她外公和妈妈的事情吧。"见若姨和叔叔说到目前这些事情，不由得露一脸的忧郁，我便转个话题。一旦提起她外公和她妈妈，若姨便不由自主地说开了。若姨和她外公、妈妈相处的日子最久，说出来的事情她不晓得，我就更不晓得了。我和她都听得入迷。

不知又过了多久，一阵冷风从我背后板壁的缝隙里刮进来，火塘里的烟子便向她扑去，她便左右躲闪，把靠在她腿上的妹妹给弄醒。这时，若姨就去厨房端了盆热水来，给妹妹和弟弟洗脸洗脚，让他们上床先睡。我突然想，她不晓得自己有一大笔财宝，如果晓得，她会毫不犹豫地拿出来，给他们家建一幢青砖楼房，就像地委、县委那些被打倒的走资派住的房子一样。然而遗憾的是，这个时候，她即或晓得，也没办法，正如老天爷说的，财宝不是钱，虽然可以拿去，但却不能用，敢用就会出大问题。

"你们也累了，早些休息。"若姨道，"对不起，实在是不好意思，没得多的床和多的被条。只好委屈你和叔叔挤那边的小床。"若姨道。

"给你们添麻烦了。"我说。其实我想，在家里，我是睡在透风的地铺上，不比这里强。

"添啥麻烦，你是难得来的客人，我们却让你吃不好睡不好，实在不好意思。"叔叔说。

"都别说客气话了。"她说着就去厨房给我端了盆洗脸水来，拧了毛巾递给我。

这个晚上，我怎么也睡不着，倒不是我睡不惯床了，而是从来没有和这么大的男人睡过一床，心里感到拘谨，想翻身又不敢动，怕影响人家，让人家也睡不着。所以这个觉就睡得难受。屋外刮着风，周围的树木在"哗哗"地响，有时，这风声还很尖厉，发出刺耳的嚣叫，这是风钻进了树林，被树枝遮挡造成的。那些栖息在林子里的雀鸟发出惊惶不安的啁啾，不远的地方，有狗时不时地叫两声。这时，我的目光忽然穿透了墙壁，射进了深深的密林中。我清晰地看见一个年轻美丽的女人，头发剪得短短的，额前有刘海儿，穿着斜襟白布衫和蓝色的裙子。她先从山坳口那里露出头来，然后露出了全身。蓦地，她变成道白光，一闪便进了若姨的房子。之后，便默默地站在她们的床前，久久地谛视响生姐。我只感到万分骇异，从这个影子出现之时便屏住呼吸。也许时间太久，我感到了窒息的难受，忍不住长长地呼了口气，再一看，啥也没有了，只有床对面叔叔均匀的鼾声，我依然处在伸手不见五指的黑暗中。是她的妈妈！我想。这时，我更加睡不着了，大睁着眼睛，企图再看见她的妈妈。

……天气愈加暖和，她的肚子大起来，衣服已经难以遮丑。于是在那天夜里，她下决心和若雨去了教会医院。当她对妇产科的洋医生说明来意后，那洋医生一边画十字一边做她的工作，说她只能救命绝不害命。无论她怎样乞求，洋医生都不干。无奈，她又只好和若雨回去。

那几个月的时间里，离开县城的漠琮杳无音信。可是又过了两天，竟然有警察局的人上她家来，并到她住的房间搜查，搜得一本《共产党宣言》和一本《论持久战》，还有许多封信件。信件的内容除了对她的思恋之外，其余的基本上都说的是战斗经历和国民党军队的败退。因为她父亲的原因，警察局的人没怎么难为她，根据她的身体状况，要她去警察局做个笔录，说清楚她男人所在的地方。当然，她那天啥也没说，便被留在了警察局。但也就在那天半夜，漠琮来了，而且带了200人的武装来。进城前，他兴致勃勃地随口念了首打油诗：

> 暗夜开合隐雷声，
> 风驱疾雨去晚晴。
> 厚壁铁窗锁佳丽，

　　　　轻摇马鞭入县城。

　　那晚上，他带来的人端了警察局，缴了警察们的枪。县长听见了消息马上就赶到警察局。

　　她被放出来。几个月不见，她瘦了。漠琼看了看她的肚子，果然明显地挺着，便连忙去搀扶，并且厉声地对警察局长和县长道："她不是共产党的女人，是我的女人！"

　　"误会，误会。"警察局长忙哈腰道。

　　她甩开他的手冷笑道："你这戏演得太蹩脚，实在让人作呕！"说到这里她转身就走。

　　他拉住她道："青竹，看在这孩子的份上……"

　　"我不是你的，这孩子岂能是你的！"说完扬长而去。

　　他怔怔地看着她离去的背影，显得很失望。但马上，他便远远地尾随着去了她的家。

　　那个凌晨发生的事，她的父亲已经知道。把自己宝贝姑娘接进屋后，他又来到大门前。那时他还不到60岁，个子不高，圆脸白净，没啥皱纹，长相普通，穿着也很普通，平常很少有话说，就像一个老实巴交的乡下人。他如果上街，不认识他的人，无论如何也看不出他竟然是商会的会长。他在城里有各种店铺20多个，运货的大篷船也有20多艘，乡下还有一两千亩良田。他基本上还保持着过去受苦时的本色。小时候，他和父亲靠卖木炭为生。天热的时候，他和父亲走乡串寨买木炭，那时的木炭自是比较便宜，买回家，囤集起来到冬天再卖，所赚的差价就多。冬天里，哪怕落雪落凌，他父亲也舍不得烧炭取暖，就是煮饭烧水烧柴得的浮炭，也会憋在罐子里，好卖给别人。实在冷得受不了，就从灶里撮两瓢火子灰放在火盆里，再压上块铁板，等铁板热了，就把脚踏上去。她是他的独姑娘，宝贝得不得了。她的妈已经去世十多年，他没有续弦，一是怕另娶的女人难和他一条心，不真心对待他女儿，二是怕贪图他的财产。她被带进警察局里去，他不在家。一当晓得，立即就去找县长，再去找警察局长。可他们全都对他赔着笑脸，异口同声地向他道歉，说他女儿决不会吃一点亏，而且明天早上就可回家。于是他一晚没睡，搬张椅子坐在院门边等，直到把女儿等回来。

他站在院门口，是为了挡住漠琮。女儿说他一定会跟着来纠缠。而他也很想见识一下这个让女儿怀上崽儿的小子。自从得知女儿吃了亏，怀了崽儿后，他只感到五内俱焚，恨得咬牙切齿，决心报复，不惜倾尽家财。但她看出来了，便劝他千万莫存此念，县城里根本没人是他的对手。说到底他还是怕女儿再吃亏，才不得不忍气吞声。果然，漠琮他们很快就来到他家。他拦住他们，并仔细打量站在前面向他作揖的漠琮。从表面上看，这个年轻人英俊秀气，知书达礼，像个谦谦君子，不是动刀动枪，胆大妄为之人。

"伯父，可容我去向她赔个不是？"

"她一晚没睡，累了。再说她的脾气你也晓得，就莫要在这个时候去烦她啦！"他记住女儿的话，平静地说。

漠琮听了倒也干脆，又向他作个揖，道了声打扰，便转身带着人离去。

又过几个月，解放军进城了。那之前，他已经卖掉了乡下的田产，也卖掉了城里的店铺和大篷船，准备带着女儿往西走，就像我的外公一样，想跑到重庆去。然而那时她的肚子已挺得老高，行走已经十分困难。去重庆得走千里路，实在不晓得这路上会发生啥预料不到的事情。因此，他不得不陪着宝贝姑娘留下来。没多久，他这个商会会长，县城内的大资本家兼大地主，就被解放军带走。那是一个下着大雨的早上，天气很凉。解放军押着他走出大门时，他突然想起自己的脚上穿着一双新布鞋。他请求解放军让他回卧室去换一双旧鞋，但是解放军根本没听他的，不相信他这个有钱人会心疼一双布鞋，还认为他想耍啥阴谋。无奈之下，他用力挣脱被押着的双手，赶快弯下腰将新鞋脱了插在腰带上，赤脚上路。父亲被关起来后，家里就剩她和若雨了。那次，她挺着大肚子和若雨去看望父亲，父亲给她说，那个家就不要再住了，迟早会被分给穷人。她问该住啥地方，他说去找江中门的老天爷。这样，响生姐才变成了江中门的人。

尽管老天爷没有明确地告诉我，他替别人保管的财宝是响生姐的外公托付的，但若姨的话却进一步证实了我的猜想。她外公在解放军到来之前，以最快的速度卖掉了财产，把财产变成了金银，并让她们去找老天爷。可见他对自己的前途有所预料，提前做了安排。他也许是自己把这笔财宝藏起来的，只把藏宝的地方告诉给老天爷，但也许是把财宝直接交给老天爷，让老天爷帮忙给藏起来，在适当的时候把藏宝的地方告诉给响生姐的妈妈。我又想，他在进监狱之前不可能不把这笔财宝的事情告诉自己的女儿，他不可能只相信老天爷而不相信自己的女儿。那么，若姨是不是晓得这件事呢？从她的言谈中看不出她晓得这事，从过去老天爷的言谈中也听不出还有第二个人晓得这件事。

我不晓得啥时候睡着的，当我醒来的时候，叔叔已经不在床上，我坐起来就穿衣服。开门进了堂屋，她正在过早，一见我，便要我坐，她则去厨房给我打洗脸水。等我洗完脸，若姨已经给我煮好了粉端来。这是红苕粉，颜色是黄褐色的，但吃起来比米粉柔韧耐嚼。这一大碗粉里放了猪油盐巴和葱蒜，又香又好吃。

"弟弟和妹妹呢？"我问。

"割猪草去了。"

"他们这么小也要干活！"我显得有些吃惊。

"这有啥稀奇的呢，农村嘛，小娃娃还不是得做一些力所能及的事情。"她平静地说，"穷苦人家的孩子早当家嘛。"

过了早，我们走出门来，见叔叔捆好一挑柴放在院子里，那都是很硬扎的好柴。这时若姨过来道："没啥东西送给老天爷，这挑干柴你们给他挑去。今年队里只分了几十斤糯谷，没做几个粑粑，实在不好意思拿出手。"若姨一手捏着四个红粑粑，一手拿着个小土罐，先把粑粑放进她拿酒和红糖来的布袋里，再把系小土罐的麻索往柴上挂。"这里有点猪油，油渣也在里面，拿去做菜吃。"

"姨妈，我有油吃，国家每个月供应半斤猪油，半斤菜油，够我吃的。你们天天干重活，这猪油你们留着自己吃吧。"她把挂在柴上的罐子取下来，往若姨手里送。

"闺女，没啥像样的东西送你。收下吧。"叔叔说。

她叫了声姨妈，眼泪就流出来了。若姨忙把她揽在怀里，也跟着流泪。好一阵，她才依依不舍地告别。走的时候，叔叔挑上柴要送我们，我和她坚持不让送，叔叔无奈，把柴放下来，我抢着把柴挑在了肩上。

可就在这时，突然来了几个农村的青壮年，臂上套着红袖套，那红色被其他颜色染得花花塌塌的，是个啥战斗队都几乎看不出了。其中一个比我年龄大一岁多的年轻人对我道："你可以走，她暂时不能走！"

"你有何贵干？"我明知要出事，却显得很轻松地问，语气里带了嘲弄。

"我们早就晓得的，她就是土匪和资本家的女儿！"

"她出生的时候，她的父母就死了，没有受到一点他们的影响，完全靠自食其力。"若姨慌慌张张地解释说。

"那你就去参加我们一个会，再回去不迟。"

麻烦来了，我的脑子里飞快转动着。要说理，我们说不赢，因为他们不是来说理的；要打，想都莫想，我们能打得过谁去！唯一的办法，也许就只能吓唬他们，这个办法，像我们这样年龄的人，要保护自己或者同伴，威胁一下也许有效，这也是不战而屈人之兵的招数。当然，这办法莫说屡试不爽，也还起到过作用。万一人家不吃这一套，那也没办法。比如此刻，他们硬是要把响生姐带走，甚至把我也带着，我毫无怨言，陪她去受苦，我甘心情愿！

"你们是想拉我去斗争？"响生姐平和地问。

"你们还是莫要这样想，"我不慌不忙地说，"她从小就靠砍柴割草养活自己，让自己能有饭吃、有衣穿，能上学读书。我们街上大多是贫民，有的很困难，她还时常给人家送柴送草。在我们街上，她是大家公认的好人，能背诵毛主席的'老三篇'、诗词和马克思恩克斯的著作，所以，她思想好，有觉悟，大家都喜欢。"

"你把她说成仙女也没用！"

看来。今天他们不会轻易放过她啦。

"还是跟我们去一趟吧！"

"我好像认得你们。"我道，"你们经常从江中门过河，挑菜、挑柴去城里卖，是不是？"

"是呀，咋的？"

"咋的？告诉你们，今天你们要是得罪了她，对不起，我们街上的人就不会放过你们！除非你们不进城，进城我们见一个打一个！"我突然变得凶狠无比。我晓得，说这样的狠话，与自己的年龄完全不相符。"也许你们说，我们

|209

不从江中门过河，你们有卵办法！那我告诉你们，只要你们今天把她带走，对不起，在这里我惹不起你们，但是，我们会在城里四面八方等你们！城里等不到，我们会主动到这里来，不会放过你们的，不是吓你们，动她一个手指头，你们就少个手指头，她身上哪里有点伤痕，你们哪里就少块肉，而且连你们老婆、父母、子女也一样，我们绝不放过！"我又对年龄比我大一点的年轻人道，"你还没有老婆，可你有父母、姊妹、兄弟。到时候莫怪我们事情做得绝！"

听了我的话，他们便呆呆地看我，没想到我说话这么狠。我看了他们的神色，晓得他们真的被吓着了。的确，他们和我们一样穷，需要钱，可这钱，却必须到城里去找，不能进城，钱又从哪里来？少顷，他们面面相觑，很有些犹豫了。

"莫吓我，没是吓大的！"

"信不信由你。看样子，你也在城里读书。不管你是哪个中学的，我们都会找到你，有本事你就拿手动她一动，我敢给你发誓，等你进城后，你就少了那只手！"

听了这话，他真的害怕了。见他这模样，我对若姨和叔叔告个别，挑起柴便走，响生姐和若姨、叔叔摇摇手，也跟着我走了。几丈远后，她悄悄地问，他们会追上来不？我说放心，他们不敢。她说："你这套还管用。"我说："咋办呢，打不退，骇退！"

23

过年期间，我也邀约响生姐一道上山割草。这并非我特别勤快，而是我睡的楼上，那挡风的草烧掉一挑，晚上睡觉吹进来的冷风就多一些。是寒冷的天气逼得我不断地割草，来堵塞所有的缝隙。

今天，我又约她上山，当我们刚把割好的草捆起来，就下雨了，跟着雨又变成了雪，她说找个地方躲一躲，等雪下过了再走。于是我们便把草挑到不远的一个小茅草棚旁。这个茅草棚的旁边是一大片土，热天土里种的是苞谷，苞谷成熟后，为了防野兽糟蹋，也为防有人来偷盗，主人就搭这么个茅草棚，好在夜里来这里看守。

这片土有好几亩，冬天里，土是荒着的啥也没种。土的周围是灌木和刺蓬，灌木以马桑、黄槿条、救兵粮为主，有时候我们砍柴就砍黄槿条和救兵粮，边砍还边摘救兵粮的小红果子吃。这果子打了霜后就有了点甜味，之前吃便觉酸涩，而且吃多了还拉不出屎。过去当兵的进了山，没有粮食就以它来充饥，它因此而得名。砍柴的人一般都不会砍马桑木的，它和桐子树一样很难烧燃，就是不停地拿吹火筒对着灶孔里吹，也只是阴火，燃不旺。所以，煮饭的人都晓得"桐子马桑柴，屁都吹出来"这句话。

我们进了茅棚，见里面有两个草凳可以坐，有一小捆没有烧完的干柴，旁边铺得有一层谷草，热天里，守苞谷的人拿床竹席来一放就可以睡。我把干柴架好，再扯把谷草放在下面，就掏火柴点火。冬天里，我和她上山都忘不了带火柴，冷的时候会找个避风的地方烧火烤，或者热东西吃。

火燃得旺起来，向着火，我就有了倦意，我看看她，她也一样。我说："你靠着我睡一会儿吧。"她说"你睡。"我说"我是男的，精神比你好。"她笑了笑，便靠着我，并把头放在了我的肩膀上。这下，我不敢动也不敢睡了，精神百倍地好起来。我很自然地用手扶住她，这意思是怕她睡着了往后倒。渐渐地，在这暖融融的火边，她那冷得发白的脸开始泛出红色。睡着后，她的呼吸也变得均匀。她的脸侧在我肩上，我也侧着脸久久地看她。雪还在下，能听见落在茅草棚上发出轻微的"嚓嚓"声，火欢快地燃着，也时不时"嚓嚓"地响。这些声音反而更显茅草棚里的宁静。不知过了多久，我的肩膀酸了，腰和手也酸了，但我坚持着一动不动。少顷，她却动了动，我连忙把另一支手伸去抱她，以免她往后倒。但也就在这时，我不晓得受到啥的怂恿，竟然鬼使神差地在她脸上用力地亲了一下。她醒过来，睡眼惺忪地看看我。我清醒了，被自己的行为吓住。可她却突然微笑道："你在亲我？"我神情慌乱，但还是勇敢地点点头表示承认。"我现在醒了你还敢不敢亲？"我没有回答，却飞快地抱住她，亲了她的嘴。她捂着嘴，神情惊讶地凝视着我道："刚才我做了个梦，你长成大人了，说要我给你当老婆，我就笑，说只有你胆子大，敢和土匪头头的女儿结婚，你也是啥也没说，抱住我就亲了我的嘴。梦正做到这里，就感觉到我的脸被你亲了。"

"真的？这么巧！"见她说得那么大方，没有一点责怪我的意思，于是我的胆子也大了起来。"你梦见我要你当老婆，你愿意不呢？"我问。

她看着我，眼里闪过一丝羞怯，没有回答。

"日有所思，夜有所梦。"我笑道，"现在你没有做梦了，你是咋想的呢？"

"想啥，我啥也没想。"说着就将目光躲开了。

说实话，我曾经想过，如果我长大了，是一定要她给我做老婆的，只是不晓得族人们是不是同意，虽然她并非这个家族里的人，就连姓也改回潘姓了，但是，族里的人还是有怀疑的，认为是老天爷维护她，才这么自作主张的。我觉得离开父母一年来，我迅速地长大了不少，身体里有了许多变化，很明显的是做梦的时候，梦见的差不多都是年轻姑娘，也尝试到了梦遗的快感。白天也经常想到这些事情，平常见到年龄相当，或者稍大的姑娘，胯下就会莫名其妙不可遏止坚硬起来。我晓得自己还小，就是胯下的鸡儿也小。我看见过水手们裸体洗澡，那鸡儿的粗长我还无法与之相比，但在热天里，只穿短裤，若小鸡儿挺起来，也着实不雅，娃娃崽们说这是"搭帐篷"。所以，只好在整个热天里都穿上游泳用的紧身三角裤，将其束缚。正因为如此，我特别喜欢和异性接触，喜欢和她们在一起讲讲话，想她们夸奖我，如果谁摸摸我的头，我会很高兴，会感到安慰和满足。当然，我最喜欢和她在一起，她有时会像姐姐那样抚摩我的头，甚至摸摸脸，往往这时，她的眼里就含着异样的神情，这种神情难以言喻，但我的心却能破解。而且，她抚摩我的手，也给我传递了只有我才明白的信息。这也许就是人们说的心灵相通，心心相印。其实，根据我离开父母后的经验，认为自己能理解她，她出生后就没有父母，孤零零的，本该父母操持的事情，不得不靠自己去做。这样的生活与经历使她早早地成熟，使她坚强和有主见。但是，我了解，她也有柔弱的一面，她其实最喜欢得到别人的关爱，喜欢有人关注，喜欢有人和她在一起，当然，这也得是异性，而这个异性就是我。如今，她已经在吃 17 岁的饭了，人们说女人比男人懂事早，我比她小，可我都时常想她，她还能不想着我？所以，她梦见我要她当老婆，抱着她亲嘴就是可以理解的了，而且我还认为，这正是她的真实想法，是她的期许。于是我道：“你刚才没有讲真话。我要给你说真话，这真话你听不听？”她有些犹豫，晓得我会说啥，便故意捂住双耳。我见她那模样，又故意高声大气地道，“我的真话是经常想到你，想亲你，还想用力地抱你。”

“你不已经亲了嘛！”

“我还想！”

听了这话她显出一丝惊慌，而我却又把她抱住，去亲她的嘴，这下，她却没有躲闪，让我亲。我感觉到她的身体没有了一点力气。这时候我的胆子更大了，一只手从她的棉衣下面伸进去，捏住了她的奶子，但我还不满足，又把她的内衣拉开……她闭着眼睛，浑身仿佛瘫软了似的。跟着，我又解了她的裤带，把手伸向她的胯下，开始，她还将双腿紧紧地夹住，但少顷，她的双腿松开来。不知为啥，在这时我还能想起《诗经》上“有女怀春，有女如玉，吉士诱之”的诗句。我不是猎人，没有猎狗，不怕有猎狗吠叫，但我却不敢“舒而脱脱兮”，有进一步的作为。这些想法一闪而过。我看过《女性卫生》之类的书，晓得阻挡我手指的是她的处女膜。我还晓得，这是女生最神圣的东西，不能随随便便破坏。也许她也在这个关头意识到了，忽然拉开我的手，站了起来，飞快地将内衣扎进裤子，捆好了裤带，并坚决地说："不，不行！"跟着她又道，"回去吧，天晴了再来把草挑回去。"说完她便走出了茅草棚。我啥话也没说，啥话也说不出，晓得她不敢再待下去，怕再待下去而不能自持。突然之间我产生了无地自容的感觉，不敢看她，只能默默地跟在她身后，但马上说："先走，我跟着就来！"我回到茅棚里，掏出硬邦邦的生殖器，对着还没熄的火堆撒了泡尿。之后，我才顺着山路追她。一直过了河进了城门，我们互相之间都没有说一句话。

之后的两天，我非常想她，有点失魂落魄的样子，但却没有胆量去找她，不晓得该如何面对她。

大姑婆、二姑婆过年期间天天召集族人开会，开会可以让她们对街上所有的人呼来喊去，叫人们做这样干那样，好像这样才能让她们深深体会到指派人、命令人、惩罚人的乐趣似的，所以这些会让她们乐此不疲，开得兴味无穷。

晚上我在老天爷家，看他用篾条编灯笼。他说往年过了初十以后，满大街都是耍龙灯、唱花灯、玩茶灯和打金钱竿的人，各家各户都挂灯笼，大人小孩手里也都提着灯笼。街上人山人海，闹热得很。从古至今，谁不晓得三十夜的火，十五的灯呢？的确，明天就是大年十五，因为"破四旧"，没哪家挂灯笼，也没人玩灯，到了晚上，一条街冷冷清清的。我问他为啥三十夜要烤大火，他说一家人团聚，烧盆大火烤，是象征日子过得红红火火。我又问他为啥要耍龙灯，他说中国人是龙族，龙是中国人的象征和图腾，大家都相信龙能让四海升平，能让天下风调雨顺、五谷丰登、六畜兴旺。人们耍龙灯既是对龙的信奉、崇拜，却也带着降伏龙的愿望。他摇摇头道，中国文化博大精深，几千年啦，潜移默化，流淌在每个人的血液里，要革它的命，难呀！我说不会比打败蒋匪帮还难吧。他又摇摇头说，不晓得难上好多倍。说实话，我不相信他的话，我认为没有啥比打败800万蒋匪更难的了。我看过《红旗飘飘》这本书，里面是梁兴初、皮定钧这些将军写的回忆录，黑山阻击战打得之艰难，在我头脑里留下了深刻的印象。当然，我对他所说的文化了解也肤浅，不就是耍龙灯、唱花灯、演傩戏嘛，现在不准唱、不准耍，不就停下来嘛，有啥难的呢！

他的灯笼编好了，再拿红纸抹上糨糊贴上去。这时，我忍不住问他道："老天爷，我要是喜欢一个女孩，你说行不行？"我想问的就是响生姐。自从那天茅草棚里的事发生后，我的心里始终惴惴不安。我想找个人说说，可找谁去说，除了这个大我许多倍的人外，竟觉得无人可信。

"咋不行呢，'关关雎鸠，在河之洲，窈窕淑女，君子好逑'。男欢女爱，这很正常嘛。"

"我年龄还小……"

"吃15岁的饭了吧？说小也不小，说大也不大，还不到结婚的年龄，不能结婚。但是不影响你去喜欢女孩，也不能不准你去喜欢女孩呀！"说着他对我笑了笑，"不过娃娃崽，你这个年龄，心思是不该放在这上面的。现在正是你记忆力最好的时候，应该加紧读书学习。'学而时习之，不亦说乎'，'书中自有黄金屋，书中自有颜如玉'。努力读书，在书中得到知识，得到乐趣和满足，就会转移你的注意力。"

"要是转移不了呢？"

"那也正常，年轻人嘛，一颗心活蹦乱跳的，啥都好奇，啥都敢去尝试。比如你喜欢那个女孩，她也喜欢你，懵懵懂懂就把一生中的大事干了，虽得一时之欢，却不料惹出祸来。咋办呢？那就只有靠自己的定力，再就是用道德的力量，把自己的那颗心束缚住，不要放纵。老子不是说过嘛，'罪莫大于可欲，祸莫在于不知足，咎莫惨于欲得'。"

我默默地想着他说的话。那天，我的确没有把心束缚住，而随心所欲。这两天我的心始终不安宁，但却还蠢蠢欲动着，还想去那茅草棚。雪已经化了，天也晴了，我不敢主动去约她上山挑草，她也没有叫我。

"娃娃崽，你想过没有，今后你是想从政、经商，还是做学问？"他突然问道，并把一支蜡烛放进灯笼里去。

"你说我能干啥？"我反问。

"你呀，可能做学问比较合适。"

"为啥呢？"

"你爱读书，肯用心，理解力、记忆力都非常好，这是你今后做学问的基础和条件。再加上勤奋和善于读书，善于思考，融会贯通，再结合实际，你就会有许多感受、认识和见解。慢慢地，你也就会想把这些感受、认识和见解写下来。如果你书读得多、读得深、读得精，想谈谈历史问题，你就可以旁征博引，把问题谈得通透；如果你想谈谈现实问题，你就可以根据自己掌握的历史知识、分析出现实的状况；如果你想谈谈未来，同样可以根据自己的历史知识、了解的现实状况，对未来有个比较准确的透视和预测。"

"那我就做学问吧。"我笑道。

"你的学问做得好不好，还是得看你书读得好不好，能不能提升自己的境界。要有大作为，须有高境界。其实做啥都讲修为和境界，比如书法，首先得研究古人的书法，西汉东汉，两晋南北，真草隶篆，都得烂熟于胸。在不断的实践中提高自己的修为和境界。如果自己连啥是好字，好在啥地方都分不清，要想写好字是不可能的。分得清啥是好字，啥是好文章，好在啥地方，这就是修为和境界。做学问的意义，已由曹操的次子魏文帝曹丕在他写的《典论·论文》中说得透彻：'盖文章，经国之大业，不朽之盛事。年寿有时而尽，荣乐止乎其身。二者必至之常期，未若文章之无穷。是以古之作者，寄身于翰墨，见意于篇籍，不假良史之辞，不托飞驰之势，而声名自传于后。'你看，这说得多好！如果想自己的文章流芳千古，那么非得见意于篇籍。而这个'意'就得好好立，必须是真意、深意、新意。你看书不能只凭爱好，也不能只凭记性，要真正会看书，这就得把书读深读透，非得明了作者之鸿裁大义方可。1400多年前的大文艺理论家刘勰，在他的《文心雕龙》一书中曾说过：'才高者菀其鸿裁，中巧者猎其艳辞，吟讽者衔其山川，童蒙者拾其香草。'爱看书，还需得有思想、高境界的人方可成为才高者呀！"

"我能不能从政经商呢？"

"有啥不行呢，还不是得看你有没有这些意愿和志向。如果去从政，就是当官，过去有县官、知府、巡抚、总督，现在是县委书记和县长，上去是地委书记和专员，再上去是省委书记和省长，越往上官就越大，权力越大，管的事情越多。当官干啥？说白了，其实就是管理百姓，替百姓办事。毛主席说得很清楚，为人民服务，这就是当官的宗旨。要能管理好百姓，能够替百姓办事，首先就得懂百姓、了解百姓，他们想着啥、盼着啥。再就是要公正、清廉。能让百姓日子好过，富富裕裕、安安乐乐，而且自始至终能够公正、清廉，这才是好官。汉武帝之前以道治国，用的是老子的无为而治，推崇老子治国的境界：'至治之极，邻国相望，鸡狗之声相闻，民各甘其食，美其服，安其俗，乐其业，至老死不相往来。'之后的统治者是以儒教治国，靠的是中庸。庸是千古不变的道理，中是公正、公平、不偏不倚。其实，不论用哪种方法治国，都得讲公正、公平。如果你是官，处理一件事情，有了私心，为了自己的利益非要指鹿为马，黑白颠倒，你有权力，能办成，但公道自在人心，你是好官还是坏官，大家也就心知肚明。当官的还有教化一方百姓的责任，这就是说他要立德、立言。百姓天天看着你，需要以身作则。如果你总是声色犬马、自私贪婪、腐化堕落，那么这个官也就差不多当到头了。毛主席说过，一个人一生中做一两件好事不难，难的是一辈子做好事不做坏事。当官的人要做好事容易，做坏事也容易。他们要一辈子都做好事不做坏事才难。你晓得其中的道理不？"

"不晓得。"

"如果当一辈子老百姓，那就只有一辈子鸡鸣而作，日落而息，只要能够蓄妻室，养老小，有吃有穿也就心满意足。所以老百姓一辈子保持淳朴、善良和勤劳而不变坏就容易，可当了官，就最容易变坏。尽管这些当官的人都有很高的学问，知书识理，当官前都胸怀报国大志，要为百姓谋福利。可是一旦权力在手，各种诱惑也就随之而至，他们最容易受到富商豪绅的追捧而成为富商豪绅的工具。为啥呢？富商豪绅家大业大，家财万贯，这些家业往往是以权力做基础挣来的，得靠权力来支撑和保护。如果没有权力来支撑和保护，说不定就会危机四伏、朝不保夕。所以谁手中有权力，他们就去追捧谁。他们能挖空心思，投其所好。想当好官当个一年两年容易，十年八年也行，可权力这东西最容易让人昏头，说不定啥时候就被人拉下水。苍蝇不叮无缝的鸡蛋，裂了缝，他们自是一拥而上。难就难在一辈子对财与色心如止水。你贪财，自有钱财送上门；你好色，身边自会美女如云；你好吃，整天都有山珍海味。长此以往，你是越陷越深，不能自拔。可想而知，这样的官是再也不会关心百姓疾苦与死活的了。其实，要当官的一辈子都不多吃多占也不可能。他有那么多迎来送往，礼尚往来。但这不要紧，要紧的是大事大非得清楚，为老百姓办事的宗旨不要变。还有，官场最是险恶，宦海容易沉浮。木秀于林，风必摧之。官当得太好，鹤立鸡群了，势必影响那些一般和平庸的官员，人人都盯着你，找你毛病，要不就污蔑陷害，总之要整倒你才能让大家平安。如果是昏官、庸官，那就更得谨小慎微，窥视你官位的人多的是，随时会找你毛病挑你刺，直到取而代之。为了夺取权力，保住权力，或者扩大权力，不得不心狠手辣，不择手段，搞阴谋诡计。唐太宗李世民为了夺取权力，不惜逼父杀兄，以此实现自己的大志，这才有贞观二十八年的太平，才有物阜民丰，万国来朝。朱元璋当了皇帝，为了这权力不改他姓，让自己懦弱的孙子顺利接班，不惜把那些与自己同甘共苦、出生入死打天下，功高如天的开国元勋们清除掉。"

"怪不得响生姐说，她父亲是过去的书和封建思想教坏的，变得那样心狠手辣。"我道。

"娃娃崽，你们现在不是讲辩证法？也就是毛主席说的一分为二。啥事情都得一分为二来看。以前东西有过时和落后的，有腐朽和反动的，但也有千古不变之好东西。所以，毛主席说要古为今用，今天能用的，必然是没有过时的，不是腐朽反动的。再就是过去的好东西现在也不得不用，因为它是千古不变之至理。人与人也不同，响生的爹能成那样的人，也不全和读的书有关系。而是和他的心性，和当时的时势有关系。一个人呀，无论何时都得护住一颗善心、一丝善念。当了大官得仁慈，能善待天下人，不能将天下人视为草芥、视为笨愚之工具，老子讲：'我有三宝，持而保之。一曰慈，二曰俭，三曰不敢为天下先。慈故能勇，俭故能广，不敢为天下先，故能成器长。'慈就是善，是仁，也就是勇。俭有节约、慎用的意思。一个人再有天大的功劳，让亿万人景仰、拥戴，但也得慎用天下人的信赖之情。不敢为天下先也不是绝对的，清朝的大画家郑板桥有诗曰：'删繁就简三秋树，领异标新二月花。'领异标新就是要敢于天下先。一切就在于审时度势。"

"当官这么难，这么危险，那当起来又有啥意思呢。"

"但不当官又如何能给百姓办更多更大的事呢！天下之事没有不难的，但天下之事又都不难。老子说'治大国，若烹小鲜'，首先得有这样的气势，然后'以道莅天下，其鬼不神'。只要始终不扰害百姓，就是鬼神也奈何不得。不过，当官也得掌握窍门，得记住这几个字：忍、退、屈、藏、容。忍字头上一把刀，该忍的时候就得忍，机会到了再解决；退一步天宽地阔，有的时候必须以退为进，避免正面交锋；海纳百川，有容乃大，'江海之所以能为百谷王者，以其善下之'，宰相肚里能撑船，弥勒佛大肚能容，容天下难容之事，就是这个道理；人一辈子会受很多委屈、屈辱，不论你在啥位置上都一样，要像韩信受得胯下之辱，屈蠖之屈在于伸也，不屈何来伸；一个人要有城府，应该藏锋不露，而不是锋芒毕露，做人不能太张狂，得学会夹着尾巴做人的道理。另外还得懂刚能胜柔，而柔同样能够胜刚的道理。我说这些，都是做人的境界，不是轻易修得来的。"

"你再说说从商又如何呢？"

"不说了，上街玩灯去。"

"说说嘛。"

"同样重要，也同样是一门大学问呀！过去孔子有七十二弟子，被称为七十二贤人。这些贤人里却有个名叫端木赐的，弃官从商。所以也不要看不起从商之人。'古之立国家者，开本末之途，通有无之用。'古人认为农业是本，商业是末，但农、工、商需要沟通。《周易》说：'致天下之民，聚天下之货，交易而退，各得其所。''商不出，则三宝绝。'这个宝字不是金银财宝的宝，说的是需要的东西。比如你家没有锅子，煮饭都没办法，这锅子在你眼里就是宝贝。总之，做生意是为了互通有无，让人们各得其所。做生意的人要目光远、嗅觉灵，再就是奸，商人是为利而来，为利而去，往往钻进钱眼里去，所以有无奸不商的说法。当然这话也太绝对，既当商人，就得求利，又不是善人，却也少不得善心。一分为二地看，大多商人是讲诚信的，无信不立嘛，诚信是商人的生命。当然，只有正经的生意人才讲诚信，凡是和奸字挂钩的商人其实已经不是商人了，只能算是骗子。他们心中只有利字，为了逐利，反成利字之奴，为利而失义，所以他们的生意一定搞的是尔虞我诈、弄虚作假、坑蒙拐骗那一套。说到底，无论是做学问，还是从政经商，都是可以成大事的。古人曰：'穷则独善其身，达则兼济天下。'不要以为只有当官的才能兼济天下，做学问和经商同样能做到。比如老子、孔子他们的学问万世流芳，那么多朝代、那么多百姓都受惠，即或外族入侵，但最终也会被感染同化，为啥呢，不就是他们说透了人世间的道理，说透了做人的道理吗？

已经成了真理，谁还能不被真理感化呢！经商做生意同样可以惠及天下百姓。比如过去有的大盐商，管几个省的盐，他得用多少人给他挖盐、挑盐、晒盐，又还得有多少搞短途和长途贩运的队伍运盐，最后又需要多少店铺来卖盐？生意做得大了，就不再是他一家的事。做得好，那些挖盐、挑盐、晒盐、运盐、卖盐的人才能挣钱养家，百姓才有盐吃。要是做得不好，就不知有多少人跟着倒霉。所以，生意做到这一步，首先考虑的就不该是自己一家了，得考虑无数依靠你为生的百姓了。当然，照现在的观点来看，他们是靠剥削做大的，但我却认为他们里面，大多数都是经过几代人的努力，吃苦受累，省吃俭用，靠着诚信和智慧慢慢积累而做大的，靠尔虞我诈、坑蒙拐骗、偷奸耍滑成不了大气候。万一要成了大气候，那也是一时和短暂的。行不端，走不正，便注定踏上邪路，也就是绝路死路，不得长久的！说来说去，这还是一个做人的学问，也就是一个人的品格、修为和境界。非常人干非常事，如果你的品格、修为和境界达到了，你做学问便会做得非同寻常，从政经商也同样如此。这就是说，你的修为、境界到了哪一步，你就是哪一阶段的人，做出来的事也就符合你所在的那个阶段。"

他把灯笼递到我手上，就去开门，"谢谢你呀，今天让我这嘴巴过瘾啦！"门一开，他又把灯笼拿过去，把系着灯笼的竹竿先伸出门。我笑道，"我才要谢谢你，让我一下懂了那么多道理！"他像没听见我说的话，急急地念道："红灯光，红灯亮，妖魔鬼怪快躲藏。"念完后才跨出门槛。

天已经很晚了，这个小小的红灯笼，在街上显得孤零零的，也许在这个晚上，整个小城里它也是唯一的。寒风裹挟着凌雨迎面而来，仿佛有无数的牛毛细针往脸上扎。天气冷，大人们都在家里烤火，只有小崽儿们不怕冷，在街上嘻哈打闹。小灯笼被风吹得左右晃荡，那灯光便也忽明忽暗。小崽儿们见了灯笼，便立即围了上来，而且越来越多，把老天爷围得严严实实，都想从他手里把灯笼拿过来。有崽儿要他唱花灯，说去年都唱了的。这话提醒了爱闹热的崽儿们，于是都跟着起哄，要他唱。

一更里跳粉墙，
手攀杨柳脚踏墙，

双脚踏在粉墙上，
十字尖尖绣鸳鸯。

他一唱，崽儿们便兴奋起来，有人学着他唱，有人则跟着和他的最后一句，比如他唱了跳粉墙、绣鸳鸯，大家就和着他唱跳粉墙、绣鸳鸯。

二更里，站门庭，
妹给哥哥开房门，
轻轻开门莫出声，
不让爹娘起疑心。
三更里，月照窗，
手抹眼泪诉衷肠，
只怨爹娘心肠狠，
把奴安顿去他乡。
四更里，月偏西，
哥妹相看泪滴滴，
台上蜡烛燃大半，
情哥赶快拿主意。
五更里，天要明，
哥妹双双难分离，
手攀粉墙同哥走，
海角天涯逃生去。

他边走边唱，有时身子还扭一扭，逗得我们哈哈大笑。等他唱完，大家便不肯放过他，要他继续唱。

一颂寿缘千百岁，
福禄寿喜是新年，
二颂富贵海棠花，

元宵元宵闹元宵。

正唱得高兴，却有一支钻天炮"滋"的一声，贴着地面飞过来，刚好在阿毛的胯裆下炸响。惊吓之余，阿毛摸了摸裤裆，新棉裤上有个焦煳的眼子。"我日你妈，你个野卵日的没长眼睛，乱放个啥！"阿毛破口大骂，就见几丈开外有个黑影嘻嘻笑着朝远处跑去。从他的笑声和跑走的身形，我猜出他是光光，阿毛也看出来，便又大骂："野卵日的光光，你家妈偷人，是被别人穿烂了的破鞋，你晓得没！"自己的妈被人这样地骂，光光不能再跑，也不可能再逃避，于是光光气势汹汹地转身跑回来，二话不说，扭住阿毛就打起来。站在一旁的崽儿们巴不得有闹热看，不光不劝解，反而挑逗他们。光光把阿毛摔倒在地，压在身下，就有人说光光好厉害，阿毛哪是他的对手。不一会儿，阿毛翻起来，把光光压在身下，又有人说："我早就晓得，光光只是个三板斧，奈何不了阿毛的！"这时，看打架的崽儿们似乎忘了老天爷。而他也似乎没看见有人在打架，只顾自己唱着，慢悠悠地朝前走着。

正月是新年，
幺妹进花园，
手拿花籽撒，
长朵并蒂莲。

突然，阿毛尖叫着骂道："你狗日的咬人！哎哟哎哟……"一边呼痛，一边从地上爬起来往家里跑。被压在底下的光光也翻身爬起，居然得意地叫道："野卵日的，有本事就莫跑！"我看不起光光也就是在这些地方，要打就像男子汉一样地打，莫像婆娘一样咬人。光光还在吹胡子瞪眼耍威风，我拉拉他道："你还不快跑，等下大姑婆来了不整死你才怪！"听了我的话，他马上就显得惊慌失措，然后转身就跑。

果然，阿毛领着大姑婆来了。还隔着老远，就听见大姑婆歇斯底里的骂声，跟着，她那庞大的身躯便如山般压过来。"狗崽子，站出来！看你长得有几颗狗牙齿，今天你就是长的是老虎牙，老娘也要把它扳了！"

222

"他早就跑了。"我说。

"狗日的没一个好东西，老子搞投机倒把，当妈的偷人养汉，真是大人反动儿混蛋。他狗日的以为跑得掉，跑得了和尚跑不了庙！"说着她拉住阿毛就要朝光光家走。

听大姑婆骂他家妈偷人养汉，我晓得这要出大问题了。她是个听风就是雨的人，抓住了光光妈这样的把柄，是绝对不会轻易放过的。她整天都为斗争人挖空心思，寻找着不同的对象。莫说光光还咬了阿毛，就是没咬，她晓得了这事，也会毫不犹豫地把光光妈给揪出来。这时，见她一副兴师问罪的样子，可把我吓坏了。她如果当着大家的面，骂光光妈偷人养汉，这不是要人家的命！在啥都不晓得的情况下，突然听见街革委主任说儿媳妇偷人，光光那公会咋想，她的婆会咋想！他们受得了这样的打击吗？而且，这件事情最终会牵扯到我，说不定她在斗争光光妈的时候，会把我叫去当证明人。想到这里，我猛地跑到她面前，想阻挡她前行，指着她背后道："光光没跑远，就躲在我家旁边的巷子里。"她盯着我，依然大步朝前走，庞大的身躯像坦克一样朝我碾压过来。在她面前，我真有螳臂当车、自不量力的感觉，不由得随着她的脚步往后退。突然，她一把捞住我的手道："正要找你，和我一道去。"我挣扎着想甩掉她的手，但却甩不掉。"我不去，关我啥事！"她用力一拉，我身子几乎悬空，一下撞到她肥大的肚皮上。"你敢说不关你的事？这事不是你说出来的，谁晓得。现在你要是不承认，就是你造谣，诬陷好人！"听了她的话，我反而变得冷静了，笑道："大姑婆，你莫要讹我，我说啥了？"

> 高山顶上人一家，
> 姐妹两个会绣花。
> 大姐绣的灵芝草，
> 二姐绣的牡丹花。

唱着花灯的老天爷忽然又回来了，我一看，只见他不知几时在脸上戴了个名叫掐时先生的傩面具，是戏中专门给人掐时算命，预测吉凶的角色。这个面具并不怕人，是个和善的、始终笑容可掬的面具。跟着，他又唱了两句傩戏：

> 敬香来到贵香台，
> 借娘桌子拍令牌。
> 一根游傩到东海，
> 西请灵官马天君，
> 三头六条眼眉晕。

她呆呆地看着他边扭边唱，忘了我还在她手上，我顺势挣脱她的手，溜到了一边。唱完这一段，他摘下面具，把红灯笼往上提了提，凑过头去，一本正经地打量她的脸，之后摇摇头。"大妹崽，你要是少些气性，会多几年寿缘。这过年过节的，生啥气呢。你未必不晓得，崽儿些爱的就是嘻哈打跳，这会儿你打了我，那会儿我又打了你，并不认真，也不记仇记恨。莫看他们现在红眉毛绿眼睛的，最多明天又和好如初，蹦蹦跳跳比谁都要得亲热，你要生气就是自找苦吃！我看这些你都晓得，可你就是想生点事。唉，你这个人呀，早就想说说你的，给你提个醒，你再不好，也是这一家的人。妹崽崽呀，你是生来的异象，天下能有你这身坯的女人可是少之又少。说你吃得，我观察过，你吃不了多少，记得你从小就吃不了多少，你是喝水都长肉的人，长这么大的身坯却无病无痛，也算是有福之人。我想不通的是，心宽才体胖，你呢，心不宽却体胖。心宽才容得下难容之事，心宽才能长寿。你呢偏偏啥事也容不下，还好事，爱生事，也就是说爱惹事生非，无风起浪。妹崽崽，你要是想多有几年寿缘，就得好好听我给你说说。"

"我才不听你说这些迷信的东西！老天爷呀，你还敢戴这个鬼脸壳上街，这都啥时候了，还在宣扬封资修的东西，你莫要带坏了这一街的娃娃，他们可是革命接班人！"

"莫要执迷不悟。这年月给了你闹腾的机会，可我要劝你，莫要整人害人。起这样的心就犯了天条，会遭报应！你听我说，像你这样的身型是属猪型，心性也应该是猪的心性，吃饱喝足就睡，外面的事你充耳不闻，不生事也不好事，有啥事你都懒得管，才应该是你的心性。你呢，恰恰没有这种心性，咋办？你晓得不，心中众生是啥？"

"我咋晓得，你说的这些我不懂。"她显得很不耐烦，却又不得不站在那里，不得不听他说。

他的面容忽然变得庄重肃穆，轻轻地晃晃红灯笼，看着她的眼睛虽然和善慈祥，但却神光湛然。良久，她像着了迷似的，变得平静了，竟有了渴望和期待他说下去的神情。

"所谓邪迷心、诳妄心、不善心、嫉妒心、恶毒心，如是等心，尽是众生。各须自性自度，是名真度。这是要你自己的本性自己度，咋度？邪来正度，愚来智度，恶来善度。"他说这话的时候，语音变得厚重却又温软，身上感觉麻酥酥的，而心却一阵阵地战栗。"要能自度，靠你的自性三宝。这三宝是佛、法、僧。佛是觉悟之意；法是正确之意；僧是清净之意。这三宝与生俱来，自在你心中，只是被你心中的众生遮蔽，现在我把它给你请出来，你可要时时护住，用它内调心性，外敬他人。如果你能做到，这就是觉悟，是自度。长此以往，善始善终，你才会有个好结局。"说到这里，他又晃晃红灯笼，转过身去，仿佛啥事也没有发生，哼着花灯调径自走了。

他在晃灯笼后，我们这些痴迷着听他说话的人好像一下就醒过来。我看看她，她还傻傻地站着。我想，他真有啥神奇的力量，能在这么短暂的时间里，几句话就把她给感化了！不是说江山易改，本性难移吗？我一阵小跑跟在了他的身后，当我回过头去，她还站在原地没动。

"老天爷，18年前那个下雨的晚上，有个戴斗笠、穿蓑衣的人去了你家，我认出他来的！"她忽然在后面扯着嗓门道，语气里似乎透着掌握了人家短处的得意。

听了这话，老天爷陡地转身，瞬间，他眼里有精光一闪。他马上把灯笼拿给我，几步走了回去。她一直拉着阿毛的，只见他手在她拉阿毛的手上一拍，她便放了阿毛。之后，他拉着她走到了一边。但很快他又弃她而走，我敢肯定他给她说了啥，从时间上看，他也许只说了两句话，这两句话一定很厉害，把她给镇住了。他走回来，拿了灯笼，带着我们又走了很远，我回过头去，见她依然还在原地发呆。

24

　　玟姐还在 12 岁的时候，就当着许多人的面说要嫁给他。他姓洪名骏，那时刚 28 岁，已经是国军的上校团长。他毕业于黄埔军校，出来后去了六十军鲁道源的一八四师。第一次长沙会战的时候，他只是个小排副，随部队防守高邮。日寇一〇一师团、一〇六师团企图包围他们一八四师。战斗打得极其惨烈，他的战友、上司一个个倒在了他的周围。他们没能守住阵地，不得不退下来。但在第九战区前敌总司令罗卓英和集团军司令高荫槐的死命令下，他们六十军的安恩溥军长，亲自监督鲁师长亲自带队去收复失去的阵地。他被编在了主攻营，出发前，魁梧健壮的鲁师长只恶狠狠地对营长说了一句话："不拿下高邮，别回来见我！"然而，日寇为了巩固夺来的阵地，花了大力气，并用步兵、炮兵、空军联合作战，他们用枪弹、炮弹把阵地封锁成一道肉体难以越过的死亡屏障。他们的第一次进攻失败了，营长负了重伤，被士兵们抬了回来。鲁师长等在那里，眼睛冒血，没等营长解释，便一枪将营长枪毙了。在剩下的人里面，就洪骏的军衔高，因为他上了一次阵地，了解敌人的情况，于是便被任命为主攻营长。在充实了部队和装备后，他带人冲了上去。在后续部队源源不断的增援下，黄昏时分，他们终于夺回了高邮。当他清点主攻营的人数时，才发现只剩下十来个伤兵。可他呢，这场血仗打下来，却毫发未伤，谁都认为他是个有大福之人。

　　两年后，日寇又进犯长沙，第二次长沙会战开始了。那时候，他们师的番号已经改为新十师，而且被编到了孙渡的五十八军，隶属杨森的二十七集团军。这场大血战首先就是从二十七集团军的防地大云山打响的。开始进攻大云山的日寇为六师团，激战几天后，换成了四十师团。大云山为战略要地，敌寇必欲夺之。换了生力军后，大云山就快失守。也就在那个时候，他们新十师在鲁师长的亲自率领下，从清早战至中午，终于击溃层层围住大云山的日寇，把旗帜插在了山顶。同时，他们还收复了大云山周围的几个镇。第二次长沙会战下来，他们九战区消灭日寇五万人，取得了重大胜利。这场战役之后，他就升为了上校。

他是回来看望父母的。

那一天，城里的官员、商贾以及学生等等，有组织地到西门码头迎接回来的抗日英雄。12岁的玫姐被学校选为向英雄献花之人。之所以选她，是因为她个子比一般的女生要高，也长得漂亮。

那是个细雨霏霏的下午。当他坐的大篷船靠稳了码头时，码头上鼓乐齐鸣，爆竹放得噼啪响。他早已站在船头，身边排着一个班的警卫，胸前挎冲锋枪。船靠了岸，他一下船，便立正向迎接他的父老乡亲们敬了个军礼，他那班警卫也整齐划一地跟着敬礼。当时，他身着崭新的黄呢军装，腰扎武装带，别着小手枪，脚穿长筒皮靴，整个人显得精干英武。他敬完礼后，又向父老乡亲抱拳作揖，表示感谢。也就在那时，她抱着花朝前走了两步，站在了他的面前，恭恭敬敬地鞠躬，再不慌不忙地把花捧给他。接花前，他又立正向她行军礼，而警卫又同样整齐划一地跟着团长向她敬礼，之后他捧起她漂亮的脸蛋吻了一下，再将花接过去。也就在那时，她深切体会到了军人的气度和威风，也体会到了军人的柔情。当他和警卫走过去后，她突然高声道："我长大了要嫁给你！"在那样闹热嘈杂的场合里，她那像发誓的话几乎没有被人注意，但是他却清晰地听见了，并不由得掉头重新打量了她一番。他的眼睛明亮异常，既有惊讶意外，也含着好奇。这样的神情让他不再像从炮火硝烟中走出来的军人，而像是个小了十来岁的男孩似的，使她感觉到他们之间没有了距离。在他的打量下，她依然是说那番话时认真坚决的表情，但马上，她便对他笑了，显得天真可爱。

他回家的几天里，去她的学校做了一次报告，讲了许多牺牲战友的英勇事迹。听了他的报告后，她马上就参加了学校的抗战宣传队，在街头进行抗战宣传，还演一些小节目。有几次，她和同学们还把我们一位先人的铠甲拿出去，挂在十字街头，要过往的行人团结一致，抗击倭寇。我们家族里的这位先人在明朝当过副将，在东南沿海一带抗击过倭寇。这副铠甲一直保存在她家。

遗憾的是，我从未见过这副铠甲。动乱刚开始不久的一天，我们放学回家，听街上的人说，不晓得从哪里来的一伙人，到她家去抄家"破四旧"，别的啥都没动，就抄走那件祖传下来的宝贝铠甲。这件宝贝不是她一家人的，它属于我们这一大家子人，就这样被人抢去，无论大人小孩，谁都心有不甘，只是隐忍着，一旦有机会，就会把它夺回来。我问过老天爷，这铠甲还能不能找回来，他说让他们拿去保存一下吧，以后还得退回来。我问他这得多久，他说一二十年后。

抗战胜利那一年，她满 15 岁。他在那一年又回了次家，31 岁的他已经是个少将师长，随他来的警卫不再是一个班而是一个排，还配备有机枪。他回来的第一件事情就是让家里备好礼物，请媒人到她家说媒。她父母当然愿意，只是想不通这么个有名的将军，咋会看上他们家姑娘的。在他离开家乡之前，他们订了婚。在订婚宴席上，他告诉她和她父母，他们部队马上就要开往北方前线。当然，他们是去和共军作战。他认为消灭共产党的军队最多两年就够了。那时，他会马上赶回来和她完婚。

然而，两年很快过去了，他没能回来。不过，信还是不断的，这些信上说得最多的就是他们部队在"转进"。她得到的印象是他的部队老是在走，一会儿这里，一会儿那里，行踪不定。三年过去了，他还是没能回来。第四年的下半年，她几乎没再收到他的信，不晓得他去了啥地方。其实，她非常清楚，国民党的军队一直在吃败仗，他的部队同样也在吃败仗，只是他不好意思给她讲实话罢了。国民党的军队要败，这是她早就看出来的，别说她，就是街上的小老百姓也都是心知肚明。不光如此，老百姓们都还盼望着国民党的军队早些败。这就是人心向背呀！那么多的老百姓都巴不得国民党倒霉，众人的意念，变成了无形而强大的念力，那么，国民党，还有它的军队能不倒霉！

那时候，她已经快满 20 岁。高中毕业后，在一所小学教书。那一天上午，她刚下第二节课，晴朗的天空忽然传来飞机的轰鸣声。当时，学生们吓得四处乱跑。这是县城第二次来飞机。第一次是日寇的飞机，有八架，飞过去的时候，那轰鸣声让县城的地皮都震动起来，吓得县城里的人四散奔逃。这架飞机很快来到县城的上空，在县城的上空晃动翅膀，并盘旋了三圈，扔下一个东西，这才朝东飞去。随后，有降落伞打开，那东西慢慢地下降，最后掉在了城外。

飞机去得远了，没有了声息，惊魂未定的学生们才又回到教室，听老师们继续上课。中午时分，学校放学，她送走了学生准备回家，才走到校门口，就见许多人朝学校走来，一见她，人们就齐声叫着她的名字，说飞机给你送东西来了。那一下，她心里马上有了不好的预感。人们抬来的东西是非常牢实的铁皮箱，降落伞还系在上面没有解下来。箱子四周都贴有纸条，上面写着她的名字，要拾着的人将箱子转交给她，由她面谢。对着箱子她不知所措，周围看稀奇的人吵闹着要她打开箱子，好看看里面究竟装了啥宝贝。不一会儿，县里的官员来了，当确定飞机扔下来的东西是属于她的后，便指挥人跟着她，把箱子送到她家去。

不用说，这是未婚夫送给她的东西。

回到家后，她拿钱谢了给她送箱子来的人，这才想法撬开箱子上的铁锁，打开了箱子。里面的东西可多了，有各式各样的女式服装，金银首饰和玉饰，有进口的脂粉香水，有黄金美钞，当然还有一封信。信很短，写得简单潦草，一看就知写得很急。他说没能兑现自己回来和她完婚的诺言，实在对不起她。另外，他告诉她，不久前，他已晋升为中将。因为是军人，服从命令是他的天职，所以他不得不执行命令，转进台湾。由于时间紧迫，他根本没法回来向她和父母告别，心里十分痛苦难过。对于他的不辞而别，请她千万原谅。

看完信后，她就把自己关在闺房，无论谁劝她都不回答，也不开门。第二天一早，她悄悄地出了家门，开始家里的人还以为她是去学校，就没在意。倒是学校没见她去上课，找人来问，家里人才惊慌起来，连忙四处去找，哪里还找得到，向其他人打听，都说没看见。有人就猜测，她也许坐船下了湖南，然后她还会去武汉或者上海，总之她会想办法去台湾，他没办法回家完婚，那么只好她去。家里人还比较相信这样的分析，她是这样的性格。

但大家都分析错了。其实她去得并不远，就在二十几里外六龙山的念慈庵里。庵里有四个尼姑，她想当尼姑，便和她们住在了一起。念慈庵在一座很陡峭山峰上，一条蛇行小道紧贴着悬壁盘绕而上，山顶上除了几棵巨大的柏树，剩下的地方就几乎被这座小庵占完。这个地方，她在读高中的时候曾经来过，那是和班上的男女同学一道春游，庵里的几个师傅她都认识。那次他们在庵里拜了观音，还求了签，同学们求得的几乎都是上签或上上签，她却只求得个中平签。不过这签倒也没啥不好的地方，只是一生中有些不平顺，但却有一门好姻缘。

当时，他们在山顶玩了一会儿后，就到水潭边去吃午餐，这水潭在山顶下面二十来丈的地方，水从崖壁中渗出，清冽无比，甘甜可口。水渗下来的地方还放有两坛泡菜，泡菜坛的沿口里始终有清水。他们搬过泡菜坛，揭开盖子，里面有双长竹筷，而泡菜实在是鲜嫩爽口。

偷偷地上了山，她便求师傅们收留她，并帮她剃度。但是无论她如何央求，师傅们都坚决不同意，说她尘缘未了，不会成为空门中人。不过，她可以暂时住在庵里，静一静心。于是，她只好先住下来。

一个月后，解放军就进了城。她和国民党将军订婚的事，以及那将军逃往台湾时，还给她空投了东西的事很快就被解放军知道。那一天，解放军来了一个班，先围了她家的房子，然后两个当官的进屋说明了来意。她父母自然老老实实地开了她的闺房，让他们检查箱子。经过一番仔细的检查之后，他们让两老把箱子里的东西全拿出来，只带走了空箱子和已经被折叠起来的降落伞。

这以后，解放军并没有为难她的家人，但却派人找了她几天，只是没有找到。但是，谁也没想到，仅仅过了半个月，她就被吕团长带了回来。

六龙山是土匪藏身的地方，大山中的二区。以前也经常遭受土匪的骚扰。为了区人民政府的成立，吕团长亲自带了个连去。区政府顺利成立后的第二天晚上的半夜时分，他留下一个排保卫新生的政权，带着两个排悄悄地离开二区，连夜往县城赶。那时候，他的部队基本上已经化整为零，一支支地被分到各个区乡去，一是搞土改和成立人民政府，二是追剿土匪和残留的敌特，再就是为已经西进的大部队征粮。他带走这个连后，县城里差不多是在唱空城计了。

那晚上天气晴好，星朗月明，为了不暴露目标，他们没有打火把，而是乘着月色急行军。当他们来到念慈庵对面不远的小山头上时，便看见十多个人打着火把正朝山下走，能隐约听见女人的叫骂声。他不用想就晓得，那些打着火把的人是土匪。于是，他立即命令战士们快速前进，堵住他们下山的路口。晚上，下山的路变得更加难走，他们不得不小心翼翼地，速度很慢。等他们下得山来，解放军早已在那里等着他们了，没费吹灰之力就缴了他们的枪。

她就在这伙土匪中，要不是吕团长他们，她会被带回土匪窝，去当土匪头子的压寨夫人。

当得知她就是那口大铁箱的主人后，她被解放军留了三天。三天后，她被送了回来，当得知她不在家时，解放军来搜查过那口大铁箱，里面的美钞和金银首饰一样没拿。她很感动，这才相信了共产党的政策，相信解放军是秋毫无犯的军队。她几乎没有犹豫，拿未婚夫送她的金银去买了一大车粮食，一大车盐巴和一大车布匹给解放军送去。当然，这里面也有感恩的成分，毕竟她的清白、她的生命是解放军给的。

她的这几车礼物送到了团部，吕团长又带人去了另一个区，不在家。接待她的是刘政委。刘政委她认识，被吕团长救回来的那天就认识的。刘政委也很英武，但却和善，三十出头的样子，却显得很老成，问她话的时候轻言细语，非常有耐心。吕团长不同，表情始终严谨肃然，说话坚定果决。她被救以后，土匪全被绑起来，他命令十来个战士押解土匪，自己则带着其他战士往前赶。他们走得太快，几乎是在跑，还没走上半里路，她便气喘吁吁再也走不动。那时，他来到她面前蹲下，就像命令他的战士一样命令她道："来，我背你！"她哪敢让他背，长这么大，除了小时候父亲背过她，就再没别的男人背过她。她吓得直朝后退，而他对身边的战士命令道："帮她！"战士二话不说，把她架着放到他背上。那时，她不敢再动，只好老老实实伏在他背上，由他背着走。她第一次和陌生男人肌肤相触，那真是难以言喻而又奇异的体味。

当刘政委得知她的来意后，向她表示了深深的谢意。说解放军目前的确需要粮食布匹和盐巴，但是解放军的纪律是不拿群众一针一线。这些东西既然送来了，就算人民政府向她借的，给她开借条，以后一定还她。她坚决不同意开借条。说在这里的三天时间里，解放军一日三餐给她吃的全是白米饭，就算没有肉，也至少要想法给她炒个鸡蛋。而解放军自己吃的是红苕、苞谷和酸菜。解放军对她这么好，令她感动。再说，她的命都是解放军救的，难道她能知恩不报嘛！刘政委不再说啥，但一定要请她吃饭，还叫来自己的爱人。她一看，是许军医。她认识许军医，被救回来的那一天，也许是受了惊吓，也许受了寒，不舒服，吕团长叫许军医来给她看过病。许军医比她大个六七岁，个子没她高，打着绑腿，腰上扎着皮带，套着小手枪，头上戴着军帽，显得英姿飒爽。那时，她突然羡慕起许军医来，居然产生了也当个女兵的念头。

席间，许军医说到了她被吕团长救的事，说真不敢想象她这么个弱女子被土匪掳去会是个啥结局。之后就谈开了吕团长，说他苦大仇深，父母姐姐、爷爷奶奶都被日本鬼子杀害，孤身一人，12岁就参加革命，进了儿童团，15岁当了八路军，打日本鬼子的时候，他照样冲上去和鬼子拼刺刀。因为他立了不少战功，18岁当连长，22岁当营长，26岁当团长。讲了他许多故事后，许军医指着着刘政委说："以前他救过我这口子的命，现在又救了你的命，看来，你和他有缘，也和我们有缘呀！"

"你被吕团长救回来后，我们对你审查了三天。全城的人都晓得你是国民党一个将军的未婚妻，他逃往台湾的时候，从飞机上给你空投了东西。在这样的情况下，我们不得不四处找你，也不得不去检查他给你空投的东西。"刘政委一边给她夹菜，一边微笑道，"经过审查，我们了解你是非常爱国的，抗战时期你还小，但却积极参加抗日宣传，蒋介石挑起内战，你也多次参加反内战游行。今天你给我们送来急需的物资，真心诚意地支持我们，这些事实都说明你的本质是好的。虽然你有个反共的、和我们作战的未婚夫，但这决不代表你也反共，你也要和我们作战。对不对？"

虽然刘政委是在褒扬她，但提起了她的未婚夫，她还是有些尴尬。老实说，她要嫁给他的话没经过深思熟虑，是冲口而出的。当然，她那时才12岁，也无法深思熟虑。她的话是处于当时的氛围中，一时冲动而说的话，能不能当真？这个问题在以后的几年中，特别是懂事后她都不断想过。但无论如何，他当真了，等了她这么多年，而且还和她订了婚。这让她很感动。不过，在她的内心深处，她始终觉得他很陌生，他在她心里遥不可及。他来也匆匆，去也匆匆，甚至没能单独和她说过话。所以，要说她真正地爱他，那肯定是假话。她之所以等他，是因为要嫁给他的那句不当真的话。但他当真，父母也当真，她就不得不为这句话负责了！

"现在重庆解放了，成都也解放了。胡宗南从西昌坐飞机逃往台湾。解放军马上就要进军西藏、新疆，全国解放为期不远。在毛主席的英明领导下，全国人民当家做主啦！"刘政委的话充满激情。跟着他问："小漠，我们现在急需大批有文化的干部。你愿不愿去省城的革命大学读书？"

"去吧！"许军医道，"那是我们解放军办的学校，既学文化知识，也学革命道理。目的就是让学员们尽快提高革命觉悟，出来后好为人民办事。"

"如果我去，就像你一样，是个军人啦？"她问。

"你要参军也行，这不，你向政委申请，他要同意，你就可以和我一样了。"

于是她把目光投向刘政委，眼里满是期待。

"你愿意参加革命，当个革命军人，我们真诚地欢迎。从此以后，我们的队伍里又多了一位革命战士。"说到这里，刘政委想了想，"这样吧，明天你到我这里报到，暂时不安排具体工作，见子打子，有啥能干的，你就帮着干干。过几天，你就去省里学习，学完回来后，根据你的情况，我们再给你安排具体工作。你看怎么样？"

"我听政委的。只是……"

"你说呀，不怕。"许军医道。

"我一个人去省城……"

"不会让你一个人去的，到时候我们团……"说到这里，许军医忽然顿住，笑道，"去的时候你就晓得了，有人送你。"

几天后，在要出发去省城时，她才晓得，与她一道去的是刘政委和吕团长，他们是去开会。这几天，她在部队里学的知识里有一条最重要，这就是严守军事机密。也就在那一刻，才明白为何许军医不告诉是谁去送她。团里的一二号首长去省里开会，这是多大的机密呀！特别在土匪还很猖獗的时候，要把这样的机密泄露出去，是有可能坏大事的！

那时候没有车，他们也没有骑马，而是和一个排的战士们走路。整整走了一天，来到另一个县，才坐上了运粮的军车。到了省城，刘政委说："老吕，你带她去学校，我去开会的地方报到。"吕团长说："还是你去吧，我也找不到这学校。"刘政委便笑道："你又不是三岁小孩，不晓得问呀！"她忙说："就不麻烦二位首长啦，我自己去找吧。"但刘政委说："不行不行，团长陪你去，他负责找到学校帮你安排好。就这么定了！"于是，她只好跟着他和他的警卫员东问西问找学校。到了学校后，他带她去报名。报了名，安排了寝室，他又帮她把背包行李拿到寝室门口。之后他说："我就不进去了，你一定要安心学习，毕业了，我派人来接你。"

"你真的会来接我？"后来，多次回想到为啥会问这样的话，最终，她认为当时的话全属于无意识的。

"我说话算话！"

看着他离去的背影，她忽然感到依依不舍。

这一切都是许军医的主意，想方设法要她对吕团长有好印象，让他们能成一对。刘政委当然举双手赞成，吕团长是他的好战友，还救过他的命，28岁了还没有谈恋爱，没找到对象，他哪能不替他操心呢！不过，他和许军医都明白，吕团长个性刚毅、倔强，如果在没有做好工作之前就给他说明了，他肯定会拒绝。他们晓得，不能因为救了她一命，就趁机要她当老婆，这会让他有要人家报恩、趁人之危的意思在里面，他是绝不可能答应的。如果他一口回绝，再要做工作就难了。所以刘政委夫妇对他们两个都没有说这个事，一路上，刘政委只是按照许军医交代的办，这就是多给他们单独在一起的机会，以便他们能互相了解。而这一招的确有效。

两天后，他们的军事会议结束了。吕团长马上就要往回赶，但刘政委却无论如何也要拉上他来看看她，借口就是还不晓得这个学校的情况，也不晓得她是不是适应，得再鼓励她一下。可到了学校后，却把这鼓励她的任务交给了他。他只好去见她一面。那时，她的确有些不适应，觉得很苦。因为学员都是军人，所以学校实行的是军事化管理。当见他又来看她时，她竟然有了像见到亲人一般的感觉，有了向他诉诉苦的愿望。那一下，她只觉得他太好了。他是首长，却如此地体贴人和关心人，让她心里好感动。不过，他并没有体会到她的内心所想，只当完成任务一样来看看她，再给她一番鼓励。而这对她来说，已经足够了。

他们会议布置的是剿匪的任务，要求各地在半年内剿灭匪患。而那时，吕团长他们面对的主要对手，便是响生姐的父亲——漠琮。

他和玫姐的事，我回到家乡后才陆续晓得了一些。他们结婚后，一年中也就回家个两三次——老人过生日或者生病的时候，再就是过年的时候。几年前，玫姐的父母先后去世，只剩下了弟弟，而且在外省工作，基本不回家。所以，他们也就回来得更少了。

他属于我们地区最大的官了。但是，我们家族的这个姑爷，并没有让家族里的谁鸡犬升天，家族也并没有在乎有这么个显赫的姑爷，照旧过着平常的日子。老天爷曾经说过，共产党的官好就好在不贪。这不，十多年了，生怕他们官当得久了，变贪，这才搞他们一盘，长个记性。如今他一下就被打倒了，家族里似乎也没谁替他感到抱屈，也许实在是出于无奈，便都依然过他们很平常的日子。

但是，这一天晚上却有些不平常。好几个战斗队的人，打着各自的旗帜，押着他两口子来到我们街上。接待他们的自然是大姑婆，她把斗争会场安排在河滩上，再拿纸去叫兴三公写标语。兴三公这段时间总是大清早便出门，头上戴个大斗笠，手里提个竹篮，放着小砚台、信纸和毛笔，过河去，在路边找个地方坐着，耐心地等待需要写信和其他东西的人，收个一毛两毛钱的，积攒下来，然后月底去买米。晚上兴三公在家，大姑婆把战斗队拿来的标语内容和纸交给他，见他写开了标语，才又和二姑婆挨家挨户地通知，就连我的公和婆也被叫去了。

斗争会太多，街上从早到晚不知有多少场，挂在电线杆上的高音喇叭除了播送"两报一刊"的文章外，剩下的就是各地斗争会的消息，把人的耳朵都听出了茧子。天天都看斗争会，就像天天都吃鸡蛋一样，嘴里会有鸡屎味，看见鸡蛋就恶心。但是，同时把两口子拉来斗，这两口子和我们一条街的人都沾亲带故，而当姑爷的过去地位又很显赫，可能这就让我们有了新鲜好奇的感觉。所以晚上的斗争会到的人很多。大姑婆对开斗争会的准备是很充分的，她买得有很长的电线，电线上串联着许多灯头，可以从街革委拉到河滩上。于是，这个晚上河滩上便灯火通明。河滩上无法贴标语，便贴在城墙上。我看几个战斗队员贴标语，都说这字写得好，有个队员还仔细地选了一下，把红纸和黄纸、白纸写的标语各选一张，小心地折好放进印有毛主席头像的挎包里。

我没见老天爷，便四面看，发现他一个人坐在城墙上。我连忙跑过去，却见他并没有看斗争会，头仰着看天，神情专注，沉浸在让人难以猜测的遐想之中。我不晓得他的遐想是不是因斗争会而起，也不晓得他是在想往昔的事情，还是在想以后的事情。是的，他处于别人无法攀爬的生命颠峰，如果是在想以后的事情，那么，也就只有思虑继续攀爬，生命既然如此地惠顾于他，他只能欣然接受；如果他所想的是往昔之事，那么，他经历的事情实在太多，无人可比，而往昔是不是还历历在目，让人留念？我突然想，他这个年龄了还总是看人斗人，会是个啥感觉，是不是觉得好笑抑或无聊，不就是崽儿些想了个新鲜的板眼闹腾一下吗？在他的眼里，会场里那些六七十岁的人和我们这些十几岁的人有没有区别？他的年龄与我们年龄的距离相差太远，他的生命达到了无人能及的地步，那么他的视点是不是也到了无人能及的地步？由于他生命的空间和时间与众不同，会不会造成他心理上的隔膜，以至影响他对现实的看法？

"老崽崽，你在看啥？老崽崽……"

"来啦？"他的元神这才归了窍似的，头缓缓地垂下来。

我爬上城墙，坐在他身边，问他想些啥，他摇摇头，没回答。于是我又自言自语地说，不晓得要好久才散场。他没有看我，也像自言自语地说："才开始，哪会就收场呀，既然闹腾起来，那总得闹腾个够。闹够了，人人都觉得没意思，厌烦了，想过安稳日子，天心变回来，人心也变回来，天下不就太平啦。"

"那得多久呀？"

"三五年不算短，七八年不算长。哪阵才有太平日子过，不得而知，不得而知呀！"

25

我做了个梦，在梦中我清清楚楚地看见了响生姐的爹，这之前，说他丰神俊朗也好，阴鸷凶残也好，他的模样在我的脑海里始终是模糊的。但这个梦却让我真切地看见了他，甚至他那嘴唇上淡淡的、嫩嫩的胡须都被我真切地看见了。于是这以后，只要提到他，他的模样便清晰地出现在我的脑海里。我梦见的是他被枪毙时的情景。他被枪毙的时候，吕团长站在他身后，端着机关枪，枪口几乎抵在了他的背上。其实，我晓得枪毙他的人不是吕团长，也完全用不着团长亲自动手。但是，梦却往往不按常理做。当机关枪爆响的时候，我的梦也就此终结。

一个温文尔雅的人，早先连鸡都不敢杀不愿杀，可是到了后来，为了权势和金钱，竟然变得那么凶残！响生姐说他的下场是所受的教育和读的书造成的，但老天爷却不这么看，认为是他的心性出了问题。我想也有道理，那些书从古至今不知多少人读过，并没有把人都读坏。那么，他受的教育除了读的书之外，就是族人的言传身教。族人对他抱有那么多的期翼和希望，这对他所形成的压力，会不会让他做啥都不择手段？总之，他能变成那样的人，自是心性大变，泯灭了一些东西，被置换成另外的东西。

解放军到来前的半年时间里，不断有国民党的散兵游勇逃过来，漠琮一一收留。如果要走也行，他会给钱，让人家把枪弹留下。这样一来，他的队伍便迅速扩张，并拿重金挽留一个国民党的营长，让其带领和训练这支队伍。有一天，黄坝镇的镇长莫名其妙地死在了山上，有人猜测这是漠琮搞的名堂，他要把黄坝的权力握在自己手里。但县里晓得这个消息后，没两天，便在黄坝贴了告示，说黄坝升格为县里的六区，区长、副区长由县里考试选拔，前

一、二名当选，再由行政公署派人核定，之后再发委任状。

漠琮自然要去。县里出的题目为文武两类。文为如何定国安邦，武为如何统兵打仗。在他看来，题目简单易答。不过，考试的时候，他却极为认真，文章博古论今，写得洋洋洒洒。他决心拿第一名的，不然，他丢了自己的脸，更丢祖宗和族人的脸。

考试前、考试后，县长都亲自约见过他，还请他吃饭。当然，这之前，他给县长送了重礼，既然当官的看重这个，他就得入乡随俗。县长约见他，频频给以暗示，无非是要他听话。他表现得极为谦恭，口口声声以晚辈相称，可就这谦恭中，却也显著地透露出毫不惧畏的傲气。他也暗示县长，这第一名他将不惜代价，志在必得。

两天后发了榜，他高中第一名，有个姓江名高驰的青年获第二名。过了一天，行政公署派来了审定的人。这个人姓金，50多岁，留着胡须，县里的人都恭敬地叫他金科员。金科员是专员的文书，所以架子很大，是县里派人用轿子把他抬来的。在审定他俩的时候，他每人出三个口答题，然后便摇头晃脑，半眯缝着眼睛听他们回答。都答完了，看不出他有任何表情，满意不满意谁也不晓得。突然，他指着漠琮问道："你现在有几个女人？"

"三个。"他愣怔了一下，没料到会问如此问题。他想了想，如实地把与他有过关系的女人说出来。

"她们都长得如何呀？你形容形容。"

"我的第一个女人美得高贵不凡，第二个美得温顺乖巧，另一个却是妩媚迷人。在我看来，她们都有闭月羞花之貌，沉鱼落雁之色。"

"如当区长，是否还找女人？"

"不找了！"

金科员似有不满地摇摇头又问："如遇更漂亮之女人，你要是不要？"

他很坚决地回答："不要。身为区长，岂可寻花问柳！"

金科员便笑起来，且不断摇头，还用讥讽的语气说："年轻人，你此话不实也。"跟着他问姓江的道，"婚配否？"

"已有一房妻室。"

"是否满意？"

"父母之命，媒妁之言，虽有不满，毕竟糟糠夫妻。"

金科员点了点头。"如当区长，是否还娶?"

"还娶。"回答得很干脆。

"如遇可意之女人，玩是不玩?"

便笑了笑回答道："食色性也。男人好色实乃天性，若有中意女人，定然玩之。"

金科员哈哈大笑道："此乃实话也!"

第二天，他们被叫去领委任状，没料到的是，他所得的委任状是副的，而江高驰成了正。通过了解，他已知姓江的是何方神圣。他们两家的祖宗们，百多年前为争夺大坝，进行过生死搏斗。最终，他们赢了，而姓江的则逃进深山。可谁能想到，百多年后，这姓江的一出山，便赢了他! 事后，他马上向县长了解，果然与他猜测的一样，这姓江的花重金买通了金科员。由于把宝完全押在县长身上，也由于自己太过自信，才造成这么大的失误。

当晚的宴会上，他表现得非常得体，依然温文尔雅，即或对姓江的，他也恭敬地执以下属之礼，而姓江的对他也甚为客气，表现得十分谦和。其实，他晓得姓江的完全了解他的底细，就和他了解姓江的底细一样，只不过他们互相都心照不宣罢了。宴会结束时，县长叫他们明早返回，但姓江的却说当晚就赶到黄坝，先到区里看看，然后还得回家一趟。他说自然依区长之命而从，随区长而去。

这个夜晚浓云密布，伸手不见五指，空气润湿，带着晚秋深深的凉意。他们骑马回去，他故意摇摇晃晃的，表示酒喝得多了一些。在离黄坝还有十来里路的时候，漠重突然对姓江的道："江区长，休息一下吧，漠副区长酒喝多了，我去给他找点水来醒醒酒。"姓江的虽然犹豫，但还是答应了。下得马来，漠固便连忙去树林里拾些干柴来发火。

不一会儿，篝火旺旺地燃起来。漠重去河边打湿毛巾，拿回来先让姓江的擦脸，姓江的却说让漠副区长擦。他一听忙道："哪有我先擦的道理，请区长先擦吧!"盛情之下，姓江的只好先擦了脸。坐下来之后，他依旧装出醺醺然的样子，但说话却非常小心，全顺着姓江心思，所以，他们交谈甚欢。其实，他做的这一切，就是要打消姓江的疑虑。少顷，漠固突然道："江区长，我可不可以看看你的委任状？你是正的，我想正区长的委任状一定比副区长的委任状大！"当时，他故意带着醉态呵斥漠固道："愚蠢之极，这上下有别，正副有别，委任状能没有区别吗！"漠固显得很委屈地说："我没有见过他的委任状，不晓得嘛。"他们这番话，倒是让姓江的忍不住好笑，便叫随从把委任状拿出来，让漠固看。谁知就在这时，他却一把抓过委任状，几下便撕得粉碎，丢进火里。火亮亮地一闪，就让那委任状变成了灰，随着上升的烟气腾空而去。在他撕委任状的同时，漠固、漠重就已经掏出了枪，把姓江的逼住。这一切发生得实在太快，也太出人意料，以至让姓江的完全没来得及反应。当时，姓江的呆呆地坐着，脸顿时变得苍白，嘴角轻轻地抽搐不已。而他，醉态全无，看着姓江的道："我考的是第一名，你是第二名，我靠的是本事，这结果对你来说不冤枉。可你不该去买通狗屁不如的金科员，不该让他出那狗屁的女人题目。我是输了，但是那道题我无论如何答都会是错的，所以我错得冤枉！说到这里，他面带痛心地叹口气，"老天爷真会开玩笑，偏偏让你我来争这正副区长。你晓得，我和我的族人在这件事上可以输给任何人，就是不能输给你们姓江的！"

"要杀就杀，何必啰唆！"恨只恨自己太粗心，轻而易举便落入人家掌中。清醒过来后，姓江的道。

"我不杀你，也不怕你去县长和金科员那里告状。我劝你还是回去老老实实地待着，如果你实在想不开，一定要来报仇，要杀我，我也接招，可以再来次公平的比试。我虽不想死，但能死在你手里，我会毫无怨言。不过，你可得盘算好，这次比试不是文比而是武比，各凭手段，以命相搏。无论你用啥办法，杀了我，是你的本事，相反，我也一样。"说完，他拉过马来，把姓江的扶上去。"我们互道珍重吧！"他抱拳作揖，之后举鞭就要抽马。

"且慢！"姓江的满肚皮怒火，却拼命隐忍。"兄之处境我能理解，区长之位拱手奉送。性命相搏之事就免了吧，如果漠兄放不过我，那我只好引颈就屠，在家恭候大驾便是。"

他一直盯着姓江的，姓江的虽然面带诚意，可眼里却泄出怨毒之光。他想："你也会玩这欲擒故纵的把戏！"但却笑道："搏与不搏，全凭江兄定夺。兄弟我是不会主动找上门的。"

等他们打马而去之后，漠重道："为啥放虎归山，此时杀了他不就一劳永逸，何必脱裤子打屁多费手脚！"

漠固笑道："他是虎？你实在抬举他啦！"

"如此杀他，非我所愿。我与他已有过文比，他若想再来次武比，又有何不可？"他道。

接管了黄坝区公所后，他只回去了一次，与族长闭门密谈了一整晚。之后，除了分派人手加强寨子的戒备外，他把收罗来的那支队伍带到了黄坝。十多天后，碰上黄坝赶场。他要漠固、漠重等一些人在四处走走看看。下午，漠固回来报告说，场上来了三个可疑之人。他们一是面生，二是来了就坐在区公所对面的小饭馆里，注意力始终在区公所，不经意间，神情便显出焦灼与紧张。听了漠固的报告，他兴奋起来。这么多天里他一直在想，那姓江的真会那么老实地罢休？但回答是否定的。看来，他料想得不错，姓江的有所行动了。他要漠固千万别去惊动他们，最好找人去认一下，看他们究竟是何方神圣。没多久漠固便回来，说找人去认了，那三个人好像是三区吊颈崖罗疤子的手下。他听后吃了一惊。罗疤子是个胆大包天的匪首，有百多条人枪，县里几次去清剿都损兵折将。姓江的能买通如此诡计多端、心狠手辣之人，是他所没料到的。他要漠固带人继续监视那三人，自己则思索着，不一会儿，他想好了对策。

黄昏时分，云层压了下来，遮蔽了黄坝四周的山顶，天色灰蒙蒙的，显得阴沉萧索；暮色也在快速地降临，赶场的人被暮色驱赶着陆续回家，很快，街上就只剩收摊关店的生意人和几个晃荡着身子的醉汉。漠固、漠重带了十几个人悄悄地将饭馆围了。那三人正在吃饭，突然冲进去一伙人，扭住他们就走。

他稳稳地坐在区公所大堂的太师椅上，命令手下搜他们，得了三支手枪。"是罗疤子的手下？"他玩着他们的枪，若无其事地问。

三人都昂首挺胸，无一丝惧意。其中一个冷笑道："既然晓得老子们是罗司令手下，还不快些给老子们松绑！"

"姓江的拿多少大洋买我的人头？"照样玩着枪，无事一般地问，而且面带微笑。

还是昂首挺胸，没人开口。

他依然微笑着，却突然开枪打掉其中一个。另两人看着同伴砰然倒地，给吓呆了。

"说，姓江的给了多少大洋？"

看着同伴尚在抽搐的身子，他们的腿不由得哆嗦起来。其中一人结结巴巴地道："给我们罗司令 600 大洋。"

"我这颗头才值 600 大洋！"他冷笑着，露出受了很大侮辱的神情。然后，叫人把他俩押去关好。等他俩被人押走后，他对漠固和漠重说："罗疤子明天一定会来。"

果然，第二天晚上，罗疤子赶到了。

罗疤子带来的几十人悄无声息地将区公所围了，可他们并不晓得，在他们围区公所的时候，也被漠琮的人围住。

罗疤子坚决要进区公所会会漠琮，看看这个人究竟啥了球不起，敢捉他和杀他的人。

区公所大堂上摆了一桌上好的酒席，燃着十几根儿臂粗细的蜡烛，把大堂照得如同白昼。漠琮独自坐于上席，优雅地饮酒吃菜。他已将一切算计好，在泰然地等待罗疤子的到来。"司令大驾光临，兄弟不胜荣幸，特备薄酒，专此恭候。"见罗疤子进来后，他起身相迎。

罗疤子威风凛凛地走到桌前站住，额上大疤将蜡烛的光亮恶狠狠地反射回去，鼓着眼久久地瞪他，之后，猛地挥掌拍在桌上，厉声道："杀你之前老子就想看看，你他妈是不是长了三头六臂的恶煞凶神，捉了老子的弟兄不说，还敢毙球一个！"

"司令请坐，饮杯酒消消气。"他笑得平静自然，眼里却有漠视一切的傲气。

原以为仅凭自己的名号和威势，就足以吓得这个白面书生屁滚尿流，浑身瘫软，更不用说自己还活鲜鲜地站在了他面前。谁知他竟不吃这一套，根本就没把他放在眼里，于是伸手就去掏枪。

"别动！"他命令道，语气十分阴冷，能让人感到刺心的寒意。然而他的脸上却照样含着微笑。"司令请看，我这手中的 20 响，可是真正的德国造。

只要我的拇指轻轻一勾，司令的身子就会变成马蜂窝！"

"哈哈，想不到文弱书生也会玩枪，只怕你连子弹都还不会上吧！"说完露出一脸的讥嘲。其实，罗疤子已经输了一招，心里正暗暗吃惊，没料到这个年轻人双手拔枪的速度如此之快，自己的手才伸到枪壳外，就已经被双枪瞄着了。他哈哈地笑着，是想掩盖内心的不安，不愿服输罢了。

"玩枪嘛，我与司令相比，的确只算初学后进。不过，自信此时可以弹无虚发。"说着双手的枪朝两边移了移，指拇一勾，双枪同响，就见大门两边的蜡烛拦腰折断。然后道："司令该信我并非戏言了吧！"

罗疤子的手一直放在枪壳上的，本还想找个机会抽枪，但得见他的枪法后，不由就软下来，抽枪的手如小鼠似的，怯怯地缩回桌面上。可并不甘心就此倒威，冷笑道："小看了你呀！哼，你要敢杀了我，不要片刻，我的弟兄们会冲进来零刀碎剐了你！"

"不就是围着区公所的那几十个人嘛，你以为他们还能走动？你真是太小看我了！实话告诉你，他们的背后全是我的人，谁想进来谁死！"

罗疤子两眼血红，真是怒从心中起，恶向胆边生。但怒也好，恨也好，却毫无办法可想。有道是好汉不吃眼前亏，留得青山在，不怕没柴烧，天大的事也犯不着丢命！于是只得强压怒火，硬生生地把笑挂在脸上道："区长大人真是年轻有为呀，兄弟佩服的就是这样的人。"

罗疤子终于软下来，这在他的预料之中。其实，他所布置的几种方案，最终的目的就是必须得让罗疤子软下来。他不露声色地说："承蒙司令夸奖，愧不敢当。兄弟所作之事，实在不得已，得罪之处，万望司令海涵。"

"好说，好说。我罗疤子虽然心狠手辣，为钱卖命，却也并非心胸狭窄之人，啥事又没个商量的余地呢。"经过察言观色，他发觉姓漠的有与他结交的意图，只是没有明说。如果所猜不错，那么这姓漠的会有事求他。于是，他恢复了傲气，将屁股从容地放到椅子上，"你看这事如何商量？"

他挥挥手，漠固立即端来一盘大洋，放在罗疤子面前。"这是1000块大洋，请司令笑纳。"

"无功不受禄。敢问区长大人，有何事需兄弟去办？"

"杀了江高驰一家！"说着他顿了顿，"另外，我得留下你那两个弟兄。我会给他们家里送上 200 大洋，替他们赡养父母。这笔钱还请司令转交。"

"区长的用意我明白，只是可惜我这两个弟兄啦！"

"司令对属下有情有义，令我十分钦佩。但这两人必须留下，还望司令准允。"

"无毒不丈夫，依了你！"说完将面前的一碗酒干掉。

"给司令斟酒！"

他们互相敬起酒来。几碗之后，他们便商量好去后山杀人的方案和时间。当罗疤子告辞的时候，他提出和罗疤子义结金兰，罗疤子爽快地答应了。

两天后的晚上，他把部分人马集中在区公所的院子里，院子里早已放了几坛酒和几大盆红烧肉。吃喝完毕，他便带着他们向后山开拔。

黎明时分，他们赶到江氏家族所住之地，还隔老远，就见江高驰家燃着大火，有许多婆娘和细崽儿哭叫。那时，他命令队伍停下来，提着 20 响走到罗疤子那两个弟兄面前，对他俩道："不是你们司令心狠，也不是我姓漠的手毒。一切皆因情势所迫，不得已而为之。我已托司令给二位的家眷送去大洋200 块，二位可放心而去。"

两人晓得死期已至，倒显得很有气概。一人道："既是司令要我们死，我们死而无怨。只望司令和区长照顾好我们的一家老小！

"二位好汉放心，今后你们家无论有何事情，我与司令绝不会袖手旁观，我可对天发誓！"

"你动手吧！"

两声枪响，他们翻倒在地。他这才命令部队进村。到了江高驰家，只见一屋老小全被杀在大院里，并整整齐齐地摆放着，明显是为了让他好清点和查看。其实，他对这一家其他的人死没死毫不关心，而只在乎江高驰。漠固查看后对他点了点头，表示江高驰的确已死。他这才放心地命令一部分人救火，自己带另一部分人去追杀人的土匪。

自然，土匪是追不上的了，但却抬回来两具血肉模糊的尸体，他说是罗疤子手下，让寨子里的人来看看。寨子里的人看了后，有说没见过这两人的，也有说看见这两人的。那时，他显出沉痛之色，先向江氏族人告罪，说保民剿匪来迟，以致让罗匪杀了江区长一家，并将财物掠抢一空。之后，他还向被杀之人鞠躬以示悼念。那时，江氏家族中晓得此事底细的，也只好打掉牙齿往肚里咽。请罗疤子去杀眼前这人的是他们，哪知罗疤子会反水帮他呢，这才是搬石头砸自己的脚呀！虽说漠、江两族又结不共戴天之仇，可人家现在有权有枪，还有杀人不眨眼的罗疤子撑腰，所以，他们姓江的只能把这一切都忍住，以免再遭灭族之祸！

"江区长一家由区公所出资安葬，操办之事就由你们代劳。明天我会派人把钱送来。"说完，他又给江氏族人一番安慰，这才带了队伍，抬着两具尸体离去。

回到区公所，他立即将此事书写成文，派漠固速送县长。他还在报告中顺便向县长请求，说他那里地处偏远，林密山险，故而匪患猖獗。希望县长拨给枪弹，扩大保安队伍。

县长接到报告后，大惊之余，马上派了名亲信为代表，前去调查。他接了代表，自是好好款待，餐餐野味山珍，夜夜女人作陪，把个代表玩得心花怒放，乐不思蜀。代表回县里后，自然按照他的话说。不久，县长便给他那里拨去长枪十支，子弹100发。

这件事情发生还不到两个月，解放军就快打过来的消息便传开了，而且一天比一天传得凶。没几天，县长带着家眷和财产，在一个风狂雨急的夜里悄无声息地逃往省城。于是，在那几天里，啥保安团长、警察局长，以及城里有钱有势的人便也尾随而逃。开始他还不晓得这事，两天后，他的手下在城外几十里的地方截住一个逃难的人，虽然衣衫破烂，但身上却藏满了金银珠宝，不光如此，还带着县府的大印。仔细一审，才晓得是县府的秘书。手下连忙把秘书送到他那里，他把金银珠宝全还给秘书，却把大印留下来。

那时候，他和罗疤子交往了几次，便把心高气傲的罗疤子收在麾下。得了县府的大印后，他便和罗疤子商量，要趁乱进城当县长。他要罗疤子当保安团长，但却不准进城，驻守城外。他一再交代罗疤子看好手下，不准偷抢，更不准烧杀奸淫，谁要敢违犯，别怪他心狠手辣！县警察局长的位置他让漠固来当，而漠重则任税务局长。一切安排停当，他便也在一个月黑风高的夜里，带着人马悄无声息地进了城。第二天清早，人们就在贴满大街小巷的布告上看见，由一个名叫漠琮的人代理了县长。

　　既然代理了县长，先就得和城内漠氏家族的人见见面，希望得到家族的支持。但族人们都很冷淡，爱理不理的。那几天，他都是一早出门，骑着马，带着手下在城里逛。但还隔老远，人们就躲开了，连一个和他打招呼的人都没有，更别说有人叫他县长了。就在那天中午，他感觉有些饿，便叫回县府吃饭。刚好路过卖油粑粑的小铺子，有个瘦小的老婆婆正把米浆往铁皮提子里舀，见他骑着马过来，随口对他打个招呼："县长，吃个粑粑。"这本来是很平常的一个招呼，但在他听来，却比仙乐还好听。终于有人叫了他一声县长，这让他既感动也感激。他翻身下马，笑眯眯地走过去问："老人家，生意还好吧？"老婆婆说："好啥哟，兵荒马乱的，人们跑的跑，躲的躲。"他立即对手下的人招招手，让他们全过来，然后对他们说："今天我们的午饭就是这油粑粑，给我放开肚皮吃，看谁吃得多，得第一的有赏！"

　　不到一个时辰，他们便把老婆婆准备卖一天的油粑粑全吃光，木盆里的米浆被他们刮得干干净净。吃得最多的人整整吃了20个，说可惜没得了，不然还可以吃20个。他笑道："回去后我赏你20个大洋，明天你再来吃，真要是吃下40个，我再赏你！"说完他便掏钱付账，谁知却分毫没有带在身上，他连忙问漠重，漠重拿出个小布袋，里面可能装有三四十个大洋，他接过来便递给老婆婆。老婆婆哪里敢接，连声说要不了这么多，有一块就够了。可他说："老人家，你的油粑粑是不值这么多钱，但你喊我一声县长我愿意给你这么多，你可是第一个叫我县长的人啊！"

　　他花了一个多月的时间，把全县的区长、乡长换成自己的人。但这件事才搞好没几天，解放军就来了。他们去和解放军打了一仗，那一仗，罗疤子的人几乎被解放军消灭干净。他的人也死伤不少，收留的那个国民党军队的营长和他带的兵，还没开打就悄悄地溜了。他们哪还敢和解放军打呢，听了解放军这三个字都会让他们浑身筛糠，只有疯子才会和解放军打。他不疯，可他却有板有眼地和解放军对抗了大半年。他不敢招惹解放军的大部队，但却不断地袭击解放军在区、乡的工作队和下乡去的征粮队、宣传队。解放军对他真是恨之入骨，发动群众，加强侦察，收集信息。虽然有的是大山，有的是密林，可是好像到处都有解放军的眼睛，无论他逃到哪里，很快就会被发觉。他成了惊弓之鸟，吃没地方吃，睡没地方睡，让他无路可走，身边的人也越来越少。有一天，他和罗疤子、漠固、漠重藏在一条大船上，半夜里，他们被解放军包围。罗疤子惊醒了，开枪阻击，他立即跳水逃命，而罗疤子和漠固、漠重浑身被打成了筛子。

他是在进城的路上被逮住的。他之所以想藏进城来，肯定是想到了大隐隐于市这句话，最危险的地方就是最安全的地方。也许他想隐藏在城内的漠氏大家族里。实在没地方去了，无路可走了，他也只有铤而走险。那晚上，月亮在云层里穿行，大地也就忽明忽暗。他戴一顶斗笠，穿一身破烂衣服，故作无事地走着，但双手却又不得不随时去摸他插在腰间的两支枪。那晚上，他一直走到半夜都没有遇上一个人，周遭始终很安静，只是偶尔听见有鬼东哥吓人的叫声。他认为夜里有鸟叫很正常，如果鸟突然惊慌地飞起来那才不正常，说明有人惊吓了它们。

他是被渔网网住的。他正走着，小路上猛地伸出根拌索，让他结结实实地摔在了地上。他刚要爬起来，一副渔网从天而降，他一只脚踩在网上，又重重地摔了下去，并滚了一圈。当他再想爬起来时已不可能，网被收得紧紧的，而且身上被几只脚踏住。

我分析过他那么快就失败的原因，首先，他碰上的对手是解放军，是身经百战的吕团长。而他的手下是土匪，是败逃的国民党士兵，全是乌合之众。就连蒋介石那由美国人武装起来的800万军队，解放军打起他们来都像摧枯拉朽一般。他实在不是解放军的下饭菜。另外，他虽然读了《孙子兵法》，练过武术，枪法很准，也会笼络人心，但他的理想是自私的，卑微的，出发点更是反动的。他只是想实现祖宗的愿望，让自己成为可以在当地称王称霸的人，为了做到这一点，他不择手段，勾结土匪，杀人放火，明偷暗抢，做了老百姓的敌人。而解放军是共产党领导的，共产党里有毛泽东这样的伟大领袖，还有那么多元帅和将军，真是人才济济，他们不光懂得《孙子兵法》，还懂得哲学和辩证法，要推翻"三座大山"，解放天下百姓，让天下百姓当家做主的理想更是无人可比，高远难及。共产党、解放军才是道者、德者、仁者，才可"令民与上同意也"。而他呢，不过是历史长河里一朵污浊的小浪花，很快就被驱散。

我能懂这些道理，是因为我生在红旗下，长在红旗下，从小耳濡目染，接受了有关的教育。我也想过，要是他小时候碰到的族长不光有丰富的知识，恰好又是共产党员，不光懂《孙子兵法》也懂哲学和辩证法，让他具备宽广的胸襟，给他灌输的是高远的理想，那么，可想而知，他就绝对不会是这样的结局啦。

审判他的时候全城万人空巷，审判结束后，吕团长便宣布了立即执行枪决的命令。可以说，到场的人都觉得枪毙他的那一枪出奇地清脆响亮，也许是人人都屏住了呼吸的缘故，那一声枪响震得人耳朵"嗡嗡"地叫了许久。当时，全城可能只有余青竹和若雨没有去刑场而待在老天爷的屋里，余青竹难产，在床上痛得大汗淋漓，几个时辰过去了，她已经累得精疲力竭，可是无论如何也生不下来。也就在那时，枪声响了，而肚子里的婴儿随着枪响却生了出来。

她是大出血死的，没来得及给婴儿取个名字。因为是听见枪响婴儿才得以出生，所以若雨就叫这个婴儿为响生。后来老天爷说叫响生也行，算是个纪念，但这个名字只能当小名。他给她取的名字叫瑶。

26

这晚上我从响生姐家回来，久久睡不着。这段时间她瘦了，每天晚上，她都一本正经地坐在书桌前，痴迷地面对书桌上那些红色的小册子。除了已经背诵了毛主席语录、诗词和"老三篇"之外，她又已经背诵完鲁迅的诗词和语录。现在开始看和背诵《马列著作选读》。这一天她背诵的是《共产党宣言》，文章比较长，她得分段来背诵。我去了以后，便傻乎乎地站在她的身后，想说的话一时像被忘到了九霄云外。她明明晓得是我去了，而且站在了她的身后，可她也不和我打招呼，我们就这么僵持着。在那之前，我的心里已经十分明了，以前我对她不光有弟弟对姐姐的感情，朦胧中还含着只有对母亲才有的一种依恋的成分。自从那次下雪割草，在草棚里我亲了和摸了她之后，我就将她看成了特别喜欢和亲近的异性。其实，我清楚我还小，在男女感情上不应该这么成熟，也不应该这么强烈。说实话，我对我的状况感到害怕。我还想过，是不是吃了无花果才让我变成这样的。我无时不刻不想待在她身边，想听她说话，看她笑。在这些念头前，我完全丧失了自制力。但是，自从那草棚出来之后，她对我反而显得生疏了，每当看见我的时候，她都很严肃，几乎不再能看见她笑。有时我俩在一起，我会呆呆地看着她，要不我的目光就是躲躲闪闪的。总之，在那个时候我们都默默无言。我晓得，这都是因为我的原因。我们之间变成这个样子让我心里很不好受，我决心要改变这种状况，可是每到她的面前，我就心虚了。

突然，我横下心来，非常坚决地将双手放在了她的肩上。我站在她的身后，看不见她的表情。可立即就感觉到，她整个身子像触电了似的，产生了轻轻的战栗。她没有动，也没有要摆脱我手的表示。我的手便在她的肩头移动起来，缓缓地抚摸着。少顷，我贴近了她，还把她的双肩拉来靠紧我。那时，她很自然地把头靠在了我的胸膛上。我看着她微微上仰的额头，还有她闭着的双眼和长长的睫毛，我的双手便捧住了她的脸，然后将双唇印在了她的额头上。许久，当我抬起头来时，一下就看见了她脸上的泪珠，这让我心里感到一阵刺痛。我连忙去抹那两滴泪，还把脸贴在了她的脸上。又过了许久，她把我的身子推开，一双充满忧郁的眸子久久地看着我，叹口气说："我们这是咋了，要是被别人晓得了该咋办呀！"我说我不怕！她摇摇头说："我们还小呀，别人会鄙视我们的。你想想那些目光，我们还能抬得起头来吗？他们会天天说我们、笑话我们，他们的口水都能把我们淹死！"

是呀，真要是被人晓得了我和她之间发生的事，即或是与我要好的大国、三毛和红旗也会看不起我，再不理我。不晓得他们会如何挖苦我们。想到这些，我的确害怕。

"你真的喜欢我？"

我用力地点点头。

看了我这坚定的神情，她莞尔一笑，捧住我的头，在我的脸上亲了亲说："我相信。"跟着，她又变得非常严肃，"要是真喜欢我，就得听我的！你愿不愿意？"

见她笑了，我心里一阵轻松，手飞快地伸到她的胸口，捂着她的奶子，没说话，只用力点点头。

她在我的手上拧了一把，再甩开我的手道："你看你，边说边犯，下次不准啦！你一定得听我的。以后我们要像没得这回事情一样，照常去割草砍柴，你也照常到我这里来玩，要自自然然的，一点也不能让人看出我们有不对劲的地方。你能不能办到？如果你办不到，我就只好不理睬你了！"

"我当然能办到！"

"晓得不，我们只能等。"

"那得等多久呀？"

"起码得等你满 20 岁以后！"

"那还有五年啊！"

听了我的话，她又笑了，又飞快地捧着我的脸亲了亲。"也得等！好了，我们就从现在开始。你拿着书，看我这一段能不能背下来。如果有错，就立即纠正。”

我乖乖地听从她的话，去一旁搬来个小板凳，坐在她身边，拿起她翻好的书，便要她背。

"……不断扩大产品销路的需要，驱使资产阶级奔走于全球各地。它必须到处落户，到处创业，到处建立联系。

"资产阶级由于开拓了世界市场，使一切国家的生产和消费都成为世界性的了。不管反动派怎样惋惜，资产阶级还是挖掉了工业脚下的民族基础。古老的民族工业被消灭了，并且每天都还在被消灭。它们被新的工业排挤掉了，新的工业的建立已经成为一切文明民族生命攸关的问题；这些工业所加工的，已经不是本地的原料，而是来自极其遥远的地区的原料；它们的产品不仅供本国消费，而且同时供世界各地消费。旧的、靠国产品来满足的需要，被新的、要靠极其遥远的国家和地带的产品来满足的需要所代替了。过去那种地方的和民族的自给自足和闭关自守状态，被各民族的各方面的互相往来和各方面的依赖所代替了。物质的生产是如此，精神的生产也是如此。各民族的精神产品成了公共财产。民族的片面性和局限性日益成为不可能，于是由许多种民族的和地方的文学形成了一种世界的文学……"

我以为这么长的一段文字，她背诵的时候肯定会出错。谁知她一口气就背下来，丝毫不错，这让我不得不佩服。要说背书，我很自信，认为自己比较厉害。但现在看来她比我更厉害。我说："你真了不起，以后肯定能当个革命的理论家。"她笑了笑，啥也没说。我问她是不是完全懂了这段话的意思，她说不完全懂。还说就是老天爷可能也不懂。我说那咋办呢，又没得老师教。她说："不怕，先背下来，以后也许慢慢会明白的。要不就是等哪天开学了，上政治课的时候，问问老师。总之我会明白的。"

离开她家的时候，我变得轻松了，这么久以来，我们俩见面总有些尴尬。现在啥都说开了，我的心结也随之打开。我们又可以一道去砍柴割草，又可以去她家玩耍。只不过，我得特别注意，始终要做到好像啥事也没有发生。

"炒苞谷花，家家都炒苞谷花！"

这是老天爷的声音。跟着我闻到了他那长烟杆散发出来的烟油味。他的声音不大，嘶哑着，但却很威严。我抬起身来，趴在铺上，透过那一捆捆草之间的缝隙看出去，只见在昏黄的路灯下，脚步放得轻轻的，走几步，长烟杆便在地上杵一下，发出声脆响。我是电线杆上的广播停止的时候睡的，广播十点钟停。现在起码两个多钟头了我还没睡着，出于好奇，也不愿意在铺上发呆，便悄悄地下楼，开门出去，跟在了他身后，想看个究竟。

"二月二啦，该炒苞谷花啦！"他的声音依然不大，仿佛自言自语。"虽说那是古时候的事情，我们能够有今日，还是仗了人家玉龙的恩德，有良心的就莫忘了人家。炒苞谷花，快炒苞谷花！"他是从南边转弯过来，然后由东向西走。我们就住在这条不长的街上。街上的人开玩笑说，东边的人打个屁，住在西边城墙下的"摆脑壳"就会捂鼻子。这意思是说街不长。到了"摆脑壳"家，往北沿城墙边的路走，就是去大街，再往南走，就是下坡，可以去河边。他到了"摆脑壳"家，便朝河边走去。这时，他却唱起来：

> ……
> 上天玉帝龙颜怒，
> 下令凡间干三年。
> 太白金星传圣谕，
> 四海龙王断水源。
> 田土龟裂禾苗死，
> 河水井水全枯干。

再往下走，路就变成了沙石路，早先这里有城墙，后来两个省的军阀为了抢地盘，在这里你争我夺，守城的，在这一段城墙上架着大炮往城外轰，而城外的也用大炮轰这一段城墙。城墙坏了，没人修理，反倒有许多人顺着被炸开的豁口去拆城墙石，抬回家做院墙或者房屋的基脚。

没走多远，老天爷又走回来，蹿进一条小巷子，仿佛突然想起刚才还没有唱完，便又唱起来：

> 天下百姓泪哭干，

银河玉龙好辛酸，

违旨来把甘露降，

从此受罪落尘凡。

　　我听清了，他唱的是个民间传说，是个神话故事。他肚子里的这些传说和故事不晓得有多少。看着他的神态，我忽然想笑。这真是应了那句话：老小老小，越老越小。此时的他完全像个不懂事的小崽儿，半夜三更还要唱。但我也好生奇怪，以他的年龄，早就活得超凡脱俗；平常他和我谈佛论道，让我觉得他也早已达到了超凡脱俗的境界；在我的眼里，他应该没有了七情六欲，不再关心人间之事，可他偏偏还这么执着。这时候，我才意识到，我半夜三更爬起来，跟在他身后，是想把我和响生姐的事向他倾吐一番，问问他该如何办。我特别想找个人倾吐，而只有他才是我信任的人。

玉龙受罪西山前，

千年万年几时完？

玉帝来把金口开，

金豆开花重上天。

天下百姓有办法，

家家苞谷炒开花。

玉龙重登灵霄阁，

玉帝瞪眼莫奈何。

　　穿过小巷子，他变得有些无精打采了，便走到城门洞的石阶上坐下，把吊在烟杆上的烟口袋打开，从里面拿出支卷好的烟卷插进铜烟斗，拿出火柴，擦燃一支，很快地插在烟卷上，再把长烟杆伸出去，让烟斗朝下，含住烟嘴，用力地吸起来。这么长的烟杆让他用起来是有些麻烦，但好处是可以当拐棍。我悄悄地到他身边，和他坐在一起，他正仰着头，陶醉地吸着烟。良久，他过足烟瘾，看也不看我地说："深更半夜的，你不睡觉，跟在我身后干啥呢？"

我说："就是你把我吵醒的，深更半夜不睡觉，在街上逛一逛就是了，偏偏还要唱。我只好跟着你，听你唱。"他在石阶上磕了磕烟杆，这才歪过头看了看我道："快回去睡吧，我也要睡去啦。"说着站起身来，把我也拉起来，还用烟杆拍拍我的屁股说："快走快走！"我很想再和他坐坐，和他说说话，但见他这样子，便不敢违拗，连忙转身朝家里走。但我马上又转过身，盯着他看，他说："又咋啦，还有事？"我说："就是有个问题想问你，却又不敢。"他笑道："这问题有好大，不敢问？"我连忙说："不大不大，就是想让你悄悄告诉我，你究竟有一百多少岁了。"他一听，就扬起烟杆，像要打人，却突然笑道："忘了。幸好忘了，不然每年到那一天，都要想自己的岁数。"说完他便转身走了。我嘟囔道，"这还是人！"

第二天我和响生姐清早就上山砍柴。回来在河边等渡船的时候，她一眼便看见船上坐着若姨。船一靠岸，她便高声叫若姨，若姨见了她，便也笑着向她挥手。等若姨上了岸，她埋怨若姨咋不等她，面也不见就往回走。她要若姨和她回去，吃了午饭再走。

"饭我就不吃了。"若姨把她揽在怀里，抚摩着她的脸和头，眼里充满了母亲般的爱怜。但马上，若姨的眼里又布满了不安和担忧，把她拉到一边小声地道："我是来给你说个事情的，这事情可能有些麻烦。"

这时，划船的九公催促我们道："你们啰唆个啥呢，上不上船？没见人家都在等你们！"

她要我先过河，我不干，对九公道："你莫等了，我们下一船再过去。"

见过河的人都走了，若姨才道："昨天有个年轻小伙子，二十七八岁，说是湖南辰河的人，已经来这里找我好多天了。我问他有啥事情，他就问我晓不晓得三个铜人现在啥地方。如果告诉他，让他拿到手，他就给我一千块钱！我当时被他给吓住，一千块钱，那是多少呀，我这辈子可能都见不到这么多钱！我问他为啥要找这三个铜人，他说铜人本来就是他家的宝贝，因为解放前的一次生意做亏了，差不多倾家荡产，他的公没办法，才把铜人卖掉。"

我听着若姨的话，不知为啥，心里紧张万分，而且顿时就产生了不祥的预感。我晓得，有关铜人和她外公留下财宝的事情，她是一点也不清楚的，老天爷没有给她说过，我也没给她说过。果然，她听着若姨的话，既显得着

254

急又有些莫名其妙，拉着若姨的手问："若姨，你说的铜人是啥东西？"

"你看我都糊涂了。这事我一直没给你说过，你家外公在解放前两年曾经花许多大洋买了三个铜人。这铜人我只在你外公买的时候见过一次，你外公宝贝得不得了，藏在啥地方，莫说我，就是你妈也不晓得。"

"人家都说我们江中门这段河里有人捞出来三个铜人，你说的这三个铜人，是不是那三个铜人呢？"她问。

"我说不清楚。你外公买了这三个铜人后，从来不对外人说，更不给外人看，没人晓得你家有这个东西。来的这个年轻人找上我，说明他了解这回事，要了解这回事，也只有把铜人卖给你外公的那家人。我敢说，来找我的那个年轻人，就是把铜人卖给你外公那家人的子孙。"

"这三个铜人在哪里呢？"她问。

"我不晓得。"若姨说，"就快解放的时候，我整天都在守候你妈。你外公在干啥我一点不晓得，他也从来不和你妈说。你想，你外公连你妈都不说，会和我说？我只晓得，解放军快来的时候，你外公每天晚上半夜都要出门，他在干啥，我既不敢问，也不敢看。后来我才晓得，你外公把他的田地、铺子、房子全卖了，把得到的大洋换成金条。他把那些金条藏在了啥地方，莫说我不晓得，就是解放军逮他去审了整整一年，直到把他关在牢里关死了，他也没说。"

她忽然转头看了看我，似乎意识到了啥。我心里一紧，马上想到，有一次我和老天爷说财宝的事情，被她听见。这时，她从若姨口中得知外公藏了一大笔财宝，是不是一下就联想到，我们所说的那笔财宝的事？如果是这样，那么她的反应实在是太敏捷了。

"若姨，你既然不晓得铜人在啥地方，就照直给他说，解释清楚，没啥可怕的。"

"他说他公临死的时候给他父亲说，以后无论如何也得把铜人赎回去，一代人办不到，就让下一代人去办。"

"他一家咋到湖南去了呢？"她问。

"他说他公当时卖了铜人，得了一大笔钱，怕债主找上门来，就连夜带着全家逃到湖南去了。"

"若姨，船过来了，还是到我家吃了午饭再走。"

"我下次来吃你做的饭菜，看我闺女做得好不好。"若姨笑了笑道，"今天就不吃了。我得赶回去，生产队只准了半天假，不按时回去要扣工分。"

"那咋好呢，让你饿着肚子回去。"

"你看，我带得有两个红苕，饿不到的。"说到这里，若姨又笑了笑，"其实，我没啥怕的。只是听见他说了那么大一笔钱，让我不安。这年辰谁有那么多钱呀，有那么多钱的人是不是好人？我想他一定会找上你的，才来给你说一声。你可得提防着，莫要上了他的当！"

我们把柴挑上船去，九公便把船撑离河岸。若姨却还在岸上看着她。她挥手让若姨回去，但一直等船到了河中央，若姨才依依不舍地转身离去。

"要是若姨说的那个人找到你，该咋办？"我问。

"给他说实话。若姨都不晓得我外公把东西藏在了啥地方，我又咋晓得呢！"她若有所思地道，"既然他能找到若姨，肯定也能找到我，没来找我，说明他了解情况，晓得我当时还没有出世，找到我也没用，才不来找我，而去找若姨。"

我认为她的分析很有道理。"他想把铜人赎回去，假如你晓得铜人藏的地方，你会不会让他赎回去？"

她笑了笑道："若姨说我外公得了三个铜人如获至宝，而他的公也交代一定要赎回去，看来这是真宝贝。如果这宝贝让我得了，你想，我该咋办？"

"不晓得。"

"我想可能得交给国家。"

听了她的话，我没有任何表示。心里只有一个念头，那就是得赶快把事情告诉老天爷。我想，那个人能找到若姨，当然很快就会找到老天爷的。

27

　　我和她要游到峒岩上去看河里的青鱼。漠榆、光光、大国、三毛、红旗见我们要去，便要跟着去。

　　天气已经转暖，和煦的南风轻轻地晃动着河对岸的柑子树，正午的阳光还算明亮，但却像块白乎乎的洋芋片，让人感觉不到它的火辣。我们一窝蜂地跑下江中门，边跑边脱衣服。在河边洗衣、洗菜的婆娘们见我们在沙滩上搅起一片沙尘，晓得我们要下河，就有婆娘大声对我们道："放牛崽儿你莫夸，还有三月桐子花。"这意思我们懂，说的是春天虽然早来了，但是桐子花还没有开，天气就不能说完全变暖，河里的水还是冰凉的。这个三月说的是阴历，阳历就是四月。现在已经是四月了，却还看不见桐子花。至于它要在三月里的哪一天才开，我们不晓得。但今天我们要下河是一定的了。

　　"先用水拍拍身子！"我们争先恐后地朝水里扑，但一下去，冰凉的河水就让我们打冷战。见我们这副样子，她便交代我们道："莫逞能，不做点预备工作，游不到峒岩脚就会抽筋！"她边说边脱了外衣外裤，剩下浅蓝色的衬衣和短裤，不慌不忙地走下河，双手捧起水来，猛地一拍，水溅在她的脸上身上，然后缓缓地朝深水走去，边走边往身上浇水。于是，我们都学着她的样子，跟着她往深水走，直到水淹到胸口，才开始朝峒岩游。

　　我们去峒岩，是她说这几天可以在上面看青鱼。春天里，从下游湖南来的各种鱼都会在峒岩这里转圈圈，好像是要在这里确定一下该走哪条河。特别是青鱼，一群群的，身子又圆又长，最好看。她的话引起了我们万分的好奇，我们一致决定上峒岩看看真假。

　　峒岩在两条河中间，十来米高，很陡峭。爬上去后，暖和的南风顿时变成了冷风，轻轻地拂来，也让人打冷战。"你们看，这就是过去的尼姑庵。"大国双手抱住身子，牙帮子咬得紧紧的，双唇没有了血色，一说话，上下牙就叩得叮叮响。其实，这时的我们都和他一样。看他打着冷战说话的狼狈相，我们都忍不住笑。小小的尼姑庵最多五平方米，现在，只剩下早先铺在庵内地上的石板。"莫笑，你们看！"她忽然压低了嗓门道。我们连忙像她那样蹲下，顺着她手指的地方看去，果然见到靠着峒岩游的几条大鱼。漠榆压着嗓门惊叹道："妈呀，怕有三尺长！"我轻声问她："这是不是青鱼？"她点了点头说："莫讲话，它们围着峒岩转圈，过一会儿还要转游回来。"听了她的话，我们全都屏住呼吸，不敢出声。果然，那几条大鱼很快就转了回来，而且身后还跟了不少小一些的鱼。红旗说："这些肯定是母鱼。老师说过的，母鱼一到春天，就拼命朝河的发源地游，去产卵。"这些鱼一直围着峒岩转了四圈，就不再见到它们的身影。它们已经确定了该去的路，便又继续前行。这一路，它们不知逃过了多少渔人的网和钩，终于来到这个路口。但不管走哪条路，等着它们的渔人依然还很多，它们能不能逃过去，到达目的地，那还真要看它们的运气。

"你们还等不等？要等，就还能看见后面来的鱼也会在这里转圈。"她问。她的头发还滴着水，湿了的衣裤紧紧地贴在她身上。这一年多来，她又长高不少，也显得更丰满，那挺起的胸部，能清晰地看见两个乳头，完全像个成熟了的女人，她这模样实在动人心魄。

我发觉似乎其他的人都在看她的胸部，于是连忙道："我们还是不等了，好冷！"

"你们敢不敢从这里跳下去？"

"有啥不敢的，我跳！"没想到漠榆还最先回答，说着便纵身跳下峒岩。

我吓得赶忙过去看，漠榆双手紧紧贴在腿上，直直地扎进河里，一时浪花四溅。少顷，他浮出水面，踩着假水，用手抹了抹脸，仰着头对我们笑道："你们跳呀，跳呀，好玩得很，太安逸了！"

我还在犹豫着，她却把眼一闭，也跳了下去。这一下，我们再没啥可犹豫的了，前前后后全都跳下去。游回岸上，我便把漠榆呵斥一通，叫他以后别再当冲头，要做啥得先问我，不准自作主张。漠榆一直为最先跳下峒岩而自豪，听了我的呵斥，便埋下头去。但她却笑我，说漠榆有胆量、果断，肯定有出息。说着就回家换衣服去了。我们这些崽儿却不怕，把短裤脱掉拧干，摊在鹅卵石上晒。然后，他们要我教摔跤，我便站在一旁指点。突然，漠榆好像发现新大陆似的，指着我的鸡儿大叫一声道："哥哥，你看！"我被他吓了一跳，连忙看去，"哥哥，你看，你鸡儿长毛了！"果然，我那还湿漉漉的鸡儿根上有一圈淡淡的，又短又绒的黑毛，不仔细还看不出来。"喊你不要吃无花果，你偏要，这下好了吧，你发育了！"漠榆埋怨道。三毛、大国他们都围过来看。

"真的发育了！"光光坏坏地笑着，露出一脸的幸灾乐祸。"我敢肯定，你是想女人想多了！"

这一下我真是有点无地自容，窘迫极了。就在这时，大国、红旗几乎同时道："我也长毛了！"听了他俩的话，我们又连忙去看他俩的鸡儿。果然，和我一样，他们鸡儿的根上也有一圈淡淡的、绒绒的黑毛。我趁机道："看来我们才是正常的，我们都是一样大的年龄，还没发育，肯定有问题。"三毛、光光反复看自己，我们也帮他们看，的确不见有毛。"不要紧，等今年我家无花果成熟了，我让你们去吃，也让你们的鸡儿今年长出毛来。"

"我才不像你们那样想女人。"光光道。

"你最想！"红旗道，"你敢不承认，去偷看女人洗澡和拉屎拉尿的就你最积极。"

我和漠榆、三毛、大国都笑起来，光光一听急了，想反驳，却又不敢，鼓着眼睛，把脸和瘦长的脖子都憋红了。少顷，光光见我们还笑着，突然问我们道："你们说，响生姐长毛了没？我敢肯定，她早就长了！"

大家停止了笑，没想到他会提到响生姐。一时里，大家都不晓得该如何回答。我的第一反应是想日妈捣娘地骂他一通，但立即想到响生姐对我的交代，便犹豫了。

"漠杨，你上来！"

我掉头看去，却见是癞子在喊我。他的身旁站着老天爷，正看着我们。我猜可能是老天爷找我有事，便马上穿好衣服，和他们打个招呼，便朝癞子家跑去。漠榆见我跑了，便一边穿衣服，一边大声叫着，要我小心他家的蛇。

我说不怕，我只在他的院子里，不进他家屋。

到了癞子的院子里，我看见兴三公坐在竹椅上看字帖，一旁的小饭桌上放着笔墨砚台，几副刚写好的对联摊在地上晒太阳，等墨迹干才卷起来。

斗争伴侣，自主自愿结成百年佳偶
革命家庭，同心同德共造一代新人

斗争路上喜相逢
革命伴侣情谊长

洞内桃花开半夜
房中贵子结五更

我晓得，这是农村结亲的人家请兴三公写的对联。他吃饭的家什全放在癞子这里，一直没敢拿回家，于是有人找他写东西，便往癞子家跑。虽然这费了许多，但他情愿，以免祸延他家的那些宝贝，才是最重要的事情。看了他写的对联，我觉得他的进步蛮大的，能跟上时代的步伐，啥斗争、革命这些词，很自然地就拿来编到了对联里。

"漠杨，昨晚上我觉得心跳，就让癞子把书全搬到他家来了，除了这里的人，再没人晓得。给你说了，你也千万莫要给别人说。"老天爷道，"你时常得看的书我给你包在这里，你拿回家去，有空就看，不懂来问我。"

我点着头，看那放在树下石凳上用报纸包好的书。我晓得，他给我包好了的书，无外乎"四书五经"、《史记》、唐诗、宋词、元曲之类。"你说要教我阴阳五行，让我先看看书，这本书你包在里面没有？"我问。

"放在里面的。吃了夜饭你来，我在家等你，我先给你讲讲，你多少了解一点后再看书。"

"老天爷，这些书你是送给我，还是借给我看几天？"我笑着，故意问道。

"你读得好，记得牢，让我满意，我就送给你。莫说这几本，我所有的书都送你！"说着，他把那包书拿起来往我手上一放，"拿回去吧，我要在这里打个瞌睡，莫吵我。"

见他靠着大树，闭上眼睛，我才想起还有重要的事情没给他说，于是赶快道："莫忙睡，我还有话给你说。"我凑过去，将嘴抵在他耳边，把若姨说的事情悄悄地告诉了他。

他顿时睁开眼睛，看着我道："果然如此！"他摸了摸胡子，"昨晚上我的心乱跳，就打了一卦，说有一子从东边来找，看来就是你说的这个人了。"

"咋办呢？"我问。

"他要是找上门来，我不躲不藏，一问三不知。"突然，他双眼紧紧地盯住我，那眸子里闪过一丝不安，良久才压低了嗓门问，"我看你的样子好像有些紧张，你说，是不是把秘密给响生说了？"

"没有没有，真的没有！"

他又看了我一阵，舒口气道："那就不怕。"他重新靠在树上，"把书拿回去吧，最好莫让你那些伙伴看到。"

我提着书走到兴三公面前，见他看得那么认真，便忍不住也看了看。马上我就说："这个字不好。"

"咋不好？"三公笑问。

"看这字好像是还不懂事的小崽儿写的，又像是好久都没有写过字的老人家写的。"

"这个字好啊。你说像是小崽儿写的，是呀，它有崽儿真率无拘的特点，也有老人淳厚古拙、大智若愚的修为。这才是神品啊！"

说实话，我看不出这样的书法好在什么地方，认为连我的字还不如。是我的修为不够？但不管怎样，三公崇尚的书法，我是不能质疑的。记得响生姐要我遇到一切问题都一分为二地看，我便想，该怎样一分为二地看待这个书法。最后我得出结论，三公不是说过"宁拙勿巧，宁丑勿媚"的话嘛，这书法会不会是丑到极致就变成了好看，好看到极致反而变丑了呢？

我回到家就开始看书，当然是先看阴阳五行，这门学问还从未接触和了解过，我心里充满了好奇，而且老天爷说过，要真正看懂《西游记》，不懂阴阳五行是不可能的。但是看了不多久，心里就不耐烦了，因为实在不懂，不光字面上不懂，内容也不懂。只晓得整个天下似乎全是由阴阳组成，乾为阳，坤为阴；太阳为阳，大地为阴；高山为阳，河水为阴；男人为阳，女人为阴；男、女身上都有阴阳二气，阴阳二气失调，就会生病。但为啥呢？不得而知。五行好像容易明白些，似乎整个世界都是由金、木、水、火、土这五种元素组成，它们既相生又相克，没有木就不能生火，没有火就不能生土，有了土才能生金，有了金也就有了水，有了水也就生了木。于是，木克土，土克水，水克火，火克金，金克木。

就晓得了这么一点。心想，还是让老天爷讲给我听好得多，一是容易懂，二是他会连带讲一些故事，肯定有趣。

28

　　玟姐又回到家里来了。她一个人回来的，病得厉害，没一点精神，脸变得又黄又瘦，十分憔悴。她是被交给大姑婆监管的，所以大姑婆每天都要去她家待许久。奇怪的是，和她单独在一起的时候，大姑婆就再没有了批斗会上那凶巴巴的神情，居然对她恭恭敬敬、客客气气的，不断地问这问那，还亲自给她倒开水，喂她药。大姑婆家里不缺肉，便给她砍肉煮汤，端来喂她喝，说是一定要吃完，这样身体才会恢复得快。我家就在她家坎上，很近，自然经常跑去看她。大姑婆看见了也不干涉，反倒很严肃地交代我，玟姐有啥事情，需要跑腿的，就由我去。

　　都说响生的妈妈长得好看，再就是我伯伯的小老婆罗玉芯年轻的时候好看。响生的妈妈我没见过，但奇怪的是，面对面地看了玟姐后，我头脑中响生妈妈的面容就和玟姐重叠了。这也许就是我对她特别亲的缘故。我很想为她办事，很想为她跑腿。都说人与人之间的心灵是有感应的，她一定感应到我的心灵所想，所以那天我去看她，她很热情地要我坐，问这问那，对我特别关心。但是，我却感知到她有事情要我跑腿了，只不过她还在犹豫。果然，不一会儿，她下了决心，拿出一把钥匙对我说："漠杨，你帮我做件事行不行？"

　　"没问题！"我答复得十分爽快。

　　她不易察觉地舒口气说："我看你大方、机灵又稳重，这件事你一定能帮我办成。"说完这话，她的眼眸中立即就闪出亮亮的期待。然后她变得严肃了，侧着头，屏息听了听，看是否有人在房子或窗子外面，那神情极是小心，充满戒备。

听了她的话和看到她的神情，我马上意识到她要我办的事情一定很重要，心里瞬间就有了干大事的紧张和兴奋。说实话，我自认为胆子大，渴望干一些让人意料不到、惊诧不已的事。于是我激动、急切地说："玟姐，你就说吧，有啥事让我办，看我能不能办好。"

听了我的话，她似乎很满意，摸摸我的头道："是呀，得看你是不是能办，如果不行，就别去。"

"你总得告诉我是件啥事呀！"

她想了想告诉我说，她很爱集邮，是在读小学时受老师的影响。到现在，她已经集了十多本邮票。当然，其中许多邮票是新中国成立前的，与现在的社会有冲突，但那是邮票，虽然小小的一张，却也记录了历史。在红卫兵抄家之前，她有预感，便找了张很旧的头巾，把邮票本包好，装进一个烂箩筐，上面放许多木炭。等夜深人静的时候，她把箩筐搬进了柴房。红卫兵来的时候，只在意她的家，反反复复地查看，没在意柴房，所以那集邮本才得以幸存。"漠杨，我要你办的事情，就是要你争取在今天晚上，悄悄地去把集邮本给我拿到这里来。我的柴房在地委大院宿舍区，那里有四棵大冬青树，面对冬青树，从左数第三间就是。"

"没问题，这我能办到！"的确，我认为这事好办，比我晚上过河偷柑子简单得多，所以我才这么干脆地回答她。

"还有一件事。我已经好久没能去买过邮票了，我觉得'文化大革命'出的邮票很珍贵，我应该把它收齐，哪怕一样有一张也好。"跟着，她又道，"漠杨，你也集邮就好了。邮票是一门艺术，一张张虽只方寸之间，却有大学问、大知识。有外国名人说过，邮票是一个国家的名片，这真是不假。你想，我们的毛主席，世界各国人民都知道，所以用毛主席的头像做邮票，外国人一看就知道这是中国的。还比如我们的大戏曲家梅兰芳，一个男人反串旦角，就是说男人去演女人，把个女人演得千娇百媚、惟妙惟肖、出神入化，他的唱腔好似喷珠吐玉，脆若银铃。他去美国，卓别林看了他的戏，都成了他的崇拜者。他去苏联，同样好多人倾倒在他炉火纯青的超凡技艺前。所以梅兰芳也就成了我们国家的名片，被印在了邮票上。"

"他还在不在呢？"我问。

"不在了。"

"要是他还在，会不会被打倒？"

她叹口气道："会的。"

"我晓得了，现在只要是当官的和有水平的，没谁跑得掉。"

"也不是这么绝对。"说这话时，她眼里充满了忧郁，没有了精神，恢复了病态。

见她不再想说话，我便道："玟姐，现在还早，你拿钱给我，我去帮你买邮票。"

"要得。"说着，她从口袋里掏出一元钱递给我，"你问卖邮票的，如果是新出的邮票，不论有几种都买，一样买几张，把这钱花完。"

我接过钱便转身出了门。

非常奇怪的是，我一出门，就无端地打了个冷战，就像大热天一脚踏进冰水里，浑身顿时起了层鸡皮疙瘩。跟着我便感觉，这是被一双眼睛盯着了，但这双眼睛在啥地方，我不清楚，也不愿去找。然而，我的心却体察到这目光的尖锐。说实话，我晓得玟姐很孤独，两口子被打倒后不久，她的儿子、女儿就被从山东老家赶来的叔叔接去了。她想和我交谈，可我急于离开她，是想趁时间还早，去买了邮票，再去地委大院看看地形，确认她家的柴房。当我感觉到这双眼睛后，我顿时警惕万分了，故意蹲下，拉拉鞋子，再不慌不忙地地穿过长长的巷子，去找响生。这双眼睛是谁的，我也明白，一定是愿意花1000元赎铜人的那个家伙。我心里很清楚，只要他在这条街上随便问问，就晓得我毫无来由地梦到过铜人，这个人既然要找铜人，不来找我那才怪！

很快地分析后，确定我和玟姐的谈话他一定不晓得，我要去做啥他当然也不晓得。我之所以立即就去找响生，是不想他跟着我，如果他跟上了我，无疑，我去观察地方，或者晚上去拿邮票本，都会受到他的误解和干扰，肯定会坏事。

到城门洞边，碰见老天爷，便问我为啥不看书。我过去拉住他，小声地告诉道，玟姐要我办件事，我来叫响生姐帮忙。这时，我很想告诉他，我也被那个人盯上了，但又想，用不着这么急急忙忙地给他说，那个人盯没盯上我，还只是我的感觉，是猜测。于是我给他告个别，便跑进了响生家。响生姐听我说明来意，也突然变得兴奋了。我晓得，她也是个好事的人，还爱冒险。她二话不说，拉着我就走。一路上，她都在给我出主意，这些主意无外乎两条，一是我打掩护，她去柴房，二就是她打掩护，我去柴房。

这一路我却几乎没讲话，莫名地想到了我的爸爸妈妈，想到了玟姐和她男人。他们的儿女被接走了，与他们相隔千里，我们呢，同样如此。他们是如何想儿女的，那么我们的爸爸妈妈也同样如此。我的爸爸妈妈不像他们那样当官，也许没有像他们那样被斗，但一定被斗了，我妈妈也许像余老师一样被挂了黑牌子。

到了邮电局，我和响生姐便忙着看邮票。我问卖邮票的人："有新出的邮票没有？"卖邮票的人说，全是去年的。我仔细看了看，有十几张一套的毛主席诗词邮票，有两张是现代京剧的剧照，一张是金光四射的太阳，中间有个毛主席穿中山装的头像，下面是京剧《沙家浜》剧组的人，另一张是《智取威虎山》的剧照。我算了算这十几张邮票一元钱还不够买，诗词邮票共 14 张，一角钱的有三张，八分钱的九张，四分钱的两张，这就要一元一角，那两张现代京剧邮票一角六分钱，要买全就少两角六分钱。我摸摸荷包，有两个五分钱，响生姐见了也摸荷包，刚好有张一角的，一张五分钱，另有个一分的豆豆钱。我们两个呆呆地看着那钱，之后异口同声地说，太巧啦！

买了邮票后，我和她就按预先商量好的路线走，先到大十字，再慢慢往地委方向去，到一条巷子边，我故意大声说："去解手，等我。"然后便飞跑进去。她老实地在路边等，许久后，才露出不耐烦的样子，嘟囔着不晓得埋怨了些啥，这才掉头慢慢地往回走。

我从巷子里穿到另一条路上，七弯八拐地进了地委，手里掂着几颗彩色的玻璃弹子，双眼仔细看着地下，像在找失落的弹子。看看到了那四棵大冬青树前，这才飞快地瞅瞅第三间柴房：小小的一间，比较破旧，门上没有锁，只用门扣扣着。然后再若无其事看看对面那两层楼的宿舍楼。在这观察的时间里我的脚一直没停，但走得很慢。观察完后我没有掉头，而是继续朝前走，不远就是很大的一个厕所，厕所的外侧是个约两米高的石坎，下面就是另一条路了。我想了想，有了主意，便试着从坎上跳下去。

回到玫姐家，响生姐也在，她们还在看买来的邮票。见了我，玫姐便迫不及待地问："看清楚地方了没有？"

"看清楚了。那门上只有门扣没有锁。"

她一听，顿时呆了。良久，才有气无力地说："完了，肯定有人撬锁进了柴房。"

"就是有人进了柴房，也是想找点值钱的东西。我想他不会去动那箩筐木炭的。"

响生姐也安慰了她。跟着，我又问了问木炭摆放的地方，再道："你放心，晚上我无论如何都会去，如果邮票还在，我一定给你拿回来！"

吃了晚饭过后，看看时间还早，我就去响生姐家，她也刚吃过饭，正在洗碗。见我来了，便问我晚上如何去拿邮票。我说等天黑以后，她说这话当没说，谁会大白天去拿呢。我笑了笑说："先和光光、三毛他们藏猫猫，然后我不动声色地离开。你背个背篼先去，在北门口等我，不管她的邮票还在不在，我九点钟之前必须去弄个清楚，如果还在，我拿上就从厕所边的石坎跳下来。"她问为啥不叫三毛他们一起去那里藏猫猫呢，也好给我打掩护嘛。我说想过，人去多了，吵吵闹闹的，反倒引起别人的注意。

天没黑，但她的厨房光线已经很暗淡了。洗好碗筷和菜盘，又用干帕子把碗盘擦拭一番，这才放进碗柜。她说："我们出去坐坐吧，起码还要半个多钟头天才得黑下来。"可是我却像没听见似的，呆呆地看着她。她一下就明白了，连忙说不要不要，我今天要帮人家办大事。可我却一下就抱住她，她没有反抗，只轻轻地叹口气说："晓得咋办哦。"眼睛里满是忧郁，可怜巴巴地看着我。我用嘴堵上她的嘴，用舌条去舔她的唇，她由着我，跟着，我的双手就伸进她的衣服，双手握住了她丰满的奶子，她仍然由着我。不一会儿，我用右手紧紧地揽住她的脖子，嘴更紧地贴在她的嘴上，她伸出舌条让我吮吸，我的左手伸进她的裤子，这时，她捏捏我的鸡鸡说："好硬啊！"然后轻轻捧起我的头说："真的好想给你了，可你才15岁呀！"她把我的手从她的裤子里拉出来说："好啦好啦，摸一下就行了，哪能没完没了呢，自己去洗个手吧。"说完在我脸上亲一下，便出去了。

我有些失魂落魄，直到我们开始藏猫猫后。

一群崽儿先在一起划铜锤剪刀布，最后输的两个人就负责来捉藏的人。不同的是一个得留下了守"根据地"，这"根据地"其实就是一根电线杆，藏猫猫的人没有被捉住，还得回来躲避守"根据地"的人，如果没被他抓住，手板拍在了电线杆上，那你就胜利了。电线杆紧贴着一堵土墙，墙里面是县革委的花园。当所有藏猫猫的人找地方四散而去之后，我故意掉在后面，然后绕了一个大圈子，来到县革委的花园里。这时我突发奇想，既然没规定一定要摸到电线杆的啥部位才算赢，那我为啥不悄悄爬上墙去摸电线杆呢，这肯定会让守护的人意料不到。

但是，真正意料不到的是，我在这里见到了他！

他是从一棵矮小的柑子树后面走出来的，当然，我吓了一跳，可是我很快就冷静下来，预感到这就是在白天的时候让我浑身起鸡皮疙瘩的人。我静静地，而且很有些好奇地打量他。他的年龄和若姨说的差不多，二十七八岁，个子不比我高多少，剃个平头，鼻梁高高的，眼睛大而有神，目光锐利，但却让我觉得隐隐地含着忧郁和焦虑；身上穿一件黄色圆领短袖衫，扎在一条洗得快发白了的军裤里；他的胸膛很挺拔，一双手全是肌肉，显得孔武有力，于是我想，他也许和癫子一样在练武。

"我晓得你要从这里去摸电线杆。"他有些拘谨地笑了笑说，"我猜的。"

其实见了他后，我对他的印象还不错，并没有觉得有啥可怕的地方。但听了他的话，我心里一惊，顿时警觉起来，也感觉到害怕了——能猜中别人在想啥和要干啥，这未必不厉害？不可怕？

"他们都说你聪明。既然聪明，那么藏猫猫也会和别人想得不一样。"他又笑了笑说，力图打消我的戒备。

这就是说，他也很聪明。"我不晓得你姓甚名谁，但我能猜到，你就是想要赎回那三个铜像的人。"

"果然聪明！"

"我也晓得你要来找我。其实，我只是莫名其妙地梦见过铜像，也很想见到真实的铜像，可惜就是不晓得它们现在何处，藏于何方。"

"唉，也是呀，你生在四川，偶尔做了一个梦，虽说有些稀奇，但却说明不了啥。"他的目光幽幽的，神情也凄楚了。"我父亲死得早，跟公长大。他去世前，要我想办法把三个铜人赎回去，我晓得这很难，但是又不得不努力一回。"说到这里，他顿了顿，"你父亲一定晓得。"

"是。我父亲二十多年前还在这里读书，同学曾经告诉他，谁把铜人卖给了谁这件事，放学后就忘了。不久，他就被国民党弄去当兵，更是彻底忘了。说实话，还是我把这个奇怪的梦告诉他，他才回想起来的。"

"你说老天爷晓得不呢?"

"他没给我说过。你得去问他。"

"你要是能帮我的忙，我也会帮你的。"

"你是说会给我钱?"

"不仅仅是给钱。你有啥需要，我都会想办法帮你。"

"这样吧，我尽量帮你问。但是你不要抱太多的希望，以免到时候啥也没打听到，你对我失望。"

"你帮我问问响生如何? 她是女的，我不好去接触。"

"我试试吧。不过我也得告诉你，晓得铜人在哪里的除了她外公，也许就是她妈了。但是你也晓得，她外公在她出生前就死了，她妈在她出生后也死了，他们想告诉她都来不及。你说是不是?"

他点了点头，又叹口气。

藏猫猫的崽儿们回来了，喧闹着，故意逗引守电线杆的人去抓。我对他说："我得去了。"然后就朝土墙跑去。

在我开始爬墙的时候，他突然对我说："我明天就回湖南，我们那艘大篷船已经装好货。"

"你还会回来的，对不对? 那时候看我能不能帮你打听到一点消息。"我晓得，他也是个水手，必须在船上干活才有饭吃。我莫名地有了一丝同情，所以话也就说得真诚。

"那就谢谢你啦!"

我对他点点头，便轻灵地爬上墙，抱住电线杆高声道："我赢啦!"当我回头看他时，只见他已经转过身去，但没走，还呆呆地想着啥。

我跳下墙，就朝街的拐弯处跑去。我晓得响生姐在那里等我。这时，我的心情非常兴奋，也非常地急切和紧张，这种感觉和响生姐去偷柑子完全不一样，这是去干正事，有些地下工作者的味道。

"我刚才见到要赎铜像的人，我还和他说了一会儿话。"我便把经过讲给她听。

"见着他啦，你害怕？"她问。

"他人长得和气，目光有些忧郁，一见就给人没有坏心眼的感觉，也是个水手，明天回湖南。"

"知人知面不知心，慢慢看吧。还会来找我们的！"

其实，这个晚上的经历实在太简单，没有一丝惊险的成分。我毫不费力就拿到了那十几本邮票，无所顾忌地走过空荡荡的院落，来到厕所边的石坎上，又毫不费力地跳下去。唯一给我点印象的是，地委大院里的灯光是那么的昏黄和惨淡，偌大个院落竟然声息全无，没有一个人出入，家家关门闭户。那几幢美国人修建的楼房，在昏暗的灯光照射下，显得死气沉沉，那一副副狭窄、瘦高的窗子让人感觉到了它们的幽深和神秘。

不用说，当我们把邮票拿给玟姐后，她是如何的激动了。她来不及拍拍包裹在邮票本外面那层布上的炭灰，便迫不及待地解开那层布，再打开里面那层塑料纸。她捧起那几本邮票时，双手有些颤抖，眼泪也流出来。

29

这一年很快就过去了。很多时间里，我有点空闲就去找老天爷，把所读的书说给他听，再听他的解说、教诲。当然，和玟姐在一起的时间也多，她教过书，不光给我说古书，还给我和响生姐讲初中的数理化。我依然时常去给她买邮票，每次见了新邮票，她总是非常高兴，细细地欣赏后，再小心地放进集邮簿里。她还喜欢围棋，没事的时候，会拿出个显得很有些年代的木制棋盘，把黑白子慢慢地摆放上去。有一次她问我想不想学，我反问："古人最讲究琴棋书画，那个棋是不是围棋？"她回答是。于是我毫不犹豫地说："我跟你学。"她笑着对我点点头，告诉我学围棋可以开启智力。说我们国家古时候发明围棋的人实在太伟大，下围棋的人一定要有有容乃大的胸怀，高远深邃的目光，还得有相当的心机和算计。其实，围棋真正体现出中华民族的个性——胸怀博大、志向高远、不忽视小，更着眼大、执着专注却又淡泊安宁、聪慧而又狡黠。

她给我说的我体会不到，因为不会下围棋。我想，一定要把这东西学会学精。

这之后，我无事的时候就跟她学棋，令我很得意的是，三个多月后，她已经不是我的对手。多次下输之后，有次她尴尬地说："青出于蓝胜于蓝，这才对头，说明我教得好！"

这一天，我们下完棋后，她又让我去看看有啥新邮票，拿一元钱给我。正好我也要去邮电局，每个月必须给爸爸妈妈写封信，把我们的情况告诉他们，是我的职责。现在情况好多了，爸爸妈妈又在一起了，但是，他们没能回县城，而是被调到离县城百多里外的一个公社。所以现在写信就不用分别写给爸爸妈妈，而只写一封了。

出门后我就去找响生姐。清早我们上山去割了挑草回来，此时，她肯定吃过午饭。还没走到她门前，就碰上老天爷，一见便问："听说你学会围棋啦？"

"玟姐教的。"我说。

"下得如何？书还读不呢？"

"在读。棋也学得可以，玟姐已经下不赢我了。"

"棋会下就行了，毕竟是玩物，玩物丧志。还是看书要紧呀！唐诗宋词读了没有？

"在读。"

"多读读苏辛。"

"我说你放心嘛，要不要我背一首你听？"

"算了，晚上你来背，要是不来，莫怪我对你不客气！"

"我哪敢不来！"说完我就跑走。

我和响生姐在邮电局给玟姐买了十张毛主席诗词邮票，便去中学的大门处看了看。听说中学要复课，想证实一下，这消息是不是真的。学校门口有许多学生，他们正在看球场上一队解放军操练。有学生说，学校已经成立了革命委员会，肯定马上就要复课。但说实话，对于能不能复课，我心里觉得没把握，而且有着深深的不安。

回去的时候我们走的是西门。还很远，就听到高音喇叭声嘶力竭的吼叫，许多人都朝西门去，特别像我这样年龄的人，充满好奇。原来，不知几时，两种观点的人聚集到西门桥的两头，以桥为界，互相扔石块，人人头上都戴着藤帽，手上拿着扁担、钢钎。

"我们快些回去吧！"响生姐看见这场面有些害怕，满脸紧张的神色，抓着我的手就走。其实，我是很想看看这闹热的，但见她的表情，也就只好跟她走了。

回到玟姐那里，把邮票给她后，我便对响生姐说："你在这里陪玟姐吧，我再去看看。"

"不准去！"响生姐忽然很严厉地说。

玟姐忙问是咋回事。响生姐就把看见的给她说了。于是玟姐也叫我不要去。我对响生姐露了个调皮的笑脸，说不会去西门桥的，就在街口的城墙上看，一点危险也没有。说完我就跑，不给她们规劝的机会。说实话，遇到这种事，没有谁能阻挡我的好奇心，无论怎样，我都会去看的。

不一会，胜负已分。桥西头的人跑了，桥东头的人便追过桥。很快，败了的人有的朝山上跑，有的跑进柑子园。有个瘦高个子跑着，还要回头看那追来扔石头的人，却没想到，脚被河岸边的南瓜藤绊了一下，便翻滚着掉下河去，头还在崖壁上碰了一下。

良久，人们才回过神来，全都朝河滩上跑去，离河还远远的，就看见拱王来到那人落水的地方，在那里指指点点。九公驾着船也来了，在那人落水的地方停着，另有许多男人正在潜水。我晓得，那地方的水很深，越是靠崖壁的地方水越深。我们在那里跳水，也在那里潜水，不晓得有多深，试着在那里潜水到一半，耳朵早就如针刺般痛，所以没一个崽儿能潜到底，也没崽儿敢潜到底。但我想，这些大男人本事肯定比我们大，我们潜不下去的地方，他们不可能潜不下去。

河滩上站的人越来越多，就连大姑婆也来了。再一看，老天爷都出现在残破的城墙上，含着他那老长的烟杆，不断地喷着浓烟。半个钟头过去了，一个钟头过去了，那人还没有被打捞上来。围观的人有些不耐烦，开始说起了闲话，说没一个有本事的，既然潜不下去，就莫在那里装模作样。大姑婆几时来的呢，来干啥？我很好奇，她那么庞大的身躯竟然不辞辛劳，不知不觉地就到了这里，满脸充血，变成了绛紫色，喘一口的粗气，怕半里路外都能听到；那一张无时无刻不拿在手里的湿毛巾，不停地擦脸上的汗，有时还撩开衣服，去擦庞大的身躯。这张脸帕的汗味，怕也能在半里路外闻到。她到这里来，是为了看闹热，还是为了体现自己是个带头人，是个指挥者？

就在这时，我发现有个人不慌不忙地走下河去。他背对着我，剃个平头，背上的肌肉十分发达，被阳光晒得黑黝黝的，真是虎背熊腰，一看就晓得是个常年与水打交道的水手。看着他的背影，我觉得有些熟悉，想了想，顿时明白，他不就是要赎回铜人的那个家伙嘛！那么久都没来了，未必将近一年了，他们的船才找到上水的货？

没人注意他。当走到齐腰深的水里后，他长长地吸口气，往前一扑，两只脚板轻轻一弹，就没了身影。不断地有人冒出水来换气，也不断地有人重新潜下水去，但都引不起我的注意。时间一点点地过去，没见他冒出头来。我丝毫不急，也不担心，像他那样的年轻水手，在水里待个两三分钟，只是小菜一碟。又过了几十秒，他终于冒出头来，抹去脸上的水后，对大家说："我找到他了。"听他这么说，大家都看着他。"就在他落水的崖底，水有些深，一块岩石挂住了他背在身上的水壶。"说着，他又长长地吸口气，潜下水去。其他的人全跟在他身后。不一会儿，他就推着那人冒出水面。其他的人也帮着，把那人平推着送到浅水处。

这时，大姑婆也许在修理的大篷船上，找到了一床破烂的席子，平平地铺在沙滩上，这才对那些潜水的人道："快抬过来呀！"果然，大姑婆在那里指挥起来，开始做主了！于是，他和那些潜水的人便七手八脚，有的抬手，有的抬脚，把他放到了席子上。"去，快找四根竹竿，再找床席子来！"大姑婆指挥着人。这时，他却不声不响地走到一边去了，就凭这一点，我就能判断出，他不喜欢别人赞扬，也不会争功，我喜欢这样的人。

我走过去，在他背后拉拉他的手。他转过身来，我对他笑着，跷了跷大拇指。他也笑着对我点了点头。我和其他伙伴都走过去看了看死者，他也跟着我们。响生姐也去的，和我们一样，啥也没说，就默默地看。

"谁家还有纸钱，去拿一点来。"大姑婆那粗哑的嗓音又响起来，"谁家有？"

"'破四旧'都烧了，哪还有！"有人道。

"是嘛，这年辰谁敢留那样落后的东西呢！"

我晓得许多人家都还留得有钱纸的，不敢拿出来也是真的，谁晓得啥时候会被人揭发呢！我还晓得，这些人平常对大姑婆不满意，趁这个机会打整一下她。

"怕是只有你去才找得到！"

她不再说啥，抬脚就朝城门洞走。我忽然觉得有些不忍，这才发觉她还是有善念的，也愿意做些善举。莫看她平时凶巴巴的，谁又能说她不是戴了面具的呢！

"还是让我去。"我说着就往城门洞跑去。

我是去找老天爷。我晓得，其他人是不可能公然拿出纸钱的，所以只有去找老天爷。这个老人家还有啥怕的呢，可以说天不怕，地不怕，就是所有的人都不再留这些东西，老天爷也会留的，而且会照样当着众人贡献出来！但我还没有跑到他那里，就见他一只手拿着烟杆，嘴里喷着烟雾，一只手捏着一刀切得整整齐齐的纸钱和三支香烛，朝城门洞走来。我当然晓得他这是去干啥，于是啥也不说啥也不问，跟在他身后，朝沙滩上走去。

他似入无人之境，径直来到死人面前，先拿两张纸钱盖在死人脸上，然后将纸钱一张张揭开，顺着钉眼子的一面打个折，放成一堆，才将三支香烛放上去，划火柴点燃。纸钱在这炎热的天气里自是燃得很快。他嘴里默默地叨念着啥，不得而知。但是，在干这些事情的时候，他面无表情，显得很漠然，似乎不情愿，却又非得去干。

我转过身，不晓得几时，那个要赎回铜人的小伙子竟然和响生姐站在了一起，见他们谈得还很投机。

我连忙走过去。

"你就是响生吧？"

"你呢，姓甚名谁？

"我姓毕，沅陵人。家里人叫我毕广。"

"是下游湖南人，顺水。听说不远。你来找铜人，想把它们赎回，然后带回湖南？"

点点头说："想请你帮忙……"

她笑着打断他的话说："这个忙我肯定不会帮你。说句不怕得罪你的话，但也是大实话，铜人的事我只听说，不晓得现在究竟在啥地方。就是我晓得，也不会告诉你。你想，这三个铜人是我们老祖宗留下来的，它们本来就该物归原主。真要是有人得了它们，被你晓得了，要拿高价去赎，我敢说，那人也不会让你赎的。万一那人经不住钱的诱惑，同意让你赎，我敢肯定，这里的人一旦晓得了，也绝对不会让你把东西带走，即或你悄悄地把它们带走了，我想，一定有人不会放过你，直到把东西追回来！"

我也道："毕哥，她说得不错，你可得想清楚！"

他的脸渐渐地变得严肃了，低下头，很用心地思考着。到后来，他看看我们，没有说要继续走赎宝之路，还是就此罢休，只轻轻叹口气。

这个晚上，沙滩上十分闹热，一个陌生人死在这里，居然让街上许多的人自发地来守夜。大人们借机在一起摆龙门阵，崽儿们有藏猫猫的，也有打跳哄吵的，只图个闹热。不晓得这些人忽然从哪里找来那么多纸钱和香烛，在旁边烧了好大一堆。很晚了大人崽儿才回家，但也有人自愿留下来值守。这时，沙滩安静了，除了河里的船随了浪的晃荡发出梦一样的声响外，再就是纸钱、香烛那猩红的光，以及弥漫在沙滩上呛人的气息。

我和响生姐、大国、三毛、红旗、光光等半大崽儿待在一起，没兴趣像那些不知事的崽儿们呼来唤去地尽情玩耍。毕竟死了个人，哪怕从不认识，却也莫名而依稀地觉得感伤。

第二天中午，死人开始发胖。大人们议论起来，说这咋好，天气这么热，到下午，也许就会有气味了！有人说，那咋办，人是我们弄起来的，不等主人来，谁去埋？大姑婆也十分着急，庞大的身躯像个巨大的皮球，在沙滩上滚来滚去。好一阵，她才道："等不及就埋，我负责，总不能让人在这里发臭吧！"跟着她便分派人去找板材、木匠。

我真担心死人发臭，于是便不停地招呼大国、三毛他们拼命烧纸钱和香烛，也许，这辛辣刺鼻的气味可乱其臭。也就在那一刻，我对死又有了更深刻的体会和认识——死是一种蓝色的的烟雾，轻灵而飘逸；死是一种无色的气味，辛辣而呛鼻。我忧虑地想，他家里的人咋才会晓得他遭遇了不幸？如果不晓得，又咋会找来呢？

不到天黑的时候，一个简单的棺材便做好。几个男人便拿席子裹了他，把他装殓了。族人们真让我感慨，曾听老天爷说过这样的话："平民种德施惠，乃无位之公卿。"在过去，等级森严，平民与公卿之比，其差何止天上地下；平民下贱，公卿高贵，所做之事也因此而分。好在还有这样有见地的话，对我的族人来说，当之无愧。但我的族人绝非为此话而做此事，内心的善良，难以让他们坐视呀！

等我吃完晚饭，正想去约响生姐，就听见有人说，死人家里来人了，哭哭啼啼的，把棺材弄上划来的船，再顺大江朝上游去了。等我跑到沙滩上时，船已远去，但依稀可见船篷边马灯微弱的亮光。

不晓得为啥，我忽然有些伤感，便在沙滩上朝船去的地方看了许久……

30

听说马上就要复课了，于是我和响生姐便抓紧割草砍柴。如果开学上课，要去割草砍柴，就只有等星期天。

那天，我和响生姐一大早去砍柴，下午去割草，傍晚时分，才回到九公的船边。上得船去，却见罗玉芯也在，背上背着个细篾丝编的背篼，里面装着捡来的煤渣，眼睛看着很远很远的地方，思绪也随目光而去，眼里呢，则有无奈的遗憾和伤戚。她眼睛看着的水面上有着碎金般的光点，仿佛一个无比美好的梦幻瞬间破灭。我在船上轻轻地将草放好，又轻轻地喊了她。看见我后，她呆呆地，许久后，思绪似乎才从梦境中返回，轻轻地对我说："哦，你们割草回来啦。"

"捡这么多煤渣，哪里捡的呢？"我好奇地问。

她没有回答。眼睛又朝远处看去。响生姐拉拉我，对我使个眼色，那意思很明白，要我不要打搅她。于是我想，那斑驳而耀眼的光斑一定勾起了她的心事。

随着年龄的增长，劳动的加强，我觉得越来越能吃。漠柳、漠榆没有我能吃，是他们没有像我这样劳动。说实话，我也绝不希望他们像我一样劳累。所以，每餐饭，他们都会找借口说不想吃或吃不下，有意让我多吃。他们是我的亲妹妹亲弟弟，让他们多吃才是我的意愿，怎奈肚子不争气，实在是太想吃。这样的情况到吃晚饭时就好一些，因为我们的公每每在那时已然大醉，就是要吃饭，也最多用米汤泡两口吃，酒早已让他吃饱。多出来的饭就是我的了。

这天中午，我正在后院吃饭，那是一大碗苞谷饭，菜是辣椒炒酸菜，玉禾秆煮米汤。这么大一碗饭，端在手里就让人放心，愉快。院坝坎下，玟姐端个碗走到门边，向我点点头，示意我下去。到了她那里，见饭桌上放着碗回锅肉，好香，馋得我直吞口水。她说："坐下吃。"我坐下，但没有伸筷子。"咋啦，客气起来啦？"说着，她便给我夹肉。"大姑婆送我的肉，炒了这一碗，我吃不完。"她几乎把一碗肉全夹进我的碗里。我明白她的意思，这些肉不是给我一个人吃的，她晓得我不会不顾妹妹和弟弟的。我一连声地说："好了好了，你自己总得留点。"然后，我一边道谢，一边端着碗往外跑。快进堂屋门时，我把肉全埋在饭下面，然后到门边，示意漠柳和漠榆出门来。等他们出来后，我带他们绕到屋侧边的无花果树下，他们不明白我咋这么神秘兮兮的，当我把肉一片片地分给他们。那一下，他们真是惊奇万分，喜出望外。我说："是玟姐给的，吃吧。"

照旧一天天砍柴割草，我院子里的柴草几乎都快放不下。于是，我会把柴草送给罗玉芯、玟姐，再就是兴三公。老天爷我不送，他不会怪的，晓得我送了其他人。再说，他需要的柴草都是由响生姐负责。

那天中午吃过饭，我便去找响生姐，准备一同上山砍柴。这么久以来，我再没有邀约其他人一同去砍柴了，而响生姐也同样如此。我们可以说是心照不宣——不希望有人和我们一道去，只想两人在一起。

让九公把我们渡过河，便顺着石阶往上走，路过柑子园，见拱王叼着短烟杆，巡视在小水沟那边柑子园的地界上。柑子很快就要成熟，发出阵阵的香气。自从柑子园里死了人，并且滚下河，我们这些崽儿就不敢晚上下河，也不敢去柑子园了。没了我们的骚扰，拱王自是清闲许多。

"去砍柴呀。"他笑眯眯地取下烟杆，看了看我们背的刀，他也就晓得我们是去干啥了。

"送几个柑子吧。"我说。

"送你我不咋情愿，要送就送响生。"说着他叼了烟杆，顺手摘了四个，走到小水沟边递给她。

"好嘛，到时你莫怪我哟！"

"你们这些娃娃崽讨嫌，三天不打，上房揭瓦！我就不怕，有的是办法打整你们，你们倒是要小心啦。"他依然笑眯眯的，没一点生气的样子。

晓得他人好，最多吓吓我，不会想狠办法整我们的。

继续朝前走，没走多久，便远远地看见罗玉芯的背影。我想追上去，她却说不要追，就在后面，看她是去哪里。我想也对，这段时间，她经常过河捡煤渣，河这边有许多工厂，她是去的哪家工厂呢？如果我晓得了，哪次就专门去帮她捡两天，带上漠柳、漠榆。于是，我们就在后面远远的地方跟着。过了柑子园，她如果朝右走，就是去有工厂的地方，可她却没去，而是走了左边。

"她是去哪里呢？"我问。

"还有哪里有煤渣？"她反问。

我突然就明白过来，连忙道："你看我好傻，她还能去啥地方呢，一定是去我伯伯劳改的那个砖瓦厂！"

"就是鹭鸶崖那边监狱办的砖瓦厂？"她问。

"就是那里。我伯伯判刑的年限到了后，也没放，就到那里劳动，过年的时候才准回家几天。"

"我们跟她去看看，莫让她晓得就是了。"

她有些迟疑地说："我们还是不去吧，她想偷偷地去看你伯伯，我们就不应该去打扰。你想，万一被她发觉了咋办？我们不就是窥探别人秘密的人，到时，她下不了台，我们也下不了台。"看了看我的神色，她又道，"再说我们还得抓紧时间，砍一挑柴回家。"

照街上大人们说的，她开始抽条，人长高了，没有以前胖，脸变成了鹅蛋型，腰似乎也细了，于是屁股就显得圆和大。其他的变化是，她的话没以前多，文静了，很少开玩笑，更不像过去那样敢像男生一样上树，咧着嘴大笑，像男生似的逞勇斗狠，等等。她的眼里莫名地有了忧郁，说话秀气、温柔了，不再有命令似的语气。最明显的是，很多事情，在我的面前她不做主，而是商量、建议，大多的时间里，都是听我的。"就看一会儿。你晓得的，我太同情她啦，不晓得该咋去帮她的忙。也许，我们今天碰上了，这是给我们的机会，能给她帮个忙。至于这挑柴，我认为砍不砍都不重要了。"

"你想咋帮？"

"让他们见次面。真可怜呀，不晓得他们多少年没能面对面说说话啦！"

她啥也没说，只顺从地点了点头。

我们便继续尾随在她身后。

我们要去的地方是顺着公路走，到砍柴的那里还有七八里路，照我们的速度不要一个钟头就到。过了鹭鸶崖，就得分路，我们走右边，可是，我们跟着她走左边。她低着头走得很快，顺着河又进去两里路的样子，出现了像小山一样的煤渣堆。煤渣堆前几十米的地方，有好几座烧砖瓦的窑子，那里有几十人在忙碌着。

我们远远地窥视着。捡煤渣的人不多，大人崽儿都有。她走过去，放下背篼，便开始捡煤渣了。尽管我们离她很远，但是响生姐却总是不放心，生怕她回头看见我们。我说，那我们就到河边的沙滩上去，到河转弯的地方，便到了她的左前方，那里的河岸长得有许多大树，藏在树后就安全了，而且离她还近一些。她点点头，表示同意。于是我们就走下河坎，朝上游河转弯的地方走去。

河岸边的树几乎全是柳树，两人才能合抱，树下长满嫩嫩的青草，仔细看，青草上有蚱蜢在休息，趴在草上，随风轻轻地摇，也还有公蛐蛐在吟唤，希望有母蛐蛐听见，进到它的洞里去……趴下去，青草就能把人全掩藏了。这里，河中间有一块很大的绿洲，长满了芦苇。已经是秋天啦，芦苇开出了一尾尾略带青色的花穗。突然想起宋词里"兰英将谢，苇花初秀"这么一句词来，就对这里有了好感。这时，下午的阳光刚刚往西偏去，秋日的天没一丝云，能见很远很远的山。不知咋的，我的心里忽然漾起了莫名的感动和美好。我对响生姐说："我还没来过这里，好美！你说呢？"她笑了笑，啥也没说。看着那些芦苇，我灵机一动说："如果没时间去砍柴，我们可以砍芦苇，等它晒干了，不一样可以当柴烧？"说着，我便拉着响生姐往河岸上的柳林里跑。

果然，在柳林里能更清晰地观察她。她在一大堆煤渣的侧面，可以很方便地看见那些做砖瓦、烧砖瓦的人。看得出，她虽然在捡煤渣，但心却没在煤渣上面。有时，她转过头去，会呆呆地看许久。当然，我也在那些忙碌的人之间搜寻目标。终于，我发现了我伯伯。他在一个很大的茅棚下，那里堆满了刚做好的砖瓦毛坯。他穿着背心和短裤，剃着光头；个子高高的，浑身显得结实有力。我想，他这时的形象和十多年前已经不同了。虽然那时他也穿着短裤、背心，却是在船上，为大船到了一个新的栖息地而轻松和喜悦。她呢，终于得见自己日思夜想的梦中情人。最不同的是，现在她虽能看见他，却不可能再大胆地去见他啦。

有没有办法让他们在一起呢？我想。

许久，我看了看响生姐，她似乎也在想着啥。我推了推她，这才惊醒过来似的。我示意她和我走，便一起走下河岸。我们走得很慢，心事重重的。我是在为罗玉芯着想，她呢？

这里的沙滩很宽阔，有明显的坡度，水比较急，也就浅，河里的鹅卵石看得清清楚楚。河水直冲对面山崖，然后转个急弯，再下去一些，就是深潭了。河水因为这个绿洲而分成两股，我们面对的这股，不宽，水浅，绿洲对面的那一股要宽得多，水也深些。绿洲百多米长，头尖，到了腰，就变成个大肚皮，再到下面水汇合的地方，就是尾巴，也变得尖了。在河边，我脱了鞋，挽起裤脚，找了一块大的鹅卵石坐下，将双脚浸在清凉的河水里。她也如法炮制，坐在我身边。"有没有办法让他们见个面，关键是要自然，让看管我伯伯人找不出破绽。而且，更重要的是，不能让我伯妈和漠明他们晓得。"听了我的话，她没有看我，若有所思地说："我在想，有没有必要让他们见面。罗姨能每天借捡煤渣的机会看见他，已经不错了。我们硬要做这样的安排，她答不答应，愿不愿意呢？也许，她悄悄地来，就是为了不让人晓得。再说，他们见面了又有啥用？"她说着，又将双手浸下水去。"世间的矛盾实在太多了。过去，你伯伯可以娶她，是合法的。要是他们见面更早一些，她也会和你伯妈一样生儿育女。时代变化了，他们在一起就不合法了，她再爱你伯伯，也只能把这份感情隐藏在心里。"她看了看我的神色继续道，"要解决这个矛盾，最好的办法，就只有让时间去磨损和淡化她的感情。"

我自顾自地想着，良久，我忽然忍不住笑。心想："你背熟了《矛盾论》《实践论》，要谈矛盾，我也跟着你学了一些，要解决矛盾不容易。就如罗玉芯，要是换了你，实践一下，看能不能就把这矛盾解决了。"但是，我不同意她说的，让时间把他们变老，消磨掉他们的感情。说实话，罗玉芯和我伯伯的故事，深深地感动了我，让我同情。我一辈子也不会忘记闯进饭店里去喝酒，并把我伯伯带走的女人！而我伯伯和伯妈的故事则平淡无奇，不值一提。忽然，我想到了我做过的梦——我伯伯在晦暗和空旷无边的雪地里，把已经病入膏肓的罗玉芯背走的镜头。

也就在这一瞬间，我有主意了。

我高高地挽起裤脚，便朝绿洲蹚过去。水很浅，但却急，鹅卵石上长了青苔，赤脚走上去，就得十分小心。她跟着我过河，我掉头看看她，便挽着她的胳膊一道走。

芦苇长得很密实，全是指拇粗细。我和她是很小心的，就是上山砍柴，也得去离人家户远一些的地方，不然，就得被人干涉，和别人打嘴巴仗，再不就是说好话。走到绿洲里面，芦苇更是密不透风，我和她抽出刀来，对着芦苇便一刀刀砍去。我们的刀用来砍芦苇，那真是牛刀杀鸡。我一把要抓四五根芦苇，贴着根部，一刀过去，"嚓"的一声，便整齐断掉。她和我背靠背，朝不同的方向砍去，就像我们在山上割草一样，先在中间开块地盘，好放草。不一会儿，我们就各自砍了两大捆，突然才想起，我们没有带扁担和钎担来挑它们。我们平常上山砍柴，只带刀子，在砍柴的时候，就留意粗一点和结实一点的棍子，砍了后，把两头削尖，中间削平，等把柴砍好了，长短一致并捆好了，再分别插进两捆柴去。看来，这绿洲上没有柴棍子，也就没有东西挑它们。她说今天先扛一捆回去，反正还有的是时间，多砍一些，放在这里，明天带钎担来挑。

我俩很快就捆好一大捆，把绿色的叶片都割甩了，只剩下苇花。我们认为，这苇花干得快，拿来引火最好。但说实话，最主要的是我舍不得剔掉它们。秋天里，兰英将谢，就是说百花快要开败，而苇花初秀，是说它正在开放。古诗词里，哪怕是壮怀激烈的，却也隐隐地让人感到一丝惆怅和伤怀。这时要剔掉它们，我是断断不肯的。

我们继续砍着，不一会儿又砍了很大一片。我们将砍好的芦苇平平地放在地上。太阳又西斜了许多，厚密的芦苇里透不进光线，芦苇之外，阳光明媚着，天湛蓝着。我坐在芦苇上，不再砍了。我得细致地想想如何帮罗玉芯和我伯伯。当然，实实在在地愿意帮他们，这是毫无疑问的，可又隐隐地觉得，这也是在帮自己，能完成这桩事，我一定会很得意、满足和安慰，更主要的是，当他们见面那一刻，会咋样呢？

响生姐从系刀壳的带子上解下小毛巾，走出芦苇，到河边搓洗一番，然后洗脸，并伸进衣服去揩身子。洗好了，便给我也搓一把来，让我擦脸。

"想好主意啦？"她坐到我的身边。

我点点头。

"想好主意了，咋情绪不高呢？"

"其实，让他们见了面又能咋的呢？可能还会帮倒忙。我这二伯妈实在太可怜！"

起风了，不大，芦苇长得太密实，风透不进，能见它轻轻地晃动着苇花。头顶上的这片天依然这么蓝，让人充满无比的遐想。我靠紧了响生姐，突然抱住她用力地在她脸上亲了亲。她看着我啥也没说，我也看着她，跟着便像发誓一般地道："我一定要对你好！"她笑了笑，抚摸着我的头，还是啥也没说，双眼慢慢地移去看起伏着的苇花。"真的，我会对你好的，要让你当我老婆！"

"你才多大呀，就敢发这样的誓！"

我一下就把头放在她的腿上说："我就要发这样的誓，而且还要做到！"身边的芦苇有着甜甜的清香，她的身体也散发着诱人的香，我故意把鼻子挨着她的身体，用力地嗅着。

"又调皮啦？"她把手指插进我的头发，替我梳理。然后她低下头，在我的嘴上轻轻地吻了一下。"这世间的事真是说不清楚呀，就像你伯伯和二伯妈的事一样，谁又能预料呢！人世间一切都是变化着的，人也是一样，不可能一成不变。你现在 16 岁，等到了 18 岁、20 岁，你所遇到的矛盾就会完全不一样。"

"那又咋的呢！"

"不管咋样，我会记得你说的话，到时候不论发生啥变化，或者啥事情，我都会理解的。"说到这里，她又将目光放到随风起伏的苇花上去。

我让她看苇花，却把手伸进她的衣服里，去摸乳房。她轻轻地拍拍我的手，双目依然看着苇花。我突然有些惭愧，她对我真好，爱我、疼我，啥都依着我，我可不能欺负她！这时候，我才晓得我的自制力很差，明明意识到了不该这样，却控制不了，手照旧握着她的乳房不放，不停地抚摸着乳房。猛地，她抓住我的另一只手，放到她另一个乳房上。我立即坐起来，抱住了她，亲她的嘴。许久，她双手撑在地上，头朝后仰，闭着双眼，脸红扑扑的。我拉过一捆芦苇，把她的头放上去，跟着就去解她的裤子，她没有拒绝。我看见了她结实的小腹，微微地凸出，圆圆的像个小月亮。我把手放上去，再伸下去，可她却陡地坐起来，急切地说："不行不行，坚决不行！漠杨，我们可不能做傻事，毁掉自己呀！"她站起来，飞快地把裤子拉起，扣上扣子，系好带子。"老天爷给我说过，我们以后很有前途，比如你，说你今后不论干啥都能干出头，你心好，善良，富有同情心，聪明好学，而且能说会道，可贵的是，你能吃苦耐劳，有韧性，能坚持，只要你始终不骄不躁，虚怀若谷，宠辱不惊，而不是哗众取宠，啥事情都能平静而又理性地对待，你就会成功。"

"他还给你说过啥？"忽然一口气说出这么一大堆话，我不晓得如何回答，只好随便问一句。

她犹豫了一下，看着我道："老天爷还说你情欲重，今后说不定会背许多情债。"

"不会，肯定不会。我只会对你好，我背啥情债！"少顷，我又道，"老天爷对我也说过，你会变成个大美女，追求的人很多，你会比你妈还美。你妈才色俱佳，但比不过你。你妈是富家千金，衣来伸手，饭来张口，吃香喝辣，柔弱无力。你呢，从小劳动吃苦，有男生一样的韧性，甚至比男生还要坚强。认真想一想，的确没几个男生有你这样的沉着和智慧。所以，我以后跟定了你，大美女我不要，还去招惹其他人，那我不是傻，脑壳有问题！"我笑起来。

"说不清楚，世间万事万物都会变化，更莫说人啦！"她又道，"反正，现在我们……"

我打断她的话说："不可以做好事！"说完就嘿嘿地笑。

她扬起手来说："讨厌，小心遭打！"

我却又抱住她，在她嘴上亲着不放。

她好不容易才挣开，求饶地说："好啦好啦，莫再讨厌，该回家了！"说着便扛起芦苇朝河边走去。可就在此时，我忽然下了个坏决心——在我16岁里，一定要得到她！天那么高，山那么大，草那么深，林那么密，我俩在里面做一件坏事有啥不可，也绝不会被人晓得。其实，她是心甘情愿想把身子给我的，她也是个胆大之人，不比我差，只不过是害怕怀崽儿。这有啥难的，我去一趟伯妈的妇幼保健所，就可以拿到让她彻底放心的好东西。

31

　　我去老天爷处，他正在靠椅上假寐。我没有叫他，便拿起他的书看，却是一本算命的书。他给我的《易经》，不管懂不懂，我都耐心地看。我晓得《易经》可以算命，比如用麻钱合在手心，扔六次为卦，等等。但这么直接讲算命的书，还是第一次看到。

　　"老天爷，你不是说教我算命，你究竟好久才教？万一你不小心，驾鹤西归，到西天享福去了，我找谁学去！"

　　他闭着眼睛说："此法可学可懂，却不可说。"稍后，他加重语气道，"切记切记！"

　　"为啥？"我以为他在卖关子。

　　"能以此法谋生者，为遭天谴之人也。"

　　"遭天谴，是啥意思？"

　　"天生残疾之人。因为如此，无法靠劳动去养家糊口，蓄养妻室，此等人方可以此谋生，即或泄露天机，也不会再遭天谴。你耳聪目明，四肢健全，今后完全可以靠聪明才智生活，万不可用此去算命赚钱。如果你只为给人算命好耍，不为赚钱，那说出来也是泄露天机，会遭天谴的！"

　　我认为他是在吓我。不愿教，再说无用。我想，只要学会了《易经》，难道还学不会算命？所以不再求他。说实话，我确实有哗众取宠的心理，会算命，也就可知一个人的过去未来，那多么了不起！到时，给三毛、大国他们算一算，不让他们佩服得要死才怪！

　　他问了一些要求我看的书，并让我解释，如不满意，他会给细细地说一遍，非让我懂才罢休。

离开他那里，我回到家。其实，我这个年龄的人，最是好玩，想到书就心烦。只是想到爸爸妈妈，心里不安，才强迫自己耐心去看。谁知看得多了，记得多了，道理也就懂得多了，大国、三毛、红旗他们在这个年龄段上，那知识面真是差我老鼻子远。他们差我越远，我看书也就越有动力。

婆肩膀上照旧搭着一圈麻绳，挽着衣袖和裤脚，一进门放下麻绳，端起木盆，拿上洗脸帕就下河洗脸。临出门问我："你公还没回来？要是回来，你就把菜拿到河边来，我好顺便把菜洗了。"

"好的。"我说，"就不晓得等他喝得醉醺醺的回来，那菜篮子里还剩得有没有菜。"

"这个老崽崽，晓得咋办哟！"

转过身，从后门看见玟姐正在对我招手，我连忙跑过去，问她有啥事情。她把我拉进屋去，悄悄地告诉我，大姑婆通知她，要她做好准备，接受批斗。

"又要斗你啦？你继续装病嘛！"我说。

她摇摇头。跟着拿出个很大的黄提包，轻声道："我所有的邮票都在这里面，另外还有几本《毛选》。要是他们真的把我带走，你就把这个包放到你家去，帮我保管好。"

"你放心！"

她笑着点点头，然后叫我坐，并且很神秘地告诉我，两天前给她买的《全国山河一片红》的邮票，好像上面的地图有问题。我说不会吧，国家印的邮票咋能有问题呢？她说原来她办公室桌边的墙上就挂得有全国地图，经常看。这邮票上的地图在云南边境那地方少画了一块。别小看那一块，起码是几个县的地盘！这邮票我买了八张，给了她四张。我说怪不得昨天我去看学校好久才开学，路过邮电局，看见大门上贴得有通知，让买了邮票的人把邮票退回去。她听了变得很兴奋，说果然是错票！千万莫退，不光不退，还得好好保存。我问为啥，她说："你听我的，你想，这样的错票人人都去退了，剩下没退的就一定很少了，东西越少越宝贵，也就越有价值。至于这邮票以后到底有多少价值，也只有到了以后你才会晓得。"见她这么郑重其事，我便说一定保存好。

话说完之后，她又陷入沉思。这么久以来，她都是如此。说实话，我是晓得内情的。她的这种表情，告诉我她想的是啥，但我不晓得该如何安慰。她这么关心我和弟弟妹妹，是因为我们和父母天各一方，而她也和儿女相隔千里。她的儿女还小，她如何放心得下，可以说是无时无刻不在想！

她的感觉很快就应验了。下午，我正要去找响生姐，就听见她叫我的声音，我连忙跑过去，就见大姑婆和四个红卫兵站在她家大门口。

"漠杨，谢谢你借给我的《毛选》。"

"不用谢。"我正儿八经地回答，然后拿过黄提包，转身便走回家去，藏到我的楼上。

幸好红卫兵们没有查看！

玟姐要我做的事情我都做了，可我想帮这个二伯妈做的事呢，却一直没有实施。如何让她和我伯伯见个面，待上几分钟的计策我早就想好了的，也和响生姐商量过，她觉得可行，为此我还十分骄傲自得。之所以一直没实施，是因为我内心还不踏实，有些胆怯。但当我看见她到了自家门前，闪身而进之后，我下定了决心，就在这一两天的时间里，一定完成我和她的心愿。

这一天，看见罗玉芯背着背篼出了门，我、大国、三毛便跟了去，一会儿，响生姐带着漠榆也跟了上来。过河的时候，见我们这么多人都背着背篼，她便问是不是也去捡煤渣，我说是，她的神色就有些张皇，但很快便恢复过来，无事一般地和我们摆起了龙门阵。

过了河，我叫大国、三毛上前走，先到那里去探探，看我伯伯在不在，也看看有没有管教。大国说有啥看的呢，走到了不就清楚了。响生姐说当然该去，还要跑快些，有啥状况再跑回来，好有个准备。大国不以为然，说又不是啥了不得的大事，还得派探子。我说莫啰唆，快去快去！

"你看我们像不像个小部队？古人早就说明白的，'兵家之有采探，犹如人之有耳目，耳目不具则为废人，采探不设则为废军'。还是快去。"响生姐道。

大国没明白她说的话，但却嘟嚷着去了。我看了看她，觉得她实在了不起。大约半年前的一个晚上，我在老天爷那里拿了本《经武要略》到她那里去看，她也看了一会儿，不晓得咋就背得了这一段。对她笑了笑后，我也加快了脚步。让她和漠榆陪二伯妈。

过了河，去伯伯烧砖瓦的地方大约六里路。当我走到一大半的时候，三毛跑回来了，他说我伯伯在搬砖，有一个管教坐在摆放好了的砖上。听了他的话，我的内心紧张起来，步子不由迈得更快。不多久，我和三毛便到了砖瓦厂倒煤渣的地方，大国已经捡了不少的煤渣。当看到了我伯伯和管教后，不晓得咋的，我的心顿时又平静下来。是的，其实有啥紧张的呢，不就是去骗一下管教嘛，再说，我伯伯已经劳教期满，只是还没有完全自由，得在劳教农场里劳动，有事情必须请假罢了。

按照事先商量好的，我们飞快地捡起了煤渣。过了不多久，响生姐她们也到了，才让二伯妈捡了不到十分钟，我和大国、三毛捡的煤渣已经能倒满二伯妈的背篼。我给响生姐使了个眼色，她便说："漠杨，你们捡得快，不如先给罗姨，让她先回去。"我说要得，不由分说便将煤渣倒进她的背篼，大国、三毛也如法炮制。背篼上面升腾出一股煤灰，响生姐把事先准备好的手帕拿出来，就去给她擦脸。其实，那手帕上有黄色的药水，擦上去，自然就有了黄色。

她不知就里，连声说谢谢。响生把背篼端起来，让她背在身上，拉着她边往前走去。走了几十米远后，她坐下来，响生姐则把背篼放在了一边。这时候，我假装跑过去，跟着又飞快地跑回来，并且直接跑到管教的身边。对他说："叔叔，和我们来捡煤渣的阿姨得急病了，脸都痛黄了，我们想背她又背不动，请你帮个忙行不行？"他朝那个方向看了看，很为难地说："这个忙我帮不上，我有任务，不能离开岗位。"我连忙说："叔叔你看这样行不行？"我指着我伯伯道："他个子大，力气一定也大。我们是江宗门的，不远，只有几里路，他背阿姨可能不在话下，就让他去救这个急吧！"他想了想，便叫我伯伯过来，然后对我伯伯道："那里有个妇女得了急病，你去帮个忙。"我见他已经同意，转身就跑，一是故意显得很着急，二是不让伯伯认出我来。伯伯接受了管教的任务，便也快步地跟上来。只听管教在后面高声地交代："快去快回！"

我心里既高兴又激动，计划这么顺利地成功了！不晓得伯伯和她相见了会是个啥模样。在这个时候，不晓得为啥，我竟没有勇气过去，躲得远远的，只想悄悄地看。我看见响生姐和大国他们站开去，让伯伯直接走到她面前。

我清楚地看见，他们俩见面的那一瞬，呆了好几秒钟，说了啥我听不见，但我想他们啥也没说。伯伯也许很快就明白是咋回事了，立即就地蹲下去，而她也很快地明白了，马上伏在伯伯身上。

等伯伯背着她走去，我才跑到响生姐身边，与大家走在离他们两丈远的地方。老实说，我和伯伯没啥感情，从小不在一起，回来两年多，也就见了几次面。我要做这件事情的意愿十分强烈，即或不是我伯伯，我想也一定会做的。我只是把他们看成一个非常感人的故事里的主人翁，这个故事神奇动人，而又有些凄美——美丽的姑娘因为梦境中，见到了大篷船上，那个俊美结实而又书生意气的小伙子，从此后对这个梦中的小伙子一往情深，于是每天都痴痴地到那个码头去守候，希望能见到自己梦中的恋人。皇天不负有心人，恰恰在那个秋日的黄昏，日落西山，雾岚轻拂，水面荡漾着夕阳的金色，他来了，而且唱着山歌……这个梦决定了她的一生，成了她的宿命。在当今的环境里，不用想，我都晓得故事早已完结，但是，却分明还在发展着，并没有结束。我希望能一直发展，不要结束，为此，我愿意推波助澜。

事实说明伯伯和她都是非常清醒的人，他把她背到川主宫上面一棵大树的背后，告别的时候，他们说了些啥，我们当然听不见，但肯定说了，而且这一路，他们不晓得说了多少话，但也许啥也没说，要说也说不完，不如不说，因为想说的都在他们心里，还有啥不明白的呢！之后，伯伯非常坚定地转身就走，没有回头，而她呢，却痴痴地目送他，直到不见踪影。我看见伯伯往回走的时候，便又躲到了一边去。如果见了面，我不晓得他会对我说啥，干脆不见为好。

晚上，我想去见见她，陪她说说话。但走到门口，却听见轻轻的啜泣声，但却十分伤心。我突然产生了怀疑——这件事究竟做对了，还是错了？

我连忙转身走了，心里惶惑着。

32

天气一下就冷了。家乡的冷和草原上不同。草原上是干冷，而这里是湿冷。似乎没哪一天不是湿漉漉的，头上、脸上、手上，只要是露在外面的肌肤，随便摸摸，就是濡湿的。这种冷更让人难受。

公的生日到了。他过生日，其实是在搞一桩祭祀活动，主要是祭奠他的父母，也就是我们的太公、太婆。当然，在这个日子里，公还是会想尽办法弄点好吃的，比如这一天，他不晓得在何处找了巴掌那么大一块牛肉。下午他去买菜，没有喝酒，身上换了件洗得很干净的阴丹士林布对襟棉衣，头上包了张用米汤浆洗过的白头帕。

有肉，我们自是高兴万分，没有谁到街上去乱跑，就在附近玩耍，比如漠柳和几个女孩在花妹家门口跳橡皮筋。

往年谷子结几颗，今年谷子起索索；往年麦子细朵朵，今年麦子起坨坨；往年苞谷鸡脑壳，今年苞谷像牛角。

印毛虫，印死你，你上天，雷打你，你下地，火烧你，你钻洞，蛇咬你。

她们唱得有味道。我和漠榆很老实，哪里也不走，我还主动去帮着烧火。就等公炒牛肉，对于许久没有吃过肉的我们来说，先能闻闻那香味，也是一大享受呀！

我们心里好急切。

伯伯昨天晚上悄悄回了趟家，买了一瓶苞谷酒，给了公20块钱。我睡得迷迷糊糊的，听见伯伯小声地说："酒不多，农场自己烤的，一个星期有二两，是真正的苞谷烧，就凑了这一瓶。钱也不多，虽说在农场里劳动，有点工资，也支给家里娃娃们做生活费了。"

"晓得晓得，你莫要多说，我领你的孝心就行。快回去，免得被别人发觉，找你麻烦！"

我心想，公快些叫伯伯走，是要喝酒。有这么一瓶酒，他喉咙管里不生出把子才怪！谁晓得伯伯悄悄地走了后，公却默默地坐在酒面前，双眼不眨地盯着酒，满是爱，充满温情，却又急切，但始终没动酒。我忽然很同情他老人家，如果我真有本事，不，有个宝葫芦，能帮他变一大缸苞谷烧，那该多好！他老人家强忍着，深情地注视着苞谷烧，可就是不敢去动。我清楚，他只要拿起了酒，揭开了酒瓶盖，那就不可收拾了，不把这瓶酒喝完，是绝不罢休的。

我听爸爸说过，新中国刚成立的时候，公和伯伯都去重庆找过爸爸。伯伯先去，把爸爸积攒了一年多的大洋，拿了一半去上清寺炒黄金，搞投机。有一天，突然碰见解放军来搜查整顿，伯伯吓着了，就把大约90块大洋扔进了茅坑。一直以来，我是不相信爸爸说这话的，是他一家之言。我怀疑伯伯肯定把大洋收藏起来，然后欺骗爸爸。伯伯回家后不久，被解放军抓去关起来，公又才去重庆找爸爸。爸爸拿剩下的钱给公，公说要想办法拿这钱去生点利，就和爸爸商量，爸爸不晓得做生意的窍门，只好陪公去街上逛。最终，公决定买布匹，说挑回家去会赚不少。于是，买了布，置办了扁担和绳索，挑了布就往回走。千多里路呀，眼看就要到家，晚上住店，听见隔壁房间里的人聚在一起赌钱，赢了钱的人喜笑颜开，输了钱的人自是骂骂咧咧。公哪里睡得着，终于忍不住，便也过去赌。当然，他想赢钱，不劳而获。他去参加，先是把身上的零钱输光，不服气，就以布匹来赌。眼看着布一匹匹输光，他省悟过来，还有那么两三天的路程，总得吃饭、住店呀。于是，只好把剩下的一匹布拿来贱卖给赢家，所得的钱做回家的路费。其实，他哪还敢回家，怕婆骂，便跑到湖南湘西的一个小县城，去给一家饭馆劈柴、挑水、烧火，干杂事。这一躲，就是一年多。

所以，公很会炒菜，只可惜这个世道没啥菜给他炒。他炒牛肉，自是牛肉少，萝卜丝多。萝卜丝切得如筷子般粗细，放在牛肉里炒不多久，便倒一海碗米汤。我听他说过，炒菜没得巧，会用火，多放油。但家里油没有多少，他就多放米汤，他还说过，米汤就是米油。他撒了一把切好的葱花和蒜苗，便盖好锅盖。当蒜苗的香味一传出来时，他就揭开锅盖，拿个大土钵，舀了满满一钵。其他的菜就不值一提了，那都是我们平常吃的家常菜，比如米汤煮玉禾秆、酸白菜炒辣椒。

菜端上堂屋里的大桌子上，大桌子对着堂屋门，紧挨着的墙壁上贴着毛主席和林副主席的画像。过去，那墙壁上家家都贴着写有祖宗名讳的纸条。菜端上去后，公又拿来几个酒杯，每个酒杯旁放一双筷子，再揭开酒瓶，给每个酒杯斟酒。之后，他便默默地站着，总有那么一两分钟后，他才抬起头来，轻轻地叹口气，嘟囔着说，买不到啥菜，老人家些将就吃点。酒也买不到，这还是你们大孙崽拿来的。再之后，他走出后门，点燃纸钱，放上香烛。等纸钱、香烛燃完后，他才回到堂屋。这个祭祀做得很简陋，但却郑重。他没有招呼婆和我们一起做，我猜，他不喝酒心里是清楚的，这样的迷信活动不让我们参加，是不想我们碰上麻烦。

这餐饭吃得极其愉快，那一大钵牛肉萝卜丝老像是吃不完。公只要有酒，几乎是不吃饭和菜的。他每喝一杯酒，就赞扬一下，说这才是真正的酒，好呀，实在好！然后便讲太公个子如何高，心地如何善良。那瓶酒喝了一半的时候，他嘴里的脏话开始出现。于是，我们加快速度吃饭，吃了好躲开他的骂。耳不听，心不烦。

我们跑出门的时候，天已经黑下来。我朝老天爷家走去，虽说有时很不想去，但是成了习惯，一双脚不由自主地往那里去。当然，我走得很慢，心里总想着未曾谋面的太公。族里无人不知他高，城里的人也无人不晓。他进谁家的门都得勾着头，弯着腰。他死后，城里买不到棺材，只有去买木料现做。原来我太公住在离城40多里路的河上游，那里的一座大山中间横着伸出一条山梁，足有20里长。山梁的右边有条河，住着的是苗族；左边也有一条河，住着的是汉族。两条河在一个叫由琅的大镇子汇合，再流下铜仁。

由琅那个地方的山全是风化沙山，最适合长油桐树，也最适合长花生。每年秋天，山上全是收桐子的人。收了桐子晒干后，不管汉族、苗族，都挑了桐子卖到榨房里去。榨房里的人收了桐子就榨成桐油，再等下游的老板，带着一船船的空油篓子来收油。

我的太公在由琅有一个榨房和碾坊。榨房和碾坊都很赚钱，便又买了许多田土。他有钱，却绝不抠门，十分豪爽，镇上谁有了难事，他最先去帮忙，不光给钱还出力。冬天，那些可怜的流浪汉，衣衫褴褛，食不果腹，他会毫不犹豫地给他们买吃的。如果里面有老年人，他会脱自己的衣服送，根本不在乎自己身上这一天穿的是好衣服还是旧衣服。就在我爸爸只有两岁的时候，一伙不晓得哪里来的土匪，洗劫了由琅，镇子被烧，太公的碾坊、榨房也成了灰烬。无奈之下，他把置办的田土又卖掉，准备去买木料来重建住房和碾坊、榨房。那天，他请了几个木匠一同进山，晚上住宿在卖树的苗人家。第二天凌晨，苗人就带他们去看那些上好杉木树，他要买的是直径一尺左右粗，又高又直的树。

天还没有完全亮，他个子高大，步幅也大，就走在那条林中的羊肠小道前面，当穿过一片茅草地时，他突然发觉前面坐着两只大猫，四只绿莹莹的眼睛盯着他，顿时，全身就起了厚厚的一层鸡皮疙瘩，跟着，脚也软了。后面的人还不晓得出了啥事，忙走上前来，才发觉有大猫。大家都被吓坏，屏住呼吸，呆呆地看着大猫。见人多了，两只大猫这才不慌不忙地转身离去。

回到家，他睡了好几天，似乎吓走的魂魄才归窍。从此，他再不想啥碾坊、榨房，叫我公、婆将能带走的东西全收拾好，然后要了只船，把东西搬上去，抱了他两个孙崽，也就是我伯伯和爸爸，带着全家回到铜仁。开始，他租族人家房子住，领着公在西门码头上挑脚，赚点钱用。一年后，他拿出卖掉由琅田土的钱，在西门的城墙下建了木房。谁晓得没过几年，一天半夜，突然发了大洪水，水进了西门，自然也就冲走了他的木房，就连喂的几只肥猪，也顺水而去。遭此打击，他和这个家从此便一蹶不振。

于是，公便永远成了搬运工人，我家成了穷人，这才在新中国成立后有了城市贫民的好身份。

我去老天爷家，自然要先到响生姐家看看。不用置疑，她一定在背书。当我证实后，突然感觉，她如饥似渴的背书模样，很有些病态了。

"你又在背啥呢？"我过去拿起她看的《马列著作选读》这本书问。"你不是已经背得了《共产党宣言》，还准备背点啥呢？我建议你背《恩格斯在马克思墓前的讲话》，这篇文章短，好背些。"

"这种短文章，我可能一个钟头就背得了！我现在要背就背长文章和难背的文章。"

想了想，我推荐的短文要是让我来背，至少得花一天的工夫，而她一个钟头就解决了！我和她之间的差距竟有这么大，可不能输给她。我说："恩格斯的那篇文章写得好，花一个钟头值得。我在这里等你背，看你能不能背下来。如果你背下来了，我建议你背背古文，比如《道德经》之类。"

"背古文有啥难的，还不是一样地背。"

"你背吧，我到老天爷那里去一下。"

到了老天爷家，刚推门，他就说："来啦。"他仰躺在铺了层毯子的靠椅上，腿上搭了床薄被条。

"你老人家要我背的诗词我都背得了。"

"背两首听听。"

明月几时有，把酒问青天。

不知天上宫阙，今夕是何年。

我欲乘风归去，又恐琼楼玉宇，高处不胜寒。

起舞弄清影，何似在人间！

转朱阁，低绮户，照无眠。

不应有恨，何事长向别时圆？

人有悲欢离合，月有阴晴圆缺，此事古难全。

但愿人长久，千里共婵娟。

"不错不错，能背苏轼的《水调歌头》了。还得继续努力呀！辛弃疾的《水龙吟·登建康赏心亭》能背否？"

"能背。"

"此可谓诗词界之重宝，其中'栏杆拍遍'一句，尤为生动，读来竟能见其有志难伸，郁闷悲苦之神貌。辛弃疾一生爱国，有气吞山河之壮志，却最终壮志难酬，报国无门，空留一腔悲恨。"

"他和苏轼相比，哪个的词好？"

老天爷依然闭着眼睛，想了想道："都好。但苏词无辛词之感情丰厚深沉，词义雄阔健拔，手法精到圆融。再就是辛弃疾有强烈的爱国情怀。你多读他们的词，方能领会其中之差别。"

我正想回答他，只见他双眼突然睁开，身子也陡地坐起，伸手制止我说话。这时，他的双眼精光灼灼的。屏息听了片刻，撩开搭在腿上的被条，就站起身来。

"出啥事了？"我忙问。

"她来啦！"说着便起身朝门外走去。

我连忙跟上，他却转身让我去响生姐处等他，我只好听他的。走远了，我转过身来，只见他已经到了城墙上，背着手，目光注视着下面的河。我心里只感到万分惊奇——还没过河，他咋就晓得有人来找？

我马上去了响生姐家，急着把这事告诉她。一进门她就说："还不到一个钟头嘛，你急啥呢急？"我开玩笑说："晓得你背这短文章，一个钟头都不要的，所以提前来了。"她笑道："那还真被你说对了，连自己都不相信，这篇文章我只读了三遍，就开始背，记不住的地方再看一看，就基本上背下来了。我估计花的时间最多40分钟。如何，你看书，我这就背给听？"我说："现在不要你背，我相信你完全得行。现在大家都不承认有天才，可是我相信有，你就是！"她听了我的话，显出自豪的神情。但马上她便平静地对我说："哪有天才，不就是没得书读，找点书看，逼着自己背，背多了，脑子就好用了。"顿了顿，她问，"老天爷咋就放你走了呢？"我便把老天爷的事情说给她听，我还问："老天爷是不是有啥毛病，明明没谁来，他却认为有人来，还急急忙忙出门，到城墙上去看。"她笑道："这有啥呢，他就是与众不同。不要以为你年轻，耳朵一定比他好，有时候，你听不见，他却听得见。"我说："就算我耳朵没他的好。我们这就去看看，如何？"说着便拉她出门。

刚到街边转角处，我们就看到老天爷和一个穿着齐脚跟长的布衫，戴顶遮耳平头布帽的人站在城墙边讲话。从那人的身材看，是个女的。

"师姐，走这200多里路，没累着？"

"哪会累，身体好着呢！"

"我们怕有十年没见面啦！"

"是呀。我看你身体也很好嘛。"

"我都记不起我到底好大年纪，这么老是活着，不晓得啥时候到头，真是有些活得不耐烦了！"

"我都还没说这些话，哪轮到你说。"

"走了一天，肯定饿了，我去给你煮点吃的。"

"这点路哪用得着一天，我中午出门的，到城外还早，怕被人看见，就在山上挖了些吃的，等天黑尽了，我才过来。师弟，看见你我就放心啦，我算过的，你的寿缘还长着呢，长得你不好意思再住这里。到时候，就住到我那里去吧。"

"师姐，我哪能跟你比呀，你是在宽慰我。我想，真有那一天，非得去你那里，我是入世的，你是出世的，闲云野鹤，只怕我过不惯你那神仙日子。"

"不说闲话啦。我这次来，一是看看师弟，二是要见见另外一个人，就是那东西的主人。你要我保存的东西也有十多年了，主人也 17 岁了。我得见她一面。"说到这里，她突然对老天爷道，"他们既然来了，就叫他们过来吧。"

既然老天爷叫她师姐，那么也就是说，她的年纪还要大一些，可究竟大多少，我们不得而知。天底下居然还有比老天爷年纪大的人，而且是女的，这就让我觉得不可思议，惊讶万分。但更让我不可思议和惊讶万分的是，这么大年纪的女人，走 200 多里路竟然不需一天，难道真有像《水浒传》中神行太保那样的人？还有，我们躲在这里，人不知鬼不觉，连呼吸都屏住的，她咋就晓得是我们呢？

老天爷说自己是入世修行，她呢，是出世修行。不用说，他们都已经得道，老天爷在世间修成了人瑞，她在世外也同样修成了人瑞，虽修行的方法不同，却殊途同归。老天爷说她过的是神仙日子，成仙、成佛、成圣是三教修行的顶峰，是终极目标。她未必真成仙了，能提挈天地，呼吸阴阳，金身不坏？尽管我年纪不大，容易相信神仙鬼怪之说，可是，我始终不相信她就是仙。老天爷说她过神仙日子，不过是打比方，不是讲真的。但我承认，她和老天爷在我的眼里绝对是奇人，掌握了凡夫俗子不得而知的诀窍，才有非凡的年龄和非凡的本领！

"过来吧。"老天爷叫道，还对我们招了招手。

我们走了出去。

我们大大方方地走过去。我看见了她的脸，虽然也如老天爷一样，有着许多皱纹，却很白；老天爷的胸有些塌陷，故而肩膀那里有些弯，她则不，身板很直，这样就显得比老天爷高。与老天爷一样，她也是一派仙风道骨的气质，只是她更显得超凡脱俗、清静淡定。当她看着我们走过去时，我见她双目精光一闪，仿佛我们身体内外全都被她看透。

"你们叫我老天爷，是说我年纪大，她的年龄比我还大，你们咋称呼呢？"

"就叫老天婆。"我说。

"我看叫老姑婆好一些。"响生姐说。

她听了微笑道："随便你们叫，我不在意。"

我觉得她笑起来真是慈眉善目，顿时就产生了亲切感。"那我就叫你老姑婆，顺口些。"

"你认为咋叫好，就咋叫吧。"

"老姑婆，你这次来多住些日子。老天爷教我读书，你也教我些本事才行。"

"你是个聪明娃娃，可教，但是我们无缘。"

"那她呢，你可以教不？"我指着响生姐道。

"妹崽，你我有缘呀。我来教你，你愿不愿呢？"

响生姐一直无话，见她这么说，只是看着她，没啥表示。

"老姑婆的本事可大啦。"老天爷说，"她的国学之好，非你们所能想象。她上知天文，下知地理，就是到了 60 岁的时候，那模样还能像 18 岁的姑娘一样考进北京的洋学堂，去学外文、数学、物理、化学，你们信不信？"

老天爷的话，让我们惊得呆呆的。60 岁了还能像个 18 岁的姑娘，还能考进北京的大学！她会变？但马上，我就机灵地道："老姑婆，你教我吧，我们现在学校没上课，你就教我数理化吧。"

"你放心，你有的是书读。今后，你也会写书的。"

"那她呢？"我问。

"她跟着我同样有的是书读。你们真正读书的时候要到十来年以后，那是大学。到时候，她的成就不亚于你。"

响生姐飞快地瞟我一眼，之后，怯生生地问道："我得跟着你才有书读？"

她也很快地看看我，然后道："不完全是。大约在今年秋天，你们就可以回学校读书了。你们两个还有点官运，你呢，是班上的小官，她呢，不仅是学校的官，还会当到更大的，只是当不了好久。"

"为啥呢？"

她看了看老天爷，犹豫了一会儿道："因为那时候，她就应该跟着我去读书啦。"

"我非得去？"响生姐满脸的狐疑。

"这就是命中注定呀！"老天爷道。

"这也是缘。"

"我们今天才认识，还不熟悉，你住在啥地方我都不晓得，为啥非要我跟着你！要是我不去呢？

"你老姑婆是很好的人、很有本事的人。你跟着她是学本事，只有她才能把你造就成对国家有用的人呀。"老天爷说，"至于为啥非要跟着她，现在不能告诉你，到时你会明白的。我问你，要是跟着她，你能上下 5000 年的东西都学到，能把你现在正学着的和没学的外文、数学、物理、化学都学了，你愿不愿意呢？"

"我愿意！"我抢着说，非常坚决。

响生姐听了我的话有些吃惊，似乎还没想明白。看了我好一阵，这才道："就说你们讲的都是真的，我也得想想，反正现在还没到时候，等那一天来了再说。"

"要得。"老姑婆神情变得轻松了，走近响生姐，慈爱地抚摸着她的头说，"这十多年，都是老天爷照顾你，以后的十年就该我照顾你啦。你要相信我，我不会让你出事的，到时我会去接你。"

她最后一句话让我觉得一头雾水，她不会让响生姐出事，会出啥事？我特别在乎她说的那个去字，她会去接响生姐，为啥是去接，而不是来接？响生姐会去啥地方？

"老姑婆，你一定累了，我听你说，只是在山上挖了点东西吃，那咋行！你到我家去，我煮饭给你吃。"

老姑婆把手放在她的肩膀上笑道："今天就不去了，谢谢你。今后你给我煮饭的时候多着呢。"

"你老姑婆要找个好地方打坐，好采天地之灵气。"然后老天爷推着我们道，"不早了，都回去休息吧。"

老姑婆也叫我们回去。等我们转身走了，却把我叫住，似乎又重打量我一番，这才既对老天爷又像是对我说："此子可堪造就。该看的书你都让他看了，气质已非寻常孩童。此子一生平安，且有成就，不用担心。以后多教他学学《中庸》《易经》。我特别认为《易经》乃历史上最为重要之文化典籍，在其思维和认识以及自然、人文科学方面极有价值，它从天说到地，从自然说到社会和人，包罗万象。照现在的话说，它所用之一分为二、对立统一、唯物主义、辩证法之方法论，实乃上古仙人之博大深邃之智慧，既要古为今用，舍此何求！"她顿了顿，似乎犹豫一阵，但却严肃地说，"你们的事，必在十年以后方有结果，不可急在一时，好自为之吧！"

我和响生姐若有所悟，慢慢地转身，心事重重地离去。当我再掉过头看他们时，他们又上了城墙，既像是在说着啥，又像是在看着啥。

33

"老子叫你读书，你他妈去爬桐子树！"

全福的爹骂道。全福很委屈，但啥也不说。因为他老爹喝了酒。他老爹才从常德回家，回来就喝酒。只要一醉，就弄不清时间，去年、前年的事情会说成是昨天、前天的事情。全福已经有两年多没书读，和所有的中学生一样，身上斜挂个红色小包，里面放一本红宝书，去年、前年读的书怕是也忘了个一干二净。

全福真正是个老实人，个子比寻常娃娃崽矮得多，和他的爹完全不一样。他老爹怕有一米八，屋高马大的。而他呢，前年就该读初三的，那个子却还不到一米五。人们见了，还以为他才读六年级。去年夏天的时候，电影院放《清宫秘史》这部片子，说是让广大人民群众批判。中学生也可以看，但必须要有中学的学生证，以资证明。全福当然有学生证，当然也就有资格看电影。可是，当他进电影院的时候，守门的人坚决不相信他是中学生，就连他拿在手里的学生证都不耐烦看，并警告他别来混电影。他呢，居然不敢申辩，默默地退到一边，羡慕地看着比他高的中学生跨过那道门。我进初中的时间短，没来得及发学生证，便又回小学复课闹革命。他不能进去，我就有了机会。那天我是和响生姐去的，抱着有机会便混进去的想法。他退到一边后，我就问他借学生证和装红宝书的包。他毫不犹豫地借给我，我昂首阔步地走到门边，把学生证一递，守门人看也不看就放我进去。当我们看完电影走出来时，他竟然还站在门前等我，见我出来，拿回了学生证和包包，便一个劲地问我好不好看，我说这个卵电影，花花塌塌的，啥也看不清。他说，不是有男人和女人睡觉的镜头吗？我说哪里有，造谣的！他说"没哄我吧"，我说"哄你不是人"。那一下，他便显得兴味索然了。

"不读书有卵出息，这次老子们把大篷船一卖，坐汽车回来，那才舒服！老子就想，野卵日的，这辈子生错了命，年龄和那个驾驶员差不多，人家开车，老子撑船，日他妈风里来，雨里去，苦了20多年！你不好好读书，没得个技术，你今后吃卵！"

回来这几天，他都在说汽车的事，当然也说湖南的新鲜事。能坐一次汽车，他似乎就比这一街族人高了个头似的。后来还是光光听不下去了，挖苦他道："你这一把年纪了，才第一次坐汽车，人家漠杨不光坐了汽车，还坐了火车！"听他摆龙门阵的娃娃崽就大笑，他那黝黑的脸竟然透出了红色，很有些尴尬。"野卵日的，总比你好！你坐过汽车没有？"光光笑道："老子像你这个年龄的时候，只怕坐得不爱！"

早就听说下游十几里的河里要修个大水坝，建个大电站。而这一次，传说成真了。仿佛一个早上，泊在下南门、中南门、江中门、西门码头的大篷船就踪影全无。后来才晓得船业社的大篷船，全得卖到下游的湖南去。听说，过去有些人，拉一船货去湖南，卖了货，也顺便卖船。这里的大篷船特别好，因为做工好，木料好，桐油好。下去的船，让下面的船老板见了眼红。如果要卖，那是必定卖个好价钱的。

全福的爹和全部的水手现在都失业了，不再有船让他们划下湖南，也不再让他们去风雨霜雪里奔波，特别是大篷船装满货物下湖南时，他们再不能整齐划一地划桨，并整齐划一地将船舱板踏得砰砰响，也许，他们再也见不到下游的相好，无法再给她们带去稀罕的东西……忽然离开这自由自在、苦乐相依的日子，让这样的日子一去不复还，而必须投入陌生的日子里去，便很有些伤感和凄凉。当听说让他们改行去搬运社，当搬运工，他们就日妈捣娘地骂，而漠大漠二这些搬运工人也怒气冲冲地骂，说"现在搬运社有卵的事情让你们去做，大家等着喝西北风"！

到处都有人在说今年夏天一定会复课，所以响生姐每天都要挑柴上街去卖，得凑足报名费和书费。她卖的都是完全干了的好柴。如果是一挑九把斧、羊角木，可以卖到一元钱，岩虱子、檀木之类可以卖到八毛钱，其他如黄荆条等泡木，就只能卖五毛钱。吃了中午饭，她就去卖柴，还没回来，我就想去接她。我这一走，兴贵、大国、光光、三毛便也随我走。他们问我干啥去，我不能说是去接响生姐，就说，反正没事情，上街随便逛逛去。

卖柴草、卖蔬菜的人，大多在龙井巷那条街上。但我们慢慢地走过去，没见到响生姐。在快到大十字的时候，却碰见了毕广。他一见我，便主动过来打招呼。

"我们这里的大篷船全都卖给你们湖南了，你们的船未必还在来？"我问道。

"我们的船还在这里，不然西门桥下哪还有货往上搬。没啥可忙的，不就是要修电站嘛，我看还早，没得两年的时间合不了龙。"

"我看你还不死心。打听到铜人的消息没有？"

他笑了笑，没有回答。

我们边说边走，穿过大十字，来到了西门桥，我转身朝左，准备回家，却又看见了靠卖唱讨钱的瞎子。已经两年多不见他了，变得更加瘦骨嶙峋，头发虽白了不少，但由于一年到头难得洗一次，所以也成了黑色。

人得活下去，即便是双眼不见，靠了其他的器官，也能得知如今的情事，所以他也得改变。这是不是另外一种面具呢？我没有多想，只晓得他不管如何变，都是为了有口饭吃。于是在裤兜里摸出一个两分钱的毫子，塞进他的手掌里。见我给瞎子钱，毕广也给，可他给的却是两毛，毫不在意的样子，这就让光光他们显出既羡慕又佩服的神情。

我看见了响生姐，便连忙走过去。她的柴已经卖了，手里拿着钎担，钎担上有一圈嫩黄的细篾丝绕着，穿了几朵洁白的栀子花，正在西门码头的街面上朝河里看，那里有两艘大篷船，搬运社的人正把一些土特产往船上装。这两年，几乎再看不见女人插花戴朵，此时见她用这样的方法拿花，委实觉得新奇好看。我在她肩膀上轻轻一拍，她转过身来，看见了我们。"你在这里看啥呢，呆呆的。"我说。她笑道："我也不晓得为啥，就这么傻乎乎地站在这里看。"

"好啊，你们都在这里！"原来是黄眼来了。跟着他的还有两个人，个子都高，一看就晓得是满了 20 岁的人。"嘿，你们看，香花和毒草待在了一块！"黄眼指着钎担上的花，眼睛却看着响生姐嘻嘻地说，"可惜呀，妈是八大号首富的女儿，老崽是土匪，不然，像她这样好看的姑娘，我还是愿意拿来当老婆的。"

"我也愿意！"

他们三个你一言我一语地说笑着，分明是在欺负响生姐。但看她的神情，却显得充耳不闻，无事一样，很镇静。我很快地想了想，我们这几个街上的娃娃，个子差得多，力气也没有他们三个大，打是打不赢的，再说，我也没有和他们打架的想法。正因为晓得我们打不赢他们，所以他们才有恃无恐，当着我们的面欺负她。见我不说话，大国他们也不说，默默地看着我。反倒是她突然对我们笑道："这个天苍蝇就是多。走吧，回去。"

"是呀，苍蝇嗡嗡叫，坏了我们看大篷船的兴致！"我故意用手去赶在面前飞来飞去的苍蝇。

黄眼明明晓得是在挖苦他，但我的确又在赶苍蝇，这让他一时无话可说，露一脸气恨。见她走了，便突然在她背后伸出手去夺那串栀子花。可就在这时，毕广一个箭步冲上去，猛地捏住黄眼的手腕。黄眼大吃一惊，怎么也没想到，这个素不相识的小伙子动作这么快。他用力地挣扎，想甩脱毕广的手，可哪里甩得脱。他越是用力挣，毕广也就越是用力捏。渐渐地，看得出来，他的脸色变白了，眼里有了痛苦的神情，那手腕一定被捏得很痛。而毕广呢，却气定神闲，似乎没用力。他的两个同伴见了，晓得他们不是毕广的对手，不敢上前，便僵到那里。

"放手吧。"她轻轻地说，"想要栀子花，开个口嘛，何必这样偷偷摸摸的呢！"

"偷抢人家女生的花，你好不好意思？"毕广放了手，带着责问的语气说。

他的手被捏得惨白，但紧跟着便又充了血，变得绯红，而那张脸也和手腕一样，变得乌红了。我们不再理睬他们，径直朝家走去。走出半里路后，我们这才大笑开来，都夸赞毕广，说没想到他会有那么大的力气，把个黄眼捏得眼泪水都快流出来。的确，我想，要是再捏他个把分钟，他不求饶才怪。毕广很谦虚，说力气是练出来的，长年累月都在划大桨，经常还得拉纤，那么大一船货，得硬拉着走上滩。

但我突然想到，她被人家轻薄，却没有一点怨恼，反而叫毕广放了他。

而我呢，见黄眼痛苦的样子很是幸灾乐祸。看来，我的修为还不及她，她能忍让、宽容，我却睚眦必报。没说的，得向她学呀！

到了我们街上，毕广要回去，说还得找点活路做，挣点钱。响生便谢谢他，他说不用客气。光光问他，说回去的路上碰见了他们咋办？他却笑了笑说，他们不敢对他怎么样。之后对我们挥挥手，转身就走。

我要大国他们自己去玩，说要到老天爷那里去，就和响生姐离开了他们。今天这件事，使我有些相信老姑婆说的话了，也许她真的应该离开这里，不然以后开学了，她会经常碰到黄眼。那时，我们到哪里去找毕广呢！他们人比我们大，我们力气比他们小。再说，真要是为这件事情和他们打了架，我们绝对不怕，但输了理的完全可以肯定是我们。因为没有其他人敢给她说话，也没有其他人主持公道，更没有其他的人敢为她打架——凭啥为她打架呢！

老姑婆来那天晚上，我已经十分明白，真正保管三个铜人，管响生姐外公留下来的那一笔财富的人是老姑婆。不知为啥，我当时有些失落。原来我认为老天爷把我当成最相信的人、最可靠的人、可以托付大事的人，谁知他对我还是不放心。要不是那晚上我偷听了他们的谈话，我就不会晓得事情是这样的。但是，后来的一段时间里，我还是想通了——我的确是老天爷信任的人，而且也是老姑婆信任的人，因为老天爷不可能不给她通这个信息——他们的年龄毕竟太大了，能活多久，不会有绝对的把握。不找个可靠的接班人咋行呢！老天爷果断地把这桩事情告诉给我，就非常地说明问题。不过，我现在如果见了他，我还是得问问。

她就在我的身边走着，铜人和财富的事情当然不能提，但是，我想把顾虑和担忧说给她听，既想让她听老姑婆的话，但说实话，我又哪里舍得她离开。每每想到她最终要离开我，去到一个让人不可预料的地方，我的心就十分恐慌、难过。快到她家门口了，她打破沉默道："想啥呢？一句话也没有。"我不晓得该如何回答，就只笑了笑。"有心事？不过你现在不想说也不要紧，到时候，你会给我说的。"她说得很自信。她说得很对，我要对她隐瞒任何事情，都会让我非常难受，但这件事情非同小可，我必须隐瞒。可她也说得对，最终我啥都会告诉她的，只是需要时间。"没啥心事，在想老天爷今天一定要我背《易经》六十四卦中，每一卦的卦象和名称。"她相信了，便道："卦象和名称容易背，不就是乾、兑、离、震、艮、坎、巽、坤。你背得了没有？"我说："才开始背八宫六十四卦，啥乾为天、天风垢等等。你放心，是有些不好背，可我得向你学习呀，再难也得背下来。"她笑了笑说："这不就对啦！"

34

开学才半年多，学校的氛围又不对劲了，先是不同观点的老师互相攻击，然后不同观点的同学也互相攻击起来。又过了一段时间，气氛竟然越来越紧张，因为社会上也在为此事争吵不休。于是，学习的氛围被轻易地破坏，学习纪律也愈加地松弛。学生懂啥呢，只要老师不上课，学生有机会玩耍，就绝不会放过。

到了这一年的七月，连学校工人宣传队的观点也有了明显的倾向，而解放军驻学校宣传队却始终没表态。所以，学校还处在暂时的安宁中。

这次开学，我们是一伙人邀约着去学校报名的，先出门的，就到丁字口等着。人到齐了，大家互相忍不住笑，因为不是穿着新衣服，就是换了才洗得干净衣服。响生姐道："看你们这身打扮，就像是过年一样。"说实话，这次报名读书，大家都很郑重，没书可读，时间一久心里还是不踏实，让人发慌。家长也唉声叹气，说这帮娃娃再不进学校，怕是要毁啦！开学了，最高兴的是家长，读了书娃娃才有出息，至于有多大的出息，他们并不在乎。有学校、老师的管束，这娃娃再不堪造就，起码也会认些字，懂些道理。

到学校感觉有些特别，去报名的时候，一是有各年级的老师，有高年级的学生，再就是有军人、工人站在一边。我和响生姐、大国、红旗、三毛等先拿户口，再报年级，等老师确定无误，给予报名了，走出来，就是高年级的同学让人背毛主席语录，要求每人背三条。当然，我们全都顺利地通关，只是在响生姐背的时候出了麻烦。其实，并不是响生姐背不了语录，而是有人故意刁难她。不用说，刁难她的人就是黄眼。那天，黄眼与十多个高中的同学站在报名的办公室外，出来一个，就考一个。我们出来他们不啰唆，偏偏到响生姐出来，他们就极其认真地考她。十多个同学，每人都叫她背一至两条。她并不怕，只是到了后来，她有了受辱的感觉。当她背完了后，她突然要求黄眼背一下《共产党宣言》，黄眼顿时就愣在那里，"你们背呀，他背不出来，你们谁行，可以替他背！"那十来个人大眼瞪小眼，个个张皇失措。看他们没人能背得下来，她便笑笑地看着他们，从头到尾地把《共产党宣言》背给他们听了一遍。这一下，黄眼和他的同学们全都傻眼了，呆呆地盯着她，哑了似的，张着口，却啥也说不出。"'老三篇'你们要我背不呢？"她很平静地说："你们能背的东西，我听三遍，就能背给你们听，你们信不信？"他们面面相觑，愣了半天，其中一人忽然道："你能背下《恩格斯在马克思墓前的讲话》，我就把你当我们的大姐，遇到啥事情我们都听你的！

这话让她露出了诧异的神色，不由得飞快地瞟了瞟我，那眼里有钦佩、感谢和不可思议等复杂的情愫。我也很有些吃惊，怎么就选到这篇文章让她背。我并没有啥预见性，晓得之后会有人要拿这篇文章为难她。那时，我要她背这篇文章，一是恰好刚看过，觉得恩格斯的讲话把马克思的功绩全都概括了，而且充满了感情。如果以后万一有人考问我们马克思究竟是个啥人，对人类究竟有啥贡献，我们便完全可以用恩格斯的话去回答。

当她的情绪恢复过来后，便愈加地平静，和善地对出题的人道："看来，你能背这篇文章。我可以背给你听，让你纠正。不过，你说的话，你的这些同学是不是同意？我要告诉你，我背下来，也不会做你的大姐，只是我不喜欢有人当着我的面说假话！"

眼见他们被镇住，我们这一伙自是面露得色。不断地催出题的人表态。可出题人左看看，右看看，见同学们的眼睛躲躲闪闪的，也就支吾着啥也说不出。

"咋的，不敢了吧？我看还是你来背，让她帮你纠正。"大国笑嘻嘻地说，一脸的嘲弄。

"还是高年级的学生，说话不算话。总不能把吐出来的口水又舔回去吧！"红旗说。

"用不着讽刺他们。"我说，"这就是个互相学习的机会，大家碰到一起，你们恰恰出了这样一个题目，如果你们能背下来，她不能，那么，她就虚心向你们学习，你们背不下来，她能，当然，你们也就应该向她学习。对不对?"

"你背,背呀,只要你背得出来,我们就叫你大姐!"谁知我的话才完,黄眼就大叫起来。他眼里露出的是一千个不相信一万个不相信,这个成天割草砍柴的女子,绝不可能背下恩格斯的这篇文章。

"背吧,只要你背下来,我们就听你的!"另一人道。

"我们言而有信!"出题人见有人支持他了,神情顿时轻松下来。"要是你背不下来,该咋办?"

围观的学生越来越多,就连工人宣传队和解放军也被吸引过来。大家都静静地看着她,是否敢于接受挑战。

"不晓得同学们是不是带得有《马列著作选读》这本书,如果带得有,请翻到第275页。我背了以后,如果有错,就请你们马上给我指出。"说完,她就背起来。没有好一会儿,她便背完。那些拿着书的,只是看着她,没有可纠正的。突然,一个年轻的解放军带头拍起了手,另一个年轻的工人也紧跟着,于是,围观的老师、学生也都拍起来。可以说,她极大地震撼了在场的人。平常大国、红旗、三毛他们晓得她能背书,但却不太相信她这么厉害。之后我故意说他们,她厉害,我们可不能差得太远。她能背完毛主席的诗词,我们也应该背熟,得向她学习!他们都狠狠地点头,表示赞成。

从此,她在学校里一举成名,不论是工宣队,还是军宣队的人,都十分看重她,学生们也佩服她。每次在学校定期的批斗会和学习会上都让她登台,背诵相关的马列毛著。正因为如此,黄眼他们那一伙人去告她的状,说她是大资本家的外孙女、土匪伪县长的女儿,可军宣队、工宣队的人却说已经了解过,她才出世父母就死了的,把她养大的是贫下中农,以后,就是她自己养活自己,吃的、穿的、用的全是靠割草、砍柴卖。所以,她是个完全已经教育好了的子女。

开学不久,学校成立了新的革命委员会,她居然成了校革委的委员!这真应了老姑婆的话,说她要当官,当得比我大。的确,我当得小,只是班上的学习委员。

有一天放学后,我等她回家,却见那个姓胡的工宣队副队长把她叫去,胡副队长二十七八岁的年龄,脸庞黑黑的,长得还好看,只是那双眼睛长得小，给人狡黠的感觉。他走路的时候老是把胸口挺得很高，天天都穿着蓝色工作服，那右胸荷包处印得有醒目的三个红字——机械厂。见他们朝学校后门走，我便跟着。到了宿舍区后，他掏钥匙开了寝室门，让她进去。她犹豫了一下，但还是进去了。他关了门，但没有关严，留了寸多宽的缝。我不好再过去，便站在两丈远的地方等。不一会儿，她就走出门来，他则出门相送。见我站在不远的地方，她有些惊讶，忙问我为啥也在这个地方。我对她笑了笑，却没有回答，而是紧紧地盯着胡副队长。胡副队长的小眼睛里露出刺人的光，显得很狐疑，打量我良久。

"我们回家吧。"她转身和他道了再见，拉着我就走。

"他是谁？"见我还看着他，他便问。·

"我们是一条街的。"她答。

"胡副队长，再见，我们回去啦！"

他那小眼睛滴溜溜转一圈，还是很狐疑。我们快进学校后门了，我掉头见他还在看着我们。这一路，她都在和我说话，可我一句也没回答。快到我们街的时候，我终于鼓起勇气，很突兀地道："这个胡副队长，好像喜欢你，对你有那么一点意思。"

"你懂啥，娃娃家，莫乱说！"她看了我好半天，才嗔怪地道，"人家是工宣队的负责人，找我谈话是为了关心和鼓励我。你想哪去了！"

"你说我懂啥？"

听了我这话，她的脸一下就红了。

"我能从他的眼里看出来，他对你有啥想法、企图，以后你自然会晓得，我们骑驴看唱本，走着瞧！"

"好吧好吧，就算你猜得对，我不和你争，以后我注意点不就行啦。"

果然，这以后的许多时间里，胡副队长有机会就找她谈话，有时在办公室，有时叫她去宿舍。这些事情她都给我说。"怎么样，我说得没错吧？"那次，我们回家的路上，她忧心忡忡地告诉我他们谈话的内容，我这样回答她。

"你行，老早就看清了他的意图，满意了吧？"

"他给你说了啥呢？"

"他问我愿不愿工作。"

"你咋回答的呢？"

"他说我还有半学期就初中毕业了，读高中当然好，但是你一个人，吃、穿、用和读书全靠自己找钱，太辛苦，不如去他们机械厂工作，他说愿意帮忙，只要他开口，这事情就百分之百的能成。进厂后先当一年学徒，一个月拿二十几块钱，一年后转正了，就可以拿30多块钱……"

"你是咋回答他的？"

"我回答是继续读书，把高中读完了再说。"

"他没要你答应嫁给他？"

"说了。但是我拒绝了。"

"我看你还是想工作，想当工人！"

"谁说想啦！"她急了，申辩道，"我不会和他做交易的，等我读完高中，长了本事，还怕找不到工作！"说到这里，她又变得忧心忡忡的，"我需要你帮我出个主意，该咋办。我不想得罪他，更不想伤了他。"

"既然这件事情我早有所料，也就一直在想办法。我还料到你迟早会找我的。这件事情光凭我去办，一是不妥，二是也会得罪他。只有让大人去找他，而且要与他势均力敌的人。比如他是学校革委的副主任，就找个相应的人去制止。"

"你找谁？"

"先别管，我自有把握。不过，你还得和他周旋，照你的方针办，一如既往地，莫得罪，莫伤他就行。"

"你真有把握？"

"你放心嘛，我绝不让你吃亏！"

她又打量我半天，这才点点头道："好吧，我相信你。如果我吃了亏，你还不是吃了亏。"

"他休想！"

我为这事曾犹豫许久，很想找大国、三毛等弟兄帮忙，思之再三，觉得不妥。这样的事对响生姐来说，晓得的人越少越好，只要说了出去，那么，渐渐晓得的人就会多起来。反正，胡副队长的意图是不可能实现的，既然不可能实现，那就当没这事为好。这样想了以后，就晓得该我去孤军奋战，在我看来，这也并非啥难事。我观察过，军代表的领导，是个40多岁的人，其他军人叫他肖营长。他是打过解放战争的有功之臣。尽管现在是工人阶级领导一切，他也只是校革委的副主任，但大家都清楚，在校革委里面，他的威望最高。关键的是，他很喜欢响生姐，当然，他的喜欢和胡副队长完全不同，他对响生姐的喜欢带着父爱，甚至还有钦佩。所以，我想，在这件事情上，我只有打他的主意。

这天下午放学的时候，她又被胡副队长叫去。我则在学校大礼堂的石阶边溜达，表情很自然，无所事事的样子。其实，我是在等肖副主任。过了十分钟，肖副主任拿着毛主席语录和笔记本朝礼堂走来。军代表们住在礼堂舞台两侧的小房间内，打的是地铺，每个房间睡五个人。因为他是军人出身，有非凡的观察力，也随时保持着警觉。所以，当他还离我老远的时候，便在细细地打量我啦。我猜，他一定在想，这个娃娃放学好一阵了，为啥还不回家，而且神情里含着担忧和焦虑，必须得问问。他走到我面前，两道浓密的眉毛像大刀一样立起来，目光炯然，这目光真让人害怕。

"小鬼，还不回家，在这里干啥?"

我假装才看见他似的，慌慌张张地说:"不干啥，我们街上一个女同学叫我等她。"

他又仔细地研究了一番我的神色，显出了和气问:"你等谁? 这里又不是教室，怎么到这里等?"

我指着学校的后门道:"这里等人方便，有石阶可以坐。不晓得为啥，工宣队的胡副队长天天都叫我们街的那个女同学到他宿舍里去谈话，人家还是学生，想读书，他呢，却偏偏要人家去当工人，说可以拿二十几元钱的工资。"

"你那女同学叫啥名字?"

我把响生的名字说了后，他的眉毛陡地又立起来，而且眼里露出了狐疑。马上，他转身就朝学校后门走去，啥也没说，走得很急切。我心中暗喜，百分之百地肯定他找胡副队长去了。我连忙悄悄地跟在他身后，但是，我只能走到后门边。我是个教唆者，不能暴露。于是，走到后门边的时候，我站住了，没有再走，仅在门边探出小半个头，悄悄地窥视着。我能看见胡副队长住的宿舍门，能看见这一幕好戏。肖副主任是个真正的军人，刚毅、果决、黑白分明。他是不是要把胡副队长批评一回呢！

到了胡副队长的宿舍门口，他毫不犹豫地敲了门，而且敲得很响，就连我都听见了。门马上就被拉开，胡副队长一出门，响生也就跟着出来。肖副主任立即对响生道："你还没有回家，和胡副队长研究工作？"

"我这就回去。"响生说着就朝后门小跑过来。

"放学这么久，还和她说啥呢，她还得回去煮饭吃，不像我们这里有食堂，吃现成的。"说完后，他转身就走，没管胡副队长是个啥表情。

她跑进后门，见了我就说："晓得是你出手相救，没想到，你搬来的救兵竟是肖副主任！"

我一边听她说话，一边看肖副主任和胡副队长。见肖副主任没怎么批评胡副队长，我有些失望。

"走吧，还看啥呢。"

我便和她回家。没走多远，肖副主任进了后门，叫住她。她连忙转身迎上去，等她站定，却打量她好一阵。我想，肖副主任可能要问她情况。可是我的分析错了，肖副主任打量她一阵后突然斩钉截铁地道："读书，好好读书！"

回去的路上，我和她好久没有说一句话。其实，我们都明白，肖副主任那句话是多么的意味深长。

"你说他还会啰唆我不呢？"

"我看，他也许不会在学校啰唆你，但在学校外面就说不清楚了。我想，他不会就这样罢休的。"

那个星期天，我和她去砍柴，过了河，突然想到拱王那里去讨几个柑子吃，便溜进柑子园。这时正是中午，他在茅屋门前铺了床草席，穿件对襟短褂和短裤，斜躺在草席上，嘴里咬着长长的烟杆，让烟斗杆在地上，里面裹着老粗一支烟，他一边吸烟，一边摇老蒲扇。热天里，他刮了个光头，但那灰白色的头发桩子又长了出来。其实，他的年龄并不大，也就四十几岁。也许是岁月的沧桑和磋磨，让他显得很老，不晓得的人见了他，直以为是六十岁的人。

"该吃午饭了，还睡着干啥呢！"我开玩笑道。

"又上山呀？"他半眯着眼睛问。然后道，"要是碰上粗一点的青冈给我砍一截，我来做个柴刀把子。"

"那你得给我们几个柑子吃。"我说。

"不吃锅巴，不在锅边转。你们主动跑来请我的安，就晓得没好事。馋嘴猫！"

"你给不给？"

他嘿嘿地笑着，起来走进茅屋，然后捧着柑子出来。"莫指望我同意你们去摘树上的。"

我清楚，这些柑子不是风吹下树来的，就是有病自己掉下来的，当然没有树上的好吃。但我们还是一人选了几个。离开的时候，他又交代别忘了他的柴刀把子。

"他没儿没女，一个人蛮可怜的。"

"以前他有老婆和儿子的，街上的人都说他爱赌，有一次在湖南把老婆、儿子输掉了。"她说。

正议论着，我看见黄眼和胡副队长坐在前面的路口边。我拉了拉她，她见了后，顿时紧张起来。我的预料不错，他不在学校找她而到外面来找。不用说，他是有备而来的，而且，一定问过黄眼我们砍柴割草的路线，才让黄眼带着他到这里来等。这时，我突然想到，他能和黄眼那么快就混到了一起，可真是一丘之貉！见她的脚步慢下来，我故意很轻松地说："莫怕，他们不敢咋样，我们有武器。"她晓得这是玩笑，却并没有感到轻松。于是，我又对她道："真的不要怕，反而应该显得啥事情也没有，表情要自然，看见工宣队的头，热情地和他打个招呼，该干啥干我们的去。"

我们走近了，她大方地和胡副队长打了招呼。胡副队长高兴地道："听说你们去砍柴，我们就追来了，到了这里，不晓得该朝哪条路走，还好，你们反而在后面。"

"找我有事？"她问。

"黄伟军他们战斗队，今天下午要和我们工宣队开个保卫红色政权的会，你是学生中的校革委委员，所以想请你去参加，你看如何？"

"今天不行，我得去砍柴，家里缺烧的。你们开的会是啥内容，明天在学校我了解一下不就行啦。"

"这我已经想好了，你不去砍柴就没烧的，我拿两块钱你去街上买一挑柴，要不我把钱给他，他去帮你砍。"

"不行，我不会要你钱的！"她说得斩钉截铁。

"钱你可以不要，但我们的会你应该参加。"黄眼道。

"我不是你们战斗队的，可以不参加。"

"你是校革委委员，当然应该参加！"

"我也可以不参加！"

"这样吧，我给你五块钱，你回去买两挑柴，够你烧两个星期的，该可以了吧。"

她看了看我，眼里泄出了一丝轻蔑。但马上，又微笑着对胡副队长道："队长，你那点钱也来得不容易，最主要的，钱是你劳动所得。你要送人，是你的权利，但你送我，我也有不要的权利。我从小到现在，都是靠自己的这双手，不缺烧的、吃的、穿的。苦点、累点，但心里很安稳。如果今天我拿了你的钱，心里就会不安稳。你一定要理解。好啦，时间也不早了，我们还得赶十来里路。再见。"说完，她便拉着我快步地往前走去。

我转过身去，也对他们道了再见。他俩显得愣愣的。

35

    他名叫罗俊臣。二十七八年前,他在江西老家的时候,还是个二十唧当岁的小伙子。由于父母去世得早,那日子就过得极其困窘。后来邻居们告诉他,说他的一些亲戚都在贵州这边做生意,混得还不错,与其在家里受穷,不如去投靠亲戚,帮自家人干事,不会受到亏待。正因为他年轻,又没多的人给他拿主意,所以他听风就是雨,当晚便胡乱地收拾了个包袱,第二天一早就锁了家门准备出发。邻居家的老太婆见他真的要走,顿时生了恻隐之心,想才这么大一个伢子,没有盘缠,路是千里迢迢的,而且人海茫茫,不晓得有多少大山要爬,有多少大河要渡。即或一路平安,谁晓得他能不能找得到那个地方,找不找得到他的亲戚。于是老太婆便劝阻他,说了许多厉害。可是,他已经铁了心,雷打不动。看看劝不了住,便要他等等,回家去拿了两个咸鸭蛋递给他,并且教了方法给他,说如果没钱买菜吃,只有光饭,却也别怕,可以用筷子挑一点咸鸭蛋下饭。只要每天都有点盐吃,就不怕走路没力气。还关照他,这一路去,只走大路,不走小路,实在得走小路,也要有许多人搭伙,再就是不要贪路而走夜路,这一路他的嘴要甜一点、勤一点,不怕路生,嘴就是路。他道了谢,小心翼翼地把咸鸭蛋放进包袱,便毅然绝然地转身离开了家。

    这一路他风餐露宿,早起晚睡。20来天后,他来到了湖南的常德。他老家也有一条大河,他熟悉河边的生活,也喜欢船上的生活。那一天,他买了一大碗白米饭,拿出咸鸭蛋,伸筷子去挑鸭蛋下饭,坐在饭店门外,边吃饭,边看河里来往的船。20来天里,他只用了半个咸鸭蛋下饭,还剩一个半。他不敢多吃,因为不晓得要走多长的路。正吃着,弼二爷带着水手去吃饭,看见他正用筷子挑一点点蛋黄，用舌头去舔，于是便肯定地说，这个崽崽是江西的。之后马上问他是不是。他点了点头问："你咋晓得？"弼二爷哈哈地笑道："你们江西人出门走远路，都爱拿咸鸭蛋当菜吃。带了咸鸭蛋，也就带了盐巴。老子们那里江西人多啦，这个窍门谁不晓得！"说完后，还豪爽地对他道，"走，老子请客，和老子们一道吃！"吃饭的时候，他听出来，他们是一条船上的人，请他吃饭的是船老板。于是就问船老板是不是需要帮工。船老板干下一杯酒问："你会划桨，你能拉纤？"他说："我干过。"船老板在他胸脯用力打一拳，问其他水手，这个崽儿如何？有水手说他长得一表人才，有说他结实，有力气，是个干活的，还有说他看样子老实，聪明，可以试试。船老板二话不说，倒杯酒给他，说干了，吃完饭就跟老子们走！说实话，也是他运气好，一下就碰到弼二爷这个大篷船的老板，又恰恰需要个打杂的水手。于是，他便随着这条船来到了铜仁。

弼二爷在这个有众多船老板的地方，并不算啥有名的人。有人说弼二爷是靠倒腾桐油发的财，但是，也有人说他是靠赌发的财。总之，他在江中门修了个不大不小的四合院，手里有四条大篷船，养了 16 个水手，4 个舵手。他老婆死了几年，只有个姑娘，他叫她芝芝。芝芝才 16 岁，长得如花似玉，但是那性格却像个小伙子，做事风风火火，泼辣干脆，偶尔还陪父亲去赌。父女俩相依为命。人家劝他续弦，他说忙啥，等芝芝嫁了人，再娶不迟。这话让芝芝听了，便笑道："我才不嫁呢，我会服侍你，想给我找个二妈，我不干！"

罗俊臣来到这里后，先就住在大篷船上。有货下湖南的时候，他便随船下去和上来，没货的时候，就和其他水手修船、晒船。每当有空，他便上街去打听自己的亲戚，去得最多的地方是江西会馆，可遗憾的是，两年过去了，他始终没找到亲戚。既然找不到亲戚，他没有其他的办法，也就只好安下心来，在弼二爷这里干。

正是盛夏时节，白天，河滩上有两只大篷船倒扣着，他和几个水手，用凿子将细细的麻绒敲进船缝里去。他戴一顶棕丝斗笠，只穿一条裤衩，油光黧黑的身子流着汗，那宽宽的肩膀，厚实的胸脯，粗大的胳膊，浑身的肌腱成块成坨，无不显出只有水手才有的健美体材。有只船已经填好船缝，抹了桐油石灰，并刷了几遍桐油，亮光光地让大太阳晒。天气好，正是给大船补漏的好时候，所以，他们这几个水手便抓紧时间干，即或吃了晚饭，他们也人手一盏马灯，挑灯夜战。弼二爷规定，他去上游定好了今年秋天的桐油，回来后，就得见他们把这两条船修好。

这个晚上，天气出奇地窒闷。白天只有点晃晃太阳，渐渐地，云层就厚了，压低了，可是又没有风，没有雨。于是，天气就闷热难当，身子就如被啥箍住了似的，要呼口气都很费力，浑身上下汗巴巴、黏糊糊的，沙滩上的沙、街道上的石板等等，一切都是热的，就是有一丝丝风，也是热的，这就让人心情烦躁。

夜已经很深，但街上的人都难以入睡，不论男女，俱各穿了短裤、短褂，卸了门板铺在门外，或搬出凉床、竹席，在街边摇着蒲扇睡。他放工后，在河里泡了足足一个时辰，才穿了短裤，肩搭湿帕子，来到城门洞。这样的天气，啥地方不热呢，只有城门洞里的几块石板没有被太阳晒着，还是凉浸浸的。他没有凉床、竹躺椅，只有竹席。于是就回到小木房去，卷了竹席，抱个枕头，重又回到城门洞，将竹席铺了，放了枕头，倒身便睡。由于太疲倦，他马上就香甜地睡去，他的睡姿极不好看，四仰八叉的。但这样，却能够让身子的各个部位，尽可能地接触到凉悠悠的石板。

爹到上游去了，家中就只有芝芝守着。这晚上天气太热，她也无法入睡，翻来覆去的，就想到河里去泡。她的性格本就泼辣率真，因了爹的疼爱，她也就没怎么把姑娘家需得遵守的规矩放在心上。所以，她没有犹豫，从凉床上起得身来，就出门悄悄地朝河边去。她穿了双木板拖鞋，一件露肩的碎花短褂，一条阴丹蓝的短裤。她不出嫁，爹拿她没办法，就养在家里。十八岁的大姑娘啦，身上早就凹凸有致，该饱满的地方已经饱满起来，宛若成熟的樱桃，鲜嫩欲滴。她梳了根辫子，因为头发浓密，这辫子就格外粗长，她随意地将辫子盘在头上，用一把篦子卡在头发上。本来要提一盏马灯的，可想了想还是觉得不妥，大姑娘深更半夜下河洗澡，街上的人见了，就会说这姑娘家不像话，即或她胆子大，不在乎人家议论，但还是不被人见的好。反正路是熟的，就这么黑灯瞎火地去也没啥可怕。于是，她只拿了张帕子，走到院门口，却又将脚上的拖鞋蹬在一边，这才锁了院门，朝河边走去。院门外的路是石板路，让人感觉得到它的热，赤脚走在上面，没有一点声音，街上睡了许多邻居，许多还在摇着蒲扇，她便不由得走得小心翼翼，尽量朝城墙边走，以免一个眼花，踩了睡觉的人。

到了城门洞，下了几步石阶，便进去了。城门洞一丈多宽，有个又高又厚的门槛，可是已经被太多的过路人把它踩低了，踩平滑了。在门槛的下方，有两个深深的石枢臼，但是，厚厚的城门却不晓得咋没有了。有人说，过去，这个省和邻省的军阀抢地盘，在这个地方狠狠地打了几仗，河对岸的要打进城来，首先得把城墙轰掉，也就在那时，这城门上的建筑和城门就被炮轰了。

城门洞里很黑，几乎啥也看不见。但她晓得门槛的位置，记得该在哪里抬脚。可是，她却不晓得，在门槛的下面睡着罗俊臣这个小伙子。她走过去，左脚踩在一个东西上，这东西斜斜地立着，当把它踩平下去后，她感觉到这东西又粗又长又硬。她隐隐约约地猜到这是啥了，浑身的血"嗡"的一声便涌上了头。那一下，她几乎没有了知觉。良久，她清醒过来，第一念头就是逃走，可是脚不听话。又过了一阵，她怦怦狂跳的心渐渐平息，能分辨出河水流动声里混合着的呼吸声。这时，她已经习惯了城门洞里黑暗的眼睛，看见了他那剃得光光的脑壳，于是，她一下就认出居然还在酣睡的人——这就是既老实、和善而又刚强的罗俊臣。

到这里几年来，水手们都喜欢他，亲昵地叫他臣子。爹的手下就只他是年龄和她相仿的人，能说说话的也就只有他，她经常去看水手们干这干那，既听他们摆有趣的见闻和故事，也和他们摆龙门阵。她找他说话的时候，往往让他变成了大姑娘一样，羞羞答答红着脸，支支吾吾、结结巴巴地啥也说不好，这让她好笑，成了她逗乐的对象。

当看清了是他，她一下就清醒过来，真有些慌不择路，猛地转身就跳出门槛，落在城门洞外那宽宽的石板上，然后顺着石阶落荒而逃。

沙滩下面最边缘处，就是陡峭的河岸，虽然全是岩石，可那缝里却顽强地生长了许多树木，树木不高不大，但却很有些岁数了，岩石上裸露着盘根错节的虬根。那树上拴了许多竹缆绳，拉着十多张竹筏，这些竹筏是上游梵净山放下来的，之后，还得去湖南。

她慌乱地坐在竹筏上，回想着刚才的事。

　　她是一副瓜子脸，但下巴并不尖，很柔和。眉毛细细的，有一点刀片，没有人为地加工，所以眉毛自然好看。那时，她的一双大眼愣愣的，最让她百思不得其解的是，这个家伙啥地方睡不得，偏偏睡在那个地方，可她呢，啥地方踩不得，偏偏就踩到了那个地方。这让她觉得不可思议，使毫无准备的她，感到惊恐莫名，却也滑稽可笑。说实话，当晓得踩到了那东西后，她庆幸着没被他知晓，但却又隐隐地感到失望。的确，那一刻她震撼了，这种震撼让她晕眩，可紧跟着，晕眩中又悄悄地生出一丝酥麻，让她体味到了从来没有过的感觉，这感觉让她的身体有了异常的反应，似乎唤醒和拨动了隐藏在身体最深处的东西，让她变得心神不宁，有了朦朦胧胧，但却是强烈的渴求。那一刻，她似乎才真正明白了啥是男人，啥是女人。老实说，想到了这些后，尽管她还害怕、害羞，可不晓得为啥，她还实实在在地想待在那个家伙的旁边，再仔细地看他。

　　她越想越多、越想越细、越想越野、越想越脸红、越想越燥热。之后，她骂了自己一句不要脸，便走到竹排边，一个猛子扎进水里。潜在水里，她不晓得是有意识还是无意识地伸手进裤子里，捏了捏被自己胡思乱想逗得发胀了的奶子，奶子坚挺着，结实而又弹性十足，很大，自己的一只手是抓不完的。她又伸手去摸了摸胯下，那东西不再像刚才，感觉到似乎膨胀起来，两边变得很饱满。跳进水里后，凉爽的水让它老实了。

　　她没有动，水自然将她浮起来；她不游，让水冲走。直到好远了，她才不慌不忙地朝竹排游。回到竹排上，她解开了辫子，便用篦子将水慢慢篦出来，再拿帕子去擦。干着这，却还想着胯下，那里突然有了难耐的渴求，似乎急于接纳和诱劝啥。那时，许多以前偶尔听到，或者偷听到的，曾经让她敢都不敢想的话，现在想起来，却也没有啥了不起。水手们做活路的时候，爱逗臣子，比如问他："臣子，你说，站起一条缝，蹲下一个洞是啥东西？"臣子就认认真真地想，害怕水手们老是说啥卵也不懂，却又想不出，只好装了晓得的样子说："晓得晓得，这简单，咋不晓得呢！"水手们笑着，又问："你说嘛，啥东西？"老半天，都回答不出，晓得他们对他没好意，便道："我就是猜得出，也不告诉你们。"那提问题的就骂："你个狗日的憨卵，这东西都不晓得，有卵用！"跟着又道，"那我再考你一盘。你猜，绯红不流血，呕

320

臭不生蛆，满嘴无牙齿，专咬硬东西。这是啥?"做活路的水手们听了全都大笑起来，催促臣子快点回答。臣子认认真真地想，好半天了，才摇摇头:"老子不和你们说!"

这些谜语，她也从婆娘们的口里听到过，她们边笑边骂男人都是些骚背时的。到后来，女人们说，不就是这么回事，看也遭他看了，摸也遭他摸了，搞也遭他搞了，他不搞，你咋给他生儿育女呢。其实，婆娘们说这些话时，那骂中透着亲昵。当她在竹排上揩头发的时候，回想到了男人和婆娘们的话，她似乎体味到了婆娘们那一刻的情愫。

她不想回家，真想就在竹排上坐一夜。可是不行，爹不在，家里没人，她不回去咋行，碰上小偷去了，那可不是好耍的事。于是，她不得不朝城门走去。还得见到他，这是肯定的。说实话，她很想再看看他那酣睡的样子，一想到他，既觉得好笑，也觉得可爱，甚至可亲。突然，她把绞干的帕子又浸湿，然后，捧着帕子急急地朝城门跑。

自是还在酣睡，安逸舒适，气息平稳。先打量全身，再回到那个地方，没变，一直举着。她咬着牙不笑出声，跳过他的身子，双手把帕子一绞，那清凉的河水，便急雨般全打在了他那东西上。他呢，陡地坐起来，双手擦着眼睛，嘴里嘟囔着，而她呢，轻盈快速地跑出城门洞，好远了，才忍不住撒一路银铃般脆的笑。

第二天，吃过中午饭，她说大家这么热的天干活，实在辛苦，要让大家打一盘牙祭。她上街去砍十斤猪肉，买20个鸡蛋，打十斤苞谷烧来招呼大家。不过，她要臣子一道去帮忙，因为还得顺便买百八十斤大米让他挑，而其他水手就得把臣子的活路做了。听说晚饭有肉吃、有酒喝，水手们早就欣喜若狂了，哪还在乎帮臣子干点活儿呢。

跟着他们便出门，臣子挑着箩筐尾随着她。她的长发盘着，拿发夹卡住，插两朵黄角兰，斜襟边的布扣子也挂两朵，在后面，就能闻到清香。路上，她老是找他说话，而他呢，和他说话似乎很费力，老得去想该如何回答，而且就是回答，也往往不得要领。这让她又好笑又好气，忍不住教训他，说"男子汉嘛，想说啥就说啥，吞吞吐吐、羞羞答答，莫非你连个婆娘都不如?今后和我说话莫再像这个样子"!教训完了后，看他傻乎乎的，却又忍不住

"扑哧"一笑。

从她家院门出来，直着朝东山走，下一点小坡，就到外国人建的福音堂，再过去一些，就到中南门。这里很闹热，码头下停着许多大船，装货卸货。在中南门转个急弯，走上去，往左可去学门口，直走可去西门。这条路上做买卖的人多，所以各样货品也多。她买了一节麻糖，叫老板把麻糖敲成大拇指那么大一颗颗的，然后塞了几颗在他口里。麻糖看起来很脆，用黄豆面撒在上面，硬邦邦的，想用手折断它，那是很难的，只有用木棒去敲，一敲就断。但是，将它放进嘴里去，碰上唾液，它又变成了绕指柔，而且特别黏，越想咬断它，就越咬不断，反而把上下牙齿黏得死死的。她塞了几颗在他嘴里，就想几下将它咬了吃下去，当然牙齿就被黏住。不用说，他的模样十分滑稽，惹人发笑。她就笑得特别开心，有意整他，果然上了当，咋不好笑。不敢再咬，由唾液浸泡，牙齿才慢慢松开。他很有些尴尬，也有些气恼，认为自己傻乎乎的，显得好贪吃，才在她面前出丑。由于不晓得如何遮掩，便将口里的唾液用力吐出去，却有几点细碎的唾沫飘到一旁树下乘凉的几个崽儿脸上。

"吐口水，生白癞，你妈死了我还在！"他们还不到十岁，可是嘴却不饶人，领头的崽儿才开口，其他几个跟着一起念起来。

"你妈才死了！"他回敬道。

"娃娃崽，你莫屌，你爹你妈我认得到！"见他实在尴尬，她便帮他说。

"拉痢也不找个地方！"

"你莫惹我！"他想吓他们。

"就要惹，我拿骨头惹你！"

见这几个崽儿是刺头青，骂不赢打不得，最好是赶快走开，别再理他们。如果他们还不放手，要跟着，那也得离开这块地盘，到其他地方收拾他们。于是她拉着他就走。

还好，他们并没有跟着。她便带他去龙井巷，那里卖米、瓜果和鸡、鸭、鱼、蛋、肉等的人多。她并不忙，慢慢地看了一会儿米和肉，再买一个香瓜，到龙井的出水口接那清冽的水洗了，带他到龙井旁的石阶上坐了，拿手将瓜拍开，分半边给他，自己则大口地吃起来。

他们发生事情是在半年以后。

弼二爷到上游买了桐油，交了订金，这才急忙赶回。那一年，桐油难买，除了和他是老交道的人之外，散货也都被人早早地包了。不过，他订下的桐油，也勉强够他两条船装，剩下的两条船并不愁没有货，城里那么多商号，有的是货要运下湖南去。当然，他还是很遗憾，没买到那么多桐油，如果买到四船桐油，运下去，那可是对半赚还多的生意，自是比帮别人运货赚运费好得多。

于是，那一年剩下的时间里，他们便往返几趟，朝湖南运桐油。过年前，他们四艘船在下面卸了桐油，装回来的全是各商号办的年货，初一到十五那段时间里，啥东西不好卖呢。回来了卸完货，所有的水手都得领工钱，办年货，准备回家过年。这几趟，弼二爷赚得钵满盆满，那可全是白花花的大洋呀！他晓得，能赚钱，是离不开和自己打拼的水手们，所以在工钱上，他绝不会让他们吃亏，约定的工钱一分不差，每人还多发几块大洋过年。

他无处可去，照旧在弼二爷家过年。那半个月里，弼二爷除了年夜饭，其余的时间，就去走亲戚、会朋友，喝酒、打牌，每天都是醉醺醺地在半夜回家。他呢，只有和芝芝在一起，早上，有红粑粑和糍粑蘸糖吃，有甜米酒喝，中午和下午饭，芝芝都弄好菜、拿好酒招待，而且啥事也不叫他做，最多在做饭的时候，让他帮着劈下柴，烧下火。其实，这几年他都是在她家过的，俨然成了这家的人。可那几年，芝芝就没这么对他好，爱理不理的，与他没话说，他呢，本就不爱说话，哑巴似的，只晓得做事、吃饭、睡觉。两人虽在一个院落里进出，却是形同路人。这一次就不同了，他们有话说了，还互相逗趣，开玩笑。白天，只要吃了午饭，芝芝就带他上街去逛，要不就去听评书、看戏。快到初十了，四乡八寨的龙灯、花灯便陆续地进了城。那几天，他俩中午吃过饭，就上街看灯，晚了就在街上买碗米粉吃，追着灯玩，往往玩到下半夜才回家。

十二那天晚上，有两拨人在中南门城墙下的月亮坝舞龙，城墙上站满了人，坝子里也挤得水泄不通。他力气大，拉着她却也只能勉强挤到城墙根下，前面人很多，她看不见，他便把她抱起来，放在自己右肩膀上坐着看，她一只手揽着他的头，他则用右手撑着她的腰。没看多久，她突然说不看了，让放她下来。一下地，拉着他便走。在城门下顺石阶上街，再从飞山庙那里，顺石阶上了东山。

他心里有预感，晓得这个晚上要发生点事情，可他并不紧张，反倒觉得很自然，自己从老家跑到这里，不就是为了她，就连自己来到了这个世上，不也是为了她嘛！不然真还不好明白，千千万万的人，咋就偏偏碰上了她爹，来到了她的家。这不就是前世定好了的嘛！这些想法，以前是朦朦胧胧的，而那一刻却变得无比明晰。

顺着石阶上东山，两边长着又高又大的野柿子树，还有密实的灌木丛。东山上面很安静，但能听见街上玩龙灯、花灯敲的响器、吆喝声。走到抗战纪念碑下面几丈远的地方，她往右一拐，那里有个亭子。平时，他划船路过山下时，能隐隐地看见这亭子，亭子下面是一壁悬崖，百十米高。可是，她似乎不晓得有悬崖，拉着他就朝下走。但他不怕，今天晚上，就是要他和她一道去死，他也不怕。她看了看悬崖，慢慢地蹲下来，那里的石壁有个凹槽，顺着石壁，她手脚并用，缓缓地往下爬。凹槽并不陡，是个斜坡，下去丈许，竟然有块不大的平地，平地上长满了半人高的茅草。当他也爬下来后，才站起身，她就扑上去，紧紧地抱住他，他一下就把她抱起来，亲着她的嘴，再慢慢地把她放在草地上。他们谁也没说话，急切地亲着，抚摸着。跟着，他的两只手便伸进她的棉衣，用力地抓住了她的奶子，她则急不可耐地去解他的裤带，还把自己的裤带解了。他的手跟着就去了，在那里摸着，连她都闻到，自己身体里发出来的诱人的香。她想起婆娘们说的，让他看、让他摸、让他搞的话，便把脚宽宽地伸开。他不晓得怜香惜玉，恶狠狠地挺进去，她也恶狠狠地挺身迎纳，那一刻，她的喉咙里传出长长的，痛苦如狼嚎一样的呻唤，只是，她将这呻唤强制地憋在喉咙里，没敢让它完完全全发出来……

那之后，每晚他们都悄悄地来，直到过完大年。

完了年，弼二爷找到一船杂货，要送到湖南麻阳。去不了几天，下了货，还得在那里找货回来，如果顺利的话，去来也就十来天。弼二爷让他跟着其他水手去，船由货老板押，所以弼二爷不去，继续在家找货。

爹在家，他和芝芝不敢造次。两个年轻人这才晓得，分开一个晚上，就想得让人心痛。第二天，他就要随船出发，芝芝半夜里偷听得爹呼噜打得山响，睡得熟，便偷偷地出了闺房，悄悄来到前面院子的厢房，在他住的那间轻轻地敲。他们互相都有心灵感应的，他早就守在门前，虚掩着门。她一闪身进去，他则马上关了门，将她一把抱住。

"晓得这样下去咋办哟……"

"我去向你爹求情，让他把你嫁给我。"

"我看不行，得想其他办法。"

"那就只有等我回来。"

"你放心地去，办法我会想的。"

那晚上，他们通宵未眠，一而再，再而三地亲热。直到天快亮了，她才悄悄地溜回去。

36

吃了晚饭，太阳还老高。热天里，太阳落山后，也要等到晚上八点半，天才完全黑下来。

我去老天爷那里，自是先去响生姐处看看。她告诉道，老天爷和铭叔找药，过河去了。我要去找，就到川主宫等。我马上就朝城门洞走，响生姐叫住我，说等等，一块去，反正没得事情。

河两岸都还有过河的人，九公忙到现在还不能回家吃饭。上了船，我对九公说："你回家吃饭去吧，我们替你划一会儿。"九公说："那咋行，你们该咋要咋要去。"响生姐也说："九公，你还不放心我们的，不就是划过河船嘛。再说，就是我们不行，这过河的人谁都晓得该咋划的。"但不晓得九公为啥坚决不答应，我们也就只好作罢。

下了船，顺着石阶上去，看见老天爷和铭叔坐在川主宫旁边大檬子树下面的青石板上。我们走过去，他俩谈兴正浓，没注意我们的到来。

"你老这样的高寿，这样的身体，实在可比佛仙啦！"铭叔说，"在我的记忆里，没见你找过医生，没见你吃过药，你的身体实在是百毒不侵呀！"

"身体嘛，年轻的时候要勤于锻炼，锻炼又要得法。不是人要胜天，而是人要顺天。到得老来，就需知足，无忧。你看我，从小上无老，到后来下无小，虑无可虑，忧无可忧，吃有五谷杂粮，喝有粗茶淡酒，知足也就长乐。"

"我是绝对活不到你老的年龄的，活多久就多久吧，这也是知足呀。"叹口气，铭叔又道，"可惜的是，我没有正规地学过医，老人传给我的，就是些偏方，虽说百试不爽，治人无数，可到底不比坐堂拿脉、望闻问切的医家，更比不上大医院里的西医啦。"

"知足，知足呀！"

于是铭叔拍了拍脑壳："才说就忘！"

"那些大医院的医生和中医都治不好的病，你却能治，该知足啦。当然，如你还能学到更多的医术，又何尝不好。只是你得有人教，还得有天赋、慧根。比如医圣李时珍，早前并非学医，而修神仙之学，到得能自观奇经八脉，方始学医，而终成医圣。故而，他所说之奇经八脉，与一般之医家所知大为不同。"说到这里，见铭叔似乎还想再问，他忙道，"好了好了，要说八脉，那还得说针灸，还得说《黄帝内经》里的《九针十二原》。那实在是太多了，博大精深，说了你也不懂，也学不会。"说到这里，他看了看天，"太阳下山，阴气上升，那药也可采得了吧？"

"采得了，采得了。"铭叔忙答。

见他们话说完，我们这才走过去。他看也不看便道："走吧，也长点知识，认一认啥是串鱼草。

"我认串鱼草，干啥？"

响生姐说："我晓得，串鱼草可以治娃娃崽爱长的串鱼蛋。才长的时候特别痒，到后来就火辣辣地痛，痛得让人受不了。大人都说串鱼蛋围着人的身体长一圈，这人就无救了，不过我还没见过长串鱼蛋的人。"

"只要你愿意，今天你们就可以去见识一下。"说到这里，他却又摇了摇头，"不去为好，人家痛得死去活来，你们还去看闹热。"

"你总得给我们说说，串鱼蛋是个啥模样，串鱼草咋治它，我们才能掌握这个偏方呀。"

"串鱼蛋是一串水泡。到医院打针吃药都不管用，中药可以治，又太慢。只要找到串鱼草，拿回家用擂钵把它擂细擂绒，再放进茶籽油泡，然后就可以拿棉花蘸了去擦，没几天，那串鱼蛋就蔫瘪下去，再几天就消失得无影无踪，连个印痕都不会留。"

我们说话的时候，铭叔已经在河边采了一把串鱼草。他回来后，我们一看，就是我们平常钓鱼，爱采来串鱼的，怪不得，它的名字叫串鱼草。

"我看你家儿子不稀罕那些草草，又隔得远，不如把你那些草草教给他们，也好给你当个传人。你说如何？"他指着我和响生姐对铭叔道，"你也莫太把那些草草看得重，不就是能治牙齿痛、眼睛红肿充血、痈疮之类。啥老子传儿子，外人不传，你儿子不学，你咋办，带进棺材去？"

"我不是舍不得，是怕他们不爱学。这算不得啥本领，就是谋生也难吃饱。"铭叔道。

"人说多个朋友多条路，多一门本事不也多条路？这都是一个道理。"

"铭叔，只要你肯教，我们就来学，保证学会学好。"我连忙说。

"你们放假了来找我吧。我先让你们认点草草，再告诉你们治啥病。要认准一个病，就得跟着我去看病人，要不就是找上门来的病人，你们砍柴、割草的时间不会少，就怕你们耍的时间就少了。"

"我们不耍少耍就是。"响生说。

回到川主宫，却见拱王捧着柑子走过来，对老天爷道："给你老人家送几个好柑子，尝尝鲜。"

"是甜还是酸？"

"一锅菜有咸有淡，一树果有酸有甜。你尝了不就晓得啦。"拱王笑道。

"早前你这娃娃说话都脸红，还全得芝芝调教……"说到这里，老天爷意识到了啥，连忙住口。

"没事没事，我喜欢你说她，喜欢人家说她。"

"不说了不说了，该回家啦。"老天爷说完接过柑子，便转身走下石阶去。

九公已经回去吃饭，他儿子在帮忙。一见我们便说："终于等到你们了。我爹说你们还要过河，叫我等。"然后又对铭叔道，"有病人来河边找你，我劝他去你家。"

"那你就快划吧。"

过了河，我和响生姐便随铭叔去。进了铭叔家，只见一男一女，三十多岁，坐在他家堂屋。男的疼得正难受，蜡黄的脸上，全是汗水。见了铭叔，男的有气无力地说："老祖宗，你可回来啦，快整点药给我，实在受不了啦！"铭叔扯开他的褂子，见他胸脯正中间一串水泡，朝左边发过去，快到胳膊下面。铭叔说："稍微再等等，我这就去整药，你莫急。"之后走到后院，进了他的药房。他先用铡刀把串鱼草铡成一节节的，再放进擂钵，用擂棒将其擂绒，这才去厨房找了个小粗碗，倒上半碗茶籽油，把药放进去。小心地端回堂屋，那男的一见，忘了身上的痛，几乎是扑过去，却万分小心地捧过去，连声道谢。他老婆则马上掏出两元钱递过去，问这点药够不够。铭叔说："估计够了，还不算严重。如果不够，就再来，反正我这里药是不会缺的。"夫妇俩一边道谢一边出门。铭叔交代说，拿回去用棉花蘸着擦，明天最好去医药公司买药棉，卫生些。

当看完这一切后，我和响生姐也告别了。在去老天爷家的路上，我问今天她看啥书，她说从学校图书馆拿回来一本《政治经济学》，准备读一读，可连政治是个啥意思都不懂。我说我也不懂。她说想去问老天爷，我说他可能也不懂。如果要问他古书、古时候的事情，他少有不晓得的，但要解释啥是政治，他不见得行。

到了他家，他躺在菜地旁边的凉椅上。天已经黑了，他家里没开灯。

"这么快就离开啦，那个串鱼蛋的样子认到了没有？"

"你放心，我们认到了也记下了。"

"我想请教你个词，啥叫政治？"

他想了一会儿说："也许我只能从字面上去解释。政，是可否把其当正字看：正义、正直、正确、公正、公平为正，也为政。治，很好理解，就是治理。古人说过，'为政之道在于安民，安民之要在于察其疾苦'。察其疾苦后，又该如何办？这就需要为政者正直、正义、公正地为民解其疾苦。如此讲来，政治也就是管民、安民和管国家的学问。"

"还是老天爷厉害呀！"响生姐赞叹道，"听你这么一解释，我就明白了。"

"你老人家实在让人佩服，说你通晓上下 5000 年还不够，至少还得加 500 年！"我开玩笑道。

"不要你吹捧。我问你，这几天在看啥书？"

"我们晚上躲猫猫，在县委二楼的楼梯下面找到一个小房间，里面有好多书。我悄悄拿了一本，名字叫《中华活页文选》。里面有《天论》《典论论文》，好像还有《永州八记》，反正有好多篇。"

"你看了几篇？"

"才看了《天论》。"

"记下来没有？"

"'天行有常，不为尧存，不为桀亡。应之以治则吉，应之以乱则凶。'就记得这几句。"

"这是2000多年前的荀子写的文章，读了，记下来对你们有用。他谈的其实也就是治理国家的大事，地上之乱，与天无关之理。天的运行自有其常数，照现在的话说，就是规律。莫要有啥事情，都去怪天。《典论论文》，你们倒是可以好好地看看。我认为你们以后还是做学问好。这篇文章是曹操的二儿子魏文帝曹丕写的，他把做学问、写文章抬得很高，精彩得很。"说着，他竟然摇头晃脑地背起来，"盖文章，经国之大业，不朽之盛事。年寿有时而尽，荣乐止乎其身。二者必至之常期，未若文章之无穷。是以古之作者，寄身于翰墨，见意于篇籍，不假良吏之辞，不托飞驰之势，而声名自传于后。"他顿了顿，叹了口气道，"这些古人啊，实在了不得，让后人钦佩，你看说得多好，多好呀！要经营一个国家，就得崇尚学者，没得学者，哪有文章、文化？一不靠史官好言好语留于后世，二不靠权势吹捧提携，好文章自然留于后世，学者之名也传于久远！"

"你老人家才了不得呀！"我说，"老人家，现在怕是又要打起来，你说我们该咋办？"

"好办。诗曰：'既明且哲，以保其身。'你们老老实实地在家看书就行，莫多想。圣人说'国有道，其言足以兴；国无道，其言足以容'。特别妹崽，有个委员的衔头，千万莫出头。古人说，木秀于林，风必摧之，枪打出头鸟，肥猪让人杀，就是这个道理！"

响生姐听了似乎不太明白，有些显得害怕。轻声问："你说的意思，不就是要我像原来一样过日子？"

"在家，少出去，莫出风头，看书。该砍柴割草，就去砍柴割草。保持原来的心性，不受诱惑。"

"我明白了。"

"人家说，书不在看得多，而在看得精。我说，就要看得多，也要看得精。你那个记性，今后做学问不得了！"

"我呢？"

"你也是一样的。我说句没良心的话，也是最有良心的话：不管牛打死马，还是马打死牛，没你们的事。你们小孩子管不了那么多。这是个劫数，没人能解。"

见话题沉重，我们闭口了。少顷，我找个话题问他："老人家，你给我们说说芝芝和拱王的事情嘛。"

"他们有缘，很好的一对。后来的结局却出乎意外。想一想，真是成也是运气，败也是运气呀。"

他简单地给我们说了说拱王两口子的故事，显得有些疲倦，没有兴趣。其实他说的这些，和我在街上听到的差不到哪里去，也就不再问了。

我和响生姐离开他家，回去的时候，她开了门，我便溜进去。其实，晓得马上又不能读书，她心情不好，我的心情也不好。但是，又有啥办法呢。我很想再和她说说话，可她见我跟着她，便要我赶快回家。我没听她的，却抱住她，她挣扎了一下，却也抱住了我。我明白，不能读书了，这对于我们来说，心里空落落的，抱在一起，是精神上的需要，是一种安慰，和以前我抱她完全不同。

"要是我们也能像老天爷一样无忧，该多好。"她轻轻地叹口气说。

"不可能。没他的年龄，就没他的境界。"我摸了摸她的脸。

"那我们该咋办？"

"凉拌。"不晓得咋的，我突然笑了。

"还有心思笑。我看，就像老天爷说的那样，学校读不成书，就自己看，随遇而安吧。"

"主要是你，不要以为是啥委员，就揽事。管它啥观点，莫掺和。只是可怜那些不明事理的人，怕是要倒霉。"

"你莫看老天爷一副无忧的样子，其实，他的心里，全是怜悯。他说过的，那些下根之人，说也没用。"

"所以老天爷要我们读书，莫受诱惑。"

我们不再说话，默默地坐了许久。

331

37

漠弼，也就是弼二爷，好赌，也善赌。族里的人谁都知晓，不和他赌。而他呢，也不和族人赌，去找外人赌。不论是赢还是输，他都不会给任何人说。

那次，俊臣他们运货去湖南回来，卸了货，再把船抹得亮光光的。弼二爷见了，十分高兴，不光每人多发了工钱，还叫芝芝上街去砍肉打酒来犒劳。芝芝乘机会给爹说，要臣子去帮忙。弼二爷便叫臣子过去。在弼二爷的眼里，臣子是愈加地魁梧结实，相貌堂堂了，那棱角分明、黑里透红的脸上，长了一圈尚还稚嫩的络腮胡，没来得及刮。等臣子走来，芝芝飞快地给他使了个眼色，他自是明白，便如以往，老老实实地站在弼二爷面前，听候吩咐。弼二爷笑眯眯地看他好一阵，这才用力地拍拍他的肩膀说："和芝芝上街，去帮她拿酒拿肉！"

"走，到家里去玩一盘！"等他和芝芝去后，弼二爷便对其他水手道。

大家都晓得，弼二爷喊玩，那一定是赌。水手们也都好这一口，却害怕弼二爷，没人能玩得过他。不过，他们也晓得，弼二爷要和他们玩，那只是过过瘾，赢了他们的，会如数归还，而水手之间的输赢，他则不管。

一个多时辰后，她和臣子回来了，见赌桌上十分闹热，便拉着臣子挤了进去，煮饭弄菜的事情，自是交给在家里帮忙的老妈子去做。

他们玩的是推拱。推拱用的是麻将，不要条子、万子，留筒子和三门字：红中、发财、白板。见臣子也来了，弼二爷便招呼他，要他参加。他虽然懂得怎么玩，但却没玩过，心里自然发虚。芝芝不怕，经常和爹去赌，有一次，他爹输得一塌糊涂，她推开爹挺身而上，换人换手气，居然将爹输出去的钱一一赢回。自此以后，偶尔她爹去赌，会主动叫上她，芝芝自是欣然往之。

"下注呀，怕啥怕！"芝芝给他打气道。

他只好下注。

很多方面，芝芝都显得似男人一般果断干脆，这是受她爹的影响。妈死后她还小，爹带着她在船上，少不了划桨扳舵。很好看一个姑娘，却少有女子的娇柔。那一天傍晚，因了她，也因了臣子红运高照，他的命运便被彻底改变。

弼二爷坐20块大洋的庄。码好牌，骰子一甩，九点在手，拿了自家的一墩牌迅速地看了，笑道："点子不高，六双双就赢。"六双双是指一个六筒，带两张字牌。芝芝把他的牌翻来看了，再拿给他看，见有个一筒、二筒和四筒，刚好大了弼二爷小半点。芝芝道："臣子赢啦！"居然赢了弼二爷，不晓得是害怕，还是害羞，臣子傻傻的，脸也有些红。另两人也都赢，弼二爷笑道："全都开门大吉，好兆头！"然后又叫他们下注。弼二爷是个血性汉子，和外人赌，只要你不出老千，不搞名堂，他也就正正规规和你赌。你要是出老千，他也陪你，最终是你倒霉。就拿这推拱来说，要出老千，他手上总会多一张牌，但是，这多的一张牌在啥地方，你无论如何也找不到。如果是和自己的水手赌，他是绝不搞名堂的，全凭手气，该输就输，该赢就赢。

这一天，弼二爷的手气就极差，才一个多时辰，就输去百多大洋。芝芝一直在帮他看牌，下注也替他做主，只是偶尔在下多少的时候征求个意见，让他表个态。他赢得最多。弼二爷输完20块大洋的时候，要求再当一回庄，大家都同意，于是，这个庄他便拿出50块大洋。当弼二爷输得只剩十几块大洋的时候，芝芝突然一拍桌子道："拍了！"这意思就是，她赌弼二爷面前的十几块大洋。

"鬼丫头，长大了就生外心，见老子输也不帮，去帮外人！"弼二爷笑道。

"人家不会嘛。"

"那你就帮他，看我俩爷崽谁输谁赢！"

她拍赢了。

其间，弼二爷并不是没赢过，只是人家下得少的时候他赢，等人家下得多的时候便输。真是让他奈何不得。50块大洋输完，便再拿50块大洋当庄，却又很快地输完。再去拿50块大洋来，这下，芝芝就劝他："爹，该吃饭了，吃了饭再来嘛!"他却稳稳地坐在桌子边道:"就赌这一把,哪个把它拍了?"其他水手都犹豫着,晓得他血性上来了,再赌,输了则罢,赢了那是难以脱身的。所以便不出声。芝芝还要再劝,谁知,一直不说话的臣子却道:"我和你赌这一把!"听他这么说了,大家都吃惊,呆呆地看他。要说他赌,那是既没经验又少胆量的,可他此时敢赌,真正的心思是,他不该要这么多钱,不是自己的东西,拿在手里,心里不踏实。他巴不得赌这一把,让弼二爷将钱赢回去,自己也好心安理得。

"那就赌这一把,赌完好吃饭。"芝芝是清楚臣子心理的,便对爹道,"快码牌呀!"

弼二爷码好牌,正要甩骰子,却突然道:"你错错牌,当一盘庄公平些,这骰子你甩。"

他也不推辞,拿过骰子就掷,所有的水手都伸头过来看,见是个八点。弼二爷拿牌,将三张牌往桌上一摊,却见是副鬼挑蛋的牌,也就是说,三张牌里,有两张牌是字,另一张是个一筒,连两点都不到。水手们看牌后都叹一声,等他翻牌。他将牌一翻,却见是两张八筒,一张三筒,共九点。弼二爷把桌上的大洋朝他面前一推说:"这小子,真是好手气,该你赢。吃饭,吃了饭再来!"

"输家怕熄灯,赢家怕吃饭。赢弼二爷这点钱不容易,吃了饭再来,我们不就成傻子啦!"有水手道。

"我来!"他很坚决地说,"这钱反正不是我的,输了我不心痛,也应该。"

"你个野卵日的,老子说你傻,赢了的钱就是你的,还用得着心头不安,你越不安,老子就越不舒服!"弼二爷骂道,"你还千万莫嫌我输了可怜,你要生了这个心,就是在骂我、咒我!"

船老板赌钱胆大包天,至死方休,就如行船碰上暴风雨,绝无投降退让之理,只能拼死挺住。所以,饭一吃完,赌局便又开始。那一下,弼二爷、水手们都喝了不少酒,就连他也喝了两大碗。可他心里是明白的,只有一个念头——非把赢的钱输回去。

弼二爷喝得醺醺然,叫芝芝把他的钱口袋拿来,那是个白粗布口袋,长长的、沉甸甸的,里面足足还有五六百块大洋。他叫芝芝数出50块大洋来,放在他桌子面前，这才道："再当50块大洋的庄，有本事的来拍！"

"我拍！"他道。

"有钱慢慢输，急啥卵呢！"有水手劝。

可他却拍了桌子。只要拍了桌子，就不能反悔。见他果然拍了，其他水手就只下一块或者两块的注。弼二爷掷了骰子，大家依次拿了牌去看。芝芝到他身后，看他的牌。这一看，就晓得赢定了。忙又去看爹的牌，却也够大的了。弼二爷脸上带了笑，叫大家翻牌："狗日的些，老子也该活一回嘛！"说完把牌朝桌子上重重一拍，"九带拱！"

也就是说，弼二爷的牌是九点半，比九点大，只比九双双、金娃娃和拱王小。九双双比九带拱多一张字，金娃娃三张牌都是字，拱王是三张三筒。这些牌可不是那么好得的呀！

"爹，你又输了！"

弼二爷正要去去抓另三个水手的钱，听芝芝这么说，忙看他的牌，却是一个九筒，带了一个红中，一个白板。弼二爷捡了那三个水手的钱，毫不犹豫地把自己的钱推到他面前。"再来再来！"

没料到又赢了，说实在话，他不想赢，也不能赢。没有弼二爷，他能有今天，能得到芝芝！再要赢了他的钱，自己还是个人？他一急脑门上汗就出来了。但是弼二爷开了口，他是不能不赌下去的。

运气差，容易让人焦躁和上火。弼二爷就有些上火了。叫芝芝数100块大洋放在面前，便叫大家洗牌、砌牌。之后问："臣子，还拍不拍？"臣子正要说话，芝芝却在背后悄悄地拉了拉他的衣服。他明白她的意思，却照样将手拍在了桌子上。"这狗日的是条汉子！"弼二爷骂着掷了骰子，让大家依次拿了牌，便催促大家翻牌。他最先把牌摊在桌子上，大家就先去看他的，只见是张八筒，带张字。这下，大家才来看自己的牌。"日他妈的，老子今天就输你半点！"说着又把钱推到他的面前。

"你这手气，怕是玩不下去了。"有水手道。

"莫劝老子，不然老子要骂人！"

"我不来了，你就是骂，我也不来。钱我也不要，我在你这里吃不愁穿不愁，我拿这些钱干啥？"

"野卵日的，你敢不来！"弼二爷骂道，"老子今天就是要看看手气有多差。你要是不来，老子马上赶你走！"

他没话可说。有芝芝在这里，他敢走？他能走？不能，哪怕在这里再苦再累，吃糠咽菜，他也不能走，何况弼二爷对他还那么好！他只好坐下来继续赌。

"数数看，还剩多少，老子来个一赌定乾坤！"弼二爷把装大洋的口袋扔给芝芝。"

"爹，莫赌啦，你就看不得人家赢你的钱。"

"少啰唆。快数！"

"还有456块大洋。"

"我当庄，你拍！"语气不容置疑。

"拍！我拿出来的钱只有一块，我留一块，不管你多我少，还是你少我多，就赌这一把！"

其他的水手已经退出，他们再赌也没啥意思，就是叫他们赌，他们也不会赌，只是想看下闹热。

码牌、砌牌、错牌、掷骰子、拿牌。弼二爷看牌显得着急，而他却无所谓，拿了牌便扔在桌子上，好像看一看的兴趣都没有，还是芝芝把牌全翻过来，整整齐齐地码好。

弼二爷的牌正三点，他的牌三点半。

"这个狗日的，又输半点！"弼二爷的脑门上青筋暴凸，眼睛里像有蓝幽幽的火苗在蹿。的确，这点子差多些也还好想，就他妈的半点，这不就是猪尿包打人不痛，却气胀人。"日他妈呀，今天硬是撞鬼啦！"慢慢地，弼二爷现出了疑惑的神情，脸色顿时变灰。的确，老是输半点，这实在让人既冒火又想不通。

又赢了。他依然无所谓的样子，不动手拿钱，也不再说不赌之类的话，晓得弼二爷不会放手，由他去。

"再拿钱！"弼二爷吼道。

"家里没钱啦。"芝芝变得很平静。

"老子有钱，这房子是不是钱，我的船是不是钱？输不完吧，老子就是把这些都输了,老子还有芝芝!"

"莫打我的主意,你要嫁我可以,想让我当你的本钱,你想都莫想,做梦!"

听了这话,弼二爷便看了她好一阵,然后摇了摇头,想说点啥,却又没说。

"你老人家要赌就赌,反正我输了是你的,赢了不是我的,我也就没啥怕的。"他说。

"那就再赌一盘?"弼二爷居然还能笑得出来。"我有四艘大船,就赌掉一艘,又算个啥卵呢!"

便又洗牌、砌牌、错牌、掷骰子、拿牌。

自是又输了去。弼二爷打量着他,他也打量弼二爷,其他的人呆呆地瞅着。良久,他突然站起来,把所有的钱往弼二爷面前一推,转身便朝门外走。

"给老子站住,我没让你走,你就敢走!"

他在门边站住,扭过身来看弼二爷道:"你就是打死我也不赌了!"

依然久久地瞅着他。陡地,哈哈地大笑起来,连眼泪都笑了出来。"我这个憨卵,就是把家产全输给你这小子又咋的呢,我闺女不是说了,把她当本钱用不行,嫁她可以。老子今天就答应她,把她嫁给你,你们以为我输啦?才不是呢,老子反倒赢了个人!老子家里缺的就是女婿,不招你招谁去?给老子听好,当我的女婿,就这么定了,你们都听见了的,给老子当个证明人!"

芝芝听到这里,一扭身跑进里屋去吼道:"你们两个都是赢家,输的是我!"当然,她是故意这么说的。

其他水手们一下就抓住还在发傻的他,要他跪下叫丈人。他假装挣扎了两下,实在没想到,好事就这么轻易地落到了头上。于是也就顺水推舟地跪下,极其认真地磕了三个响头,叫了声丈人佬,还不忘说谢谢丈人看得上他这个穷小子。弼二爷笑眯眯地起身过来扶起他,回了声女婿请起。有个水手笑着要酒喝,说这么大的喜事没酒喝咋行,没酒,这证明人他都懒得当。其他水手都说对,非得有酒。弼二爷便叫芝芝,要她拿酒,芝芝故意装得很愤慨道,要喝酒自己倒去,她不管。有水手说,人家姑娘家,不好意思,当然该女婿去拿。他只好到厨房去拿。可以说,突然想到把芝芝嫁给他,并非是他赢了近千把块大洋,而是弼二爷真正喜欢他。

婚礼是在一个月后举行的,来了几百人祝贺,晓得他的情况后,人人都夸奖他有仁有义，是个好后生，当然也会是个好女婿。那一天，酒席是开的流水席，午后就开席了，吃了一拨又来一拨，最后来的，都是船才到码头的船老板和水手，在红灯笼下面的席面上，直吃到午夜，把个弼二爷灌得烂醉。

每来一拨人，就有亲戚带这小两口去敬酒，介绍来人的称呼，他就一一地称呼着。芝芝脸上没带笑，不能带笑，免得让人觉得她想嫁人。她得做出很委屈的样子，是为了孝敬爹，不得不听爹的话。说实话，她的内心愉快得无法形容，他俩已然有了夫妻之实，每到晚上，不能待在一起，这种痛苦，实在难以排解。那时，最最为难的，是不晓得如何去给爹说，如何得到爹的谅解，让她嫁给他。真是老天有眼呀，就这么一赌，居然让爹心甘情愿地把她嫁了。

剩下的后半夜，他两口子紧紧地贴在一起，没有分开过。他猛烈地撞击她，似乎要把那么多天来对她的思念和爱欲，全部灌注到她体内去。她体会着他的爱，极度地幸福和满足，不由得发出像是在挣扎和咬人的声音。可怜的，被一直蒙在鼓里的的弼二爷，那时突然醒了酒，听了这声音，以为芝芝是在极力地反抗，不让女婿上床。心里顿时觉得有些歉然，没给她找个有钱的婆家，反倒让她认为是爹把她输出去的。于是，便站在院坝里，小心翼翼地劝道："芝芝呀，芝芝，事到如今你就依了吧。爹晓得你委屈，下回去湖南给你买金耳环、金手镯……"

屋里安静下来。弼二爷很感激闺女能忍了委屈，听他的话。于是这才进屋睡了。

不到一年，他们家就添了白白胖胖、壮壮实实的小子。

38

那晚上，突然有零星的枪声。倒霉的是拱王，他悠闲地靠在竹凉椅上，摇着蒲扇乘凉，左小腿却被一颗子弹穿了个眼。他莫名其妙，也着实被吓坏了。见腿上的血哗哗地流，他忙撕了裤子，用力地捆住血洞，然后爬到峭壁边叫铭叔。住在一旁的大国听见叫声，便跑到城墙上问他有啥事。他对大国说："快叫你铭叔来，再不来我就死了！"大国连忙去叫铭叔，铭叔出了门，来到城墙边，大声问他咋了，他说："我的腿被穿了个眼子，快来帮我止血！"铭叔忙去拿药，大国则把我们叫到了城门洞。

我们划船过了河。

拱王爬到河岸崖边，因流血过多，已经全身无力。我们找到他，把他抬进茅屋。茅屋里亮着盏煤油灯，昏昏黄黄的。在病人面前，铭叔十分专注，他用剪刀剪断拱王捆在腿上的裤子，血一下就涌来。铭叔抓一把粉末，撒在那两个眼子里。当时，已经处于半昏迷状态的拱王大叫一声，痛得浑身打颤。

"这咋办？"见血还是流得凶，我便忍不住问。

"莫急娃娃，"铭叔头也不抬道，"我这是止血特效药。不光止血，还能止痛、散瘀、杀毒。"

果然，不一会，血就流得少了。铭叔没有医院的那种白纱布，带来的是一卷蓝色的细棉布。铭叔包扎的时候，前两圈里，他都撒上药。我明白，他这么做，是为了增加防护层。

这个晚上，铭叔和我们就坐在茅屋里。天亮了，铭叔才回去，说还得去找药、配药。等铭叔走了，我要大国他们也回去，我留下。但三毛却挑起水桶，坚持要把拱王的水缸挑满水。

拱王血流得多，身子很弱，始终处在半昏迷状态中。不一会，响生姐来了，提个篮子，里面有一罐稀饭，还有一小碟咸菜。她让我端了碗，她提着罐子给我倒一碗。叹口气说，没啥给他养伤。我说只有去钓鱼，去捉青蛙给他吃，这是有营养的东西。她点点头，然后道："得把能来照看他的人分成几组，每个组照看半天，这样才能坚持下去。"我说："那我和你一组，三毛、大国一组，红旗、光光一组。"她说："你还得问问他们的意见。"

这之后，我们几个组便轮流照顾拱王。帮他洗衣、煮饭、挑水等，大小事全由我们包揽。有时候，铭叔被别人请去看病，换药的事就由我们代劳。这些药分为洗的药和擦的药，洗的药是是消毒、杀菌的，擦的药不光杀毒，还有散瘀、生肌的功效。我把铭叔教我的这些药牢牢记着，和响生姐去砍柴，顺便采些回来拿给铭叔。

漠榆他们那一伙年龄相当崽儿们，则天天去捉青蛙、钓鱼，而且越干越有劲。有一天，他们居然说拱王身体好转，全靠他们，极其自豪。这天晚上，漠榆突然问拱王，你那么大年龄，咋没的儿女呢？

"我有，当然有，我有儿子！"

"这么多天都不来看你，没的良心！"

我们晓得，漠榆的话虽然是无心的，却会让他伤心。

"我不晓得他们在哪里呀！"他沉痛地叹口气，一双眼睛久久地盯着大河的下游。

我把漠榆拉到一边，不让他再说再问。拱王回过神来见大家看着他，便苦涩地笑笑说，都20年啦。要是我儿子还在，肯定也会和你们一样有良心！

过去快20天，拱王腿上的枪眼子也要封口了，但是还走不得。自他伤了以后，我们第一次去砍柴，就找了根粗细适合，树丫分得恰好，木质硬扎的树砍来给他做了拐棍。我们内心真正希望，他在我们的努力下，能快些下地，用上我们做的拐棍。正因为如此，在这段时间里，我们每天都坚持给他煮鱼汤喝，炒青蛙或者蒸青蛙给他当下饭菜。有一次，我还拿弹弓射了不知谁家的两只鸽子，拿来给他蒸着吃。

有个傍晚，黄眼和胡副队长突然来到柑子园，身上都背着长枪，神情自然盛气凌人。胡副队长说："不要看我们暂时失败了，可我们一定会胜利地回来。就是现在我们也可以回来嘛，我们怕谁！"黄眼说："告诉你们，我们并不是被打败，而是主动离开，去县里，去农村发展根据地，《南征北战》电影里的政委说得好：不在乎坛坛罐罐被打破，按照毛主席的教导，用农村包围城市战术，总有一天，政权是会夺回来的。"我们就听他俩你一句，我一句地说。不过，他们敢于在天还没黑下来的时候混进城来，也算有些胆量。

"你们是来骚扰的？"我故意问。

"毛主席教导我们嘛，敌驻我扰，敌疲我打嘛，让他们不得安宁，就是我们的任务。"黄眼说。

"我们的革命生活是多么有意义，你作为我们的校革委委员，却逃避这样的生活，我真替你遗憾！"胡副队长看着响生姐说。

"我照顾被你们打伤的人，也非常有意义。"响生姐说。

"你们用这样的枪，打鸟还差不多，我看打人的话，那就卵都不管用！"三毛讥讽地说。

"是支吹火筒！"大国说。

"那你就试试，看老子这是吹火筒还是枪！"

"试就试，你个野卵日的要不敢试，绝对是婊子养的！"

那一下，黄眼被惹毛了，端起枪，对准了大国。而大国竟挺了胸脯，抵在他的枪口上。在这个时候，我的脑子飞快地转动着。很显然，他们两个来的目的，无外乎一是显示有枪，以为有枪可以镇住我们，再就是找碴。可是，直到这时，他们的目的还没有达到，虽然有枪，却被人说成是吹火筒。带着枪在这里，总不是啥好事情。那么，要如何才能让他们满意地离去呢？于是我走过去，把黄眼的枪管拉到一边，对他道："枪口莫要对着人，真要出了问题，咋交差？"

"咋交差，好办，无非是老子搞掉一个，大不了老子赔命就是！"

"我看你们还是早些走好，说不定巡逻的队伍过来了，抓了你们，倒霉的可不是我们。"我又想用不战而屈人之兵的方法赶走他们。

"漠杨，你说，老子今天就要用枪打你，你怕不怕？"

"咋不怕，你硬是要灭了我，我有卵办法！"

"给你说实话，老子恨的就是你！"

"你的意思，今天要打我一枪？"

他不说话，竟真的把枪端起来，瞄准了我的眉心。本来，我很鄙视他，根本不怕他，但是，那黑洞洞的枪口毕竟瞄准的是眉心，我不由得在一瞬间偏开了头。几乎同时，枪响了，我明显地感到，子弹从我的颈子边飞过去，肩膀和颈子各有一处被啥烧灼了。

当枪声一响，黄眼扔掉枪，大叫着，在原地打了几个圈。等他站定后，便呆呆地注视我，我也注视他。那一刻，我的脑子一片空白，老实说，也给吓傻了。我没有预料到，这家伙居然真的敢开枪！所有的人也都傻傻地看着我俩，少顷，响生姐哇哇地不知叫着啥，猛地冲过来抱住了我。也就在这一刻，我冷静下来，笑着说，没事。可响生姐还是从头至尾打量了我一番。我拉着她摇了摇说："真的没事，你看，身上没得啥地方有眼子。"

突然，黄眼陡地从地上拿起枪，对着胡副队长的胸口就是一枪托，砸得胡副队长一声惨叫："你干啥！"

"你个狗日的耍阴谋诡计，老子只是想吓唬他，枪里根本就没有上子弹！你看，我的三发子弹还在这里！"黄眼从口袋里掏出三颗子弹，摊在手板上。"其实你真正恨他，"黄眼指着我道，"你恨他坏了你想和她的好事，"黄眼又指着响生道，"所以，你想借我的手杀了他，到时候，你坐享其成，老子成了杀人犯！"说到这里，黄眼拉开枪栓，上了颗子弹，把枪对准了胡副队长的眉心，"你也太狠了吧，你说拿我当兄弟看待，你就是这样对待兄弟的！像你这种耍阴谋诡计、心狠手辣的人，老子一枪崩了你！"黄眼咬牙切齿地说，一步步地走近他。

"别、别，你误会了，真的误会了！"

此时，我心头的恨比黄眼更甚。这个人太可怕，一颗心阴毒到这种地步，和他要好的人、不好的人他都要害，敢害。他能与响生姐的爹相比！

"麻烦你们一下，摸摸他的口袋，看有几颗子弹。"黄眼对我们道，枪依然对着胡副队长的头。

我正要去，响生却悄悄地拉拉我衣角，对黄眼道："这好办，叫他老老实实把所有的口袋都翻过来，不就得了！"

"翻，把所有的口袋翻过来！"黄眼听了后，立即恶狠狠地命令道，"快翻，你要是不翻，老子今天就要在你脑袋瓜上扎个眼子，你信不信！"

没料到事情会成这样，胡副队长吓得脑门上满是汗。想借刀杀人灭了我，这让我如何不恨。我的心也猛然间变得狠毒起来，说实话，此时，我是敢一枪崩了他的，他只会害人，一枪灭了他，那是替天行道！

"翻，快翻！"大国吼道。

"翻呀，翻来看看！"响生拉我那一下，她似乎看出了我的心思，要我冷静下来。这时，我只想黄眼莫要啰唆，直接搞他，但是又想到，让他自己翻口袋是对的，这可是他要害人的证据！

姓胡的已经给吓坏了，见要他翻口袋，那表情可怜得像要哭了似的，但又没办法，只能将速度放慢，拖一拖时间，看还有啥办法没有。都晓得他的鬼板眼，没人愿意让他拖时间，特别是大国，走过去就帮他翻，右上衣的口袋翻过来时，掉出了两颗黄澄澄的子弹。这时，大家都静静地看着那两颗子弹。而我却猛地夺过黄眼的枪，对准了他。那一下，我的双眼肯定血红着，面目也狰狞。

"跳河！"响生姐突然扑过去，推了他一把。他被推在地上滚了两圈，还没有完全站起来，便用尽全身力气一纵，从高高的崖岸上落进河里。事情发生得太突然，大家都怔怔地看着河里。良久，我的心里生出了感激。响生姐这是为了我呀！在当时的情况下，我忘了每遇大事有静气的古训，完全失去了理智，也许真的会对他开枪。全靠她反应快，这样做，不光救了他，也救了我。

"把枪拿回去！"我对黄眼说，"老子这一辈子都记得你，拿枪对我脑门，还开了一枪！"

"来的时候，我是说过，拿空枪瞄你，扣下扳机，看你怕不怕的话，不晓得那个狗日的听了，啥时候乘我不注意，悄悄放了颗子弹进去。我不是有心的，你原谅我吧。"黄眼可怜巴巴地求告道。

"说他心狠手辣，你们半斤八两，挑起来不打颠倒。我倒是劝你一下，你要是再和他混下去，到时候是咋死的都不晓得！"三毛说。

"一丘之貉！"大国道。

"哪个再和他混，是野狗日的！"黄眼发誓道。

"你不和他混，人就变好啦？"我说。

"江山易改，本性难移！"大国说。

"要变心性，难呀！"响生姐叹道。"不过呢，你也得了个大教训，看能不能明白些。历史上有这样的人，碰上了铭心刻骨、痛彻心扉的事情后，从此心性大变的也多。"

"天黑了，你回去吧，免得你家大人担心。"拱王看着他道，那眼里似乎还有一丝怜悯。

他看看我们，见大家没啥说的，便将那两颗子弹捡起来，把枪背好，慢慢地离去。

天完全黑下来。大国、三毛回家了。我和响生姐要再陪拱王坐坐，本来，我是想要拱王讲一讲老婆、儿子的事，却也没有了心思。

"哪个朝代都有狠心的人，总是在算计人家，就连命也要算计。这些人就让人害怕。咋办呢，惹不起，躲得起，拉屎都隔他三丘田！莫要以为解放了，人人的良心都变好，心坏的人照样心坏，狗改不了吃屎！"拱王对我说。

"有些时候，你非得碰上这种人，惹不起，也躲不了。"我说。老实说，我心里后怕着，那时，我真要是开了枪，打伤或者打死了姓胡的，我该咋办！

"不管如何，你今天都躲过两劫。"拱王继续道，"你没被那小子打死，躲过一劫，反过来说，是你救了他，让他没有成为杀人犯。你呢，没开枪打死那个人，这是躲过了第二劫。不然，你也不会有好结果。"

他说得对。

见话很沉重，响生姐道："你的命真好呀，不到十分钟，你就躲过了两劫。"

"我这条命是你给的，就算第一劫是我自己躲掉的，但也不能说我命大，哪晓得紧跟着还有第二劫呢，那一下，我的心里着魔了。要不是你，我这里枪一响，打死了人家，谁还能说我命好命大？我得把命赔人家！所以，要说我命好命大，那全是因为有你这个贵人搭救！"

"但愿你们的命都好……"他说。

我晓得，他又想起了自己。

39

连下了两天的雨，河里的水涨了起来，变成了绿豆色。臣子和芝芝，带着三岁多的儿子贵娃，押着两艘大篷船到辰河已经四天。这两艘船上装的是土特产，有花生、茶叶、中药材等。因为下雨，就暂时没有下货。随船的货老板等得心急火燎的，却也没办法。

顺水而下，进入湖南，最先到地方是麻阳，再下，就到辰河。这里，两条大河汇流，直奔沅陵、洞庭。铜仁去沅陵、洞庭的船，一般都会在辰河休整，检查一下船与货。

臣子一家在码头上的小旅馆住下，水手们则轮番守船。小旅馆地势较高，能看见他们的船。三口之家聚在一起，也就不急，没啥牵挂。当然，急也没有用，总得等天放晴了才能卸货。到了第五天，太阳终于出来了。

这几天里，臣子和芝芝带着儿子偶尔上街走走，饿了就近找个小饭店。回到旅店，不是呆坐，就是睡觉。无所事事的，日子就无聊。第四天的下午，旅店住进了几个商贩，看雨还下着，也是无聊，便向店家借了麻将来推拱，都是自家人，赌得不大，混个时间而已。正好臣子去上厕所回来，听见他们房间里传出啥"九双双""八带拱"这些声音，便忙去给芝芝说。芝芝听了便道："想去玩一盘？"他不作声，但表情却泄了内心的底。"算了，儿子有些咳，怕是受了寒，我们去找个大夫，给他看看，开点药。你说呢？"他就去摸儿子的脑门，然后又摸自己的。"乖儿子，你不舒服？"儿子却乘势抱住他，要他带上街去玩。"你看我们儿子蛮精神的，哪像有病？老婆，你可别咒他！"芝芝一听就急了，赶快分辩道："你莫乱说。我咒自己、咒你，也不敢咒儿子呀！我是见他有些咳，不放心，出门在外，啥事能大意呢！"他把儿子抱起来说："好吧，听你的，我们带儿子找大夫去。"

出了门来，见雨停了，货老板已经找了扛脚的人卸货。两船货，只要不再下雨，明天就可以卸完，然后再把货老板的回头货装好，还得一整天，到大后天就能返航了。两口子带着心肝宝贝一边逛街，一边找大夫。终于找到一个，给娃娃摸了脉，说没啥大事，开了服中药，让他们带回。路上，芝芝说："他们要是愿意让你玩，你就玩吧，我去给儿子熬药。你去玩，要小心些，莫要玩久。"

回到店里，他便到商贩的房门口去看，也不问能不能加入。但是，看得久了，人家也明白了他的心思，便主动问他愿不愿意一起玩。他笑道，那就玩玩。

到了吃夜饭的时候，他只输几块钱。见芝芝喊，便吃饭去。那几个上街吃，叫他吃了饭再来，他说要得。

吃了饭后，见那几个人还没有回，就给芝芝说，去码头看看，货是不是卸完。芝芝说："我们一起去。"于是一家三口便朝码头走去。到了船边，见货已经卸完，货老板买了几条鲜鱼，正亲自在船上动手煎，同时还买了不少卤香嘴、卤舌头之类的下酒菜，打了一大壶苞谷烧。水手们见船老板一家都来了，便热情地招呼着，要他们一道吃。货老板一边煎鱼一边笑道："你们真是三十夜脚洗得好。"臣子说："饭我们是吃了的，可这酒我要和你们喝一碗。"于是，芝芝去切卤味。货老板的鱼煎好，撒一把葱花下去，把锅子端到宽宽的船头，大家便在船头坐下，芝芝给他们倒一大碗酒，货老板说："你也喝点。"芝芝说："我带毛崽，不喝。"但水手们都劝，还主动给她倒了半碗，她推不过，也就只好陪他们喝。臣子喝了一大碗后，自己又倒一碗，问货老板明天是不是可以把货装完。货老板说："可以先装一船，还有一船的货，要明天下午才能拉来。"芝芝说："那你抓紧了催货。"

天黑下来，水手就把马灯点上，顺河看去，泊在岸边的船全都挂了马灯，煞是好看。他两大碗酒喝下肚，有些酒酣耳热。芝芝见崽儿要睡了，便拉他回旅馆。他们和水手、货老板告了别，上岸去了。

回到旅馆，见几个商贩已经赌起来，他立即加入进去。芝芝只好带崽儿回房间，去给他洗脸洗脚，让他睡。一个时辰过去后，臣子的钱输完，便来问芝芝要，拿了钱又马上跑回去。等崽儿睡着，芝芝便也来看。那时，臣子却又把输出去的钱赢了回来。芝芝说："看你手气不咋的，让我来。"商贩们便都笑着说要得，让兄弟媳妇试个手气。他只好让。芝芝上去后，手气的确好，不一会儿就赢了几十块钱。又过一个时辰，崽儿在隔壁哭起来，芝芝连忙让位，去看崽儿，他又接手，没多久，把芝芝赢的钱输出去。几个人一直赌到天亮，输赢不大。之后，大家脸也不洗就去过早，回来后上床便睡。中午起床，吃了午饭，又聚在一起赌。晚饭是赢家出钱，芝芝去买来，就在赌桌边吃的。

连着两天，他们就是这么过的。第二天就该起航回家，儿子的病却突然严重了，不停地咳，天还没亮，两口子便心急火燎地抱着儿子去找医生。医生起得床来，连忙给崽儿拿脉，说这崽儿的肺可能有问题，得好好地吃几天药。两口子这才后悔，几天里只顾自己赌牌，没好生照看儿子，让病加重了。但是，再后悔也没用。两口子赶紧商量，决定臣子带船回家，芝芝带儿子就在这里治病。尽管臣子不放心，但也没办法。如果不这样，上水船本来就慢，再说河里还涨了水。要等船回到家再给儿子看病，那肯定不行。臣子托旅馆老板帮忙照顾一下，老板满口答应。

该起航了，臣子才万分不舍地上了船。

"到家了把事情交给爹就来！"芝芝一再交代。

水手们也要芝芝放心，说一路上加把力，早些回家，好让臣子来接她娘俩。还有水手说，这地方她爹和他们都熟，没人欺负她的。

十天后，臣子和弼二爷赶来了。上岸就朝旅馆跑。到了旅馆，他就大声叫芝芝。旅馆老板闻声出来，见是他，便对他道："你老婆带着崽儿去常德啦。她要我转告你，说这里的中医讲崽儿的病重了，最好到常德洋人开的医院去看看，洋人有针，一打就好。"

"她去几天了？"

"你走后第四天她上的船。"

翁婿两人听了，又连忙跑回码头，问清了去常德的船，跳上去就走。一天多后，到了常德，他们便打听洋人医院。然后赶到医院，碰见医生或者护士，便问是不是看见芝芝，他们把芝芝的模样、身高，还有崽儿的模样、年龄讲给他们听。总算问到个护士，说看见这样的娘儿俩。崽儿咳，是得了肺炎，不严重，大约打了五天的针，基本就好了。然后她给崽儿开了一些药，说要赶回家，家乡也有洋人开的医院，只要回了家，啥都好办了。

他们谢了护士，连忙又赶到码头。看来是错过了。他们前天在辰河上船，也许她在这里也上了船。但是，弼二爷不太放心，便要臣子和他分头去找，首先是问一问码头边旅馆的老板，看芝芝是不是住过，走了没走，以免又错过。弼二爷来过这里不晓得多少次，旅馆的老板也都熟，所以没多久，便打听到了芝芝住过的旅馆。老板告诉他，芝芝昨天快中午去码头上的船。那时，已经是下午，也就是说，芝芝离开这里，往回走了一天多。

于是，他立即到码头问好回辰河的船，然后又到码头上等臣子，臣子一到，拉着他便上船。

他们赶了辰河，再赶回家。但是，家门上的锁照旧锁着。他们只好在家等，一天、两天，到了第三天，翁婿俩哪里还能等下去，便又心急火燎地找船下湖南，决心在河两岸的每个码头都找一找。其实，在那个时候，他们已经晓得疏漏了啥——芝芝急着带儿子回家，也许没有问清楚船朝啥地方走，就不管不问地上了船。万一那条船只到沅陵呢？但是，也许船是到了辰河，但没有停船，却继续往上游走。当然，不是朝回家的地方走，而是朝另一条河的上游走了。芝芝肯定认得辰河的，她没有让水手停船，是不是睡着了？还有一种可能——她在常德上的船，是往洞庭湖去的。

他们在麻阳分手，弼二爷到辰河，他对另一条河也熟悉，准备往上游去缘溪、小江口，再不就继续往上，到溆浦去找找。他到麻阳看看，再去辰河，然后去泸溪、沅陵。他们说好 20 天后到常德会合。

当他们这一趟找回来后，心里怀了多大的期望啊——也许她母子俩回家了呢？回家的路上，他们就这么患得患失，一会儿充满希望，一会儿却又心惊胆战。

母子俩还是没回来。

他们毫不犹豫，第二天便又出发，继续去找。说好到麻阳前的高村就下船，两人分开走左右岸，十天后到辰河碰头，没有消息，便依然两人分走左右岸，一路打听，十天后到沅陵碰头。总之，这一趟必须找到母子俩。

他们就这么一站一站地往下游找去。半年后，他们回来了，可依然一无所获。这母子俩究竟出了啥事，去了啥地方！他们不得而知。弼二爷回到家，看见房门照旧锁着，顿时便倒在了地上，他把弼二爷扶进屋，刚上床，弼二爷醒过来便对他道，快找去，快找去！

家里的积储已经用完，大篷船这么久都停着，没有收入。于是，他对弼二爷道："我这次去，开工钱，找几个水手帮忙。家里没钱了，卖艘船要得不？"

"卖，卖一艘两艘都要得，只要能把人找回来就行！"

他就去张罗。先请人来家照顾弼二爷，再卖了船，找了八个水手帮忙。三天后，他们出发了。这一去又是半年。当他回到家，弼二爷没见女儿和外孙，眼睛立即就直了。而他呢，多希望妻子带着儿子回到了家呀！那一下，他顿时就瘫软在地，并伤心地哭起来。

没多久，弼二爷便在哀痛中离世。闭眼前，弼二爷只是反反复复、断断续续地说两个字——去找，去找。他办完丧事，第二天就又雇了水手，继续找去。这拨人反复地找，可是，大河两岸是那么地天宽地阔，他们又能找多少地方呢！母子俩音信全无，踪影全无。

那时，离新中国成立还有几年。那几年，他是在寻找中度过的。他早已无心再做啥船老板，也就不关心船有不有货。他将船一艘艘地卖掉。可以说，他只有找妻儿的念头。妻子究竟到哪里去了呢，是不是被人骗，或者被人拐卖了？他不敢想，想起就急，就心痛得像刀割。他在家里根本待不下去，活着的所有意义，便是去找，直到找到可怜的母子俩，只要能找到，哪怕散尽千金也又算啥！

新中国成立后，他没有了船，成分也才不高。他不愿意住在家里，把那房子租给别人住。如果住在家里，他吃不下饭，睡不着觉，整天眼前都是妻儿的影子，晚上还做噩梦。他晓得仅凭自己的力量，要找到妻儿是不可能的了，一个人活着有啥意思？他没了活下去的意愿。之所以又活下来，是因为还有个梦想——哪天妻儿会又回来呢！于是，他才在河对面的柑子园里搭了个茅棚，自愿给柑子园的主人们当看守。

40

他的脚已经好起来，不再用拐棍，只是不能像过去那样走路，变成了瘸子。

过端午节这一天，伯伯来看公和婆，然后要我们三兄妹去他家吃饭。伯伯看我的时候，那笑很有深意，还摸了摸我的头。我们三个就和伯伯去了。

我没有见到漠明。过去听漠明说过，他几兄妹和爸爸几乎没有感情。这我可以理解，因为，他们很少有机会和爸爸待在一起，久而久之，他们之间便显得陌生了。

伯妈在弄菜，伯伯就帮忙烧火。他家门口有个小院子，两边有厢房，房子全是青砖建的，正房便是伯妈所在的妇幼保健医院。院门外是一条小街。漠柳、漠榆无事可做，等饭吃，便到院门外看来来去去的行人。我则到医院里去逛。院里没有一个病人，就连医生护士都没见到，空荡荡的，显得十分冷清。我悄悄溜进一间房子，见有个大柜子，里面摆放着各种各样的医疗器具和药品。我仔细地看过去，很快就发现了贴有免费发放字条的避孕套。我清楚这里没人，所以毫不犹豫地拿了两个，揣进口袋里。

吃饭的时候，漠明他们回来了。两家人便坐在一起。没有酒，伯妈用医用酒精兑了一大杯白水，分在三个小杯子里说："你们两个已经是大男人，陪你爸爸和伯伯喝一杯。"听伯妈说我是大男人，觉得心里很受用。我端起杯子，伯伯也端起来和我碰杯，我又和漠明碰，然后，我们都抿了一口。

"咋这么久没去捡煤渣呢？"伯伯问。

"公和婆都说没得煤灶，还是烧柴烧草好。"我答。

"也是。"伯伯说，"他烧惯了柴草，不会烧煤。再说，烧煤气味重得很，他们受不了的。"顿了顿又道，"我听街上的人说，你特别聪明，背了不少诗词，读了不少书。漠明呀，你应该向老弟学学，别一天玩到黑。"

漠明没说话，只管吃菜。

回家的路上，漠柳、漠榆不断夸赞伯妈炒的菜好吃。可我，几乎没吃出味道，老想着口袋里的那玩意儿。

回家后，便直接去老天爷那里，给他背两首宋词，还得解释一下意思，看是不是真懂了。其实，唐诗、宋词就他要求我背诵的，我都能背了，只是要解释，就还为难，仅能从字面上去猜。反正说得不好，没解释对头，他会说清楚的。至于其他的学问，我觉得《三字经》上说得好，"若广学，惧其繁。但略说，能知源"。大体了解基本道理，并且记得住，也就很不错。

老天爷坐在门口，响生姐也在，正兴致勃勃地谈着啥。我一直认为，这个老人家要是年轻一些，比如才六十岁、七十岁的话，是完全有资格去任何大学教国学的。即或到了如此的高龄，记性还那么好，能背出那么多古诗词、古文，能把这些深奥难懂的东西解释得那么清楚，可能也是前无古人了。要是现在的大学请他去讲课，肯定能胜任。我打心眼里佩服、崇敬他，觉得差他太远，无法达到他那个水平，也才想到了《三字经》那几句，用来安慰和宽恕自己。

> 岭表岂必热，庚伏频滂沱。
> 薄暮辱招要，盆李参瓶荷。
> 君侯如长松，折节交藤萝。
> 奇子识夏鼎，古音弹云和。
> 今日素商至，高屋凉意多。
> 夜清群籁息，已有蛩鸣莎。
> 人生不饮酒，贤愚同销磨。
> 拍手问湘累，独醒欲如何。
> 谬承青眼顾，讵惜苍颜酡。
> 客散我亦归，耿耿看斜河。

我边走边背，把这首《秋日会远华馆呈胡仲威》的词背得抑扬顿挫。老实说，词我不太懂，字面上猜也猜不完全。只是觉得这首词好念，押韵，朗朗上口。"老天爷，'蛩鸣莎'是啥意思，'湘累'是谁？"

"蛩乃蟋蟀，莎乃草，湘累乃屈原。"

"原来是'拍手问屈原'。"

"你能背几百首诗词，'偷'一首我听听。"

我晓得老人家的意思。都说熟读唐诗三百首，不会写诗也会偷。但说实话，我不会"偷"。我说："不行，还'偷'不了，没那本事。"

"你不懂，没谁要你真去偷，这个'偷'，并非真偷，其中的道理，是要你去模仿，或者说你已经学会模仿。人家的字写得好，你可以模仿，人家的文章、诗词也可以模仿。模仿不是丑事，牙牙学语罢了，实乃学之过程。一旦有了自己的东西，自己的见解，就超越模仿了。"

他的话，总是那么有道理，无可辩驳。

"你已经学了段时间的八卦，八卦讲的究竟是啥？"他开始考问起我来。

"讲的是阴阳。"

"你如何看阴阳的？"

"变化无穷。"

"悟得此理，已是不易，孺子之造化。"

"老天爷，有一天翻到《中庸》，里面有一句话："'得一善则拳拳服膺'是个啥意思？"

"拳拳乃总持之意，膺者，胸腔也，又谓腔子，有空隙，故而有义愤填膺之说。"

"或者说一腔义愤。义愤填满了空隙。"

"我晓得，老姑婆也许不久后，就要接你去了。"老天爷突然对响生姐道。

她显得很平静，没说话。

"接去干啥？"

"学本事。我不是给你们说过，老姑婆太聪明，一身本事，三教皆通。出世修行，早已得仙佛妙谛，即或如今大学里的学问，也是无一不精，外国话竟能说两门。你说，她跟着老姑婆好是不好？"

"现在学校不正规，要学东西，跟着老姑婆当然好。"我说，"老天爷，你给老姑婆说一下嘛，让我也去，她教一个是教，教两个也是教，是不是？"

"要她教你？你没得那个命。安安心心带好弟弟妹妹，跟着我学，也认真自学。过几年，响生回来再教你。"

老天爷要睡了，我便跟着去了她家。我闷闷不乐，也忧心忡忡。说实话，我不愿意她走，不愿意相信老姑婆会把她接去。不过，内心却又觉得她的确应该去。她去了，就如进了世外桃源，不光没人打扰，说她是土匪县长女儿，平平安安的，还能学那么多本领，当然好！

她回到家，关上院门，进了屋，开了灯，也不说话，心事重重的。

"你要去，我真是舍不得。"

"我也舍不得！"

听了她的话，我道："你决定要去？"

"她要教我，这是多好的事情！你想，我能学高中的数理化，还能学外语。我相信自己的能力和记忆力，要不了三年，我会把这些知识学全。"说着她故意轻松地笑道，"说不定，我回来的时候还真能当你的老师呢！"

"三年，多久呀！老姑婆为啥只要你去？到时候，我偏要跟你们去，看她咋办！"

"要是你能去，那该多好呀！"她叹了口气。

我猛地抱住她道："你要是去了，我肯定不习惯。你不在这里，我一天也过不下去。"

"你以为我习惯？也许我去了，啥都学不进去，老是想你。可我晓得，这必须得慢慢习惯，不然咋办，不去？"她也抱住我，抚摸我的后脑。

她的抚摸，让我感觉自己还很小。这不行，我应该显示出提得起、放得下的男子汉的气质。"你去，可得好好学，不然，你是教不了我的！"

听了我的话，她捧着我的脸便亲。

我也亲她。跟着，我把双手伸进她的衣服里，握住她的乳房，只觉得一腔的血全涌进脑子。我不顾一切地扑上去……她颤抖了一下，拼命地隐忍着，仅只发出短促而又压抑的呻唤。我一阵眩晕，之后便本能地动着。可她呢，突然把我掀在一边，飞快地坐起身来，连声说，不行，不行，会出事的！我又扑过去，她推开我，声音变得很严厉地说："不行！"我猛然想起放在衣服口袋里的玩意儿，连忙掏出来说："没事的，你看，我有这个东西。"她似乎有些明白，但还是疑惑问："是啥？"我说："是避孕套，不会让你怀孕的。"她接过去看了看道："是这个样子呀。"

我没能继续。她很快穿好衣裤，也要我快些穿好，说明天去远一点的地方砍些好柴，早睡才能早起。听了她的话，心里的失望，真是铭心刻骨，可我没有办法。我猜测她说要去远一点的地方砍柴的意思，自是认为，今天的事，明天也许可以继续。

第二天，我们天还没亮就出发了。走出去十几里路，上了山，天才蒙蒙亮。树林很密实，酒杯那么粗的黄檀条，一刀一根，砍得让人快活。半个小时后，我们已经砍够，扯来藤条，结结实实地把柴捆好，坐下来，吃着带去的锅巴，喝着凉水。该出发了，我却看着她。我想，眼睛把会把内心的想法告诉她的。可她呢，却装着啥也没看见，高高兴兴地说，今天这一挑柴多漂亮，人见人爱，树见花开呀！之后，她挑着柴就走，我能不跟上吗？只能跟上。

"你呀，把心思大多放在老天爷那里，今后的出息真是不可限量。我不能害你！"

我啥也没说，可我晓得她指的啥。

"吃了午饭，我们该去看拱王啦。"

我依旧没说话。

"我把这柴送他，你自己的挑回去。"

见我这个样子，她也就不说话了。

41

　　几天后，我们去拱王那里的时候，已经是吃过晚饭。我故意没叫响生姐，却把漠榆、三毛、大国、红旗和光光全叫了去。我们到了柑子园，只见她已经在那里，而且把水也烧开了。

　　大家和拱王打了招呼，便坐在他的茅棚前。

　　"晓得你们都要来，我叫响生买了几个香瓜，买了几封酥糖请你们吃，算是谢谢，礼轻了点，莫怪我就是。为买酥糖，响生排了几个钟头的队呢。"

　　"伺候你，也该是我们的责任，哪要你谢呢。"我说。

　　大家都和他客气。但是，吃起这些东西来，就没谁客气了，像我们这些娃娃，身上没钱，见能吃的东西就馋。

　　"我昨天晚上做了个梦，梦见你儿子啦！"突然，漠榆这样说，嘴里还咬着一大块香瓜。

　　吃着东西的人一下就盯上了他。我晓得，漠榆好事，在胡编瞎扯。如果他梦到了拱王的儿子，今天起床的时候就一定给我说了。我很不安，这个话题，是我们都不愿涉及的，怕他伤心，可偏偏漠榆要踩他的痛脚。

　　"你、你看见他们啦？"他的双眼陡地变得炯然闪光。

　　"只看见你儿子。"

　　"在啥地方？"

　　"啥地方我说不出，反正离河边不远，在一个小山坡上，那是青砖楼房，两层，走马转角楼，还有好宽的院坝，院墙是用河里的鹅卵石垒的。"

　　拱王竟然激动得一拍腿道："对对，那些地方的人家，喜欢的就是用鹅卵石垒墙！"

见他高兴万分，漠榆得意起来，继续发挥道："我记得梦里面的院墙里有柑子树，院子外面的坡上也有柑子树。"

"对对，那些地方和我们这里一样，到处是柑子树。"他愈加地兴奋了。

我还能说啥呢？大家都议论纷纷。我怀着歉意悄悄地瞅他一眼，见他亮闪闪的目光对着河水流去的地方，看得很远很远。我担忧了，有意道："一个梦当不得真。"

"童子娃娃的梦才是真的！"他立即道。

后来的几天，我去看他时候，他都呆呆地坐在崖岸上，双眼一动不动，久久地瞅着下游。看着他那模样，我心中实在不忍，都是漠榆惹的祸，真是不知好歹，啥梦不好编造，偏偏胡编这样的梦！但是，我清楚，正是因为受了伤，他的心才变得如此多愁善感，看我们每天都来照顾他，他哪能不思念自己的妻儿呀！所以，不论漠榆编不编造这样的梦，他都会思念妻儿的。

"你可千万莫要相信漠榆，就是做了这样的梦，也当不得真的。"这天，我悄悄地到了他身边，默默地陪他坐了好一阵，实在不忍心见他那凄楚的神情，便劝了他一句。

"我咋不晓得，只是不死心。就这么不管不问了，到我死的时候，是不能瞑目的啊！"

夕阳西下，河面如有碎金闪动，并升起淡淡的水汽，对岸，有一群鸭子上了河岸，浑身抖动，甩掉羽毛上的水，再优雅地梳理一遍，之后便从容地一摇一摆地回家。几只柳叶船的主人，在岸上理着网，准备下河捕鱼。九公的渡河船坐满了回家的人，正往河这边摇，还有一些戴着斗笠、挑着箩筐或者背着背篼的乡下人，从城门洞里往河边来，等船过河。看这个样子，也许九公还得再来回几趟，才可以收工。突然看见响生姐在河对面朝我招手，也不晓得是啥事。站起来，居然像个大人似的，轻轻地拍了拍拱王的肩膀，以表示无声的安慰，这才告别。

九公的船还在上人，正一个个地收着那两分钱的过河费。我到船头，等九公收完费，便帮他把锚拉上船，再拿竹竿把船撑离河岸。见我帮忙，九公也不说话，坐在船舷上卷烟抽。过了河，我把铁锚提到沙滩上，便朝城门洞跑去。

"我得到学校军宣队的通知了，明天就到县里面去宣传。"才跑到响生姐的面前，她便道。

"好久回来呢?"我愣了片刻，忙问。

"这个……"她支吾着，眼睛飞快地瞟了瞟老天爷。

老天爷似乎没在意我的到来，也没在意她说了啥，眼睛看得远远的。可突然念起了诗:

> 襁褓中，双亲便已亡。
>
> 未居绫罗丛，何来娇养?
>
> 幸生得，聪慧明丽有宏量，
>
> 吃苦耐劳平心过，哪放心上。
>
> 好一似，须眉男儿有志向。
>
> 才学品貌得双修，与好男地久天长。

这诗我懂，也晓得指的是谁，可我不明白为啥在这个时候念给我听。

"我们去宣传，说是要走几个县，哪时回来，我说不准，可能要些时间。"听了这诗，她变平静了，"不管去好久，对我总是个锻炼。"她笑道。

离开了她，对我来说不也是个锻炼嘛!

突然听见，十字路口那里大姑婆在声嘶力竭地吼叫着，便连忙跑去看。却见是几个戴红袖套、扎皮带的红卫兵，手里拿着笔记本和钢笔，像是在调查个啥。

"你们说她是特务、是反革命由你们说，我都不管，但是你们要我说她是娼妇，我就坚决不同意!"

听了大姑婆的话，我来了兴趣。她是个啥人，我自认为比较清楚，非常会明哲保身。许多人把面具戴在脸上，让人看不见真实的面容，她呢，不仅把面具戴在脸上，而且还把面具戴在心上，想揣摩她真实的心，简直不可能。她喜欢玫姐、同情玫姐，这我晓得，可要她不顾一切地为玫姐争辩，就应该不是她所能为之和愿意为之的。今天，她这豁出去了的，啥都不管不顾的作为，与从来都对大街上来的红卫兵唯唯诺诺的模样，实在判若两人，这就让我好奇。今天，她咋就敢于暴露自己真实的观点了呢，或者说，偏偏在今天，她咋就会显出真实的面目呢？

"女人最重看的就是名节，污蔑她是娼妇，你让人家今后如何见自己的儿女！给你们说实话，她是最守妇道的，第一个男人抛弃了她，坐飞机逃到台湾去了，还是国民党的将军，哪像个男人！她呢，就去当尼姑，被土匪抓去，幸好被吕团长救了。狗日的国民党将军抛弃了她，可共产党的团长却和她结了婚，是政委两口子做的媒，人人都晓得。她有知识、有文化，知书达理。说她是娼妇，是造谣污蔑！"

"不和她说了。我看，她居心不良，是蒙混进这个街道革委会的，替反革命说话！"

"是不是娼妇，不由她说，广大的人民群众说了才算！"

"等我们回来了，再和你算账，非把你真面目揭露出来！"另一个红卫兵十分地义愤填膺、恶狠狠地说。

他们说完便扬长而去。

这时，大姑婆张着嘴，瞪大了眼睛看着他们离去，用力地喘气，一脸灰白，却说不出话来。突然，听见她的喉咙里传出一阵呼噜声，便见她推金山，倒玉柱，轰然倒地。大家见状全给吓坏，但紧跟着都扑了过去扶她。

她死了，当然，这样的死，虽然不是轻于鸿毛，但似乎也没意义。现在讲究誓死捍卫，或者为捍卫啥而死，那必须有重大的意义，那样的死才重于泰山。可她呢，就为玫姐—— 一个女人的名节。如果她不为这点事情去争论，就肯定不会这么快就死。说来也是，既然已经有了反革命和特务的帽子，哪还在乎多个娼妇的帽子呢？可她偏要争辩！

她家的人见她骤然死去，先是惊骇无比，特别是阿毛，无法相信和接受这样的事实。但跟着便伤心地哭，妇女们也陪着抹泪。之后，大家都帮忙，从她家搬出两根长条凳，上面用门板铺了，再叫漠大、漠二等壮年男人把她抬起来，放在木板上，脸用找来的纸钱盖了，再忙着去请人给她做棺木，那自是十分地巨大，得耗许多木材，而妇女们就帮忙给她缝制老衣老鞋。一时里，仿佛全街人都忙得不亦乐乎。

老天爷听说她的事后，掌灯十分，便也杵着烟杆来看，然后给她烧了纸钱，便默默地接过主人家捧来的茶水，坐在一旁看大家搭灵棚。

三公自然也来的。虽然他被大姑婆组织人们斗过，但看了一动不动，仰面睡在门板上的她，那面容却也带了一丝凄然。见老天爷在座，便问："这灵棚搭了，总还得写点啥吧？"

"得写。"老天爷道。

"我去写来。"三公说了便往回走。

相邻的几家人，把堂屋里的电灯拉出来，换成百瓦的大灯泡，一时里灯火通明。灵棚刚刚搭好，三公便把写好的东西拿来了。响生姐和我找来妇女贴鞋底的糨糊，在三公的指挥下，一张张地贴在灵棚上。这是对联，第一副是这样写的：

> 美德堪称典范，勤俭本质后辈永记；
> 遗训常昭子孙，革命家风世代不忘。

这副对联的纸既宽且长，便贴在灵棚正对面白布的最两边，然后又是两副对联，一副比一副短：

> 紫竹林中脱女像；
> 受生台前转男身。

> 逍遥金树下；
> 快乐宝莲台。

贴好后两副对联后，我悄悄对响生姐说："三公写的对联是革命的和传统的相结合，只是这两副短的，怕外面来的红卫兵见了，找他麻烦。"

"不怕。"响生姐道，"就是要找他麻烦，也就是斗争嘛，大姑婆去了，谁来组织斗争呢？最多不了了之。"

罗玉芯也来了，默默地坐在灵棚外面。人死为大，既然人都死了，那就多想想她生前的好。被她斗争的事，自然也就不应该再计较。

第三天清早，街上族人里所有的棒劳力都来了，烧香、化纸后，把个大红公鸡缚在巨大的棺材上，然后三公叫一声起，八个棒劳力蹲下，把棺材撑起来，便朝狮子山出发。后面族人们逶迤地跟着。

大姑婆死的第二天中午，响生姐就随宣传队出发了。我和大国、兴贵、红旗、三毛去送她。地区革命委员会组织了上万人夹道欢送，我见响生姐坐在一辆解放牌卡车的驾驶室里，一旁坐的是解放军，我顿时感到了放心。

那些带玟姐下县里去斗争的人，也坐的是解放牌卡车，当然，他们没有资格受到这样隆重的欢送，早早地就被押上车，先出了城，在城外等着。

我们等在玟姐的车边。吕团长的车还在前面，上边坐着的都是地区的大领导。又等了一会儿，突见开来一辆吉普车，到得吕团长坐的卡车前，便来个急刹车，开车门跳下个别着手枪的军官，看见卡车里的吕团长，马上立正敬礼。然后报告说："吕书记，省军区刘政委和李副司令员要见你。"吕团长下了车，和接他的军官说了两句话，又指了指玟姐坐的车。那军官马上跑步到玟姐坐的车边，让玟姐也下了车。吉普车掉好头，军官请吕团长、玟姐上了车，便一溜烟开走。

看来，吕团长两口子躲掉了去县里的批判会。那一下，我们几个真替玟姐和吕团长感到高兴，但愿他们就住在省军区，没有了斗争会，安安静静、快快乐乐地生活。

但响生姐走了，我的心里变得空落落的。

42

　　我送了捆干柴给罗玉芯。她现在已经改烧煤渣，但是煤渣也得干柴去引火。天天去捡煤渣，那用意自是不言而明。只不过，烧了这么久的煤渣，她变得时常咳嗽，人也有些消瘦了。我想，她的支气管肯定受到影响。

　　我把柴放在屋后院子里，她便跟在了我身后，手里端着一杯水，见我把柴放好，便忙把水递给我，似乎有话要说，但终究没有说。我喝着水，想问问，是不是还有啥事，但却啥也没问，便离开了。

　　和响生姐已经分别十天。这十天里，我吃不香、睡不着，胸腔中好像有万千小虫爬来爬去，真是心烦意乱、坐卧不宁。我到老天爷那里去，他站在城墙边，听到我的脚步声，并不转身，缓缓地说："你的气息很乱，心浮气躁。"依然没有转身，"离开她，对你、对她都是个锻炼。在一起惯了，有感情了，一日不见，如隔三秋，惶惶不可终日，我能够理解。这咋办？也许我这时给你讲佛家的定、静、慧，你是听不进去的，但还是勉强听听吧，这是个锻炼心性的机会呢。"

　　其实，到了他面前，我就不再六神无主。定、静、慧这三个字他是给我讲过的，如果，一个人没有定力，就不会静下心来，遇事就没有静气；如果，一个人老是静不下心来，又如何会去接受知识，去思索，并产生智慧呢！

　　"她走之前，我也送了这三个字。"

　　"我现在咋静得下来呀！"

　　"有没有要静下来的愿望？"

　　我点了点头。

　　他打量了我一番，"是真的。"转过身来，忽然笑了笑说，"这就好办了，真有这样的愿望，就有力量定下心来。"

"不定下心来又咋办呢！"我说。

他道："六祖慧能的《忏悔品第六》中有关的一段，你想一想，应该背得下来的，背来听听。"

我马上明白他的用意，想了想，便有选择地背了一段："从今日开始，要以佛为师，不再皈依歪门邪道，用自己本性三宝常常自我证明。奉劝诸位善知识，归顺自己本性的佛、法、僧三宝。佛，就是觉悟之意。法，就是正确道路之意。僧，就是清净之意。自己的心皈依了觉悟，偏见迷误就不会产生，清心寡欲而知足常乐，能够远离财色，这叫作福慧充足。"背完后我便看着他，晓得他要讲解。

"啥是邪魔？扰得你心神不宁、烦乱难安的东西是也。这东西是啥？难舍恋情、不习惯孤独。让心中时时持守本性三宝，自可清净。"

其实，老天爷说的这些道理，我懂，可是，要能真正做到，那实在不容易。想定下来，静下来，几乎不可能。这里刚翻开了书，心却不晓得跑哪里去了，这才明白啥是心猿意马。孙猴子好动，静不下来。而我这十天里，可以说那颗心变成了猴子，而意念却变成了马，四处奔跑，没有停歇的时候。所以，唐三藏要真正地收服猴子和小龙马，就非常困难，不是一两天的事情。

又过去了几天，我还是老样子。后来我干脆不看书了，有空就砍柴割草，要不就上街去耍。

这一天，我路过西门码头，路边停着十几辆搬运社的大板车。已经好久没见有装货的大船上来了，不由得便站在城墙上看，却一下看见了毕广。他右肩膀上扛了个盐包，起码有 200 斤，但上码头的石阶就像扛了根扁担一般轻松，头昂着，嘴里还叼根烟。我连忙迎上去，等他把盐包放在板车上，便上去拍拍他的肩膀，他转过身来，见是我，便亲热地一把抱住我，然后放开手，退后一步，打量我一番道："狗日的抽条了，长了一大截！"我说："你们这大船还能上来，不是说下面的大坝就快合龙了吗？"他说："也就来这一次了，再没第二次。"我又问："你一个水手，还扛啥包子呢？"他咧嘴一笑道："扛一包上来有两毛钱，我轻轻松松地扛个十来包，不就赚了两块多钱！"然后拉着我就走，我问干啥去，他说："我请客，吃碗粉去。"我说："那咋行，无功不受禄。"他说:"咋不行,我们是朋友,是弟兄,你承不承认?"我说:"是兄弟。"他说:"那还有啥啰唆的呢!"

能去吃一碗粉,对于我来说,那可是一件很奢侈的事,煮好的粉里面会放骨头汤,还会放上一小瓢肉末。虽说一碗粉只要一毛二分钱,但还必须要二两粮票,而这粮票就十分难找,所以,凡是要粮票的东西,我们就只有干眼看。如果让我放开肚子吃,一定会吃下五六碗去。既然只有这么一碗,自是舍不得三下五除二就吃掉,这是美味,得品。于是,我便找他讲话,故意拖时间。问他会在这里待几天,可他的神情却突然变得有些伤感了,说要是依了他,那是万分舍不得离开的,有卵办法,户口和购粮证不在这里,人不是这里的人,也就只好回去。我说:"你一回去,就不晓得好久才见得到面,走的时候我送你!"说到这里,我也忽然变得伤感。自从响生姐离开后,我觉得脆弱了不少。他看着我,又咧嘴一笑说:"我还要回来的,我听你和响生的话,打消了赎回宝贝的念头,可我总是有些不甘心,至少,等有了宝贝的消息,我得见上一面,不然,我还真觉得对不起我的公。"我说:"那就等吧,如果宝贝现了世,我就通知你。"他很郑重地抓住我的手道:"说话算话!"顿了顿,他又道:"如果你一定要送我,不用到西门码头来。我们走的时候,会在你们那里停一阵,有人要去麻阳,定钱都交了。"

这一天,我去拱王那里看看。他的脚走路已是无碍,只是还不咋有力,走不了好远,就得杵拐棍歇气。见了我,一脸的笑,忙招呼我坐。等我坐下来,他却还是不停地在我面前走来走去。我说:"你也坐呀。"他说:"再走走,这脚要恢复,就得不停地练。"他显得很兴奋,但细细地观察,却又有些心神不宁,既透出了决定了啥的自信,也交织了不安和忧虑。

"你心里有事瞒着我!"这句话冲口而出。

他顿时站住,盯住我看,良久才道:"你个小子实在聪明,叫你一下就看出来!"

"啥事情,还要瞒我?"

陡地,他激动起来,脸似乎也抽搐了,好一阵,他才压住激动的心情,就如宣布重大事情一般,一字一句地道:"我决定了,再去找他们!"

他的决定,其实早就在我预料之中,没让我吃惊。我冷静地问:"这么多年了，你有把握……"

他没让我把话说完。"能找到，能找到！"话说得极其坚决和自信，但马上，却又惊慌和忧郁地道，"总得找，再找找，不能就这么算了，要不，我死的时候都闭不上眼呀！"

我啥也说不出，心里忽然变得酸酸的，不由得就盯住了他那跛了的脚。

"我有件事托你，你千万帮这个忙。"

"啥事呢？"

他进茅棚去拿出一个用布包着的东西，递在我的手里，这才道："是我河对岸的房契，得帮我收好。"跟着，他变得很有些苍然地说，"我要是能回来呢，你就把它退我，要是一年两年没回来，也许我老婆和儿子不定哪天自己回来了，你就交给他们。"

呆呆地看着他，紧握着手里的东西，无言以对。

"晓得你会来看我的，不然，我会去找你，把这东西托付给你。我相信你！"

我接过他递来的包，心里很感动，这么相信我，那是肯定得帮他保存好的。玫姐的邮票我放在癞子那里，也得把他这么宝贵的东西放在那里，才能安心。

"哪天走呢？"

"明天。你看，就坐那艘大船！"

顺着他手的指向，我能看见，西门码头那艘唯一的大船高高的桅杆。那不就是毕广他们的船嘛，他说过，我们这里有人上船，原来就是他呀！

"我明天来送你！"

"不用。我的腿不方便，他们答应到这里接我上船。"

我不想和他争，我清楚，他是舍不得我们的，内心里是愿意我们来送他的。

为了把他要离开这里，再去寻找老婆和儿子的消息尽快告诉伙伴们，我便匆匆地离去。找到大国他们，告诉了这个消息，他们全都沉默了好一阵。

"我看得送他点东西，让他莫忘了我们，万一找不到老婆儿子，也好快点回来。"三毛说。

"我看还是买酒好。"大国说，"他那腿沾不得水汽，坐船去水汽就重。要是腿痛了，喝口酒，也许还管用。"

大家都赞成，全都翻荷包，不准藏私。尽管如此，也就凑得六毛钱。在我家找个酒瓶，便又一起去打酒。是青冈仔烤的酒，不是粮食酒，都说不好，但即或是这样的酒，我们也只能打个半斤。

第二天清晨，我们带着半瓶酒到了河边，河水正在升腾着浓浓的水雾，于是河两岸的物事便被模糊。见了我们，他便跛着腿迎上来。这时，我突然看见罗玉芯也在，手上挽了个大包袱。我心里不由得剧烈地一震——她也要走，未必她终于想通了，决心结束和我伯伯的故事？跟着，我的心痛起来，不停地释放着难言的悲悯情怀。

"罗姨，你也要走？"我快步走上去。

她习惯地抚摸着我的头说："我离开父母也有20多年了，他们是不是还在我不晓得，总得回去看看呀！"她眼里突然有了泪花，但却强忍着不让泪流下来。

我不晓得，她的这个决定是不是给伯伯说过，也不晓得伯伯的意见。可是，弄明白了，又有啥意义呢，她已经站在这里！"你还回来不？"

她没回答，勉强地笑着，可那笑里，满满地交织了难以言说的凄怆和悲凉。

我不晓得该再说些啥，我能劝她再回来吗？但突然，我想到，不用劝，她一定要回来的。如果不回，她房子的钥匙会要我交给伯伯。

"船来啦！"漠榆在我身边叫起来。

看得出，船装载得不重。停下来后，伸了块宽宽的踏板下来。毕广下了船，我指着拱王和罗玉芯，解释说是来送他们的。

"放心，路上我会好好照顾！"

这时，拱王突然拧开酒瓶盖，仰天喝了一大口酒，再把酒瓶递给我道："你们也喝一口！"

于是，我们每人都喝了一口。之后，我拿着酒瓶走到罗姨的面前说："罗姨，不晓得你也要走，没准备东西送你，喝口酒吧，就当是我们的送行酒。"

罗姨爽快地接过酒瓶，抿了一口。

毕广一一地和伙伴们打了招呼，拿起拱王的包袱，也从罗姨的手里接过包袱，对我们笑笑，转身上船。

"你会找到他们的！"漠榆肯定地说。

拱王双眼一下就滚出泪来，忙伸手去揩，手却抖着。这下，我们的泪全都跟着流。罗姨也和我们一样。但我晓得，她的泪更多的是无奈和难舍，而拱王，则是那颗几乎死去的心再次地舒活，并生出了新希望。

"开船啦！"船上有人喊。

罗姨扶拱王慢慢地走上船去。

帆升起来。好大的帆，且突然就觉得起了风，帆陡地鼓满，雾也开始消散。他俩伫立船头，久久地谛视我们。我默默地祈祷，希望菩萨保佑他们，希望他们心想事成！

我的泪还在流，生出了只有诀别时才有的伤心。

43

我一如既往地到老天爷那里去，似乎再无其他去处。老天爷依然一如既往地考查我所读的书。当然，他所考查的，都是他教过的，再不就是要求我读过的。

他此时站在城墙边，看着河对岸。我轻轻地走过去，没有惊扰他。我已经注意到，自从响生姐离开后，他的话少多了，变得沉郁了。他难道不想她？肯定想。从小看着她长大，甚至可以说他俩是相依为命，他的衣服是她给洗，他煮饭的时候很少，大多去她那里吃，即或他没去吃，上街了，她也会在灶里加上浮炭，锅里放上水，把留给他的饭菜热着。她这一离开，他心里能好过嘛，肯定不好过，并且不习惯。

我走过去和他站在一起，少顷，他看也不看，伸手放在我的头上，我呢，照旧一动不动。

"她多久才回来呀？"

"该回来的时候自会回来。"好一阵，他才道。但还是没有看我。又过一阵，他问："书还在看，诗还在背？"

"你不是昨天才问过我嘛。"

"哦，问过的？"

"我背两首给你听？"

"只要你照我说的做就行了。"

我突然替他感到一丝悲哀，那么高的年龄、学识、经历、阅历，再没有能与之交流的人，在生命的旅程上，没了同行人，没了伙伴，可想而知会是多么的孤独。他希望我像他一样，学富五车，无所不知，肯定也希望街上所有的娃娃如我一样愿意让他当老师，听他卖弄、啰唆，读他所崇尚的书，个个都成为有本事的人。可是，仅仅我一人，都不可能完全做到。毕竟时代不同了，环境也变了，就是读的书，也完全不一样。面对现实，我能努力到这一步，并且决心继续努力下去，就已经很不错啦。我非常清楚，无论多么努力，我可能也永远赶不上他，这也是我的悲哀。

就像有心灵感应，我转过头去，果然见漠榆在墙边探头探脑。我晓得他一定有急事找我，连忙给老天爷打个招呼，也没等他同意，便跑了过去。

漠榆拉着我就跑，神情惊惶。

"你咋啦?"

"我上街，在大十字听说县里面拉来好多棺材，还有两个红棺材，放在体育场那里。"

"那又咋的?"

"说是去县里搞宣传的车子，有两台车翻到河里，死了好几个人!"

"死那么多人?"我被惊吓住。

"哥，大十字的人都说，那个县有个规矩，没有结婚的姑娘死了，才能用红棺材。"

听了这话，我立即明白漠榆所指的是啥了。那一下，我只觉得心脏像被紧紧捏住，而产生了痛苦的窒息感，就连眼睛也顿时变得模糊。我扶着一棵行道树，用力地呼吸。漠榆见状，吓得忙帮我拍背。良久，我才缓过气来。

"哥，好点没有? 你的脸白得吓人!"

我没回答，只管往前走。

到了体育场，果然见到十多副棺材。有几副放在后面很远的地方，前面的棺材里，的确有两副红的。

人越来越多，议论纷纷的。这下我才晓得，前面的棺材是装殓宣传队员的。棺材四周有解放军站岗，不准人靠近。放得远远的那几副棺材，是被拉下县里去批判斗争的人用的，也就没啥人去看。据说，牺牲的人还要清洗一番，化化妆，之后才放进棺材去。

我的手是冰凉的，脸一定苍白，但脑门上却有汗往下流。正在这个时候，有个穿黄军装，但没有领章的胖子走过来，看见摆放在后面的那几副棺材，便厉声道，快把那些棺材弄走，这里马上要开追悼会！听了他的话，立即就有人朝后面跑去，转瞬间，那些棺材就被搬走。之后，他又指挥这指挥那。最终，我和大国他们去见了装殓进红棺材的女人。没有响生姐。

深秋了，山变得苍黄，没有了春天、夏天的丰腴，就显得瘦。体育场是在山顶上，把个山顶推平，建了许多体育设施。从这里看下去，宽阔的河变得很细，宛如一条绿带子。

之后两天里，我和大国他们去医院和学校，但都没有找到响生姐，哪去了呢？去县里的宣传队早就回来的，可响生姐却杳无音信，我实在害怕。

这天下午，我坐在老天爷的院子里，不由自主对他说，"不知她会不会出事。"

"会遭灾遭难？"老天爷打断我的话，"你呀，太迷情。见有人遭难，就想到她，越想越迷，也就钻了牛角尖。你退出来想想，或转过身想想！"退出来想，就是心思、目光不老往一个地方去，而是多往一些地方想；转过身想，也就是朝相反的方向去想。是呀，啥事都得一分为二。但是，不管咋想，没有响生姐的消息，没有她的踪影，我不愿朝坏处想，却又不得不想。但我还是注意到，他在说这番话时，面容是很平静的，丢了这么个几乎是与他相依为命的人，他却像啥事也没发生，这就有些让我奇怪。他那平静是不是假装出来的？有可能。再一分为二地想，也许他是真的平静。如果他是真平静，那么，响生姐就啥事也没有，而且他还晓得她在何处！其实，我要这么想，就像自我安慰。

"她没事，你晓得！"我说。

他没回答。

"她咋不回来？"

他还是不回答。

"我给你煮晚饭？"

"看你的书去。我不想吃，睡个觉再说。"

"你睡去吧。饭我煮，等你醒了，饿了，就可以吃。"这时，我很想如响生姐一样伺候他。

"我有剩饭，晚上弄点菜煮汤饭吃。你莫操心，快回去吃饭，然后看书。"

我只好去了。

44

很晚了，他低着头，在城墙边走来走去。

"老天爷，还不休息?"

"你来你来。"他对我招了招手，"你听听河水声。"

"有啥听的，和平常一样。"

"你看看河水。"

"这么黑，看不见。"

"那就想想，看能不能想出点啥来。"

我晓得他的意思了，便道："老子说水有七善，全说完了，我还能想出点啥来呢?"顿了顿，却又道，"水为善，善之善者也。河水长长流，善就常常在，无休无止。"

沉吟一下后，他说："河水长长流，善就常常在。不错，也还算个道理吧。看来，你是用了心的。我教你读那些书，就是为了让你开智力、发慧光、除盲眼。千万莫要骄傲，一辈子你都能坚持，并且做到如饥似渴，这样，给你十年，定会有大成就。十年，不短呀!"

"没办法，我被你带到这条路上，也走了许久，真还没有掉头走回去的想法，前面的路再难，可也得咬了牙走。"

"前提是必须心甘情愿，方能如饥似渴。"

"我晓得。他始终把我当成他的弟子，渴望这个弟子有大智慧、大出息，能为天地立心，为往圣继绝学。那他该多骄傲、多自豪呀! 可我知道，这是他的梦想!"

"再送你两个字——善读。"

"善读？"

"唉，身处乱世，若不克藏智，徒遭祸事。高才之人，胸彻万有，具不可窥测之思，出寻常百倍之眼，你应若此。"少顷又道，"所托之事依旧，答案暂不可说，时候未到也。你切不可妄猜，若要得知答案，去你爱读的那几本书里去寻。"

"答案？"

"天太晚了。回去睡吧。"说着掉头走去，还摇头晃脑地念道，"凭空移步作神仙……"

在被窝里，我想了许多。比如"善读"这两个字，就是要我爱读，还得会读、会想，不钻牛角尖，不认死道理，眼睛不盯一个地方，看得宽广些，而且可以反过身来朝后看。"答案"这两个字是啥意思我明白，在我爱读的几本书里，我可以反复读，细心地读，去揣摩其中的含义。但让我感到万分放心的是，他已经含蓄地告诉我响生姐无事……后来，我已经处于半睡半醒之间，却突然看见响生姐和老姑婆站在一起，她们的身后是很大一间茅草房，掩隐在楠竹和树木混生的林子里，旁边不远的地方，有一条小溪从山里跌下来，摔在一块很大的青石板上，水变得白乎乎的，仿佛粉尘似的细碎，并升腾起来，雾一般弥漫在四周。我似乎看见头大如斗，就快变成龙的蟒蛇，看见了金光闪闪的猴子。渐渐地，我似乎离她们越来越远，茅草房小得成了蚂蚁的蜗居，而茅草房后面的山却越来越大，长满了着原始森林……

我陡地坐起来，愣了许久，一时间，弄不明白是做了梦，还是真的看见了她们。但是，我马上就想起和响生姐在城墙旁边听老姑婆说话的情景，老姑婆不是要她去读十年书吗？而老天爷在刚才不也与我有了十年之约，那么，响生姐的失踪，是去了老姑婆那里，或者说，是被老姑婆接去了？原来，老天爷要我转过身去想，也就是朝后想，是不想说透，让我自己去弄明白。

这晚上，我失眠了，但是，我却下定了决心，要去找响生姐，要和她在一起！

天一亮，我便去找老天爷，可他不在家，又只好往回走。刚到家门口，就见邮电局那熟悉的邮差在翻信件，便立即迎上去。邮差见我便道："你的信。"接过信去，一见字迹，就晓得是妈妈写的。马上就拆了看。妈妈的信是写给我们三个的，字里行间充满了对我们的思念和关爱，她说和爸爸看了我写去的信，知道家乡不同观点的人在打仗，就特别担心和忧虑。我的年龄大些，读了中学，怕我出去乱跑，决定给我寄路费，让我重回草原一段时间，等家乡平静下来，开学了，再回来读书。漠柳要带好弟弟，督促他看书，给他写生字卡片，让他反复地读和写……

重回草原？我朝思暮想的地方！这个时间，草原一定下了大雪，白茫茫一片，藏族人支在雪地上的帐篷，顶上冒着牛粪火的蓝烟，马、牛、羊静静地吃着主人给它们的干草，它们鼻孔两边的须毛上凌着冰，崽儿们在打雪仗，要不就是在结了冰的水塘上溜冰，狗兴奋地跟着跑来跑去，不停地吠叫……爸爸妈妈的信，让我回忆起了在草原上所有的经历。我想爸爸妈妈，漠柳、漠榆和我一样想，晓得我能去，他们眼里流露出了对我的羡慕，而他们不能去，自是失望之极。

下午，我又去找老天爷，却依然不在家。我急于把去草原的事告诉他，想听他的主意。老实说，到了下午，我的心平静下来。已经有20多天没见着响生姐，她到底咋的了，去没去老姑婆那里？我渴望弄明白。为此，我满心的担忧和焦虑。当然，能回到爸爸妈妈的身边，也让我万分向往，可在这之前，我是下决心去找响生姐的呀！

我该咋办？

整整两天，我没见到老天爷，四处打听，没人晓得他去了啥地方。不由得细细地回想那晚上他和我说的话，这才觉得他的话里含有与我告别的意味。那么，就是说他也去了老姑婆那里？

响生姐和他是我的主心骨，似乎是我生活在这里的全部力量和意义，没了响生姐的消息，而他也莫名其妙地没了踪影，我无法再保持冷静，失去了主张。再说，爸爸妈妈寄钱的汇票也还没有到，那一下，我急火攻心，忧虑和焦急让我如坐针毡，没头没脑地四处乱窜。

又过了两天，爸爸妈妈寄来的汇票收到了。钱一共是125元，注明其中有45元是漠柳漠榆的生活费和零用钱。那么，可供我支配使用的路费钱就有80元。80元，这在我的心目中是多么大的一笔巨款呀！可以说，长这么大，我手中从来没握有过这么多的钱，更没有一张张将其花完的经历，可是，我马上就会有这样的经历了！我为此十分激动，甚至大脑里都有些晕乎乎的。我马上去街革委，找到二姑婆，说明原委，请她开个证明，又连忙去邮局取钱。

我是第二天早上把漠柳、漠榆的生活费交给公的。他正在帮婆烧火。因为是早上，没喝酒，当然就清醒。当我把40元钱递在他手上，并说明只是漠柳、漠榆的生活费时，他的脸色立即变了，问我的生活费为啥不交，我把爸爸妈妈来信的内容给他讲一遍，他张大了嘴，呆呆地看着我。良久才道："你爸爸妈妈怕是糊涂了，世道乱，路又这么远，就敢让你一个人走！你晓得咋走？"我说："公，莫担心，这条路我既然走过了，就不会再忘记。"公叹口气说："你走了，这家里煮饭、烧水的柴草我们靠谁去呀？"

"你放心，我会像哥哥一样去割草砍柴的！"漠榆接口说，那神情很坚毅。

天气渐渐冷了，楼上没有草挡风，晚上就是有厚厚的被条，也会被风钻进去。可是，又有啥办法呢，不管咋的，我都得走，只好让漠榆吃苦。从小吃点苦，学会自己照顾自己，对他来说，并不是坏事。

心里这么想，可在之后的几天里，每天天不亮，我就上山割草砍柴，吃了午饭后，便又带漠榆去。我希望把后院堆满柴，把楼上的草堆满。

去割草砍柴的地方，全是我和响生姐去过的地方。在那些地方，我总觉得她还在我身边，音容笑貌老是在我的脑海里出现。我虽然在割草砍柴，心思却在她身上。我控制不了自己，做不到有静气，更做不到自心不乱。有时我想，我难道不想爸爸妈妈？回答非常坚决——想，太想了，多想马上飞到他们身边去。可转念一想，觉得对响生姐的感觉是一样的，而且还多了一份担忧。也就在这时，我才明白，为啥老是下不了出发的决心。如果响生姐在身边，她会要我咋做？无疑，一定是劝我去爸爸妈妈那里，而她呢，绝对会去践那十年之约；如果是老天爷，同样会要我去爸爸妈妈那里，要我践十年之约，而不让我去找他们。

柴已经砍够，并捆扎起来。漠榆砍好了吗？仔细听听，没见他身影，也没有砍柴的声音。去找他，却见他睡在一蓬浓密的虾子草上面。我想，这几天早出晚归，把他累坏了，就让他睡一会儿。我脱外衣给他盖上，在他旁边坐下来，这一坐，才觉得我也好累。

突然，我看见了九公、兴三公他们，看见了坐在大篷船上的罗姨和拱王，看见爸爸妈妈穿着棉大衣，围着围巾，戴着皮帽，正走在雪地上，大脑里像在放电影。我的心一热，不由得便流下泪来……

我迷糊了一会儿。

可是，我马上就清醒过来。那一下，我莫名地激动万分，突然之间感到自己变得特别清醒，只觉得身上真的有了无形而又沉重的担子。这个担子不仅仅是老天爷压的，他要我在那几本书里去找财宝的答案，我明白，在那些书里我是找不到答案的，这是他怕我爽约，荒废十年。在这里，我得好好地保存玟姐的邮票，直到亲手交给她。是的，我得去妈妈爸爸那里，这也是我肩上的担子，我得把我们三兄妹和家乡的人们，以及家乡发生的事情告诉他们，那不要多少时间，然后立即返回。然后重新担起照顾弟弟妹妹，给全家挑水、割草、砍柴的担子。当然，我还得在这里等待罗姨，我相信她会回来，我伯伯和她的故事难道真的就结束啦？我还得等待拱王，他能够找到亲人吗？我们希望他找到，这意愿一定会产生强大的念力，助他心想事成，等他们全家回来后，我好把那份沉甸甸的房契物归原主。当然，也决定不光认真、自觉读书，还要跟着兴三公学书法，我还得去跟铭叔学医，用他那些稀奇古怪的草药，去医治稀奇古怪的病，老天爷、响生家的钥匙放在啥地方我知道。我得帮他们打扫房间，让房间始终干净清爽……

我几乎在一瞬间便下了决心——马上回去收拾东西，带上那几本书，明天一早就去买票出发！可是，也几乎在那一瞬间，我又想到：一定要回到父母身边，必须回到父母身边吗？我在这里的责任多大，担子多重！难道我不能把路费钱寄回去，然后再详细地写封信去，把这些事情说清楚？

走与不走，这个抉择难定，但总得定！看看天色已晚，我叫醒漠榆。不管如何，都先得回家。